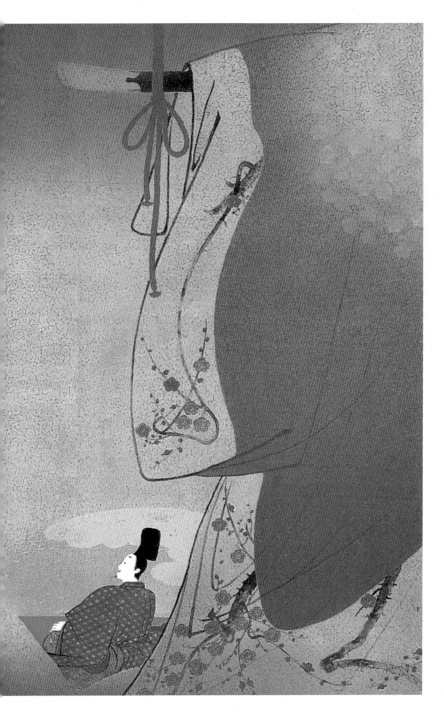

겐지이야기

7

源氏物語

GENJI MONOGATARI

by Murasaki-Shikibu, re-written by Jakucho Setouchi

Copyright©1996 by Jakucho Setouchi

Original Japanese edition published by Kodansha Ltd.

Korean translation rights arranged with Jakucho Setouchi

through Japan Foreign-Rights Centre

Translated by Kim Nan-Joo

Published by Hangilsa Publishing Co., Ltd., Korea, 2007.

「이 도서의 국립중앙도서관 출판시도서목록(CIP)은
e-CIP 홈페이지(http://www.nl.go.kr/cip.php)에서 이용하실 수 있습니다.
(CIP제어번호: CIP2006002745)」

겐지 이야기

7

◆ 무라사키 시키부 지음

◆ 세토우치 자쿠초 현대일본어로 옮김

◆ 김난주 한국어로 옮김

◆ 김유천 감수

한길사

源氏物語
겐
지
이
야
기
⟨7⟩

지은이 · 무라사키 시키부
현대일본어로 옮긴이 · 세토우치 자쿠초
한국어로 옮긴이 · 김난주
감수 · 김유천
펴낸이 · 김언호
펴낸곳 · (주)도서출판 한길사

등록 · 1976년 12월 24일 제74호
주소 · 10881 경기도 파주시 광인사길 37
　　　www.hangilsa.co.kr
　　　E-mail: hangilsa@hangilsa.co.kr
전화 · 031-955-2000~3　　팩스 · 031-955-2005

제1판 제1쇄 2007년 1월 1일
제1판 제5쇄 2023년 11월 20일

값 15,500원
ISBN 978-89-356-5810-7 04830
ISBN 978-89-356-5814-5 (전10권)

초목이 메마르는

들판의 쓸쓸함을 꺼려하여

그리운 그분은

가을에 마음을 붙이지 못하고

봄을 좋아하셨는가

겐지이야기 ⑦

일러두기 ❀

❀ 이 책은 무라사키 시키부(紫式部)의 고전소설 『겐지 이야기』(源氏物語)를
   세토우치 자쿠초(瀬戸内寂聴)가 현대일본어로 풀어쓴 것을 한국어로 옮긴 것이다.

❀ 처소명에 따라 붙여진 등장인물의 이름은 처소를 나타낼 땐 한자음으로 읽고,
   인물을 가리킬 땐 소리 나는 대로 썼다. 따라서 동명이인이 많다.
   예1: 장소 승향전(承香殿); 인물 쇼쿄덴(承香殿) 여어.
   예2: 장소 여경전(麗景殿); 인물 레이케이덴(麗景殿) 여어.
   예3: 장소 홍휘전(弘輝殿); 인물 고키덴(弘輝殿) 여어.

❀ 산, 강, 절 이름은 지명과 한글을 혼합해서 달았다.
   예: 히에이 산(比叡山), 나카 강(那賀川), 기요미즈 절(清水寺).

❀ 거리, 건물, 직함명 등은 한자음 그대로 읽었다.
   예: 육조대로(六條大路), 이조원(二條院), 자신전(紫宸殿), 여어(女御), 갱의(更衣),
   대납언(大納言).

❀ 각 첩의 제목은 될 수 있는 대로 뜻으로 풀었다.
   첩명 해설은 자료를 바탕으로 옮긴이가 정리해 붙였다.
   예: 저녁 안개(夕霧), 밤나팔꽃(夕顏).

❀ 등장인물의 이름은 직함에 따라 한자음으로 읽은 경우와, 고유음 그대로를 살린
   경우가 있다. 그밖에 인물의 특징을 잘 보여주는 경우에는 뜻을 살려서 달았다.
   예1: 중납언, 대보 명부; 예2: 고레미쓰; 예3: 검은 턱수염 대장, 반딧불 병부경.

❀ 이 책의 말미에 붙은 부록 중 '어구 해설'과 '인용된 옛 노래'는
   다카기 가즈코(高木和子)가 작성한 것을 바탕으로 필요에 따라 첨삭했다.
   본문에 풀어쓴 것은 생략하고, 필요에 따라 그 내용을 옮긴이가
   보완하여 정리한 것이다.

❀ 일본 고유의 개념인 미카도(帝)는 이름 뒤에 올 때는 '제'로, 단독으로 쓰일 때는
   '천황'과 '폐하'를 혼용했다.

떡갈나무

떡갈나무에 있다는 나뭇잎의 신 같은

남편은 죽어 없으나

외간 남자를

함부로 가까이 들여도 좋을

나뭇가지는 아니지요

◆ 온나니 노미야

❀ 제36첩 떡갈나무(柏木)

柏木는 '가시와기'라 읽고, 「봄나물 하」 첩에서 온나산노미야를 범한 가시와기를 가리키기도 한다. 가시와기가 온나산노미야와의 불륜으로 고뇌하다 끝내 세상을 뜬 후, 가시와기의 유언을 따라 일조궁을 조문한 유기리에게 온나니노미야(오치바노미야)가 보낸 노래에서 이 제목이 붙었다.

가시와기 중납언은 병세가 조금도 호전되지 않은 채 새해를 맞았습니다.

아버지 대신과 어머니가 비탄에 빠져 지내는 모습을 보면서 무수한 상념에 빠지나, 아무리 생각하여도 뾰족한 수가 없는지라 마음을 가다듬지 못합니다.

'무슨 수를 써서든 죽어버리겠노라 각오는 하였으나 그 보람도 없이 부모에 앞서 죽는 죄의 무거움에 죄송스러워 망설이는 이 마음은 그렇다 치고, 또 한편으로 생각하면 이 세상에 굳이 살아남아야 할 미련이 있는 것은 아닌가 싶으니.

어렸을 때부터 다른 사람들과는 달리 높은 이상을 품고 무슨 일에든 남들보다 한층 앞서고 싶어 공사를 막론하고 예사롭지 않은 노력을 하여왔지. 그러나 한 번 두 번 차질을 거듭하다 보니 그런 희망은 쉬이 이루어지지 않는다는 것을 알게 되었고, 그럴 때마다 점차 자신감을 잃었다. 그 후에는 이 세상에 염증을 느끼고 내세를 기원하는 불도 수행에 마음이 몹시 기울었으나, 자신의 출가를 부모님이 한탄할 것이 염려되고, 속세를 버리고 들과 산을 방랑하는 불도 수행을 할 경우에도 부모님의 한탄이 장애가 될 것이라 생각하였다. 그래서 결국 출가도 하지 못하고 지금까지 살아온 것이지. 허나 세상과 맞서기 어려운 마음의 고뇌가 여러 가지 생겼으니, 모두가 자업자득, 달리 누구를 원망하겠는가. 모든 것이 나의 부족함에서 비롯된 과실이라고 생각하면 원망할 사람도 없구나.

이 모두가 전생의 업이니 신이나 부처님에게 호소할 수도 없구나. 이 세상에서 그 누구도 천 년의 수명을 다할 수는 없으나 언제까지나 살 수 있는 것도 아니니. 그렇다면 그분이 다소나마 나를 그리워하는 동안에 죽어 이 한결같이 타오르는 사랑의 증거로 삼는 것이 좋지 않을까. 잠시뿐이겠지만 나의 죽음을 안타까워하는 분이 있는 동안에. 더 이상 억지로 목숨을 부지하면 꺼림칙한 소문이 퍼져 나 자신에게나 그분에게나 성가신 번뇌거리가 더 늘어날 터이지. 그보다는 내가 죽으면 모자란 놈이라고 노여워하고 계신 겐지 님도 내 죽음을 보아 다소는 너그럽게 용서하여주시지 않을까. 모든 것은 사람의 목숨이 다하는 그 순간에 절로 지워지는 법. 나는 온나산노미야 님과의 잘못을 제외하면 겐지 님에게 그 어떤 누도 끼치지 않았으니, 지금까지 긴 세월 무슨 일이 있을 때마다 나를 불러주셨던 정을 생각해서라도 죽고 나면 불쌍한 사람이었다고 연민이 되살아나시지 않을까.'

가시와기 중납언은 어쩌다 이렇듯 내일을 기약할 수 없는 목숨이 되고 말았는지 생각하면 할수록 아쉽고 서러우니 마음의 어둠을 걷어내지 못합니다. 그 누구의 탓도 아니고 모든 것이 스스로 초래한 결과이니 베개마저 떠내려갈 듯 눈물을 흘릴 뿐입니다.

다소는 마음이 안정된 모양이라고 간병하던 사람들이 잠시 곁을 떠난 틈에 온나산노미야에게 편지를 썼습니다.

"끝내 제 목숨이 끊어져가고 있다는 소식이 바람에 실려서라도 귀에 들어갔을 터인데, 그 후 어찌 되었느냐는 말 한마디 없으신 것을 당연하다 여기면서도 못내 아쉽고 괴롭습니다."

　　이 생을 마감하며 타오르는
　　내 시신의 연기도 사그라들어
　　하늘로 오르지 못하니
　　그대를 향한 한없는 사모의 정은
　　역시 이 세상에 남겠지요

"가엾다는 말 한마디라도 해주세요. 그 말에 마음을 달래고, 스스로 자초한 번뇌의 어둠을 헤매다 떠나는 죽음의 길의 빛으로 삼겠습니다."

소시종에게도 절절한 마음을 호소한 편지를 썼습니다.

"다시 한 번 만나 꼭 할 말이 있습니다."

소시종은 가시와기 중납언의 유모가 자신의 백모인 인연으로 어렸을 때부터 대신 댁을 드나들며 절친하게 지냈습니다. 그런 사연이 있어 온나산노미야에 대한 변함없는 연심에 난색을 보이면서도 임종이 가깝다는 소식을 들으니 참을 수 없이 슬퍼 눈물을 감추지 못합니다.

"답장을 써주세요. 이번이 마지막 편지가 될 터이니."

소시종이 이렇게 간청하자 온나산노미야가 대답합니다.

"나 역시 오늘 죽을지 내일 죽을지 모르는 처지이나, 그래도 그 사람의 병이 무겁다 하니 안되었다는 생각은 들지만, 이제는 그 사람이라면 넌더리가 나고 지겨우니 내키지 않는구나."

이렇게 끝내 답장을 쓰지 않으니, 온나산노미야는 원래가 다부지고 침착한 성품은 아니나 이쪽이 위축될 정도로 위엄 있는 겐지가 기분 여하에 따라 넌지시 가시와기 중납언과의 밀통을 암시하는 것이 두렵고 괴로운 것이겠지요. 허나 소시종이 먹과 벼루를 준비하여 억지로 채근을 하자 시큰둥해하면서도 답장을 썼습니다. 소시종은 그 편지를 가슴에 품고 저녁 어둠을 틈타 가시와기 중납언을 찾아갔습니다.

아버지 대신은 가즈라키 산에서 영험한 도승을 불러들여 가지기도를 올리게 합니다. 기도다 독경이다 시끄러우니 소동이라도 벌어진 듯합니다. 아버지 대신은 누가 영험한 고승이라 하여 권한다 싶으면 각지로 동생들을 풀어 깊은 산 속에 틀어박혀 수행을 하는, 세상에는 알려지지도 않은 성자까지 불러들였습니다. 어째 행색이 수상하고 불쾌한 수행승까지, 실로 많고 다양한 스님들이 몰려왔습니다.

허나 병자의 용태는 어디가 어떻게 나쁜 것도 아니니, 그저 불안한 모습으로 때로 소리내어 흐느낄 뿐입니다.

음양사들 대부분이 여인 원령의 소행이라고 점을 치자, 대신은 그런 일이 있었는지도 모르겠다고 생각합니다. 그렇다고 귀신이 나타나는 것도 아닌지라 애가 타는 나머지, 산골 구석구석까지 사람을 보내 영험한 자들을 끌어 모은 것입니다.

가즈라키 산에서 온 고승은 키가 크고 눈매가 매서운 험상궂은 사내인데, 거칠고 큰 목소리로 다라니경을 읽습니다.

"아아, 참으로 원통하구나. 나는 역시 중죄인인 모양이로구나. 저렇듯 다라니경을 읽어대니 두려움이 밀려와 이제는 정말 죽는가 싶구나."

가시와기 중납언은 그렇게 말하면서 몰래 병상에서 빠져나와 소시종을 만났습니다.

시녀에게 일러 아버지에게는 자고 있다 전하라 하였으니, 아버지는 아들이 빠져나간 줄도 모르고 고승과 소곤소곤 얘기를 나누고 있습니다. 아버지 대신은 나이는 먹었으나 여전히 밝은 성품이라 간혹 웃으면서 이렇듯 비루한 모습의 고승과 마주 앉아, 가시와기 중납언의 병세가 당초 어떠하였는데 이렇다 할 증세도 없는 채 시간만 흘러 점차 위중해졌다고 전합니다.

"정말 여자의 귀신이 붙어 있는 것이라면 정체를 드러내도록 기도를 올려주십시오."

　사소한 것까지 신경을 써서 기도를 의뢰하니 참으로 안된 일입니다.

　"저 소리를 들어보아라. 어떤 죄업이 있는지도 모르면서. 점괘에 나왔다는 여인의 원령이라니, 알 수 없구나. 정말 그분의 산 귀신이 원한을 품고 내 몸에 들어왔다면, 이 넌더리가 나는 몸이 더없이 소중하게 여겨질 터이거늘. 그건 그렇다 치고, 주제넘는 연심을 품고 있어서는 안 될 과실을 저지른 탓에 몹쓸 풍문이 나돌아 신세를 망치게 된 예는 옛날에도 있었다고 생각을 바꿔보려 하나 역시 두렵고 꺼림칙하구나. 겐지 님이 이 죄를 알게 된 후로는 이 세상에 살아 있는 것조차 면목이 없고 두려움에 눈앞이 아득한데, 예사롭지 않은 겐지 님의 위세 탓이 크겠지. 그리 큰 죄를 지은 것도 아닌데, 시연을 하던 날 눈을 마주친 후로는 마음이 어지러워 내 몸을 떠나 헤매는 혼이 끝내 돌아오지를 않는구나. 만의 하나 그 혼이 육조원으로 가 온나산노미야 님을 찾으며 헤매고 있다면, 옷자락에 엮어서라도 돌아오게 하여다오."

　가시와기 중납언은 이렇게 혼이 빠져나가 껍질만 남은 사람처럼 웃다가 울곤 하면서 맥없이 말합니다.

　소시종은 온나산노미야 역시 기를 펴지 못하고 그저 만사를 조심하고 있다고 전합니다. 그토록 침울하고 풀이 죽어 초췌해진 모습이 눈앞에 아른거릴 듯 떠오르니, 아무래도 몸을 빠져나간 혼이 그리운 분을 찾아 오락가락하는 모양이라고 생각하며 더더욱 괴로움에 몸부림을 칩니다.

"이 지경이 되었으니 온나산노미야 님에 관해서는 절대 한마디도 입에 담지 않겠다. 그분과의 사랑은 이렇듯 허망하게 끝이 났지만, 그분에 대한 애착이 미래영겁, 성불에 지장이 되지 않을까 싶으니, 참으로 한심한 일이다. 그저 무사히 순산을 하셨다는 소식을 듣고 저세상으로 갈 수 있다면 싶구나. 그 꿈이 사실임을 나는 그저 내 심중에만 간직하고 달리 얘기할 사람도 없으니, 비참하고 가슴이 메일 뿐이다."

소시종은 이렇게 온갖 일을 깊게 생각하고 있는 그 집착이 소름 끼치도록 두려우나, 한편으로는 안됐다는 연민의 정도 끓어오르니 덩달아 눈물을 흘리고 맙니다.

등불을 당겨 온나산노미야의 답장을 읽어보니, 역시 맥이 없어 가물가물하나 아름다운 필적으로 이렇게만 씌어 있습니다.

"병세가 중하다 들으니 안쓰럽고 나 역시 괴로우나, 어찌할 도리가 없는 일입니다. 그저 그 심정 헤아리기만 할 뿐. '남겠지요'라는 노래를 보내셨으나."

그대와 함께 나 역시
연기가 되어 하늘 저편으로
사라지고 싶으니

애달프고 서러운 고뇌의 불길이
연기로 변하는 정도를 겨루면서

"나 또한 남아 있지 않겠지요."

"아아, 연기를 겨루어보자는 이 노래만이 이승에서의 추억이
될 터이지. 생각해보면 참으로 허망한 인연이었다."

가시와기 중납언은 격한 울음을 터뜨리며 가로누워 쉬엄쉬엄
답장을 썼습니다. 말이 군데군데 끊어지니 필적이 마치 새발자
국처럼 보기 흉합니다.

내 목숨이 정처없는
하늘의 연기가 되어 허망하게
사라진다 한들
혼은 그리운 그대 곁에
머물러 떠나지 않으리

"저녁이 되면 제 연기가 사라진 하늘을 올려다보며 저를 생각
해주세요. 제가 죽은 후에는 그것조차 뭐라 하는 분의 눈길은
염려하지 마세요. 죽고 나면 아무 소용없는 일이나, 늘 가엾다
는 생각만이라도 하여주세요."

이렇게 어지러운 글씨로 흘려 쓰고 나니 몸 상태가 더욱 나빠
졌습니다.

"이제 그만 되었다. 밤이 너무 깊기 전에 돌아가 온나산노미야 님에게 내 마지막 모습이 이러하였다고 전해다오. 내가 죽으면 세상 사람들이 이런저런 억측을 하며 수상히 여길 터인데, 자신이 죽은 후의 일까지 걱정해야 하다니 참으로 암담한 신세로구나. 전생에 내가 무슨 죄를 지었기에 이토록 끈질긴 애착을 지니게 되었을까."

이렇게 울며 가시와기 중납언은 병상에 들었습니다.

'여느 때 같았으면 앞에 앉혀놓고 두서없는 얘기나마 하염없이 듣고 싶어하셨을 터인데, 오늘 밤은 말수조차 적으니.'

소시종은 이렇게 생각하니 슬픈 마음에 좀처럼 자리를 뜨지 못합니다.

백모인 유모도 가시와기 중납언의 용태를 소시종에게 물어보며 눈물을 흘리고 한탄합니다.

아버지 대신이 심통해하는 정도는 말할 필요도 없습니다.

"어제오늘 다소나마 나아지는 듯 보이더니, 어찌하여 이렇듯 기운이 쇠해진 것입니까."

"이제 더는 살기 힘들 것 같습니다."

가시와기 중납언은 이렇게 대답하며 자신도 눈물을 흘렸습니다.

온나산노미야가 이날 저녁때부터 고통을 호소하니, 산통이 시작된 것이라 짐작하는 시녀들은 소동을 피우며 겐지에게 알렸습니다. 겐지는 놀라 온나산노미야를 찾았으나 마음속으로는 다른 생각을 하고 있었습니다.

'아아, 참으로 유감스러운 일이다. 아무것도 모르고 출산을 맞았다면 이 얼마나 기뻐할 일인가.'

허나 사람들에게는 그런 내색을 하지 않으니, 법력이 높은 도승을 불러들여 쉬지 말고 순산기도를 올리라 합니다. 영험이 있는 승들이 남김없이 모여들여 가지기도를 올리니, 원 내가 시끌벅적합니다.

밤새 진통을 겪으며 아침을 맞았습니다. 아침 해가 떠오를 즈음에 온나산노미야는 아들을 출산하였습니다.

'이렇게 비밀을 지키고 있는데, 태어난 아이가 그 사람을 쏙 빼닮았다면 난감한 일이다. 여자 아이였다면 어떻게든 사람들에게 얼굴을 보이지 않을 수 있으니 안심할 터인데.

그러나 한편으로는 이렇듯 괴로운 의혹 속에서 태어난 아이이니 손이 덜 가는 남자가 태어난 것이 오히려 다행인지도 모르겠구나. 그건 그렇고 참으로 이상한 일이로다. 이번 일은 내 생애를 통하여 두려워하였던 비밀의 죄업에 대한 대가란 말인가. 이승에서 이렇듯 예기치 않게 죄업을 덜게 되었으니, 후세에서 치러야 할 죗값이 가벼워졌을지도 모르겠구나.'

겐지는 남자 아이가 태어났다는 전갈을 듣고 이런저런 생각에 빠졌습니다.

주위 사람들은 이런 겐지의 속내를 전혀 알지 못하는 터라,

겐지의 만년에 이렇듯 고귀한 분이 남자 아이를 생산하였으니 도련님에 대한 총애가 각별할 것이라고 벌써부터 정성을 다하여 시중을 듭니다.

출산 축하연이 성대하여 사람들의 눈이 휘둥그레집니다. 육조원 부인들이 각기 온갖 취향을 살린 축하 선물을 보내니, 관례에 따라 나무 쟁반, 소반, 굽그릇 등의 장식에도 경쟁을 하듯 정성을 들인 듯합니다.

닷새째 날 밤, 아키고노무 중궁도 산부의 먹을거리와 시녀들에게 각기 신분에 따라 하사하는 품목들을 보내왔습니다. 중궁은 이를 공식적인 축하로 삼아 성대하게 선물을 준비한 것입니다. 밥과 주먹밥 오십 인분, 또 도처에서 열리는 향연에 참가한 육조원의 하급 관리와 잡일을 하는 아랫것들에게도 빠짐없이 성대하게 음식을 베풀었습니다.

중궁직 관리 대부를 비롯하여 레이제이 상황의 전상인들까지 모두 축하 인사를 드리러 육조원을 찾았습니다.

이레째 날 밤에는 천황이 베푸는 공식적인 축하 의식이 있었습니다. 전 대신도 정성을 다하여 축하를 드리고 싶었지만, 요즘은 가시와기 중납언의 병세가 위중한 탓에 다른 일은 생각할 여유가 없으니 축하의 인사만 여쭈었습니다.

친왕들과 상달부 등도 대거 참가하였습니다. 이렇듯 표면적인 축하 행사는 더없이 훌륭하게 치러 온나산노미야를 각별하게 대우하고 있는 듯 보이지만 겐지의 속마음은 편치 않으니,

그리 요란한 대접은 하지 않고 음악놀이도 하지 않았습니다.

온나산노미야는 가련하고 연약한 몸으로 첫아이를 낳은 터라 정말 끔찍하고 힘겨운 경험을 하였다고 생각합니다. 탕약도 먹지 않으니, 큰일을 치르면서 자신의 불행한 처지가 절실하게 느껴져 차라리 아이를 낳으면서 죽는 것이 나았으리라는 생각까지 합니다.

겐지는 사람들 앞에서는 태연한 척 꾸미고 있으나, 아무리 갓 태어난 아기가 다루기 힘들다 한들 쳐다보지도 않는 것은 이상한 일이라 늙은 시녀들은 가엾은 마음에 이렇게 수군거립니다.

"어찌 된 일일까요. 저렇듯 냉담한 태도를 보이시니. 오랜만에 이렇듯 아름다운 아드님을 보셨는데."

온나산노미야의 귀에도 이런 소리가 들리니, 앞으로는 더더욱 냉담하고 서먹하게 대할 것이라 생각하면 자신의 처지가 한심하고 겐지가 원망스러워, 차라리 머리를 자르고 출가하고 싶은 마음이 간절하였습니다.

밤에도 겐지는 온나산노미야의 침소에는 머물지 않으니, 낮에만 잠시 얼굴을 들이밀 뿐입니다.

"인간 세상의 무상함으로 보아 앞으로 살 날이 오래지 않을 것이라 생각하니 불안하여 근행에 힘쓰는 날이 많아졌습니다. 출산을 치른 뒤라 이래저래 어수선하니 마음이 흐트러질 듯하여 찾아보지도 못하고 있습니다. 그래 어떻습니까. 기분은 좀 좋아졌는지요. 가엾게도."

겐지가 휘장 끝에서 안을 들여다보자 온나산노미야는 머리를 들고 이렇게 말하였습니다.

"역시 더 이상은 살기 어려울 듯한 느낌이 드오나, 출산을 하면서 죽으면 죄가 무겁다 하니 이참에 중이 되어 그 공덕으로 목숨을 부지할 수 있을지 알아보고 싶습니다. 설령 죽더라도 그전에 출가하면 죄가 지워질 수도 있지 않을까 하여."

그 태도가 한결 차분하고 어른스럽습니다.

"무슨 불길한 말씀을 하는 겝니까. 왜 그런 생각까지 하는 것인지요. 출산이란 물론 힘들고 괴로운 일이겠으나, 그렇다 하여 다들 죽는 것은 아닙니다."

겐지는 겉으로는 이렇게 말하나 속으로는 달리 생각하고 있습니다.

'진심으로 출가를 원하고 그런 각오를 한 연후에 말하는 것이라면, 차라리 여승이 된 사람을 보살피는 것이 애정도 깊어질 듯하구나. 이대로는 아무리 잘 보살핀다 하여도 이전의 마음으로 돌아갈 수는 없는 일. 오히려 온나산노미야가 신경을 쓰고 어려워하면 그것도 가여운 일이고 자칫 불손한 태도를 보이는 일도 있을 터이지. 그러다 보면 사람들 눈에도 절로 온나산노미야를 소홀히 다룬다 보이게 될 것이니 비난을 받는 일도 있을 것이야. 아아, 참으로 괴로운 일이로고. 만의 하나 스자쿠 상황의 귀에 그런 소문이 들어가면 모든 것을 나의 부실함으로 여길

터. 그렇다면 차라리 병을 구실로 원하는 대로 출가를 시키는 것이 좋을까.'

이렇게 마음이 출가 쪽으로 기우나, 젊고 앞날이 창창한 여인의 검은 머리를 짧게 자르면 애처롭고 가엾기 짝이 없는 일입니다.

"마음을 굳게 다잡으세요. 걱정할 일은 하나도 없습니다. 무라사키 부인은 더 이상 살지 못할 것이라 여겼는데도 마음을 굳게 먹어 되살아났습니다. 그런 예도 있으니, 아무리 무상하다 하여도 그리 쉬이 버릴 수 있는 세상이 아닙니다."

겐지는 이렇게 말하며 탕약을 권합니다. 초췌하게 야위고 창백하여 뭐라 말할 수 없이 가련한 모습으로 누워 있는 온나산노미야의 모습이 얌전하고 귀엽게 보입니다. 철없는 잘못을 저질렀다고는 하나, 보는 이도 마음이 약해져 용서하고 싶어지는 모습이라고 겐지는 생각합니다.

산에 있는 스자쿠 상황은 온나산노미야가 순산하였다는 소식을 듣고 너무도 사랑스럽고 그리워 하루빨리 만나고 싶어하나, 산후 몸이 온전치 못하여 몸을 털지 못한다는 소식만 줄곧 들리니 어찌 된 일인가 하여, 근행까지 게을리하며 걱정을 합니다.

쇠약해질 대로 쇠약해진 온나산노미야가 아무것도 먹지 못하고 며칠이나 지나니, 회복될 가망이 전혀 없을 것만 같이 미덥지가 않습니다.

 "이제껏 아버님을 오래도록 뵙지 못하였을 때보다 지금이 훨씬 아버님이 그리우니, 혹 두 번 다시 못 뵙는 것은 아닐는지."

 온나산노미야는 이렇게 말하며 흐느껴 웁니다.

 온나산노미야가 겐지에게 이렇게 말하였다는 것을 겐지는 사람을 통하여 스자쿠 상황에게 전하였습니다. 스자쿠 상황은 참을 수 없는 슬픔에 잠기니, 출가한 몸으로 절대 있어서는 안 될 일이라 생각은 하면서도 야음을 틈타 산을 내려갔습니다. 미리 그런 연락이 있었던 것도 아닌데, 이렇듯 갑자기 스자쿠 상황이 나타나자 겐지는 놀라고 황공하여 인사를 올립니다.

 "속세의 일은 절대 돌아보지 않으리라 결심하였으나, 역시 미련이 남아 번뇌에서 헤어나지 못하니, 자식을 생각하는 부모 마음이 이렇습니다. 그 때문에 근행에도 정진할 수가 없으니, 만의 하나 부녀의 순이 바뀌어 온나산노미야가 앞서 죽기라도 한다면 만나지 못하고 떠나 보낸 한이 서로에게 남을 듯하여, 비난받을 것을 각오하고 이렇게 산을 내려왔습니다."

 스자쿠 상황은 이렇게 말합니다. 사람들 눈에 띄지 않도록 미복 차림을 하고 있으나 승려 차림이어도 여전히 우아하고 품위 있는 모습입니다. 보란 듯한 승복이 아니라 먹물을 들인 소박한 옷이 멋들어지게 어울리고 아름다우니, 겐지는 그저 부러울 따름입니다. 겐지는 눈물을 뚝뚝 흘리며 그간의 상황을 전합니다.

 "이렇다 할 병증이 있는 것은 아닙니다. 다만 지난 몇 달 동안 몹시 쇠약해진데다 식사를 하지 못하는 날이 많아 이렇게 기운을 잃은 것입니다. 실로 무례한 자리입니다만."

겐지는 온나산노미야의 침소 앞에 방석을 깔아 자리를 마련하고 스자쿠 상황을 그리로 모셨습니다.

온나산노미야도 시녀들의 도움으로 매무시를 단정히 하고 침소 밑에 내려와 앉았습니다. 스자쿠 상황은 침소 앞에 쳐진 휘장을 살짝 옆으로 밀어내며 말하였습니다.

"이런 모습으로 있으니 밤낮으로 기도에 정진하는 가지승 같으나 나는 아직 수행을 쌓지 못하여 영험하지 못하니 면목이 없고 부끄럽구나. 자, 그리도 만나고 싶어한 내 모습을 두 눈으로 잘 보거라."

이렇게 말하며 눈가에 맺힌 눈물을 닦으니, 온나산노미야도 기운 없이 눈물을 흘리며 답하였습니다.

"도저히 오래 살지 못할 것 같으니, 이렇게 오신 참에 저를 출가시켜주세요."

"실로 존귀한 결심이나 사람은 언제 죽는다고 정해져 있는 것이 아니니, 앞날이 창창한 젊은이는 출가를 한 후에 오히려 품행이 나빠져 세상의 비난을 받는 경우도 있다. 그러하니 출가는 좀더 두고 보는 것이 좋겠구나."

스자쿠 상황은 온나산노미야를 이렇게 타이르고 겐지에게 말하였습니다.

"이렇듯 출가를 자청하니, 용태가 중하여 살날이 얼마 남지 않았다 싶으면 출가를 시켜 숨을 거두기까지 잠시나마 공덕을 쌓게 하고 싶군요."

"지난 며칠 동안 줄곧 그런 말씀을 하였으나, 귀신이 병자의 마음을 어지럽혀 그럴 수도 있는 것이라 얘기하고 상대를 하지 않았습니다."

"설사 귀신의 짓이라 하여도 그것을 이기지 못하여 결과가 나쁠 것 같으면야 삼가야겠으나, 이렇듯 쇠약해진 병자가 마지막 때가 왔다 하여 바라는 것을 외면한다면 훗날 후회스러워 괴롭지 않겠습니까."

스자쿠 상황은 이렇게 말하는 한편, 마음속으로는 다른 생각을 하고 있습니다.

'가장 안심할 수 있는 분이라 여겨 온나산노미야의 생애를 맡겼는데, 기꺼이 받아들여놓고 깊은 애정도 쏟지 않았으니. 지난 몇 년 동안 내가 기대하는 만큼의 대우를 하지 않고 있다는 소문을 들어온 터, 심중에 맺힌 한을 얼굴에 드러낼 수는 없어 참아왔느니. 세상 사람들이 이 두 사람 사이를 뭐라 상상하고 수군덕거리고 있는지, 그것조차 유감스럽게 여겨왔는데 이 기회에 출가를 하면 나쁜 풍문에 웃음거리가 되는 일도 없을 터이니 차라리 좋은 방법일지도 모르겠다. 겐지는 앞으로도 보살펴주기는 할 터이니 그것만으로도 온나산노미야를 맡긴 보람은 있었다 단념하고, 기리쓰보 선황에게서 물려받은 넓고 운치 있는 집을 손질하여 그곳에 온나산노미야를 살도록 하는 것이 좋겠구나. 세상 이목이 있으니 별거하는 형식은 취하지 말고. 출가한 몸으로 지낸다 해도 내가 살아 있는 동안은 걱정 없이 살게 하고 싶구나. 겐지 역시 그리 박정하게 내치지는 않을 것이나, 아무튼 앞으로 두고 보아야겠지.'

이렇게 생각한 끝에 결심을 하고 말하였습니다.

"내 애써 이렇듯 산을 내려왔으니, 출가의 수계라도 받아 불도와 연을 맺도록 하지요."

겐지는 꺼림칙하고 괘씸한 마음도 잊고, 대체 이것이 어찌 된 일인가 하여 슬퍼하고 아쉬워하면서 갑작스러운 일에 감정을 억누르지 못하고 휘장 안으로 들어가버렸습니다.

"어찌하여 앞으로 살날도 오래지 않은 나를 버리고 출가를 하겠다는 것입니까. 아무쪼록 당분간은 마음을 가라앉히고 탕약도 들고 식사도 하도록 하세요. 출가에 아무리 높은 공덕이 있다 한들 몸이 약해서야 근행도 할 수 없을 것 아닙니까. 아무튼 지금은 몸조리를 해야지요."

겐지가 이렇게 말하나 온나산노미야는 고개를 저으며 생각합니다.

'새삼스레 애틋한 말씀을 하시다니.'

겉으로는 아무렇지도 않은 척하였으나 역시 마음속으로는 자신의 박정함을 원망하고 있었던 것이라 헤아려지니, 겐지는 온나산노미야를 애처롭고 가엾다 여깁니다.

겐지가 이러저런 말로 달래고 반대하여 주저하는 사이에 날이 밝고 말았습니다.

스자쿠 상황은 밝은 대낮에 산으로 돌아가려면 사람들 눈에 띄어 좋지 않으니 수계를 서둘렀습니다. 기도를 올리고 있는 스님 가운데에서 덕망이 있고 신분이 높은 스님을 불러들여 온나산노미야의 머리를 자르도록 하였습니다. 여인으로서 한창때인 지금, 눈부시도록 아름다운 머리카락을 자르고 오계를 받는 절차를 치르니, 너무도 슬프고 아쉬워 겐지는 도저히 견딜 수가 없는지라 소리내어 울음을 터뜨렸습니다.

스자쿠 상황 또한 온나산노미야를 각별히 사랑하였던 터라 다른 누구보다 행복하게 하여주고 싶었는데 이승에서는 그 바람을 이루지 못하고 머리를 자르게 하였으니, 체념하기가 어려워 슬픔을 가누지 못하고 눈물만 흘립니다.

"이제 바라던 대로 되었으니 건강해야 하느니라. 아무쪼록 아무 탈 없기를 바란다. 그리고 염불에도 힘쓰도록 하거라."

스자쿠 상황은 이렇게 말하고 아침 일찍 서둘러 길을 떠났습니다.

온나산노미야는 심신이 쇠약해져 금방이라도 꺼져버릴 듯한 모습이니 스자쿠 상황의 얼굴도 제대로 보지 못하고 작별의 인사도 하지 못합니다.

"이 꿈만 같은 슬픔에 마음이 어지러워 그 옛날처럼 정겨운 행차에도 답례조차 변변히 하지 못하는 불충은 훗날 찾아 뵙고 사과드리겠습니다."

겐지는 이렇게 말씀을 올렸습니다.

서산까지 가는 길, 스자쿠 상황을 수행하도록 많은 사람을 보냈습니다.

"내 목숨이 오늘내일하는 이때, 출가를 하고 나면 달리 온나산노미야를 돌봐줄 사람이 없으니 세상의 풍파를 어찌 견딜까 가여워 그냥 내버려둘 수 없는 아비 심정에 그대에게 무리하게 부탁을 드렸습니다. 그대에게는 큰 폐였을 터인데, 지금까지 나는 안심하고 지냈습니다. 만의 하나 온나산노미야가 목숨을 보존하면 여느 여인과 다른 모습으로 이목이 많은 곳에서 지내는 것은 거북하겠지요. 그러하다 하여 인가를 멀리 떠난 산 속에서 지내는 것도 적적하고 불안한 일일 터이니, 앞으로도 모습은 저러하나 버리지 말고 살펴주세요."

"새삼 그런 말씀을 하시다니 부끄러워 몸 둘 바를 모르겠습니다. 슬픔에 마음이 혼란스러워 아무것도 분별할 수 없으니."

겐지는 정말 견디기 어렵다는 표정입니다.

그날 밤 한참 가지기도를 하는 중에 귀신이 나타났습니다.

"보세요. 무라사키 부인의 목숨을 용케 되살렸다고 생각하는 듯하니, 그것이 분하고 원통하여 이번에는 얼마 전부터 이분 곁에 시치미 떼고 붙어 있습니다. 허나, 이제는 그만 돌아가지요."

귀신은 이렇게 말하며 비웃습니다.

'참으로 한심한 일이로다. 저 귀신이 온나산노미야까지 괴롭혔다는 말인가.'

겐지는 이렇게 생각하니 온나산노미야가 가여워졌습니다.

귀신이 사라지자 온나산노미야는 다소 정신을 차린 듯 보이나 여전히 기력은 없습니다. 시녀들은 모두 온나산노미야의 출가에 낙담한 모습입니다. 출가를 하였으나 겐지는 병이 낫기만을 바라면서 날을 연기하여 기도를 게을리하지 말라고 이르는 등, 온나산노미야의 목숨을 구하기 위해 온갖 수단을 가리지 않습니다.

가시와기 중납언은 온나산노미야의 출산과 출가 소식을 듣자 당장이라도 숨이 끊어질 듯 용태가 악화되니 전혀 회복될 가망이 없어졌습니다.

부인인 온나니노미야를 가엾게 여겨 새삼스레 거처를 옮기게 하면 황녀의 신분인 만큼 경솔한 짓이라 여겨질 터입니다. 또한 어머니와 아버지 대신이 이렇듯 늘 곁에 붙어 있어서 혹여 온나니노미야의 모습이 보이면 거북해하실 터이니, 참다못하여 이렇게 말합니다.

"어떻게든 일조의 집에 다시 한 번 가보고 싶습니다."

허나 아버지 대신과 어머니는 한사코 허락하지 않습니다. 그래서 가시와기 중납언은 아무에게나 자신이 죽으면 온나니노미야를 잘 돌봐달라고 부탁합니다.

온나니노미야의 어머니 미야스도코로는 애당초 이 결혼을 탐탁해하지 않았는데, 가시와기 중납언의 아버지 대신이 분주히 드나들며 간절하게 청하였고, 스자쿠 상황도 그 깊은 마음을 이기지 못하여 어쩔 수 없이 허락한 것이었습니다. 스자쿠 상황은 온나산노미야를 걱정할 때도, 둘째는 믿음직하고 성실한 남편을 얻어 다행이라 하였다고 하니, 가시와기 중납언은 일이 이렇게 된 것을 새삼 민망해합니다.

가시와기 중납언은 어머니에게도 이렇게 부탁합니다.

"온나니노미야를 홀로 남겨두고 가야 한다 생각하면 가여워서 견딜 수가 없습니다. 모두 안되었으나, 마음대로 되지 않는 것이 사람의 목숨이니 어쩔 수가 없군요. 평생을 함께하지 못한 부부의 짧은 인연을 온나니노미야가 얼마나 원통해할까 생각하면 괴롭고 서럽습니다. 어머님, 아무쪼록 그분을 자상하게 돌봐 주세요."

"무슨 당치 않은 말씀입니까. 그대를 앞세우고 내가 살아 대체 무슨 낙이 있겠다고요. 그런 앞일까지 걱정을 하다니."

어머니는 이렇게 말하며 그저 눈물만 흘릴 뿐이니 가시와기 중납언은 더 이상 뭐라 말할 수가 없습니다. 가시와기 중납언은 바로 아랫동생인 좌대변에게 자세한 유언을 남겼습니다.

가시와기 중납언은 너그럽고 인품이 된 사람이라서 동생들, 특히 어린 동생들은 마치 아버지처럼 따르고 의지하고 있습니다. 그런데 이렇듯 나약한 말을 하니 슬퍼하지 않는 사람이 없습니다. 집안일을 하는 아랫것들까지 모두 비탄에 젖어 있습니다.

천황도 가시와기 중납언의 일을 애석해하고 안타깝게 여기고 있습니다. 임종이 가깝다는 소식을 들으니, 서둘러 권대납언으로 승진시켰습니다. 그 기쁨에 기운을 되찾아 다시 한 번 궁을 찾아주지는 않을까 하여 직위를 내렸으나, 병인은 전혀 회복의 기미를 보이지 않으니 힘겨운 가운데에서도 병상에서 예를 올립니다.

아버지 대신은 이렇듯 각별한 폐하의 처우에 슬픔이 더하니, 체념하지 못하고 비탄에 몸부림칩니다.

유기리 대납언은 가시와기 권대납언의 병세를 마음 아파하면서 병문안을 하기 위해 수시로 드나듭니다. 이번 승진 소식에도 제일 먼저 달려와 축하하여주었습니다. 병상이 있는 본채 주변과 대문 앞에는 축하객과 문안객이 타고 온 말과 수레가 줄줄이 대어져 있고 수많은 수행원들이 혼잡스럽게 모여 있습니다.

올해 들어 가시와기 중납언은 거의 자리에서 일어나지도 못하는데, 근위대장이란 막중한 직위의 분을 흐트러진 무례한 차림새로 대할 수는 없으나, 그래도 이대로 죽으면 아쉬움이 클 듯하여 만나고 싶으니, 가지승을 잠시 물러나 있게 하고 누워 있는 머리맡으로 유기리 대납언을 맞았습니다.

"이리로 들어오게나. 흐트러진 모습을 보이는 무례함은 용서하여주겠지."

옛날부터 격의 없이 사이좋게 지내온 친구 사이이니 죽음으로 인해 헤어지게 된다면 그 슬픔과 애틋함은 친형제 못지않을 것입니다.

오늘은 관위 승진을 축하하러 왔으니 다소나마 기운을 되찾았다면 얼마나 기쁘랴 하고 생각하였는데, 이런 모습을 하고 있으니 유기리 대납언은 실망스럽고 안타까워 어쩔 줄을 모릅니다.

"어찌하여 이렇듯 기력을 잃었는가. 오늘은 경하스러운 날이니, 다소나마 기운을 되찾지 않았을까 하여 찾아왔거늘."

유기리 대납언은 이렇게 말하며 휘장의 자락을 걷어올립니다.

"분하고 허망한 일이나, 그 옛날의 내 모습은 완전히 사라지고 말았네."

가시와기 권대납언은 이렇게 말하며 흐트러진 머리카락을 감추려는 건을 간신히 눌러쓰고 몸을 조금 일으키려 하나 몹시 힘들어합니다. 오래 입어 부드러워진 하얀 속옷을 몇 겹이나 겹쳐 입고 그 위에 이불을 덮고 누워 있습니다.

병상 주위는 깔끔하게 정리되어 있고 사방에는 훈향이 떠다니니 그윽하고 정취가 풍기는 방입니다. 병상인지라 모든 것이 반듯반듯하지는 않지만, 세심한 마음씀씀이가 엿보입니다. 중환자라 하면 머리카락과 수염이 제멋대로 자란 흉물스러운 모습을 하고 있기가 보통인데, 가시와기 권대납언은 야위고 초췌한데도 오히려 창백한 피부색이 기품 있게 보입니다. 베개를 세우고 기댄 채 누워서 얘기하는 모습이 기력이 딸려 금방이라도 숨이 넘어갈 듯하니, 도저히 마음이 아파 보고 있을 수가 없습니다.

"벌써 앓아누운 지가 오래인데, 그에 비하면 몸은 그리 상하지 않은 듯 보이네. 건강하였을 때보다 오히려 남자답게 보이니."

유기리 대납언은 말은 이렇게 하면서도 흐르는 눈물을 닦으며 다시 말을 잇습니다.

"우리는 죽어도 같이 죽고 살아도 같이 살기로 약속한 친구가 아닌가. 그런데 어쩌다 이렇듯 슬픈 일을 당하게 되었는지. 대체 무엇 때문에 이렇게 병이 무거워졌는지 나는 그 원인조차 모르고 있으니, 그저 답답하고 석연치 않을 따름이네."

"나 역시 왜 이렇게 병이 무거워졌는지 전혀 알 수가 없다네. 어디가 어떻게 아픈 것은 아니었는데, 이렇듯 갑자기 나빠질 줄은 몰랐다네. 그런데 며칠 지나지 않아 이렇듯 쇠약해져 지금은 살아 있는 듯하지도 않으이. 죽어도 아깝지 않은 목숨을 어떻게든 부지하려고 발원을 하고 기도를 한 효험이 있어 아직 이 세상에 머물러 있으나, 지금은 오히려 고통이 더 크니 차라리 하루빨리 죽었으면 싶은 심정이라네. 마음은 그러하나 막상 이 세상을 떠나려 하니 마음에 걸리는 일도 많으이. 부모님께 효도도 하지 못하였는데 앞서 가는 불효를 저질러 부모님을 슬프게 하고 폐하께는 충성을 다하지 못하고 있네. 지금까지 살아온 생애를 되돌아보아도 뜻한 바대로 되지 않아 출세도 못하고 끝나게 되었으니 한만 남았네. 허나 아무에게도 말하지 못한 더 큰 번뇌까지 안고 있으니. 이렇게 마지막 가는 길에 누구에게 말을 하랴 싶어 망설여지네만, 더는 마음에 담고 있기가 어려우니 그대가 아니면 누구에게 털어놓겠는가. 형제들은 많으나 저마다 이런저런 사정이 있으니 말을 꺼내기가 쉽지 않으이. 실은 겐지 님에게 도리에 어긋나는 잘못을 저질러 지난 몇 달 동안 마음속으로는 줄곧 사죄를 하였으나, 나로서는 참으로 유감스러운 일이고 이 세상에 살아남아 있는 것조차 불안하니, 그래서 병이 들지 않았나 생각하네. 스자쿠 상황의 생신 축하연의 시연 때, 겐지 님의 부름이 있어 찾아 뵙고 의중을 살폈으나 역시 용서하시지 않는 듯하였다네. 매서운 눈초리로 나를 찌르듯 노려보시는지라 더더욱 이 세상에 살아 있기가 두렵고 소심해져, 모든 것에 의욕을 잃고 말았네. 그때 이후로 마음이 어지럽기 시작하더니 끝내 이렇게 되고 말았네. 겐지 님은 나 따위 하잘것없는 인간이라 여기실 터이나, 나는 어렸을 때부터 의지하고 따랐던 분이니 무슨 중상이라도 있지 않았나 싶으이. 죽어도 그 일은 이 세상에 맺힌 한으로 남을 듯하니, 왕생에도 장애가 되지 않겠는가. 그런 일이 있었으니 아무쪼록 내 말을 잊지 말고 기회가 있으면 겐지 님에게 잘 설명하여주게나. 내가 죽은 후에라도 용서를 받는다면 나 역시 자네의 은혜를 잊지 않겠네."

이렇게 말하는 도중에 용태가 점점 더 심상치 않아지니, 유기리 대납언은 슬픔을 억누르지 못합니다. 마음속으로 혹시나 하고 짐작이 가는 바가 없지는 않으나, 분명한 것은 헤아리지 못하고 있습니다.

"어찌하여 그렇듯 자신을 탓하며 의심을 하는가. 아버님은 전혀 그런 태도를 보이지 않으시던데. 지금도 그대의 병이 무겁다는 소식을 듣고 놀라고 탄식하며 더없이 유감스러운 일이라고 하셨거늘. 그렇듯 마음속에 번뇌를 품고 있으면서 지금까지 내게 아무 말도 하지 않았으니. 알았다면 두 사람 사이를 중재하여 해명도 할 수 있었을 터인데, 지금은 어쩔 도리가 없지 않은가."

유기리 대납언은 지나간 세월을 돌이키고 싶다는 듯 슬퍼합니다.

"다소나마 병이 중하지 않았을 때 그대에게 털어놓고 의논할 것을 그랬네. 허나 이렇듯 빨리 목숨이 경각에 달할 줄은 알지 못했으니. 사람의 목숨이란 무상하다는 것을 너무 안이하게 생각했나보이. 이 일은 자네 마음에만 담아놓고 다른 사람에게는 절대 발설해서는 안 되네. 때가 오면 배려를 부탁하려 하였으니, 지금 말해두는 것이네. 또 일조에 있는 온나니노미야를 잘 보살펴주게나. 산에 있는 스자쿠 상황이 온나니노미야의 처지를 들어 걱정할 터이니, 아무쪼록 잘 처리해주게나."

하고 싶은 말은 아직도 많으나 가시와기 권대납언은 기력이 쇠진하여 이제 그만 돌아가라는 손짓을 합니다.

가지승들이 다시 자리로 돌아오고 어머니와 아버지 대신도 다시 모여들었고 시녀들도 바삐 오가는 터라 유기리 대납언은 눈물을 머금고 자리에서 물러났습니다.

여동생인 고키덴 여어는 말할 것도 없고 역시 여동생인 유기리 대납언의 부인 구모이노카리 부인도 몹시 슬퍼합니다. 가시와기 권대납언은 모두를 자상하게 배려하는 맏형다운 듬직한 성품이었기에, 검은 턱수염 우대신의 부인 다마카즈라 부인 역시 이분만을 친근한 형제로 생각하고 있었습니다. 병세를 걱정하여 부인 자신도 특별히 기도를 올리도록 하였으나, 약이나 기도 등은 듣지 않는 사랑의 병인 탓에 아무 소용도 없었습니다.

온나니노미야도 만나지 못한 채 가시와기 권대납언은 거품이 꺼져버리듯 허망하게 숨을 거두었습니다.

지금까지 오랜 세월, 권대납언은 온나니노미야에게 진정 깊은 애정을 품지는 않았으나 겉으로는 자상하고 더없이 소중하게 대우하고 부드러운 태도와 풍정 있는 마음씀씀이로 예의바르게 대하였습니다.

그러하니 온나니노미야가 남편에게 이렇다 할 불만을 품는 일은 없었습니다. 다만 이렇듯 빨리 갈 사람이었기에 세상의 여느 부부만큼도 부부 사이에 관심이 없고 담백하였나 하고 생각합니다. 견딜 수 없는 그리움과 슬픔에 젖어 있으니 그 모습이 참으로 가련합니다.

어머니 미야스도코로도 이렇듯 남편과 사별하게 된 온나니노미야의 처지가 사람들의 웃음거리가 되지는 않을까 노심초사하는 가운데 온나니노미야의 박복한 신세가 처량하고 가여워 슬픔을 가누지 못합니다.

하물며 아버지 대신과 어머니의 슬픔은 두말할 필요도 없었습니다. 부모가 먼저 죽어야 하는 세상의 도리에 어긋나는 이런 불효가 어디 있느냐며 서러워하고 죽은 아들을 그리워하나, 모두가 소용없는 일이지요.

출가한 온나산노미야는 가시와기 권대납언의 한결같은 사랑을 그저 성가시게만 여겼던 터라 오래 살아 있기를 바라는 마음은 도통 없었습니다. 그래도 죽었다는 소식을 들으니, 뒤늦었지만 가시와기 권대납언을 애처롭게 생각합니다.

'전생의 인연이 이렇게 될 것이라 정해져 있었기에 그렇듯 뜻하지 않은 불미한 사건이 생겨, 가시와기 권대납언이 자신의 아들이라 믿는 아이가 태어났던 것일까.'

이렇게 생각하니 세상사가 모두 불안하고 허망하여 그저 눈물이 흐를 뿐이었습니다.

삼월이 되자 날씨도 화창해지니, 어린 도련님의 오십일을 축하하게 되었습니다. 도련님은 피부가 하얗고 귀여운데다 발육도 좋아 옹알이도 일찍부터 시작하였습니다.

"기분은 좀 좋아졌습니까. 허나 참으로 맥이 빠지는 일이로군요. 원래 모습을 한 채로 기운을 되찾았다면 얼마나 기쁜 마음으로 만났겠습니까. 이렇게 출가를 하고 말았으니, 나는 그저 괴롭고 한스러울 따름입니다."

겐지는 온나산노미야를 찾아 눈물을 머금고 원망을 늘어놓습니다.

겐지는 날마다 온나산노미야를 찾아보며, 여승이 된 지금 오히려 더욱 정중하고 사려 깊게 보살피고 있습니다.

오십일 축하연에서는 도련님에게 떡을 올려야 하는데, 시녀들은 축하연의 자리에 어머니가 출가한 모습으로 앉아 있는 것이 외람되지 않을까 하여 망설이고 있는데, 겐지는 이렇게 말합니다.

"무슨 지장이 있겠느냐. 여자 아이라면 같은 여성이라 하여 어머니를 따라 그리되면 어찌할까 불길하여 걱정도 하겠다만."

남쪽 정전에 도련님의 자리를 마련하고 떡을 올렸습니다.

유모들이 곱게 차려입고, 맛난 것을 담은 바구니와 노송 바구니 등을 발의 안팎에 늘어놓습니다. 아무도 도련님의 탄생의 비밀을 모르는데다, 어린 도련님은 무심하고 철없이 움직이니 겐지는 보다 못해 괴로워 눈을 돌리고 싶은 심정이었습니다.

출가한 온나산노미야도 자리에서 일어나 짧게 자른 머리끝이 넓게 퍼진 것이 성가셔 쓰다듬고 매만지고 있던 참에 겐지가 나타나 휘장을 밀어내며 자리에 앉으니, 온나산노미야는 몹시 거북해하며 고개를 돌렸습니다. 온나산노미야는 몸이 더욱 여위어 왜소해졌는데, 머리를 깎는 스님이 가련하게 여겨 일부러 뒷머리는 길게 자른 탓에, 뒷모습은 여느 여인과 별 다름이 없습니다. 겹겹이 덧입은 짙푸른 승복에 노란빛이 도는 붉은색 겉옷을 입어 아직은 여승의 차림에 익숙하지 않은 모습이, 오히려 귀여운 동녀처럼 상큼하고 얌전하고 아름답게 보입니다.

"아아, 이 무슨 속절없는 모습이란 말입니까. 승복이란 언제 보아도 음산하고 눈앞이 어두워지는 색이로군요. 이렇듯 출가한 모습을 하였어도, 늘 만나볼 수 있다는 것으로 마음을 달래려 하였으나 여전히 미련이 남아 눈물만 흐릅니다. 이 보기 흉한 눈물이 그대의 미움을 사 버림받은 나 자신의 부족함 때문이었다 체념은 하고 있으나, 역시 여러 가지 일로 마음이 아프니 참으로 아쉽습니다. 그 옛날을 지금으로 돌이킬 수는 없을는지."

겐지는 이렇게 말하며 한탄합니다.

"이제는 끝이라며 나를 버리고 절에라도 들어갔다면, 진정 나를 미워하여 버린 것이라고 수치스럽고 한심하게 여기겠지요. 아무쪼록 나를 가엾다 여겨주세요."

"이렇듯 출가한 사람은 사람의 애정 따위는 모르는 법이라 들었습니다만, 저는 애당초 그런 것을 모르는 몸이었으니, 뭐라 답하여야 좋을지 모르겠습니다."

"너무한 말씀입니다. 사람의 애정을 알았던 때가 있었을 터인데."

겐지는 이렇게 말하고 말을 거둔 채 어린 도련님을 바라봅니다.

신분이 높고 용모도 출중한 유모들이 시중을 들고 있습니다. 겐지는 그 사람들을 불러 어린 도련님을 모실 때의 마음가짐을 가르칩니다.

"아아, 가엾구나. 내 목숨이 얼마 남지 않았는데, 이 어린것을 키워야 하다니."

겐지가 이렇게 말하며 도련님을 안아 올리자 도련님은 천진하게 방실방실 웃습니다. 포동포동하게 살이 오른 얼굴이 하얗고 아주 귀엽습니다.

유기리 대납언의 어렸을 때 모습을 어렴풋하게 떠올리며 비교해보나, 역시 닮은 구석이 없습니다. 아카시 여어가 생산한 황자 또한 아버지의 피를 이어받아 황족다운 고귀한 품위를 갖추고 있으나, 딱히 용모가 아름답지는 않습니다.

그런데 이 어린 도련님은 기품이 있는데다 애교가 있고 눈매가 곱고 아름다우며 방실거리는 모습이 참으로 매력적입니다. 그리 생각하는 탓인가, 역시 가시와기 권대납언의 모습을 많이 닮았다 여겨집니다. 벌써부터 눈매가 온화하고 보는 이의 마음을 끌 정도로 용모가 출중하니, 향내가 피어오를 듯 아름다운 모습입니다. 허나 어머니인 온나산노미야는 가시와기 권대납언을 닮지는 않았다 여기고, 다른 시녀들 역시 꿈에도 진실을 모르는 터라 겐지 혼자서만 마음속으로 이렇게 생각합니다.

'이 아이가 태어나고 얼마 후에 죽다니, 참으로 가시와기 권대납언의 운명이 허망하구나.'

새삼 인간 세상의 무상함에 대해서도 생각지 않을 수 없으니, 겐지는 눈물을 뚝뚝 흘립니다.

"오늘은 도련님의 탄생 오십일을 축하하는 날, 눈물은 불길한 것을."

겐지는 이렇게 중얼거리며 살짝 눈물을 닦아 감추고, '차분히 생각하고 눈물을 견디니'라는 『백씨문집』에 있는 백거이의 시를 읊조렸습니다. 백거이는 쉰여덟 살에 비로소 첫아들을 얻었습니다. 겐지는 쉰여덟에서 열 살이 젊으나 자신의 목숨이 얼마 남지 않았다는 심정에 울적해졌습니다.

이 시에는 또 '부디 고집스럽고 어리석은 네 아비를 닮지 말거라'라는 한 구절이 있으니, 어린 도련님에게 친아버지를 닮지 말라고 깨우치고 싶었던 것일까요.

'시녀들 가운데에도 이 비밀을 아는 자가 없지는 않을 터. 그것이 누구인지 알 수 없는 이 답답함이여. 그 시녀는 이런 나를 어리석은 자라 여기고 있겠지.'

이렇게까지 생각하니 마음속이 편치 않습니다.

'내가 웃음거리가 되는 것은 참기로 하자. 여인의 입장인 온나산노미야가 더욱 가련한 일이니.'

겐지는 이렇게 생각하며 속마음을 내색하지는 않습니다.

사연을 모르는 사람은 무심하게 옹알거리며 방실거리는 도련님의 귀여운 눈매와 입가를 어찌 생각할지 알 수 없으나, 겐지 자신은 역시 가시와기 권대납언을 많이 닮았다고 생각합니다.

'가시와기 권대납언의 부모가 아이라도 하나 남기지 않고 떠난 것이 못내 아쉬워 한탄하고 있는 듯하나 이 아이를 보여줄 수는 없는 일. 그토록 품위 있고 늠름하였던 사람이, 이렇듯 비

밀스러운 아이 하나만 남기고 스스로 목숨을 단축하였으니.'

겐지는 이렇게 가여워하니, 미워하던 마음조차 사라지고 저도 모르게 눈물을 흘립니다.

축하연이 끝나고 시녀들이 자리에서 물러난 틈에 겐지는 온나산노미야 곁으로 다가갔습니다.

"이 아이를 어찌 보십니까. 이렇듯 귀여운 아이를 버리면서까지 출가를 하여야 할 무슨 사연이 있었는지요. 아아, 참으로 답답합니다."

겐지가 관심을 일깨우듯 말하자 온나산노미야는 얼굴을 붉히고 맙니다.

대체 언제 어느 누가
이 씨앗을 뿌렸느냐
묻는다면
바위에 돋은 소나무 같은
이 어린아이는 뭐라 대답할까

"가엾은 일입니다."

이렇게 소리 죽여 얘기하니, 온나산노미야는 뭐라 대답하지 못하고 엎드리고 말았습니다. 겐지는 그럴 만도 하다 여기고 더이상은 추궁하지 않았습니다.

'대체 무슨 생각을 하고 있는 것일까. 원래가 깊이 생각하는

분은 아니나, 그러하다 하여 이런 일에 이렇듯 태연할 수는 없을 터인데.'

이렇게 온나산노미야의 속내를 짐작하는 것 또한 가슴 아픈 일이었습니다.

유기리 대납언은 가시와기 권대납언이 목숨이 다하기 전에 생각다 못해 넌지시 비친 이야기가 생각나니, 가시와기 권대납언의 모습이 언제까지고 잊혀지지 않아 슬프기 짝이 없는지라 형제자매보다 더 심하게 낙담하고 있습니다.

'대체 무슨 사연이 있었던 것일까. 병인의 의식이 좀더 분명한 때였더라면, 이왕에 속을 털어놓았으니 좀더 자세하게 사정을 물을 수도 있었을 터인데. 거의 숨이 넘어가던 때였는지라 가슴이 먹먹하여 더는 묻지 못하였으니, 안타까운 일이로고.

온나산노미야는 병이 그리 깊지 않았는데도 출가를 하였으니, 용케 결단을 내린 것이지. 그건 그렇다 하나 아버님께서 그리 쉬이 허락을 한 것은 또 왜일까. 이조원의 무라사키 부인은 이 위독한 상황에서 울면서 출가를 청하였다 들었는데, 얼토당토아니한 일이라 하여 지금까지 허락하지 않고 계시는 것을.'

유기리 대납언은 생각에 생각을 거듭합니다.

'그러고 보면 옛날부터 가시와기 권대납언이 온나산노미야에 대한 연심을 넌지시 비추어왔고, 그것을 억누르지 못하여 어쩔 줄 몰라하던 때도 있었으니. 겉으로는 매우 냉정한 척하여도, 남보다 주의 깊고 온화하여 심중에 무슨 생각이 있는지 헤아리기 어려워 잘 모르는 사람은 거북해할 정도였지. 하지만 정에 무너지기 쉬운 구석이 있고 나약하여 이리된 것일까. 아무리 애틋하다 하나, 도리에 어긋난 사랑에 번민하다가 이렇듯 목숨을 다하여도 좋은 것일까. 상대에게도 안된 일인데다 자신마저 파멸의 길을 걷고 말았으니. 전생의 업으로 그렇게 되었다고는 하나, 사려 깊지 못한 경솔한 처신 탓에 결과가 이리되고 말았구나.'

유기리 대납언은 혼자서만 이렇게 생각하고 구모이노카리 부인에게조차 일절 감회를 내비치지 않습니다.

그 후 적당한 기회가 없어 겐지에게도 아무 말을 전하지 못하였습니다. 허나 언젠가는 가시와기 권대납언의 말을 전해야 하니, 겐지의 상황을 알아보아야겠다고 생각합니다.

가시와기 권대납언의 아버지 대신과 어머니는 슬픔에 젖어 눈물이 마를 새가 없으니, 그가 죽은 지 얼마나 지났는지 날수조차 헤아리지 못합니다. 그래서 법회를 위한 법의와 의상, 그밖의 모든 절차를 형제자매들이 각기 맡아 준비하였습니다. 그날을 위한 독경과 불상을 장식하는 일도 바로 아랫동생인 좌대변이 맡아 하였습니다.

이레째 날의 송경에 관해서도 사람들이 주의를 주나, 아버지 대신은 그저 죽은 사람처럼 넋을 잃고 있을 뿐입니다.

"그런 말은 내게 하지 마라. 이렇듯 슬퍼하고 있는데, 이 마음이 더욱 어지러워지면 도리어 죽은 사람의 성불에 방해가 될 터이니."

일조의 온나니노미야는 임종도 보지 못하고 가시와기 권대납언과 사별한 한스러움에 누구보다 슬픔이 더합니다. 날이 흐르면서 넓은 집에 사람의 기척이 줄어드니, 적적하게 지내고 있습니다.

가시와기 권대납언이 살아 있을 때 가까이 시중을 들었던 사람들은 지금도 문안을 드리러 찾아옵니다. 죽은 사람이 어여뻐하였던 매와 말을 부리던 사람들은 자신의 역할을 잃어버려 풀이 죽은 채 출입을 하니, 그런 모습을 보면서도 온나니노미야는 슬픔이 더하였습니다.

늘 사용하던 도구류와 즐겨 퉁겼던 비파와 육현금 등의 악기는 소리도 내지 못하고 볼품없이 방치되어 있으니, 온 집안이 음산하기 그지없습니다.

앞뜰의 나무에 온통 새싹이 돋아 연기처럼 보이고 꽃은 올해도 때를 잊지 않고 피어 그윽한 정취를 풍기는데 시녀들도 짙은 감색 상복을 입은 채 적막하고 따분한 기분으로 있습니다.

그러던 어느 날의 일입니다. 행차를 알리는 사람들의 구성진 목소리가 울리고 문 앞에 수레를 대는 소리가 들렸습니다.

"아아, 돌아가셨다는 것을 깜박 잊고 가시와기 권대납언님께서 오시는가 하였습니다."

이렇게 말하며 눈물을 흘리는 시녀도 있었습니다.

허나 다름 아닌 유기리 대납언이 온 것이었습니다. 우선 인사를 올립니다. 늘 드나드는 가시와기 권대납언의 동생 변이나 재상이 오는가 하였는데, 황공하게도 드높은 유기리 대납언이 말쑥하고 아름다운 모습으로 찾아온 것입니다.

본채 차양의 방에 자리를 마련하여 맞았습니다. 일반 손님과 마찬가지로 시녀들이 상대를 하는 것은 실례가 될 것이라 여겨질 만큼 당당하고 훌륭한 모습이라, 어머니 미야스도코로가 면대를 하였습니다.

"이번에 이토록 불행한 큰일을 당하여 슬픔을 견디기 어려운 이 마음 친족 이상이나, 혈연도 아닌 입장으로 세상의 관례를 따를 수밖에 없으니 조문도 번듯하게 드리지 못하였습니다. 허나 임종에 앞서 제게 유언을 남겼으니, 절대 허술히 여기지 않을 것입니다. 어느 누구든 언제 죽을지 알 수 없는 덧없는 세상이나 제가 살아 있는 동안은 할 수 있는 모든 일을 하여, 제 진정을 보이도록 하겠습니다. 요즘은 궁중에도 제의가 많은데, 사적인 슬픔 때문에 낙심하여 출입을 하지 않는 것도 법도에 어긋나는 일이라 일단 출사를 하였으나, 이쪽을 찾아 뵌 후에 출사를 하자니 상가라 오래 있지 못하고, 오히려 미진함이 남을 듯하여 오래도록 찾아 뵙지 못하였습니다. 아버지 대신의 상심이 예사롭지 않다는 소식을 들었으나, '자식을 생각하는 어두운 아비 마음'은 그렇다 하여도 부부 사이 또한 각별한 것이니. 죽은 사람이 온나니노미야 님에게 얼마나 미련이 컸는지를 생각하면 더욱 슬픔을 가눌 길이 없습니다."

유기리 대납언은 이렇게 말하며 넘치는 눈물을 닦습니다. 그 모습이 기품 있고 용모가 빼어나면서도 부드럽고 우아한 풍취가 있습니다.

미야스도코로는 눈물 섞인 목소리로 말을 꺼냈습니다.

"사별의 아픔이야 이 무상한 세상에 흔히 있는 일이지요. 아무리 괴롭고 슬퍼도 세상이 달리 그 예가 없는 일은 아닐 것이라 여기고, 이 늙은 몸은 억지로라도 마음을 다잡으려 합니다. 허나 아직 젊은 온나니노미야가 슬픔에서 헤어나지 못하고 있으니 그 모습이 불길할 정도입니다. 당장이라도 뒤따라 저세상으로 가지는 않을까 싶으니, 살면서 슬픈 일이 많았던 불행한 이 몸이 이토록 오래 살아남아 덧없는 세상의 시름겨운 일들을 많이 보는 것은 아닌가 싶어 한탄스러울 뿐입니다. 그대와 죽은 사람은 허물없이 지낸 막역한 친구 사이였으니, 죽기 전에 뭐라 한 말도 있었겠지요. 나는 처음부터 이 혼담이 내키지 않았거늘, 아버지 대신이 열심히 청하는 것을 거절하기가 곤란하였던데다, 스자쿠 상황 역시 그럭저럭 괜찮은 혼담이라 여기고 허락한다는 뜻을 보였기에, 내 생각이 모자랐나 보다고 마음을 고쳐먹고 그분을 사위로 맞은 것입니다. 그런데 이처럼 허망하게 세상을 떠나 슬픔을 겪게 되니, 그때 나의 의견을 강경하게 주장하여 혼인을 반대하였다면 좋았을 것을 하고 지금에야 후회스럽습니다. 그때 강경하게 반대하지 못한 것은 설마 일이 이렇게 될 줄은 미처 몰랐기 때문입니다. 구습에 젖어 있는 나는, 황녀란 신분이란 어지간한 일 없이 이렇듯 결혼하는 것은 상서롭지 못한 일이라고 생각하고 있으니, 어차피 어중간하고 불행한 운을 타고났다면 차라리 죽은 사람의 뒤를 따라 연기가 되어 사라지는 것이, 남편의 뒤를 따랐다 하여 세상 사람들도 동정하지 않을까 생각됩니다. 허나 말은 그렇게 하여도 단호하게 마음을 먹기는 쉽지 않은 일이라 비관하고 있던 참에, 고맙게도 이렇듯 찾아와 살펴주니 더없이 황공하고 기쁜 일입니다. 임종에 앞서 그런 약속을 서로 나누었기 때문인가요. 생전의 그분은 온나니노미야에게는 그리 깊은 애정을 보이는 듯하지 않았는데, 정작 임종시에는 누구를 막론하고 온나니노미야를 부탁하였다는 유언을 들으니 이렇게 슬픈 가운데에서도 기쁘기 한량없습니다."

이렇게 얘기하고 눈물을 쏟으니 유기리 대납언은 마음을 진정시키지 못하고, 친절하게 위로의 말을 건넵니다.

"가시와기 권대납언은 이상할 정도로 모든 일에 빈틈이 없고 나무랄 데 없는 분이었는데, 이렇게 일찍 죽을 운명이기에 그러하였던 것일까요. 지난 2, 3년 동안은 몹시 울적해하여 무슨 번뇌라도 있는 듯 괴로워하였는지라 늘 불안하였습니다. 세상의 도리를 너무 잘 알고 생각이 깊은 사람은 깨달음이 지나쳐 심경이 맑은 탓에, 한번 울증에 빠지면 오히려 솔직함을 잃어 그 사람다운 생기발랄하고 좋은 점이 보이지 않게 되는 것은 아닐까 하여, 부족하나마 늘 충고를 하였습니다. 가시와기 권대납언은 그런 저를 사려가 깊지 못한 사람이라 여겼겠지요. 허나 그보다는 말씀하신 대로 온나니노미야 님이 홀로 남아 수심에 젖어 있으니, 황공하오나 그 심경이 너무도 안되었습니다."

유기리 대납언은 이렇게 위로하고 잠시 후에 돌아갔습니다.

죽은 가시와기 권대납언은 유기리 대납언보다 나이는 대여섯 살 위였으나 실로 젊고 우아하고 애교가 넘쳐흐르는 분이었습니다. 그런 데 반해 유기리 대납언은 매우 반듯하고 성실하고 묵직하고 남자다운 분위기입니다. 다만 얼굴은 실로 젊고 그 아름다움이 각별합니다. 젊은 시녀들은 상중인데도 잠시 슬픔을 잊고 그런 모습의 유기리 대납언을 배웅합니다.

유기리 대납언은 앞뜰의 벚꽃에 탐스럽게 핀 것을 보고 '올해만큼은 잿빛으로 피어라'라는 옛 노래가 문득 떠올랐으나, 불길한 일이 연상되니 삼가고, 해마다 봄이면 꽃은 탐스럽게 피어도 '내게 목숨이 붙어 있어야 그 꽃을 볼 수 있지 않을까'라는 옛 노래를 읊조립니다.

봄이 오면
꽃은 지난해와 다름없이
아름다운 색으로 피니
한쪽 가지가 말라버린
이곳 벚나무에도

또 이렇게 넌지시 노래하고 자리를 뜨니 미야스도코로가 얼른 화답하였습니다.

> 그 사람과 사별한 올봄에는
> 버들잎 새싹에 이슬을 꿰듯
> 슬픔의 눈물에 젖어 있으니
> 피었다가는 지는 꽃의
> 행방조차 알 수 없어

이 미야스도코로는 그리 운치가 있는 분은 아니나, 현대적이며 재기가 넘치는 분이라 평판이 자자한 갱의였습니다. 과연 그에 값하는 대응을 한다고 유기리 대납언은 생각하였습니다.

돌아가는 길에 가시와기 권대납언의 아버지 대신을 잠시 찾아 뵈니, 그의 동생들이 많이 모여 있었습니다.
"이리로 드시지요."
유기리 대납언은 침전의 널마루 방으로 들어갔습니다. 대신은 슬픔을 억누르고 대납언과 대면하였습니다. 늘 나이를 느끼지 못할 만큼 젊고 단정했던 모습이 지금은 야위고 수척해진데다 수염도 손질하지 않아 제멋대로 자라 있으니, 아버지 상을 당하였을 때보다 아들을 잃은 지금이 훨씬 초췌해 보입니다.
유기리 대납언은 대신의 모습을 보니 더는 견디기가 어려워

하염없이 눈물을 흘리는데, 남보기가 민망하다 여겨지니 애써 감추려 합니다.

대신도 유기리 대납언이 죽은 사람과 각별히 사이가 좋았던 친구라 생각하니 흐르는 눈물이 멈추지 않습니다. 두 사람은 뭐라 말로는 표현할 수 없는 슬픔을 함께하였습니다.

유기리 대납언은 일조의 온나니노미야를 문안하고 오는 길이라 전하고 상황을 알려드립니다. 대신은 그 말을 들으니 봄비에 추녀 끝에서 떨어지는 낙숫물만큼이나 눈물을 흘리며 소맷자락을 적십니다.

'버들잎 새싹에 이슬을 꿰듯'이라 노래한 미야스도코로의 노래가 적혀 있는 종이를 펼쳐 보이니 대신은 눈물이 앞을 가려 보이지 않는다며 몇 번이나 눈물을 닦아내고 봅니다. 울고 난 뒤 편지를 읽는지라 여느 때의 강직하고 의연하며 쾌활한 얼굴 모습은 온데간데없으니, 그저 볼품이 없을 따름입니다. 노래는 그다지 훌륭하지 않으나 '이슬을 꿰듯'이란 글귀에 동감하니, 또 슬픔이 밀려와 오래도록 눈물을 거두지 못합니다.

"그대의 어머니인 아오이 부인이 돌아가신 가을에는, 세상에 이렇듯 슬픈 일이 있으랴 싶었는데, 여자란 사람과의 교제에 한계가 있어 만나는 사람도 많지 않고 겉으로는 이런저런 일이 드러나지 않으니, 슬픔도 감추기가 쉬웠습니다. 허나 가시와기 권대납언은 부족하나마 폐하의 총애도 각별하였고, 관위가 오르면서 어엿한 어른이 되어 따르는 사람들도 절로 많아졌으니, 그 죽음을 놀라워하고 서러워하는 사람들이 각처에 적지 않은 듯합니다. 허나 나는 인망이나 관위와 무관하게 그저 보통 사람과 별반 다르지 않았던 아들의 인품이 그리워 견딜 수 없을 따름입니다. 대체 어떻게 하면 이 슬픔을 이겨낼 수 있을까요."

아버지 대신은 이렇게 말하고는 하늘을 우러르며 깊은 시름에 잠겼습니다.

저녁나절의 하늘 또한 짙은 감색으로 흐려져 있는데, 꽃이 떨어진 나뭇가지들을 오늘 처음 보는 듯한 모습입니다.

미야스도코로의 노래가 적혀 있는 종이에 대신은 이렇게 노래 한 수를 적어 넣었습니다.

자식을 앞세운 서러움에
눈물에 젖는구나
순서를 달리하여
부모가 자식으로 인해
상복을 입은 이 봄이여

유기리 대납언도 뒤이어 이렇게 노래하였습니다.

죽은 사람은
미처 몰랐겠지요
무정하게 앞서 가

아비인 그대에게
상복을 입게 하리라고는

동생인 변도 노래를 지었습니다.

한스럽구나
이 덧없는 상복을
누구에게 입으랴
봄도 기다리지 않고 떨어지는 꽃처럼
가버린 것일까

사십구재는 세상에 그 예가 없을 정도로 성대하게 치러졌습니다. 유기리 대납언의 부인은 물론 대납언 자신도 정성스러운 마음으로 송경을 보시하였습니다.

유기리 대납언은 수시로 온나니노미야가 있는 일조궁을 찾아 문안을 드렸습니다. 사월의 날씨는 화창하여 기분마저 상쾌하고, 초록이 움튼 나뭇가지가 아름다워 마음이 쏠리는데 슬픔에 젖어 있는 일조궁에서는 모든 것이 적막하니, 하루를 어찌 보내면 좋을지 모르는 듯한 모습입니다. 그때 유기리 대납언이 마침 찾아왔습니다. 뜰에는 온통 새싹이 돋아나 깔려 있는 하얀 모래가 듬성듬성하게 보이는 구석에 쑥이 득의양양하게 얼굴을 내밀고 있습니다. 죽은 가시와기 권대납언이 손수 손질한 앞뜰의 화단에도 지금은 무성하게 초록이 번져 있고, '그대가 심은 억새풀'이란 옛 노래처럼 억새풀이 흐드러지게 자라 있으니, 풀벌레 소리 구성진 가을밤의 정경이 그려져 유기리 대납언은 가슴이 메일 듯 슬픔에 젖은 채 풀숲을 헤치고 들어갔습니다.

집에는 이요 발이 사방에 걸려 있고, 상중을 뜻하는 먹색 휘장도 얇은 여름용으로 바뀌어 있어 그 너머로 비치는 사람의 그림자까지 시원스럽게 느껴졌습니다. 곱게 차려입은 여동의 짙은 감색 한삼 자락과 머리 모양이 희미하게 비치는 것이 풍정은 있습니다. 그러나 역시 눈물을 자아내는 애처로운 상복의 빛깔이었습니다.

오늘은 유기리 대납언이 툇마루에 앉았는지라 방석을 내밀며 시녀들은 이렇게 말하였습니다.

"그리 끝에 앉으시니 실례가 되지는 않을지."

평소처럼 미야스도코로가 응대해주기를 바라, 미야스도코로는 요즘 들어 몸이 편찮은 터라 물건에 기대어 있습니다.

대신 시녀를 상대하며 시간을 보내고 있는데, 아무런 걱정 없이 파릇파릇하게 물들어 있는 뜰에 있는 나무들을 보니 유기리 대납언은 애절한 기분이 절로 들었습니다. 떡갈나무와 단풍나무가 다른 나무들보다 한결 눈에 띄게 파릇파릇한 색으로 가지가 얽혀 있는 것을 보고 이렇게 말하였습니다.

"전생에 무슨 인연이 있어서인가, 이렇듯 가지 끝이 하나로 얽혀 있으니 장래를 약속한 듯 믿음직스럽군요."

저 떡갈나무와 단풍나무처럼

허물없었던 죽은 사람과 나

이왕 이리 찾는 것

죽은 사람의 허락을 얻었다 치고

그대와 친해지고 싶은 것을

"이렇듯 늘 발이 가로막힌 채로 대해야 하니 너무하신 처사
입니다."

유기리 대납언은 툇마루와 차양의 방을 가르는 가로대 기둥
으로 살며시 다가가 기댑니다.

"저 요염하고 나긋나긋한 모습이라니, 참으로 화사하십니다."

시녀들은 서로를 쿡쿡 찌르며 이렇게 수군거립니다. 지금 상
대를 하고 있는 소장이란 시녀를 통하여 온나니노미야는 이런
노래를 전하였습니다.

떡갈나무에 있다는 나뭇잎의 신 같은

남편은 죽어 없으나

외간 남자를

함부로 가까이 들여도 좋을

나뭇가지는 아니지요

"충동적인 마음으로 말씀하시니, 사려 깊지 못한 분이라 여

겨집니다."

유기리 대납언도 타당한 말이라 여기며 쓸쓸하게 웃습니다.

미야스도코로가 다가오는 기척이 느껴져 유기리 대납언은 자세를 가다듬었습니다.

"시름이 많은 이 세상을 한탄하면서 침울하게 지내는 시간이 오랜 탓일까요. 요즘은 늘 기력도 없고 하여 넋을 잃은 듯 멍하게 지내는 때가 많습니다. 이렇듯 잊지 않고 종종 찾아와주시니 그 고마움에 기운을 차려 만나 뵙기로 하였습니다."

미야스도코로는 매우 힘겨운 표정이었습니다.

"그리 한탄하시는 것은 세상의 이치이니 어쩔 도리가 없으나, 그토록 오랫동안 눈물로 지내시는 것은 어떠할지요. 사람 세상의 온갖 것은 전생의 인연이니, 그리될 운명이었던 게지요. 뭐라 말씀을 드린들 이 세상에는 한도가 있으니."

유기리 대납언은 이런 말로 미야스도코로를 위로하였습니다.

'온나니노미야 님이야말로 소문으로 들었던 것보다 그윽한 분인 듯하구나. 참으로 가여운 일이다. 황녀의 몸으로 신하와 결혼하여 그다지 보기 좋지 않았던데다 그 남편을 앞세우고 말았으니 세상의 웃음거리가 될 것을 염려하고 있을 터이지.'

유기리 대납언은 이런 생각이 드니, 온나니노미야에게 연민이 느껴져 근황을 자세하게 물었습니다.

'온나니노미야 님의 용모는 나무랄 데가 없다 할 정도는 아닌 듯하나, 몹시 보기 흉해 곤란한 정도만 아니라면. 용모에 따라 여자에게 염증을 내어 싫어하고, 또 도리에 어긋나는 사랑에 빠져 마음을 어지럽혀서야 될 일인가. 그것이야말로 흉측한 일이거늘. 결국 여자는 성품이 좋은 것은 가장 중요하지.'

유기리 대납언은 이런 생각을 하는 한편으로 온나니노미야에게 이렇게 말합니다.

"아무쪼록 나를 죽은 사람과 같이 여기고 그리 서먹하게 대하지 말기 바랍니다."

그 말투에 불순한 어감은 없으나, 애정을 담아 정성스럽게 말하니 왠지 모르게 각별한 뜻이 담겨 있는 듯 느껴집니다.

유기리 대납언은 실로 반듯한 평상복 차림에 키가 훤칠하게 크고 당당한 모습입니다.

"돌아가신 분은 만사에 자상하고 우아하고 품위가 있으며 애교가 있어 누구보다 사람을 끄는 매력이 있었지요. 대납언은 남자답고 쾌활하면서도 전혀 때가 묻지 않으니 정말 아름답군요. 눈이 휘둥그레질만큼 그 아름다움이 반짝이니, 어느 누구에게도 비할 수 없는 모습입니다."

시녀들은 이렇게 속삭입니다.

"이왕 발길을 하시는 것, 온나니노미야 님과 사랑하는 사이가 되면 좋을 것을."

우장군의 무덤에 처음으로 풀이 푸르니

유기리 대납언은 고인의 죽음을 애석해한 사람의 이런 시를 읊조립니다. 이 시는 우대장 야스타다의 죽음을 추모하는 것이나 죽음이 그리 먼 일은 아닙니다. 예나 지금이나 이런저런 일로 사람의 마음을 어지럽히고 슬프게 하는 무상한 세상에서, 가시와기 권대납언의 죽음은 신분의 높고 낮음을 막론하고 모두가 애석해하였으니, 유감스러워하지 않는 이가 없었습니다. 공인으로서 남들보다 뛰어났던 재기와 학예는 물론 유독 애정이 깊은 분이었기에, 그리 감회가 깊지 않을 관리나 나이 먹은 시녀들까지 죽은 사람을 그리워하며 슬픔에 젖어 있습니다.

하물며 천황은 그 슬픔이 더하니, 음악놀이가 있을 때마다 먼저 그를 떠올리며 그리워하고 그 죽음을 애석해하였습니다.

"아아, 가엾은 가시와기 권대납언."

무슨 말을 할 때마다 사람들의 입에서 이 말이 나오지 않는 예가 없었습니다.

겐지는 세월이 흐르면서 가시와기 권대납언을 가엾다 여기며 떠올리는 일이 더욱 많아졌습니다. 마음속으로는 어린 도련님을 죽은 이의 유품이라 생각하고 있으나, 다른 사람은 꿈에도 알지 못하는 일이니 아무런 소용도 없었습니다.

가을이 되자 어린 도련님은 기어다니기 시작하였다는군요.

젓대

이슬이 소복하게 내린
이 황폐한 덩굴 집에서
고인이 살아 있었던 가을날과
다름없는 풀벌레 소리와 젓대 소리 들으니

◆ 일조 미야스도코로

젓대의 음색은
고인이 불었던 그 시절과
다르지 않은데
고인 그리워하는 내 흐느낌 소리는
언제까지고 끊이지 않으니

◆ 유기리

🏵 제37첩 젓대(橫笛)

유기리는 일조 미야스도코로에게서 받은 가시와기의 유품인 젓대를 결국 겐지에게 맡긴다. 온나산노미야가 낳은 가오루가 실은 가시와기의 핏줄이라는 것을 겐지는 이미 알고 있었다.

가시와기 권대납언이 돌아가신 것을 체념하지 못하고 언제까지나 슬퍼하고 안타까워하며 그리워하는 사람들이 많았습니다. 겐지도 그리 친하지는 않아도 세상이 바람직한 사람이라 인정하는 사람이 죽으면 애석해하는 성품인데, 하물며 아침저녁으로 드나들며 친근하게 지냈던데다 그 누구보다 애정을 쏟았던 만큼, 비록 생각이 날 때마다 도저히 용서할 수 없다 여겨지는 예의 건이 있기는 하나 매번 그리워합니다.

일주기 때도 송경 등의 보시를 특별히 많이 하였습니다. 아무것도 모르는 도련님의 천진한 표정과 어린 모습을 보면 불쌍하고 가엾어 견딜 수가 없으니, 마음속으로 도련님이 공양하는 것이라 생각하여 황금 백량을 또 특별히 희사하였습니다.

아버지 대신은 겐지의 깊은 속뜻을 모르는 채 후의가 황공하여 감사의 말을 전하였습니다.

유기리 대납언 역시 많은 보시를 하고, 나서서 법회를 지휘하며 정중하게 제를 올렸습니다. 일조궁에 사는 온나니노미야에게도 각별한 동정을 보이며 자주 문안을 드리고 있습니다. 고인의 형제보다 친절하고 자상하게 배려하는 그 깊은 마음씀씀이에 아버지 대신과 어머니는 매우 기뻐하였습니다.

"이렇듯 친절하게 대하여줄 줄은 정말 몰랐습니다."

살아 있을 때 사람들로부터 얼마나 신망이 두터웠는지를 죽은 후에야 알게 되니 부모님은 고인의 죽음이 더욱 애석하여 하염없이 그리워합니다.

온나니노미야는 젊은 나이에 남편을 잃고 미망인이 되어 사람들의 웃음거리가 될 처지를 슬퍼하고 있고, 온나산노미야는 출가를 하여 속세와는 완전히 인연을 끊었으니, 산에 있는 스자쿠 상황은 어느 쪽이든 안타깝게 생각하는 일이 많습니다. 허나 속세의 일로 마음을 끓이지 않으리라 참고 견디고 있습니다. 근행을 할 때에도 온나산노미야 역시 불도 수행에 정진하고 있을 것이라 생각하니, 온나산노미야가 출가를 한 후에는 사소한 일이 있어도 편지를 보냅니다.

또한 산사 근처의 숲에 돋은 죽순, 산에서 캔 산마 등을 산골다운 소박한 정취가 있다 하여 보내곤 합니다. 빼곡하게 사연을 적은 편지 끝자락에 이런 글귀가 적혀 있습니다.

"봄의 산과 들에 안개가 자욱하여 잘은 보이지 않으니, 그대에게 보내고 싶은 마음에 캐어 오라 하였습니다. 얼마 되지 않으나."

속세와 이별하고
불도에 들어선 것은
내가 먼저이나
같은 극락정토에
나와 함께 그대도 갈 수 있기를

"극락정토를 건너는 것은 매우 어려운 일이나."

온나산노미야는 눈물을 머금고 편지를 읽고 있습니다. 그때 마침 겐지가 건너왔습니다. 여느 때와는 달리 온나산노미야 앞에 옻칠한 굽그릇 같은 것이 몇 개가 놓여 있어 대체 무얼까 하고 들여다보니, 스자쿠 상황이 보낸 편지였습니다. 펼쳐서 읽어보니 가슴이 메이는 내용이었습니다.

"내 목숨이 오늘내일인데, 보고 싶어도 볼 수 없는 것이 한스러워."

이렇게 구구절절 씌어 있는데 '같은 극락정토에 나와 함께 그대도 갈 수 있기를'이라는 구절이 있습니다. 그것은 풍취가 없는 승려다운 말투라 여겨집니다.

"이렇게 생각하시는 것이 지당하지요. 그대를 맡은 나까지 허술한 대접밖에 하지 않는다고 여길 터이니, 그대의 장래가 무척이나 걱정되시겠지요."

겐지는 이렇게 안타깝게 생각합니다.

온나산노미야는 거북한 심정으로 답장을 쓰고, 사자에게는 엷은 감색 능직물로 만든 예복 한 벌을 내렸습니다.

글을 잘못 써버린 종이가 휘장 끝에 언뜻 보이니, 겐지가 주
워 들고 봅니다.

이렇듯 괴롭고 시름에 겨운
속세를 떠나고 싶어
아버님 계신 곳처럼
깊은 산 속 한적한 곳을
꿈에도 그리워하고 있으니

필적에 맥이 하나도 없습니다.

"아버님께서 그대를 매우 걱정하시는 듯한데, 육조원을 떠나
'깊은 산 속 한적한 곳'을 그리워하다니, 나는 참으로 한스럽고
괴로워 견딜 수가 없습니다."

이제 온나산노미야는 겐지와 얼굴을 마주하려고도 하지 않습
니다. 그럼에도 아름답고 귀여운 머리 모양과 얼굴이 마치 어린
아이처럼 보이니 뭐라 형용할 수 없이 가련하여, 겐지는 왜 출
가하는 것을 허락하였을까 하고 불벌이 내릴 듯한 죄책감을 느
낍니다. 휘장을 친 채로 마주하고 있으나, 타인을 대하듯 서먹
해지지 않을 정도로 응대하고 있습니다.

유모 곁에서 자고 있던 도련님이 깨어나 겐지에게로 기어오
더니 소맷자락을 잡아당기고 재롱을 피우니 정말 귀여운 모습

입니다. 하얗고 얇은 천에 붉은 잔무늬가 있는 옷자락을 길게 늘어뜨리고 있습니다.

옷이 등 쪽으로 말려 있어 배가 고스란히 드러나 있으니 어린 아이들에게는 흔히 있는 일인데 참으로 앙증맞습니다. 피부가 하얗고 몸집은 갸름하여 마치 버들가지를 다듬어 만든 인형 같습니다.

머리칼을 짧게 깎아 머리가 마치 달개비로 물을 들인 듯 파릇파릇합니다. 발그스름한 입가는 아름답고 눈매는 온화하고 부드럽고, 보는 이가 주눅이 들 정도로 향긋한 냄새를 풍길 듯 매끄럽고 윤기가 나는 것을 보면 역시 죽은 사람이 선명하게 떠오릅니다.

허나 죽은 사람은 그리 빼어나게 아름다운 것도 아니었는데, 어찌하여 이 도련님은 이토록 아름다운 것인지요. 어머니를 닮지도 않았는데 벌써부터 기품이 있고 무게가 있으니 여느 사람과는 전혀 달리 보이는 것이 거울에 비친 겐지 자신의 모습을 전혀 닮지 않은 것은 아니다 싶었습니다.

도련님은 이제 아장아장 걸음마를 하는 때입니다. 죽순이 담겨 있는 굽그릇 쪽으로 다가가, 그것이 무엇인지 모르는 채 제멋대로 죽순을 흩뜨려놓고 깨물고 이리저리 내던집니다.

"버릇이 없구나. 이러면 못쓰지. 죽순을 치우거라. 말 많은 시녀들이 먹을 것을 탐한다고 천박스럽다 떠들고 다니면 안 되니."

겐지는 이렇게 말하며 빙그레 웃고는 도련님을 안았습니다.

"이 아이의 눈매가 왠지 예사롭지 않구나. 어린아이를 많이 보지 못한 탓인가. 어린아이는 그저 천진난만할 줄로만 알았는데, 벌써부터 다른 아이들과는 다르니 걱정이로다. 아씨들도 많은 이곳에 이렇듯 아리따운 남자 아이가 태어났으니, 난감한 문제가 생길 것이다. 아아, 그렇다 하나 나는 이 아이가 어른이 되는 것을 보지는 못할 터이니. '벚꽃이 한창 필 시절은 돌아오겠으나 내게 목숨이 붙어 있어야 그 꽃도 볼 터이니'라는 말이다."

겐지는 어린 도련님을 물끄러미 내려다보면서 이렇게 말합니다.

"참으로 불길한 말씀을. 듣기가 민망하옵니다."

시녀들은 이렇게 말씀을 올립니다.

어린 도련님은 이가 나기 시작하여 물건을 깨물기를 잘하니, 손에 꼭 잡은 죽순을 입에 대고 침을 흘리고 있습니다.

"이런 이런, 유별난 바람둥이로구나."

　　그 불미한 사건을
　　아직도 잊지 못하고 있는데
　　아무 죄 없는 천진하고
　　담죽처럼 귀여운 이 아이는
　　버릴 수 없으니

굽그릇에서 떼어놓고 죽순을 버리게 하고는 안아 올려 이렇

게 노래를 들려주나, 어린 도련님은 그저 아무것도 모르고 방실
거리며 얌전히 있지 못하고 무릎에서 기어내려와 사방을 돌아
다닙니다.

세월이 흘러, 어린 도련님은 소름이 끼치도록 귀엽고 아름답
게 성장하니 예의 불미한 사건마저 잊혀질 듯합니다.

'이런 아이가 태어날 숙명이었기에 그런 뜻하지 않은 사건이
있었던 게로구나. 모든 것은 피할 수 없는 전생의 인연이었어.'

겐지는 이렇게 다소 생각을 바꾸었습니다.

겐지는 자신의 운명에 대해서도 불만이 많았습니다. 많은 부
인들을 거느리고 있는 가운데, 이 온나산노미야야말로 무엇 하
나 부족함이 없고 인품도 나무랄 데가 없는데, 이렇듯 본의 아
니게 출가하여 뒤나 보살피게 된 운명을 생각하면, 역시 지난날
의 허물을 용서하기 어려우니 아직도 분하게 여깁니다.

유기리 대납언은 가시와기 권대납언이 숨을 거두기 전에 남
긴 한마디를 가슴속에 간직하며 때로 떠올리곤 하니, 무슨 사정
이 있었는지 겐지에게 묻고 싶어 견딜 수가 없었습니다. 어떤
반응을 보일지 그때의 안색을 살피고 싶으나, 어렴풋이 그런 일
이 아닐까 하고 짐작이 가는 것이 있는지라, 오히려 말을 꺼내
기가 두렵습니다. 허나 적당한 기회가 있으면 상세한 경위를 들
어 모든 것을 분명히 하고, 죽은 가시와기 권대납언이 몹시 괴
로워하며 죽었노라는 말을 겐지에게 전해야겠다고 생각하고 있

습니다.

　가을날의 호젓한 저녁입니다. 유기리 대납언은 일조궁의 온나니노미야가 어찌 지내는가 싶어 찾아 뵈었습니다. 온나니노미야는 조용히 앉아 육현금을 뜯고 있는 참이었나 봅니다. 갑작스러운 방문에 악기를 안에다 치울 겨를이 없어 그대로 놓은 채 유기리 대납언을 남쪽 차양의 방으로 모셨습니다. 지금까지 거기에 있었는지 시녀들이 안쪽으로 들어가는 기척이 확연하게 느껴집니다. 옷자락이 스치는 소리가 들리고 사방에 떠다니는 향내가 그윽합니다.

　유기리 대납언은 평소처럼 어머니 미야스도코로와 면대하며 고인의 추억담을 나눕니다. 유기리 대납언의 집은 밤낮으로 사람들의 출입이 잦아 차분하지 못하고, 어린아이들이 소란스럽게 구는 것에도 익숙해져 있던 터라, 일조궁의 차분하고 고요함이 왠지 쓸쓸하게 느껴집니다. 어딘가 모르게 황폐해진 느낌도 드는데, 과연 기품 있는 고귀한 분들이 사는 곳답게 모든 것이 우아하고 고결합니다. 풀벌레 울어대는 가을 들판처럼 꽃이 흐드러지게 피어 있는 앞뜰에 저녁노을이 비치니, 대납언은 그 풍광을 바라보고 있습니다.

　유기리 대납언이 육현금을 끌어당겨 보니 율조로 조율이 되어 있었습니다. 늘 가까이 놓고 사용하는 육현금인지 온나니노미야의 향내가 배어 있는 것이 정겹습니다.

'이렇듯 여인네들이 차분하게 사는 곳에 점잖지 못한 바람둥이가 오면 자제력을 잃고 추태를 부려 허튼 소문을 내게 될 터이지.'

  대납언은 이렇게 생각하며 육현금을 퉁깁니다. 그 육현금은 죽은 가시와기 권대납언이 살아 있을 때 즐겨 연주하던 것이었습니다. 흥겨운 곡을 한 곡 살짝 뜯고는 유기리 대납언은 이렇게 말합니다.

  "아, 가시와기 권대납언은 참으로 훌륭한 음색을 자랑하였지요. 이 육현금에도 아마 그 음색이 깃들여 있겠지요. 부디 온나니노미야 님께서 한 곡 연주하여 확인하도록 하여주십시오."

  "그분이 돌아가신 후에 육현금의 줄도 끊어졌습니다. 온나니노미야는 어린 시절에 놀이 삼아 연주하였던 곡조차 죄 잊어버린 듯하군요. 그 옛날, 스자쿠 상황 앞에서 시녀들이 각기 재주를 자랑하며 금을 연주하였을 때도, 온나니노미야는 음악에 상당한 재능이 있다고 인정을 받았지요. 그런데 지금은 전혀 다른 사람처럼 늘 넋을 놓고 수심에 잠겨 세월을 보내니 이 육현금 또한 슬픔의 씨앗이라 여기는 듯 보입니다."

  미야스도코로는 이렇게 얘기합니다.

  "그리 슬퍼하는 것도 합당한 일이지요. '수심에 여기까지란 한도가 있다면 몰라도.'"

  유기리 대납언이 괴로운 표정으로 육현금을 미야스도코로 쪽으로 밀어내니, 미야스도코로는 이렇게 말합니다.

"생각이 그러하다면, 이 육현금은 그대가 연주하여 죽은 사람의 음색이 전해지고 있는지 확인할 수 있도록 하여주세요. 모든 것이 성가셔 상심에 젖어 있는 내 귀만이라도 번뜩 정신을 차리게요."

"고인의 음색이 전해지는 육현금이라면, 역시 부부였던 온나니노미야 님께서 연주하여야 그 울림이 각별하겠지요. 아무쪼록 들려주세요."

유기리 대납언은 육현금을 발 가까이로 밀어 보냈으나 온나니노미야는 받아 연주할 기색을 보이지 않으니, 더 이상은 간청하지 않았습니다.

때마침 달이 떠오르니, 구름 한 점 없이 맑은 하늘에 무리와 떨어지지 않으면서도 날개를 섞으며 사이좋게 날아가는 기러기 한 쌍이 울어대는 소리를 들으면서도 온나니노미야는 몹시 부러워하겠지요.

바람이 서늘하게 불어와 더욱 슬픔을 자아내니, 온나니노미야는 앞에 있는 쟁의 현을 살며시 퉁겼습니다. 그 음색에 사뭇 깊이가 있는지라 유기리 대납언은 점점 더 마음을 빼앗기니, 도리어 육현금 소리가 듣고 싶어져 비파를 잡아당겨 말할 수 없이 친근감이 감도는 음색으로 상부련을 탔습니다.

"마음속을 헤아린 양 이 곡을 연주하여 황공하나, 이 곡 같으면 고인을 그리워하며 함께 연주할 수 있을까 하여."

이렇게 발 안쪽에 있는 온나니노미야를 향하여 재촉하지만,

상부련의 합주 따위 더욱이 조심스러운 일인지라 온나니노미야
는 홀로 상념에 잠길 뿐이었습니다.

　　대답을 하지 않는 것은
　　말로 하기보다
　　더욱 깊은 마음이 있는 것이라
　　헤아려집니다
　　부끄러워하는 듯한 그 모습을 보니

　유기리 대납언이 이렇게 노래를 건네자, 온나니노미야는 상
부련의 종장을 살며시 퉁기며 이렇게 화답하였습니다.

　　그대가 연주하는 상부련의 음색
　　깊은 밤의 슬픔은
　　들어 알 수 있으나
　　이렇게 현을 퉁기는 것 외에
　　무슨 말을 할 수 있을는지요

　육현금은 대체로 음색이 유연한데, 과연 고인이 마음을 담아
전한 음색인 만큼 같은 상부련이라도 온나니노미야가 퉁겨 황
량한 집에 그 소리가 울리니 가슴이 찡할 정도로 감동적입니다.
　유기리 대납언은 정취 가득한 달밤과 상부련을 좀더 오래 즐

기고 싶은데, 온나니노미야가 살짝 퉁기고 그만두니 원망스러울 정도로 아쉬워합니다.

"이런저런 곡을 함부로 퉁겨 유별난 취향을 들키고 말았습니다. 이렇게 밤이 늦도록 머물러 있으면 고인이 뭐라 탓할까 두려우니, 이만 물러가겠습니다. 다른 날 실례가 되지 않도록 찾아 뵐 것이니, 육현금의 가락은 그대로 두고 기다려주세요. 육현금이든 약속이든 기대에 어긋나는 일이 생기게 마련인 것이 세상사라 걱정이 됩니다."

유기리 대납언은 이렇게 넌지시 속내를 비추고 돌아갔습니다.

"오늘 밤 같은 음악놀이 정도로 고인이 꾸지람을 하지야 않겠지요. 두서없는 추억담을 나누느라 마음껏 듣지 못하였으니 목숨을 연명한 듯한 느낌이 들지 않는 것이 아쉽습니다."

미야스도코로는 이렇게 말하며 방문의 답례로 젓대를 건넸습니다.

"이 젓대는 실로 유서 깊은 것이라 들었는데, 이렇게 덩굴이 무성한 누옥에 묻혀 있는 것이 아까우니 드리겠습니다. 앞을 물리는 수행원들의 목소리에 지지 않도록 수레에서 마음껏 불어주세요. 멀리서 들려오는 그 소리를 이곳에서나마 듣고 싶습니다."

"이렇듯 훌륭한 젓대는 내게는 어울리지 않는 수행원이지요."

이렇게 말하며 들여다보니, 그 젓대는 가시와기 권대납언이 한시도 몸에서 떼지 않고 즐겨 사용하던 것이었습니다.

"나 역시 그 젓대를 불어 최고의 음색을 내지 못하니, 누가
이 젓대를 소중히 여길 사람이 있다면 물려주고 싶네."

가시와기 권대납언이 들으라는 듯이 하던 말이 떠오르니 한
결 애틋함이 더하여 시험삼아 반섭조를 절반쯤 불다가 그만둡
니다.

"육현금의 독주는 서툴러도 옛사람을 그리워하며 너그럽게
보아주셨겠으나, 이 젓대는 겸연쩍어서 불 수가 없군요."

미야스도코로가 발 안에서 이렇게 노래하였습니다.

    이슬이 소복하게 내린
    이 황폐한 덩굴 집에서
    고인이 살아 있었던 가을날과
    다름없는 풀벌레 소리와 젓대 소리 들으니

    젓대의 음색은
    고인이 불었던 그 시절과
    다르지 않은데
    고인 그리워 우는 내 흐느낌 소리는
    언제까지고 끊이지 않으니

유기리 대납언이 답가를 읊고 발길을 돌리기가 어려운 듯 주
저하는 사이에 밤이 훌쩍 깊고 말았습니다.

유기리 대납언이 삼조의 자택으로 돌아가니 모두들 격자문을
내리고 자고 있었습니다.

"요즘 대납언은 일조궁의 온나니노미야에게 푹 빠져 있으니,
그래서 수시로 그렇듯 문안을 드리는 게지요."

이렇게 고자질을 하는 시녀가 있어 구모이노카리 부인은 대
납언이 이렇게 밤이 늦도록 돌아오지 않는 것을 얄미워하며, 돌
아온 기척이 들리는데도 자고 있는 척하는 것이겠지요.

　　그 아가씨와 내가 헤치고 들어가는 이루사 산의

유기리 대납언은 구성진 목소리로 사이바라를 홀로 노래합
니다.

"이거야 참, 왜 이리 문단속을 단단히 한 것인가. 아아 답답하
구나. 오늘 같은 밤에 달을 보지 않는 곳이 있다니."

이렇게 투덜거리고는 시녀에게 일러 격자문을 올리라 하고,
손수 발을 말아 올리고는 툇마루 근처에 나와 누웠습니다.

"'이렇게 좋은 달밤에 태평하게 잠을 자는 사람이 있다니', 이
리 좀 나와보세요. 아아, 참으로 멋을 모르는구먼."

이렇게 말하는데도 구모이노카리 부인은 기분이 언짢아 못
들은 척하고 있습니다.

어린아이들은 이쪽저쪽에서 꿈을 꾸며 잠꼬대를 하고 있고
시녀들도 이리저리 뒤섞여 자고 있으니, 방금 전까지 있었던 일

조궁의 한적함에 비하면 그야말로 사람 사는 집답고 훈훈하여 마치 다른 세상 같습니다. 유기리 대납언은 미야스도코로에게서 받은 젓대를 불면서 이렇게 상상합니다.

'내가 돌아간 후에도 그곳 여인들은 수심에 잠겨 있을 터이지. 육현금은 가락을 바꾸지 않고 퉁기고 있을까. 미야스도코로 역시 육현금에는 능하였는데. 그건 그렇고, 죽은 가시와기 권대납언이 겉으로는 온나니노미야를 그리도 애지중지하였는데, 어찌하여 깊은 애정은 쏟지 못하였던 것일까. 만의 하나 얼굴을 뵙고 용모가 훌륭하지 못하다면 그야말로 낙담이 크겠지. 무슨 일이든 세상의 소문이란 대체로 최고라 평판이 난 것일수록 기대에 어긋나 실망하게 되는 것이 보통이니.'

이렇게 생각하며 가시와기 권대납언의 처신이 납득이 가지 않는 한편, 자신과 구모이노카리 부인이 이렇다 할 다툼이나 질투 없이 화목하게 지내온 세월을 헤아려보고는 감개가 무량합니다. 구모이노카리 부인이 요즘 들어 고집을 부리고 주장이 강해진 것 역시 그럴 만하다고 생각합니다.

유기리 대납언은 얕은 잠에 들었다가 꿈을 꾸었습니다. 죽은 가시와기 권대납언이 마지막으로 만났을 때 모습인 하얀 옷차림으로 옆에 앉아 젓대를 들고 들여다보고 있었습니다. 꿈속에서 유기리 대납언은 가시와기 권대납언이 이 젓대에 미련이 남아 젓대 소리에 이끌려 나타난 것이로구나, 하고 생각하였습니다.

대숲에 부는 바람처럼
이 젓대를 흠모하는 사람이여
이왕이면 이 젓대 소리를
오래도록 전하고 싶으니
내 진정한 자손에게

"그대 말고 달리 전하고 싶은 사람이 있다네."

가시와기 권대납언이 이렇게 말하기에, 그것이 누구더냐고 물으려는데 아이가 가위에 눌렸는지 울음을 터뜨렸고, 그 소리에 대납언도 퍼뜩 눈을 떴습니다.

아이가 몹시 울면서 젖까지 토해내는 통에 유모가 일어나 호들갑을 떨고, 구모이노카리 부인도 등불을 가까이 당기고 앞머리를 귀 뒤로 넘기고 아이를 안은 채 보살피고 있습니다. 살이 보기 좋게 오른 풍만한 젖가슴을 내놓고 아이에게 젖을 물립니다. 아이는 피부가 하야니 너무도 귀여운 모습입니다. 부인은 이미 젖이 말라버렸지만, 아이를 달래기 위해 젖을 물리는 것입니다.

유기리 대납언도 가까이 다가와 어찌 된 일이냐고 묻습니다. 쌀을 온 사방에 뿌려 귀신을 물리치느라 소란스러우니, 아까 꾼 꿈의 애절함은 어디론가 사라지고 말았겠지요.

"이 아이가 몹시 괴로워하는 것 같아요. 당신이 젊은 사람들처럼 들떠서 어슬렁거리고 돌아다니는데다 한밤에 달구경이다

뭐다 하면서 격자문까지 올려놓으니, 귀신이 들어온 것 아니겠어요."

구모이노카리 부인은 풋풋하고 애교스러운 표정으로 불평을 늘어놓습니다. 대장은 웃으면서 흘깃 부인을 쳐다보고는 이렇게 말합니다.

"공연한 꼬투리를 잡습니다. 내가 귀신을 끌고 들어오다니요. 그야 물론 격자문을 올리지 않았다면 길이 없으니 들어올 수야 없었겠지만. 아이들을 많이 낳더니 생각이 깊어졌나 봅니다. 그럴싸한 말씀을 하는 것을 보니."

부인은 이렇게 말하는 대납언의 눈매가 거북하여 더 이상 하고 싶은 말도 없다는 듯이 쏘아붙입니다.

"저리 가세요. 차림새가 흉측스럽습니다."

말은 이렇게 하여도 수줍은 듯 내외를 하는 모습이 그리 나쁘지는 않습니다. 아이가 어머니에게 매달려 밤새도록 울며 칭얼거리니 그만 날이 밝고 말았습니다.

유기리 대납언은 문득 예의 꿈이 생각났습니다.

'이 젓대는 내게는 성가신 물건인 듯하구나. 그 사람의 집념이 담겨 있는 것이 가야 할 곳에 가지 못하였다면 내가 갖고 있어봐야 아무 소용없는 일, 가시와기 권대납언의 혼이 뭐라 여길 것인가. 살아 있을 때에는 그리 염두에 두지 않았던 일이라도 임종시에 원망과 미련을 보였던 집착에 휘말리면 훗날까지 꼬리가 이어져 무명의 긴 밤을 헤매게 된다고 들었으니. 그러하기에 이

세상일에는 절대 집착을 남기지 말아야 한다고들 여기는 것을.'

유기리 대납언은 가시와기 권대납언을 위하여 오타기 절에서 송경을 보시하고 또 가시와기 권대납언이 귀의한 절에도 송경을 올리도록 하였습니다.

'이 젓대는 미야스도코로가 죽은 사람의 유품이라고 일부러 내게 준 것인데, 당장에 절에 희사를 하자니 존귀한 일이기는 하나 어쩨 허망하구나.'

유기리 대납언은 이렇게 생각하며 육조원을 찾았습니다.

겐지는 그때 마침 아카시 여어의 침전에 있었습니다. 세 살 남짓한 셋째 황자는 형제들 가운데에서 특히 귀여우니 무라사키 부인이 데리고 와 양육하고 있습니다. 그 셋째 황자가 유기리 대납언을 반기며 달려나왔습니다.

"대납언님, 황자를 안아 들고 저쪽으로 가주세요."

이렇게 자신에게 경어를 쓰며 어리광을 피우니 유기리 대납언은 벙실벙실 웃으며 황자를 안은 채 앉았습니다.

"자, 이리 오세요. 허나 무라사키 부인의 발 앞을 어찌 문안 인사도 드리지 않고 지날 수 있겠습니까."

"아무도 보지 않아요. 대납언님의 얼굴은 내가 가려드릴 터이니까요. 어서요."

황자는 자신의 소맷자락으로 유기리 대납언의 얼굴을 가립니다. 그 몸짓이 너무도 사랑스러워, 어머니 여어에게로 데리고 갔습니다. 이곳에서는 겐지가 둘째 황자와 온나산노미야의 도련님이 함께 놀고 있는 것을 흐뭇하게 바라보고 있었습니다.

대납언이 구석 방 언저리에 셋째 황자를 내려놓는 것을 둘째 황자가 보고는 이렇게 말하였습니다.

"나도 대납언님에게 안겨야지."

"안 돼, 우리 대납언님이야."

셋째 황자는 유기리 대납언에게 달라붙어 떨어지지 않습니다.

"정말 버릇이 없는 아이들이로구나. 폐하의 신변을 지키는 대납언님을 자기 집 하인처럼 혼자 차지하려 다툼을 하다니. 그중 셋째가 가장 고약하구나. 늘 형에게 지지 않으려고 하니."

겐지는 이렇게 꾸짖으며 중재하였습니다.

"둘째 황자는 형답게 늘 동생에게 양보를 하는군요. 정말 말을 잘 듣습니다. 나이 든 사람보다 어른스러우니 두려울 정도입니다."

유기리 대납언이 이렇게 말하자, 겐지는 빙그레 웃으면서 황자를 모두를 귀엽다 여깁니다.

"공경인 그대가 그런 곳에 앉다니 실례가 되는 일이지요. 보기가 안 좋습니다, 이리로 오세요."

겐지가 이렇게 말하며 유기리 대납언을 동쪽 별채로 데리고 가려 하는데도, 어린 도련님들은 대납언에게 매달려 떨어지를 않습니다.

겐지는 내심 온나산노미야의 아들을 다른 황자들과 같이 취급하여서는 안 된다고 생각하나, 그런 속내를 드러내 보이면 약점을 갖고 있는 온나산노미야가 따돌림을 한다고 서러워하면 어찌할까 싶으니, 역시 타고난 자상한 성품으로 온나산노미야를 가여워하며 이 도련님까지 더없이 소중하게 여기며 귀여워합니다.

유기리 대납언은 이 도련님의 얼굴을 제대로 보지 못하였다 싶어 도련님이 발 사이로 얼굴을 내민 틈에 떨어져 있는 벚나무 가지를 주워 보이면서 이리 오라고 손짓하였습니다. 도련님은 얼른 달려오는데, 붉은빛 나는 쪽색 평상복을 입은 차림에 피부는 하얗고 피부결은 매끈매끈하고 고운데다 용모도 다른 황자들에 비해 귀엽고 반듯하면서도 포동포동하게 살이 올라 더없이 아름다운 모습입니다.

그런 생각을 하고 보아서 그런지 눈매는 고인보다 다소 매섭고 재기가 넘칩니다. 눈꼬리가 다소 길고, 말쑥하고 아름다우니 정말 죽은 가시와기 권대납언을 빼닮았습니다. 특히 입매가 화사하여 방긋 웃을 때의 표정은 갑자기 보아 더욱 그런지 고인과 쌍둥이 같았습니다. 겐지 역시 이미 눈치를 챘으리라 여겨지니 끝내 그 속마음을 파헤치고 싶어졌습니다.

황자들은 황자라 여기고 보기에 기품이 있는 듯하여도 세상의 귀여운 보통 아이들과 그리 달라 보이지 않는데, 이 도련님은 기품을 갖추고 태어난데다 다른 아이들과 달리 용모도 아름답습니다.

'이 얼마나 애달픈 일인가. 만약 내가 의심하고 있는 일이 사실이라면 대신이 그토록 마음 아파하며 '가시와기 권대납언의 자식이라고 나서는 이조차 없는 것이 슬프구나. 보살피고 사랑할 아이라도 남겨두었다면' 하고 눈물을 흘렸는데, 친자식이 있다는 것을 알리지 않는다면 죄를 짓는 것이 아닌가. 아니 아니, 어찌 그런 일이 있을 수 있겠는가.'

유기리 대납언은 이렇듯 마음이 오락가락하나 역시 확신은 할 수 없으니 억측을 하는 도리밖에 없습니다. 도련님은 성품이 온화하고 어른스럽고 유기리 대납언을 잘 따르니, 더더욱 귀여웠습니다.

유기리 대납언이 겐지와 함께 동쪽 별채에서 느긋하게 얘기를 나누는 사이에 어느덧 해가 기울었습니다.

어젯밤 찾아 뵈었던 일조궁의 근황을 전하자 겐지는 미소를 지으며 귀를 기울였습니다.

가시와기 권대납언이 살아 있을 당시의 구구절절한 추억담이며 자신과 관련된 이야기에는 적당히 맞장구를 치기도 합니다.

"온나니노미야가 상부련을 연주한 심정이 옛이야기의 한 예로 훗날까지 전하고 싶을 정도로 그윽하나. 역시 여자란 남자의 마음을 자기도 모르게 움직이는 교양과 취미를 지녔다 한들 그것을 함부로 내보여서는 안 된다는 것을 이래저래 알게 되었겠지요. 그대만 해도 고인과의 우정을 저버리지 않고 그렇게 늘 찾아다니며 친절하게 살피고 있고 그쪽에서도 그 마음을 알고 있는 이상 결백한 마음으로 드나들도록 하세요. 공연히 성가신 일에 관여하거나 세상에 흔히 있는 잘못을 저지르지 않도록 조심하는 것이 좋습니다. 그렇게 하는 것이 서로에게 무난하고, 또 품위 있는 일이기도 하지요."

'옳은 말씀이지요. 허나 사람에게 가르칠 때는 그리도 바람직하고 번듯하게 말씀하시는 분이 자신의 일에는 과연 어떠할지.'

유기리 대납언은 이렇게 생각하며 겐지의 표정을 살핍니다.

"잘못을 저지를 일이 무에 있겠습니까. 젊은 나이에 덧없이 죽은 사람을 동정하여 보살피기 시작한 분들이니, 갑자기 발길을 뚝 끊으면 세상 사람들이 또 의심하지 않을까 하여 찾아보곤 하는 것입니다. 상부련 역시 온나니노미야가 자청하여 퉁긴 것이라면 몰라도 어쩌다 보니 그저 살짝 퉁겨본 것인데. 계절에 어울리는 정취가 있어 들을 만하였습니다. 만사가 사람에 따라 다르고 일에 따라 다른 것이 아니겠습니까. 온나니노미야 님은 이제는 나이를 먹어 그리 젊지도 않고 저 역시 놀이 삼아 바람을 피운 경험이 없으니 그쪽에서도 안심을 하는 것이겠지요. 아무튼 친절하고, 대체로 무난한 분입니다."

이렇게 두런두런 얘기를 나누다가 슬쩍 기회를 만들어 겐지옆으로 다가가, 고인의 귀신이 나타났던 꿈 이야기를 하자 겐지는 금방은 대꾸하지 않았습니다. 허나 겐지는 마음속으로 짐작이 가는 바가 없지 않았던 게지요.

"그 젓대는 내가 맡아야 할 사연이 있는 것입니다. 그것은 요제이 선황의 유품이지요. 그것을 돌아가신 식부경이 매우 소중하게 여겼는데, 가시와기 권대납언이 어렸을 때부터 젓대를 잘 불고 남달리 훌륭한 음색을 내는 것에 감복하여 식부경의 자택에서 싸리꽃 연회가 있을 때 선물로 내린 것입니다. 그러한데 미야스도코로가 여자의 얕은 소견으로 그리 유서 깊은 것인 줄 모르고 그대에게 건넨 것이지요."

'먼 훗날까지 그 젓대 소리를 전할 사람은 내 자식이 아니고 누구일런가. 가시와기 권대납언도 그렇게 생각했음이야.'

겐지는 이렇게 생각하면서, 유기리 대납언도 사람의 심중을 곧잘 헤아리는 사람이니 짐작이 가는 바가 있을 것이라 여겼습니다.

유기리 대납언은 왠지 감개무량해하는 겐지의 표정을 보고는 점점 더 조심스러워 말을 더 이상 이을 수 없었으나, 그럼에도 꼭 전하고 싶은 심정에 지금 막 생각이 나 얘기를 하기는 하나 무슨 일인지 통 모르겠다는 식으로 가시와기 권대납언 임종 당시의 일을 말하였습니다.

"그 사람이 마지막 숨을 거둘 때에도 찾아갔는데, 죽은 후의 일에 대해 여러 가지로 유언을 하였습니다. 그 가운데 이러저러하여 겐지 님에게 심히 죄송스러워하고 있다는 말을 전하여달라고 거듭 부탁하였는데, 대체 무슨 일일까요. 지금도 그 까닭을 알 수 없어 마음에 걸립니다."

겐지는 역시 유기리 대납언도 알고 있는 것이라고 생각하나, 그렇다 한들 그때의 사정을 자세하고 분명하게 얘기했을 리는 없을 터이니, 잠시 무슨 소린지 모르겠다는 양 시치미를 떼었습니다.

"그토록 원한을 살 만한 태도를 언제 어떻게 보였는지 나로서도 기억이 잘 나지 않습니다. 그건 그렇고, 그 꿈 얘기는 느긋하게 생각해본 후에 날을 달리하여 얘기하도록 하지요. 여인들 사이에 전해져 내려오는 이야기에 밤에는 꿈 이야기를 하지 않는 법이라 하니."

이렇게만 말할 뿐 딱 부러지게 분명한 대답은 하지 않으니, 유기리 대납언은 주제넘게 이런 얘기를 꺼낸 자신을 겐지가 어떻게 생각할까 하여 몹시 꺼림칙스럽게 여겼다는군요.

방울벌레

가을 하면 외롭고 적막한 계절이라는 것을
잘 알고 있는데
방울벌레 울음소리 들으면
무수한 상념이 떠오르니
그 가을 또한 떨쳐버릴 수 없네
◆ 온나산노미야

그대는 자신의 뜻으로
이 집을 버리고
출가를 하였거늘
앞뜰에 울리는 방울벌레 소리처럼
여전히 젊고 아름다우니
◆ 겐지

✿ 제38첩 방울벌레(鈴蟲)

팔월 십오일 밤의 연회 자리에서, 출가한 온나산노미야와 겐지가 주고받은 노래에서 이 제목이 붙었다.

연꽃이 한창 피는 여름에 온나산노미야가 만든 수호불의 개안 공양 법회가 있었습니다.

이번 법회는 겐지가 발원한 것으로 이전부터 염송당에 놓으려고 이것저것 준비한 불구류로 법회장을 꾸몄습니다.

불전에 거는 깃발 등도 훌륭한 중국의 비단을 사용하여 특별하게 만드니 그윽하고 우아합니다. 이것은 무라사키 부인이 준비한 것입니다. 꽃단의 덮개 등도 곱게 물을 들이니 그 우아하고 아름다운 색상이며 무늬의 취향이 더없이 훌륭합니다.

온나산노미야의 침소의 사방에 있는 휘장 모두 올리고 그 안쪽에 법화경 만다라를 걸었습니다. 은 꽃병에는 길쭉하고 멋들어지게 핀 연꽃을 색이 고운 것만을 골라 꽂았습니다.

불전의 향도 당의 백보의향을 피웠습니다.

아미타불과 협시 보살은 각기 백단으로 만들었는데, 말할 수 없이 섬세한 세공에 귀여운 느낌입니다.

알가 사발은 관례대로 조그맣게 만들었고, 꽃병에는 파랑, 하양, 보라색 연꽃 조화를 보기 좋게 꽂아놓았습니다. 향은 하엽법으로 조합하여 만든 명향에 벌꿀을 살짝 섞어 가루로 만든 것을 피웁니다. 그 향이 백보의향과 하나가 되어 은은한 향내를 피우고 있습니다.

두루마리 경문은 육도를 윤회하는 중생을 위하여 여섯 부를 필사하라 이르고, 온나산노미야 자신이 몸에 지니고 다닐 지경은 겐지가 손수 썼습니다. 이 경이나마 현생에서 부부의 인연을 맺었다는 증거로 삼아, 내세에서는 서로가 손을 맞잡고 극락왕생할 수 있도록 하여달라는 간절한 바람을 담아 원문을 만들었습니다.

그밖에 중국의 종이로는 약해서 아침저녁으로 손에 들고 읽기에는 적당하지 않으니, 궁중의 종이 공방의 관리를 불러들여 겐지가 직접 주문을 하고 꼼꼼하게 지시하여 만든 종이에 아미타경을 썼습니다. 지난봄부터 겐지가 지극 정성으로 준비하여 쓴 보람이 있어 그 한 끝이라도 본 사람들은 넋을 잃고 경탄을 금하지 못하였습니다. 괘에 그은 이금보다 경의 먹색이 한결 빛나 보이니 그 완성도가 유례가 없을 정도입니다. 경의 축, 표지, 함 등 그 훌륭함은 새삼 강조할 필요도 없습니다. 그 가운데에서도 아미타경은 특별히 침향목으로 만든 소반에 올려놓아 본존을 안치한 침소를 꾸미도록 하였습니다.

불당을 장식하는 일이 모두 끝나고 강사와 행도하는 사람들이 모두 모이자, 겐지도 법회에 참례하기 위하여 나갔습니다.

오늘은 온나산노미야의 침소를 법회의 불당으로 꾸민 터라 온나산노미야는 서쪽 차양의 방을 거처로 사용하고 있습니다. 나가는 길에 그곳을 들여다보니 임시로 마련하여 좁은 곳에 답답하게 보일 정도로 엄숙하게 차려입은 시녀들이 오륙십 명이나 모여 있어 빈틈이 없었습니다. 서쪽 차양의 방뿐만 아니라 북쪽 차양의 방도 그렇고 툇마루에도 다 들어가지 못한 여동들이 어슬렁거리고 있는데, 향로를 잔뜩 꺼내놓고 매캐할 정도로 향을 피워대고 있는 터라 가까이 다가가 소양 없는 젊은 시녀들의 마음가짐을 일깨웁니다.

"실내에서 피우는 향은 어디에서 피우는지 모를 정도로 은은한 것이 좋습니다. 후지 산만큼이나 연기가 심하게 피어오르면 보기가 좋지 않아요. 설법을 경청할 때는 그 내용을 귀담아들어야 하니, 주위에서 잡음이 나지 않도록 옷자락이 스치는 소리나 움직임에도 각별히 주의를 기울여야 합니다."

온나산노미야는 너무도 많은 사람에 압도되어 자그마한 몸집으로 엎드려 있으니 그 모양이 실로 귀엽습니다.

"도련님이 있으면 시끄러울 터이니 안고 저리로 가세요."

북쪽 차양의 방은 장지문을 걷어내고 발만 쳐두었습니다. 서쪽 차양의 방에 있던 시녀들에게 그쪽으로 가라 일렀습니다. 주위를 엄숙하게 정돈한 후에 온나산노미야에게도 법회의 취지를 넉넉히 알 수 있도록 예비지식을 가르치니 그 모습이 실로 자상하게 보입니다.

온나산노미야가 평소 사용하는 침소를 부처님께 양보하여 불전을 꾸미도록 하니, 겐지는 그곳을 보고는 가슴이 벅차올랐습니다.

"이렇듯 법회의 공양 준비를 함께 하게 될 줄이야 꿈에도 몰랐습니다. 하다못해 저세상에서는 같은 연꽃 위에서 사이좋게 살 수 있을 것이라 생각하세요."

겐지는 이렇게 말하고 애틋한 눈물을 흘립니다.

　　저세상에서는 같은 연꽃에
　　함께 오르자 약속하였으나
　　이 세상에서는 서로 다른 연꽃에
　　내린 이슬처럼 따로 지내니
　　서글퍼라

겐지는 붓끝에 먹을 살짝 적셔, 향내가 배어 있는 부채에 이렇게 썼습니다.

　　같은 연꽃에 오르자
　　약속했다 한들
　　그대는 진정
　　함께 살리라는
　　생각은 꿈에도 없으니

온나산노미야는 이렇게 답가를 썼습니다.

"이거야, 나를 완전히 무시하는 것이로군요."

겐지는 씁쓸하게 웃으면서 우울하고 감상적인 기분에 젖었습니다.

친왕들도 대거 참례하였습니다. 육조원의 부인들이 앞을 다투어 정성이 가득한 공물을 보내오니, 그 무수하고 다양한 것들이 넘쳐날 정도로 쌓여 있습니다.

법회를 관장하는 일곱 명의 법사의 법의를 비롯하여 중요한 것은 모두 무라사키 부인이 마련하였습니다. 법의는 능직비단으로 만드니, 가사의 솔기까지 예사롭지 않은 솜씨로 곱게 바느질되어 있어 안목이 있는 시녀들은 입이 마르도록 칭찬을 하였다 합니다. 사소한 것까지 시시콜콜 말이 많은 세상입니다.

강사들은 엄숙하고 장중한 말투로 법요의 취지를 기록한 표백문을 낭독합니다.

"온나산노미야 님은 현세에서는 아직 젊고 한창 아름다운 나이이온데, 이 세상에 염증을 내어 출가의 숙원을 이루니 법화경과 미래영겁이 다하지 않을 연을 맺었습니다. 그 존귀하고 깊은 마음으로부터 발원을 올리나이다."

우수하고 학식이 풍부하여 당대 일류라 일컬어지는 법사가 온 마음을 다하여 낭랑하게 읊으니 그야말로 존귀한 느낌에 사람들은 모두 감격의 눈물을 감추지 못하였습니다.

이번 법회는 온나산노미야의 염송당 개안을 위하여 조촐하게 가질 예정이었으나, 천황과 스자쿠 상황 또한 그 소식을 듣고 사자를 보내 보시를 하였습니다. 송경의 보시 등 놓을 자리가 마땅치 않을 정도로 가득하니, 성대한 법회가 되고 말았습니다. 육조원에서는 간소하게 보시를 준비할 생각이었으나, 그렇게만 해도 보통 사람들의 법회 같을 수는 없습니다. 하물며 이렇듯 다양하고 번듯한 희사품이 더해지니, 저녁이 되어 스님들은 절에 가지고 돌아가도 놓을 장소가 모자랄 만큼 호화로운 보시를 받아 돌아갔습니다.

온나산노미야가 출가한 지금 겐지는 온나산노미야를 가엾게 여기는 마음이 한결 더하니, 전에 없이 정중하고 빈틈 없이 뒤를 보살핍니다.

스자쿠 상황은 언젠가는 그렇게 될 터이니, 온나산노미야가 물려받은 삼조궁에서 따로 나와 사는 것이 세상 사람들이 보기에도 좋지 않을까 하여 권하였으나, 겐지는 이렇게 말하며 온나산노미야를 육조원 밖으로 내보내지 않았습니다.

"따로 떨어져 걱정이 되어 어찌 살라는 말씀입니까. 그것은 제 뜻이 아닙니다. 내 목숨도 이제 얼마 남지 않았으니, 목숨이 남아 있는 한 아침저녁으로 찾아 보고 성의를 다하여 온나산노미야를 돌보고 싶으니, 애정을 버리고 싶지 않습니다."

한편 삼조궁을 번듯하게 수리하여 온나산노미야의 영지에서 바치는 물건이나 각 지방의 장원과 목장에서 올려 보내는 수많은 것들 가운데에서 쓸 만한 것은 모두 삼조궁의 창고에 보관하였습니다. 창고 또한 증축을 하여 갖가지 보물과 스자쿠 상황에게서 상속받은 헤아릴 수 없이 많은 물건들을 비롯하여 온나산노미야의 소유물은 전부 이 창고로 옮겨 단단히 보관하라 일렀습니다.

황녀의 생활에 필요한 모든 것, 수많은 시녀들과 아랫것들에게 드는 비용 등은 모두 겐지가 지출하였습니다.

그리고 삼조궁의 증축을 서둘렀습니다.

가을이 되자 온나산노미야의 처소에서 서쪽 별채로 가는 건널복도 앞에 있는 울타리의 동쪽 일대를 들판처럼 꾸몄습니다. 또 툇마루에 알가 선반을 만들어 온나산노미야의 거처에 어울리게 만드니, 차분하고 우아한 분위기가 풍깁니다.

온나산노미야의 제자가 되겠노라며 뒤를 이어 출가를 자청한 이들 중에 유모나 늙은 여인들이 있는 것은 당연한 일이나, 한창 젊은 시녀는 출가의 결심이 단호하고 여승으로서 평생을 지낼 만한 자들만을 선별하여 출가를 허락하였습니다.

이런 기회에 중이 되겠다며 서로들 출가를 신청하니, 겐지는 이렇게 훈계하며 열 명 남짓한 시녀의 출가만을 허락하여 온나산노미야의 시중을 들도록 하였습니다.

"당치 않은 일이니라. 진심으로 결심하지 않은 자가 한 명이라도 섞여 있으면 주위 사람들에게 폐가 되고 오히려 평판이 나

빠지는 법이니."

겐지는 가을 들판처럼 꾸민 앞뜰에 풀벌레를 풀어 키우니, 바람이 서늘하게 부는 저녁나절이면 온나산노미야의 처소를 찾았습니다. 풀벌레 소리를 들으러 온 것처럼 행세를 하나, 역시 아직도 온나산노미야의 출가를 인정하지 못하고 있는 속내를 호소하며 온나산노미야를 곤란하게 합니다.

'예의 바람기가 동하여 또 엉뚱한 말씀을 하시니.'

온나산노미야는 늘 이렇게 성가셔합니다.

겐지는 사람들이 보기에는 전과 다름없는 듯 자연스럽게 온나산노미야를 대하나, 예의 밀통 건을 내심 노여워하고 있다는 기색이 역력합니다. 온나산노미야는 전과는 달라진 겐지의 마음이 괴로워 견딜 수가 없었습니다. 온나산노미야는 두 번 다시 겐지를 만나지 않으리라 결심하고 출가를 한 것입니다. 출가를 하면 부부의 연도 끊어져 마음이 편해질 줄 알았는데, 겐지는 여전히 그런 소리를 하니 마음이 시끄럽고 괴로워, 차라리 육조원을 떠나 삼조궁에서 살고 싶은 마음이 간절합니다. 허나 그 또한 주제넘고 가당치 않은 일이라서 강경하게 말하지는 못합니다.

보름달이 아직 떠오르지 않은 저녁, 온나산노미야는 불전에 앉아 염불을 하며 수심에 잠겨 있습니다. 중의 모습을 한 젊은 시녀가 두셋 불전에 꽃을 바치려고 알가를 달그락거리는 소리와 물을 따르는 소리가 들립니다. 이렇게 서로가 불도 정진에 분망한 듯 보이니 애틋한 감흥이 깊은데, 마침 그때 겐지가 건너왔습니다.

"풀벌레 소리가 참으로 구성진 저녁이로군요."

겐지가 풀벌레 소리에 맞춰 낮은 목소리로 아미타여래 다라니를 읊조리니 그 존엄한 소리가 은은하게 울려 퍼집니다. 풀벌레 울음소리가 쏟아지듯 들리는 가운데, 마치 방울을 흔들 듯 방울벌레가 울어대니 화사하고 그윽한 풍정입니다.

"가을의 풀벌레 소리는 다들 맑고 고와서 비교할 길이 없으나, 아키고노무 중궁은 청귀뚜라미 소리가 그중 각별하다 하여 사람을 시켜 저 먼 들판을 헤매어 찾아오게 하여 뜰에 풀어놓았습니다. 헌데 들판에서 우는 것처럼 영롱한 소리로 우는 청귀뚜라미는 많지 않았다는군요. 청귀뚜라미라는 경하로운 이름과 달리 단명하는 덧없는 벌레였던 모양입니다. 사람이 살지 않는 깊은 산 속이나 저 먼 들판에서는 소리를 아끼지 않고 마음껏 운다 하니, 그 또한 사람의 마음을 헤아리지 못하는 벌레라 할 수 있지요. 그에 비하면 방울벌레는 부담없이 아무 곳에서나 구성지게 울어대니, 정답고 귀엽지요."

가을 하면 외롭고 적막한 계절이라는 것을
잘 알고 있는데
방울벌레 울음소리 들으면

무수한 상념이 떠오르니
그 가을 또한 떨쳐버릴 수 없네

온나산노미야가 작은 목소리로 이렇게 읊조리니, 그 모습이 사뭇 우아하고 고귀하면서도 당당하게 보입니다.

"뭐라 하였습니까. 뜻하지 않은 말이로군요."

그대는 자신의 뜻으로
이 집을 버리고
출가를 하였거늘
앞뜰에 울리는 방울벌레 소리처럼
여전히 젊고 아름다우니

겐지는 이렇게 노래하고 평소와 다르게 칠현금을 앞으로 당겨 줄을 퉁깁니다.

온나산노미야는 염주를 만지작거리던 손길을 잠시 멈추고 넋을 잃은 듯 칠현금 소리에 빠져 있습니다.

때마침 보름달이 둥실 떠올라 세상을 환히 비추니 정취가 그윽한 밤입니다. 겐지는 하늘을 올려다보며 인간 세상의 수많은 운명과 속절없이 변하는 세상살이를 생각하니, 그 어느 때보다 절절하고 깊은 음색으로 칠현금을 연주합니다.

반딧불 병부경이 오늘 밤 달구경을 하는 잔치가 벌어지지 않

을까 하여 육조원을 찾아왔습니다. 또 유기리 대납언도 전상인
들을 데리고 오니, 겐지가 온나산노미야의 처소에 있는 듯하다
생각하며 칠현금 소리를 따라 이쪽으로 찾아 뵈었습니다.

"마침 따분하였던 터였는데 새삼 달구경이랄 것도 없으나,
오래도록 듣지 못한 칠현금 소리가 듣고 싶어 홀로 퉁기고 있었
거늘 그 소리를 용케 듣고 찾아왔습니다."

겐지는 자리를 마련하여 반딧불 병부경을 맞았습니다.

궁중에서도 오늘 밤에는 달구경 연회가 있을 예정이었으나
중지되는 바람에 많이 아쉬웠는데, 사람들이 육조원으로들 간
다 하여 상달부들이 너도 나도 이곳으로 모여드니 모두들 풀벌
레 소리를 비교하며 품평을 합니다.

칠현금을 비롯하여 각종 악기를 합주하며 흥이 한창 오르자
겐지가 말하였습니다.

"'달이 뜬 밤은 언제나 흥에 겹고 감명이 깊은데', 오늘 밤은
저 보름달을 보니 이 세상 밖의 일까지 두루 생각이 납니다. 무
슨 일이 있을 때마다, 아아 가시와기 권대납언이 이제는 이 세
상에 없구나 하며 늘 생각이 나니, 공사를 막론하고 행사가 있
을 때면 흥이 덜하는 듯하여 적적합니다. 그 사람은 철따라 바
뀌는 계절의 정취를 헤아릴 줄 아는 사람이었으니, 얘기 상대로
는 더없이 재미있고 좋은 사람이었는데."

겐지는 손수 합주하는 칠현금 음색에도 눈물을 흘리며 소맷
자락을 적셨습니다.

마음 한편으로 발 안에서 온나산노미야 역시 귀를 기울이고 있을 것이라 생각하니, 이렇게 관현놀이가 있을 때에는 죽은 사람이 더욱 그리워집니다. 폐하 역시 고인을 떠올리고 있었습니다.

"오늘 밤의 이 모임을 방울벌레 연회라 칭하고, 밤을 새워 마시도록 하십시다."

술잔이 두 번 정도 돌았을 즈음에 레이제이 상황으로부터 전갈이 있었습니다. 궁중의 달구경 연회가 갑작스럽게 중지된 것이 아쉬워 좌대변과 식부대보 등 많은 사람들이 빠짐없이 상황전을 찾았는데, 듣자 하니 유기리 대납언과 몇몇 사람은 따로이 육조원에 있다 하여 전갈을 보낸 것이었습니다.

저 구름 너머
구중궁궐을 떠난
내 적막한 거처에도
가을의 명월은 잊지 않고
찾아와 빛을 뿌리니

"이왕이면 그대도 이쪽으로 오시지요."
겐지는 갑작스러운 일이나, 지금 당장 상황전을 찾아가보리라 생각합니다.

"그리 불편한 신분도 아닌 제가 지금은 조용하고 한가로이 지내시는 상황을 자주 찾아 뵙지도 않는 것을 답답하게 여기셔서 만나고 싶어하시는 게로군요. 황송한 일입니다."

달빛은 궁중에서 보았던 때와
다름없이 휘황하게 빛나고
선황의 위광 또한
황위에 계셨던 시절과 변함없는데
이 누옥에서 보는 가을처럼
나는 죄 변하고 말았으니

이렇다 하게 훌륭한 답가는 아니나, 다만 겐지 자신의 처지가 예와 지금이 다름을 생각나는 대로 읊은 것이겠지요.

사자에게 술잔을 내리고 답례품도 둘도 없이 훌륭한 것으로 내렸습니다.

상황전인 냉천원으로 향할 사람들의 수레를 신분의 높고 낮음에 따라 줄을 세우니 수많은 수행원들이 북적거려, 조용하였던 관현놀이 광경은 어디론가 사라지고 말았습니다. 겐지는 그들을 거느리고 육조원을 출발하였습니다.

겐지의 수레에 병부경이 동승하고, 유기리 대납언, 좌위문독, 도 재상 등 육조원에 있었던 사람들이 모두 동행하였습니다. 겐지는 간편한 평상복을 입고 있었던 터라, 속겹옷을 하나 더 받쳐 입었습니다.

달이 높이 떠오르니 깊은 밤하늘의 풍정이 아름다워 흥이 절
로 납니다. 가는 길에 젊은 사람들에게 젓대를 가벼이 불라 하
기도 하니 그야말로 즉흥적인 방문입니다. 이것이 만약 공식적
인 방문이라면 거창하고 엄숙한 형식을 갖추어 의식을 치르고
두 분이 대면하게 될 터이나, 오늘 밤은 그 옛날의 신하 된 기분
으로 돌아가 가벼운 마음으로 이렇듯 훌쩍 방문하니, 상황은 놀
라면서도 반갑게 일행을 맞았습니다.

나이가 들면서 관록이 붙은 상황의 얼굴은 겐지를 쏙 빼닮았
습니다. 천황으로서는 전성기에 스스로 황위에서 물러나 그 후
에는 이렇듯 한적한 생활을 하고 있으니, 겐지는 감개가 무량할
뿐입니다.

그날 밤, 사람들이 지은 한시와 노래는 한결같이 정취에 넘치
는 훌륭한 것이었습니다. 허나 늘 그러하듯 적당히 기록하여 전
하기는 꺼림칙하니 생략하기로 하겠습니다.

새벽녘에 사람들은 서로의 시문을 피로하고 서둘러 헤어졌습
니다.

겐지는 아키고노무 중궁의 처소에 들러 얘기를 나누었습니다.

"지금은 이렇듯 한적하게 지내고 있으니 별다른 용건이 없어
도 간혹 들러 잊혀지지 않는 옛 추억담을 서로 나누고 싶은데.
준태상천황이라는 어중간한 신분의 몸이라 거북하여 외출을 하

는 것도 꺼려지고, 가신이라 하기에는 또 서먹하군요. 그런데다 요즘은 나보다 젊은 사람들이 잇달아 출가를 하니, 나만 홀로 남은 듯한 기분이 들어 무상한 세상의 적막함을 달래기가 어렵고 마음이 허전합니다. 나도 출가를 하여 속세를 떠나 깊은 산속 절로 거처를 옮길까 생각하고 있으나, 그리되면 뒤에 남은 가족들이 의지할 곳 없어 불안하겠지요. 그 사람들이 의지할 곳 없어 떠도는 신세가 되지 않도록 이전부터 부탁을 하여왔으니, 아무쪼록 유념하여 보살펴주기를 바랍니다."

겐지는 진심으로 이렇게 말합니다.

중궁은 여느 때와 마찬가지로 젊고 풋풋한 모습입니다.

"구중궁궐 깊은 곳에서 지내던 때보다 오히려 뵙는 기회가 적어진 듯하여 섭섭하게 여기고 있습니다. 사람들이 너도나도 출가를 하여 이 세상을 떠나니 저 역시 염증이 나 출가를 하고 싶은데, 아직은 그 마음을 털어놓고 의논하지 못하고 있습니다. 지금까지 어떤 일이든 가장 먼저 의논하고 의견을 구하는 버릇이 붙어 의논을 하지 않고는 불안해서 견딜 수가 없습니다."

"궁중에 있던 시절에는 날수에 제한은 있었으나 사가에 돌아오는 날을 기다려 맞이하곤 하였는데, 상황이 계시는 이곳으로 거처를 옮긴 후로는 특별한 일이 없으면 사가에도 드나들기가 어렵게 되었지요. 세상이 무상하다 하나, 세상을 경원할 이렇다 할 사연도 없는 사람이 세상을 버리고 출가를 하는 것은 쉬운 일이 아닙니다. 또 타인의 이목을 염려하지 않아도 되는 신분이라도 출가를 하겠다 하면 알게 모르게 세상을 버리기 힘든 일에 연루되어 좀처럼 뜻을 이루지 못하는 법인데. 어찌하여 그런 사람들을 따라 지지 않으려 경쟁을 하는 것인지요. 그런 마음은 오히려 본의를 오해받을 소지가 있으니, 이상히 여기는 사람도 있을 것입니다. 출가 따위는 꿈에도 생각지 마세요."

중궁은 겐지가 자신의 심정을 깊이 헤아리지 못하는 듯하다 여기며 애석하게 생각합니다.

중궁의 어머니 미야스도코로가 저세상에서 고통을 겪으며 지옥의 뜨거운 불길 속에서 얼마나 헤매고 있기에, 죽은 후에도 사람들이 꺼려하는 귀신이 되어 나타나 이름을 대는가 하고 생각하니, 중궁은 슬프고 괴로워 이 세상의 모든 일이 성가실 뿐입니다. 겐지는 한사코 감추고 있으나, 세상 사람들의 입이 시끄러워 소문이 들리니, 설령 귀신의 모습이라 해도 어머니가 무슨 말을 하였는지 그 상세한 내막을 알고 싶으나, 곧이곧대로 물을 수는 없는 노릇입니다.

"돌아가신 어머니가 죄업이 커 저세상에서 괴로워한다는 소문을 간간이 들었습니다. 그런 확실한 증거가 있는 것은 아니라 하여도 딸인 저로서는 당연히 알고 있어야 하는 일이거늘. 어머니를 일찍 여윈 슬픔에만 사로잡혀 어머니의 후세의 고통은 미처 헤아리지 못하고 명복도 빌어드리지 못한 저의 부족함이 후회스러워 견딜 수가 없습니다. 어떻게든 그 분야에 영험이 있는 분의 도움을 얻어 저만이라도 돌아가신 어머니를 괴롭히는 망집의 불길을 식혀드리고 싶으니, 나이가 들수록 그런 생각만 간절합니다."

중궁은 이렇게 출가의 바람을 넌지시 비칩니다.

겐지는 그렇게 생각하는 것도 지당한 일이라 안쓰럽게 여기나 출가를 허락하지는 않습니다.

"그 죄업의 불길은 아무도 벗어날 수 없는 것인 줄을 알면서도, 아침이슬처럼 허망한 목숨이 붙어 있는 동안은 이 세상을 버릴 수 없는 것입니다. 석가모니의 십대 제자 가운데 한 명인 목련존자는 고매한 성승의 몸으로 아귀도에 떨어져 고통받고 있는 어머니를 구하였다고 하나, 그런 일은 범인으로 도저히 흉내낼 수 없는 것이니 설사 지금 머리를 깎고 출가를 한다 하여도 이 세상에 집착이 남을 수 있습니다. 서둘러 출가를 하지 않아도 점차 그 뜻을 굳히면서, 돌아가신 미야스도코로의 망집의 불길을 식힐 수 있도록 공양을 하세요. 나 역시 오래전부터 출가를 염원하고 있으나, 분주하게 나날을 보내다 보니 차분하게 바람을 이루지도 못한 채 하루하루를 지내고 있습니다. 언젠가 염원을 이룬 날에는 근행에 정진하면서 조용히 미야스도코로의 명복을 빌자고 생각하고 있으나, 이 또한 속절없는 일이지요."

이렇게 세상이란 모든 것이 허망하니 시름에 겨운 세상을 버리고 싶다는 생각을 서로에게 얘기하나, 두 사람 모두 좀처럼 출가를 이루지 못하는 처지입니다.

어젯밤에는 사람들의 눈을 피하여 슬며시 외출을 하였는데, 오늘 아침 그 사실이 세상에 널리 알려지니, 상황전을 찾았던 상달부를 비롯하여 모든 사람들이 나와 겐지를 배웅하였습니다.

겐지는 아카시 여어를 소중하게 키운 보람이 있어 동궁의 어머니 여어로 그 지위를 넘겨볼 자가 없을 만큼 훌륭하게 된 것이며 유기리 대납언의 뛰어난 모습을 모두 만족스럽게 여기고 있으나, 역시 이 레이제이 상황을 생각하는 깊은 마음은 어느 자식에 견줄 수 없으니 그 애정이 남다릅니다.

레이제이 상황 역시 늘 겐지에게 마음을 쓰고 있는데 만날 수 있는 기회가 좀처럼 없으니, 그 불만으로 마음이 편치 않아 이렇듯 부담 없이 뵐 수 있도록 서둘러 퇴위를 한 것이겠지요.

허나 중궁은 오히려 사가인 육조원을 출입하기가 어려진 대신 여느 부부처럼 늘 함께 지낼 수 있게 되었으니, 오히려 재위 당시보다 세련되고 화려하게 관현놀이도 합니다.

중궁은 만사에 부족함이 없는 입장에 있으나 다만 어머니 미야스도코로의 일을 생각하면 출가를 하고 싶은 마음이 간절하여도 겐지가 허락할 리 없으니 그저 어머니를 위해 추모 공양을 하면서 세상의 무상함을 더욱더 절실하게 느끼게 되었습니다.

저녁 안개

안 그래도 쓸쓸한 산골

자욱한 저녁 안개에

마음도 동하니

그리운 그대를 두고

떠나갈 마음 일지 않아

◆ 유기리

❁ 제39첩 저녁 안개(夕霧)

夕霧는 '유기리'라 읽는다. 오노 산장에서 병을 앓고 있는 온나니노미야의 어머니 미야스도코로를 문안한 유기리가 때마침 자욱하게 낀 안개를 보며 온나니노미야에게 보낸 노래에서 이 제목이 붙었다. 또한 아오이 부인이 낳은 겐지의 아들에게 '유기리'란 이름이 붙은 것도 이 첩에서 유래한다.

세상에서 견실하다는 평판을 받으며 늘 품행이 방정한 태도를 보였던 유기리 대납언도 일조궁의 온나니노미야에게는 마음이 끌렸습니다.

'역시 나무랄 데가 없는 분이야.'

겉으로는 죽은 가시와기 권대납언과의 깊은 우정을 잊지 못하여 진심으로 보살피는 것처럼 행세하면서 온 마음을 다하여 드나듭니다. 허나 속으로는 온나니노미야에 대한 연심이 부풀어갈 뿐이니, 이대로 가다가는 무슨 일이 벌어질 듯합니다.

'정말 친절하고 세상에 드물 정도로 성실한 분이네.'

일조궁의 미야스도코로도 이렇게 생각하니, 지금은 하루하루가 한층 적막하고 따분한데 대납언의 방문으로 그나마 마음을 달래는 일이 많았습니다.

유기리 대납언은 당초에는 호색적인 몸짓을 보이지 않다가 새삼스레 그런 처신을 하는 것이 어색하다 여겨지니, 기회가 있을 때마다 온나니노미야의 모습과 태도에 주의를 기울입니다.

'그저 나의 깊은 마음을 보이기만 하면 언젠가는 반드시 마음을 열어줄 때가 있을 터이지.'

유기리 대납언은 어떻게든 틈을 엿보아 속에 있는 마음을 마음껏 털어놓고 온나니노미야의 반응을 살피고 싶다고 늘 생각하고 있습니다.

그러던 중 미야스도코로가 귀신 때문에 중환을 얻어 히에이 산의 기슭인 오노 근방에 있는 자신의 산장으로 거처를 옮기게 되었습니다. 이전부터 친분이 있는 기도승이며 귀신을 물리치는 영험이 있는 율사가 히에이 산에 은거하고 있는데 속세에는 내려오지 않겠노라고 맹세를 한 터라 산장까지만이라도 내려오게 할 심산에서 그리한 것입니다.

산장으로 모실 수레와 수행원들은 유기리 대장이 보냈습니다. 고인과 인연이 깊은 형제들은 도리어 제 살기에 바쁘니 이쪽 일은 생각할 여유도 없습니다. 바로 아래 동생인 변은 온나니노미야에게 속셈이 있어 넌지시 암시를 하였더니, 당치도 않은 일이라며 매정하게 거절을 당한 터라 그 후로는 애써 찾아가기도 어려워졌습니다.

유기리 대납언은 그런 내색은 조금도 하지 않고 은근히 접근하여 친분을 쌓고 있는 듯합니다.

조속한 쾌유를 위하여 가지기도를 올린다는 소식을 들은 유기리 대납언은 각종 보시품과 승려복 등 자잘한 것까지 신경을 써서 보내드렸습니다. 병자인 미야스도코로는 고맙다는 답장도 쓰지 못합니다.

"시녀가 대필을 하여 보내면 무례한 처사라 여길 것입니다. 예사로운 신분이 아니니."

시녀들이 이렇게 말하니 온나니노미야가 답장을 쓰기로 하였습니다. 겨우 한 줄이었으나 실로 아름답고 넉넉한 필적에, 자상한 마음씀씀이가 말 속에 담겨 있었습니다. 유기리 대납언은 이 답장에 마음을 빼앗기니 더더욱 만나보고 싶은 마음이 간절해져 그 후로는 때로 편지를 보냅니다.

이대로 가면 결국 두 분 사이에 무슨 일이 벌어질 것 같다며 구모이노카리 부인이 파헤치고 드니, 유기리 대납언은 그것이 성가셔 오노 산장을 찾아가보고 싶어하면서도 당장은 나서지 못합니다.

팔월 이십일경이 되어 산과 들에 가을색이 완연해지자 유기리 대납언은 오노 산골의 경치는 어떠할까 궁금해합니다.

"모 율사가 모처럼 산에서 내려왔다 합니다. 꼭 만나 의논할 일이 있는데, 미야스도코로가 병중이라 하니 병문안도 할 겸 다녀오겠습니다."

유기리 대납언은 이렇게 별 뜻 없는 방문인 듯 둘러대고 집을 나섰습니다. 수행원도 심복을 대여섯만 대동하니, 모두들 간편한 차림입니다.

다행히 깊은 산은 아니고 바위가 많아 험준한 길도 아니었습니다. 마쓰가사키의 오산은 과연 가을다운 경치를 뽐내고 있습니다. 산장은 더할 나위 없이 세련된 도읍의 저택보다 멋들어지니 그윽한 풍정을 자아내고 있습니다.

임시로 거처하는 곳인데도 잔나뭇가지로 엮은 울타리까지 정성을 들여 곱게 꾸미고 기품 있게 살고 있습니다.

침전인 듯한 건물의 동쪽 툇마루에는 기도를 위한 단이 마련되어 있고, 미야스도코로는 북쪽 차양의 방을 병실로 쓰고 있었습니다. 온나니노미야는 서쪽 방을 사용합니다.

귀신은 불길하고 끈질기니, 미야스도코로는 온나니노미야에게 도읍에 남아 있으라 권하였으나 온나니노미야가 어머니 곁을 떠날 수는 없다며 거처를 옮긴 것입니다.

"어찌 어머님 곁을 떠날 수 있겠는지요."

그럼에도 만의 하나 귀신이 온나니노미야에게 옮겨 붙으면 어찌하랴 하고 걱정스러우니, 칸막이를 하여놓고 온나니노미야를 자신의 방에는 들이지 않습니다.

손님을 모실 만한 장소도 없어 신분이 높은 시녀가 유기리 대납언을 온나니노미야의 방 발 앞으로 모시고 미야스도코로의 말을 전합니다.

"친절하게도 이렇게 먼 곳까지 일부러 찾아주니 정말 고맙고 황송하군요. 만의 하나 제가 이대로 세상을 떠 답례의 말조차 할 수 없으면 아니 되겠다 싶으니, 당분간은 살고 싶은 욕심이 납니다."

"이곳으로 내려오실 때도 동행을 하고 싶었으나, 공교롭게도 육조원에서 분부한 일이 끝나지 않아 그러지 못하였습니다. 요즘은 잡다한 일로 분주하니 보살펴드려야 한다는 마음은 가득하나 몸이 따르지 못하고 있습니다. 성의가 부족하다 여기시지는 않을까 그것이 걱정입니다."

온나니노미야는 안쪽에 소리 없이 숨어 있으나 그래봐야 허술한 임시 거처인지라 그리 깊은 안쪽은 아니니, 그 기척이 절로 대납언에게 전해집니다.

조심스럽게 몸을 움직일 때마다 옷자락이 스치는 소리가 들리니, 아아 바로 저기에 온나니노미야가 있구나 싶어 유기리 대납언은 귀를 쫑긋 세우고 있습니다.

미야스도코로에게 말을 전하는 시녀가 잠시 뜸을 들이는 사이, 마음이 싱숭생숭하여 온나니노미야의 시녀인 소소장을 상대로 이런 이야기를 나눕니다.

"이렇게 간혹 찾아 뵙고 집안일을 살핀 것이 벌써 몇 년째인데 아직도 남을 대하듯 대접하니 참으로 원망스럽구나. 이렇게 발을 사이에 두고 사람들을 통하여 인사하며 그 목소리조차 제대로 들을 수 없으니 나 자신이 한심스럽다. 이런 경험은 지금까지 한번도 없었으니. 그대들이 나를 고리타분하고 재치 없는 인간이라 웃음거리로 삼지는 않을까 싶으니 부끄러워 견딜 수가 없다. 신분이 낮았을 때 다소나마 남녀의 경험을 쌓았더라면 이렇듯 어리숙하게 굴어 수치를 당할 일은 없었을 터인데. 이렇듯 고지식하게 허송세월을 하고 있는 자는 달리 없을 것이다."

그 모습이 너무도 훌륭하여 가벼이 대할 수 없으니, 시녀들은
역시 두 사람 사이가 이대로 끝나지 않으리라 생각합니다.

"어중간한 답변을 하자니 도리어 민망하여."

"이렇게 괴로워하시는데 모르는 척 대답을 하지 않으면 사람
의 정리를 모른다 여기시겠지요."

시녀들은 서로를 쿡쿡 치며 이렇게 온나니노미야에게 말씀을
올립니다.

"어머님이 직접 인사를 드리지 못하니 큰 실례를 범하였습니
다. 대신 제가 상대를 하여야 마땅하겠으나, 어머님의 용태가
악화되어 몹시 괴로워하는 터라 저도 간병에 지친 상태입니다.
마음까지 약해져 살아 있는 것 같지 않으니 말씀도 드릴 수가
없습니다."

온나니노미야는 시녀를 통하여 이렇게 말하였습니다.

"온나니노미야 님께서 직접 한 말씀입니까."

유기리 대납언은 몸가짐을 바로 하고 이렇게 말합니다.

"제가 안타까운 미야스도코로 님의 병세를 대신하고 싶다고
생각할 만큼 걱정하는 까닭이 무엇이라 여기는지요. 외람되나
늘 수심에 젖어 있는 온나니노미야 님 자신이 밝고 명랑해질 수
있을 때까지 미야스도코로 님이 건강하게 지내셔야 두 분 모두
에게 바람직한 일이라 여기기 때문입니다. 그러한데 그저 미야
스도코로 님의 병문안차 오는 것이라고만 여기고, 지난 오랜 세

월 동안 쌓이고 쌓인 이 마음은 헤아려주지 않으니, 참으로 야속합니다."

"참으로 옳으신 말씀입니다."

시녀들도 이렇게 맞장구를 칩니다.

해가 기울면서 산 그늘이 어둑어둑해지는데 안개마저 자욱하게 끼어 그윽한 정취를 자아냅니다. 쓰르라미가 울어대고, 바람이 불 때마다 울타리에 핀 패랭이꽃의 색깔이 가련하게 보입니다. 앞뜰에는 가을꽃이 흐드러지게 피어 있고, 개울물 소리는 시원하게 들리는데 산에서 불어오는 바람이 마음을 적막하게 스쳐 지나가고, 솔바람 소리는 나무숲 깊이 울려 퍼집니다.

경을 읊는 중이 교대할 시간이 다가와 그 신호로 종을 울리자, 자리에서 일어서는 중과 교대하는 중의 독경소리가 하나가 되어 마치 합창처럼 숭고하게 들립니다. 장소가 이렇듯 한적하고 쓸쓸한 곳이라 모든 것이 호젓하게 보이니 유기리 대납언은 깊은 감개에 젖어 도저히 돌아갈 마음이 일지 않습니다. 율사가 가지기도를 올리는 듯한 소리가 들린 후 다라니경을 독경하는 차분한 목소리가 울렸습니다.

원래가 시중을 드는 사람들이 그리 많지 않은 임시 거처인데 미야스도코로가 고통을 호소한다 하여 시녀들이 그쪽으로 몰려가자 온나니노미야 곁이 허전해지고 말았습니다. 온나니노미야는 깊은 상념에 잠겨 있었습니다. 유기리 대납언은 이렇게 조용할 때야말로 마음속을 털어놓을 절호의 기회라고 생각합니다.
그런데 때마침 안개가 처마 밑까지 흘러왔습니다.

"안개가 앞을 가려 그만 돌아갈 길이 보이지 않으니 어찌하
면 좋겠습니까."

안 그래도 쓸쓸한 산골
자욱한 저녁 안개에
마음도 동하니
그리운 그대를 두고
떠나갈 마음 일지 않아

이 외로운 산장
울타리를 싸고 도는 저녁 안개도
돌아갈 길 서두르는
사람의 마음을 가로막지는 않지요

희미하게 들려오는 온나니노미야의 목소리와 기척이 마음
의 위로가 되니 유기리 대납언은 돌아갈 마음이 없어지고 말았
습니다.

"이럴 수도 저럴 수도 없어 난감하군요. 돌아갈 길은 안개에
가려 보이지 않는데 이 안개 낀 울타리 안에서는 내쫓으려 하시
니. 이런 일에 익숙하지 않아 어쩌면 좋을지 모르겠습니다."

유기리 대납언은 자리에서 일어서지 못하고 뜸을 들이다가, 더는 억누를 수 없는 흠모하는 마음을 넌지시 암시하였습니다.

온나니노미야는 사실 그런 마음을 전혀 모르고 있었던 것은 아니었습니다. 허나 늘 모르는 척 가장하여왔는데 이렇듯 노골적으로 속내를 드러내며 원망을 하니 일이 난감하게 되었다 생각하며 더더욱 대답을 하지 않습니다.

유기리 대납언은 몹시 안타까워하며 마음속으로 이런 절호의 기회는 두 번 다시 없으리라고 생각하며 묘안을 짜냅니다.

'설사 천박하고 사려 깊지 못한 남자라고 경멸을 한다 하여도 어쩔 수가 없구나. 오래 세월 남몰래 사모해온 이 마음만이라도 털어놓을 수 있다면.'

대납언은 이렇게 생각하고 수행원을 부르니, 근위부 장감으로 5위인 심복이 가까이 다가왔습니다.

"이곳에 있는 아사리에게 꼭 말씀드릴 것이 있는데, 가지기도를 올리느라 여념이 없어 보이는구나. 지금은 잠시 쉬고 있는 듯하나, 오늘 밤은 이 언저리에서 묵고 초야의 근행이 끝날 무렵에 아사리의 대기실에 찾아가보자꾸나. 아무개와 아무개는 이곳에 남도록 하고 다른 호위병들은 구루스노 장원이 이곳에서 가까울 터이니 그곳에 머물면서 말에게 여물을 주도록 하라 이르거라. 이곳에 사람이 많이 남아 시끄럽게 해서는 안 된다. 이런 곳에서 하룻밤을 지내면 사람들이 경솔한 일이라 말들이 많을 터이니."

대납언이 이렇게 말하니, 장감은 필시 무슨 곡절이 있는 것이라 헤아리고 명령을 수행하였습니다.

　"안개가 너무 깊어 돌아갈 길이 위험하니 이 근처에서 묵어 가야겠습니다. 이왕이면 이 방 발 옆을 허락하여주었으면 합니다. 아사리가 근행을 끝내고 물러나올 때까지 이곳에서 기다리지요."

　유기리 대납언은 이렇게 넌지시 말합니다. 대납언이 이렇듯 오래 머물면서 노골적인 언행을 보이는 일은 전혀 없었는데 오늘 밤은 처신을 달리하니 온나니노미야는 난감하여 어쩔 줄을 모릅니다. 그렇다고 매정하게 미야스도코로의 방으로 돌아가면 모양새가 좋지 않을 듯하여 그저 조용히 숨을 죽이고 있습니다. 유기리 대납언은 그런 온나니노미야에게 말을 걸면서, 말을 전하는 시녀가 발 안으로 들어가자 그 등 뒤에 숨어 자신도 슬며시 발 안으로 들어갔습니다.

　해가 기울어 날이 어두운데다 안개가 자욱하니 방 안은 더욱 어두웠습니다. 시녀가 뒤를 돌아보고 너무도 어처구니없는 일에 당황하자, 온나니노미야도 그 상황을 언짢게 여기고 북쪽 장지문 밖으로 나가려 하는데, 유기리 대납언이 더듬더듬 찾아 옷자락을 잡아당겼습니다.

　온나니노미야의 몸은 장지문 저쪽으로 나가 있는데 옷자락은 이쪽에 남아 있습니다. 장지문 바깥쪽에는 자물쇠가 없으니 문을 잠글 수도 없어 온나니노미야는 온몸에 식은땀을 흘리며 부들부들 떨고 있습니다.

시녀들은 이 당치않은 사태에 어쩔 바를 모르고 허둥대고 있습니다. 이쪽에서는 문을 잠글 수 있으나 저쪽에서는 어쩔 도리가 없는데다 실례가 되는 일이라 무리하게 떼어놓을 수도 없으니 시녀들은 울먹거리며 이렇게 애원합니다.

"이 무슨 처사입니까. 이런 흑심을 품고 있는 줄은 꿈에도 몰랐습니다."

"겨우 이 정도 가까이 갔다 해서 예의를 모르는 몰상식한 사람으로 여겨져야겠습니까. 나는 하잘것없는 몸이나 그 오랜 세월 동안 흠모해온 이 마음은 들어 알고 있을 터인데."

유기리 대납언은 이렇게 차분하고 온화한 태도로 가슴속에 쌓인 사연을 조용히 털어놓았습니다.

온나니노미야는 이렇듯 무례한 태도를 취하는 것에 화가 나서 분하고 억울한데 그 분을 풀 길이 없으니, 대답은커녕 대납언의 말에 귀를 기울일 마음도 없습니다.

"참으로 매정하고 어린아이 같은 태도를 보이십니다. 남몰래 사모하여온 마음 더 이상은 가릴 수 없어 이렇듯 넘쳐흐르니 그만 무례한 짓을 하고 만 죄는 있으나, 허락이 없는 한 더 이상 과한 행동은 절대 하지 않겠습니다. 애타는 사랑의 고통에 천 갈래 만 갈래 찢어지는 마음을 얼마나 참아왔는지 모릅니다. 아무리 그래도 자연 제 마음을 눈치채었으리라 여겨지거늘 억지로 모르는 척하면서 늘 서먹하게 대하니. 털어놓을 길조차 없어 어떻게 되든 상관없다, 예의도 사리도 모르는 철면피라 여겨진들 어쩔 수 없다, 썩어들어가는 이 마음의 한을 차라리 다 털어놓자고 생각하였을 뿐입니다. 허나 이렇듯 냉정하게 대하시니 원망스럽기는 하나 더 이상은 황송하여 뭘 어찌할 수 있겠습니까."

유기리 대납언은 오로지 인내하면서 부드럽고 자상하게 마음을 쓰고 있습니다.

온나니노미야는 장지문을 꼭 잡고 있으나, 이런 문 따위 금방 열 수 있는데도 유기리 대납언은 억지로는 열려 하지 않습니다.

"아무런 소용없는 문 따위에 의지하여 저를 거부하려 하니, 그 마음이 애처롭습니다."

유기리 대납언은 이렇게 말하며 웃으나, 가눌 길 없는 정열에 몸을 맡기는 볼품없는 행동은 하지 않습니다. 장지문 사이로 보이는 온나니노미야의 모습이 기품 있고 우아하고 고상하니 역시 각별한 분이라 여깁니다.

벌써 오래전부터 마음고생을 많이 한 탓인가 야윌 대로 야위어 약하고 기진해진 느낌입니다. 편하게 차려입은 평상복의 소맷자락은 부드럽고, 옷자락에 배어 있는 향내 등 하나에서 열까지 가련하고 애틋한 분위기입니다.

점차 밤이 깊어지면서 바람소리까지 스산하게 들리고, 풀벌레 소리와 사슴 우는 소리, 폭포 소리가 하나가 되어 가슴을 저미는 정취를 자아내니, 별 취미조차 없는 세상의 여느 사람이라도 눈이 반짝 뜨여 잠을 이루지 못할 풍정입니다. 격자문을 올려놓아 산자락으로 기우는 달이 보이니, 그 경치에 감상의 눈물이 절로 흐릅니다.

"여전히 제 마음을 조금도 헤아리려 하지 않으시니 도리어 속절없다 여겨집니다. 저처럼 세상 물정도 모르는 얼빠진 인간은 안심하여도 좋다 여기실 터이나, 만사에 아무런 걱정이 없는 신분이 낮은 자야말로 저 같은 인간을 어리석다 조소하며 매몰찬 대접을 하는 법입니다. 서로가 그런 신분은 아닌데, 이렇듯 저를 경멸하고 업신여기시니 이 마음 더더욱 억누를 길이 없습니다. 남녀 사이의 정분을 전혀 모르는 것도 아니실 터인데."

이런저런 말로 몰아치니 온나니노미야는 뭐라 대답을 하면 좋을지 난감할 따름입니다.

성애의 경험이 있는 여인이니 가볍게 넘어갈 것이라 넌지시 암시하는 말투도 마음에 들지 않고 불쾌하여, 어쩌다 내 신세가 이렇게 불행해졌을까 하고 고뇌하다 보니 이대로 숨이 끊어지는 것은 아닐까 불안할 정도로 괴로웠습니다.

"결혼을 잘못한 저의 실수는 잘 알고 있으나, 이렇게 뜻하지 않은 처신을 하여 저의 불행함을 부추기니 무슨 말을 할 수 있겠습니까."

온나니노미야는 들리지도 않을 만큼 희미한 목소리로 이렇게 말하며 흐느껴 웁니다.

남편과 사별하여

괴롭고 힘겨운 세상의
서러움을 홀로 짐지고 있거늘
그대의 옳지 못한 마음으로
또 이렇게 눈물을 흘리니

온나니노미야는 소리내어 읊을 생각은 아니었는데 어쩌다 입
에서 노래가 새어나오니 유기리 대납언이 얼른 듣고 그대로 되
뇌입니다. 온나니노미야는 너무도 부끄러워 무엇하러 그런 노
래를 읊었을까 하고 후회합니다.

"이거 참, 공연한 말을 하였습니다."

유기리 대납언은 이렇게 말하고 씁쓸하게 웃습니다.

군이 있지도 않은 소문을 내어
그대 소맷자락 적시지 않아도
죽은 사람에게 시집을 가
한번 퍼진 소문은
쉬이 사라지지 않을 터이거늘

"공연히 마음만 썩이지 말고 단호하게 결심을 하세요."

유기리 대납언이 이렇게 말하며 달빛이 밝은 쪽으로 나오라
하니, 온나니노미야는 당치도 않은 일이라고 어처구니없어합니
다. 온나니노미야는 여전히 냉담하고 강경한 태도를 보이는데

유기리 대납언은 온나니노미야의 몸을 가볍게 껴안으며 이렇게 말합니다.

"이토록 열렬한 제 마음을 인정하고 안심하세요. 허락이 없으면 이 이상의 행동은 절대, 절대 하지 않을 것이니."

그러는 사이에 새벽이 다가왔습니다.

달빛이 안개에 굴하지 않고 온 세상을 환히 비추니, 좁은 산장의 방 안까지 그 빛이 새어듭니다. 차양의 방의 짧은 처마가 더욱 짧게 느껴지고 방 안에 있어도 달과 마주하고 있는 기분이 듭니다. 온나니노미야는 밝은 달빛이 거북하고 창피하여 얼굴을 가리려 하니 그 모습이 뭐라 형용할 수 없이 우아하고 요염합니다.

유기리 대납언은 죽은 가시와기 권대납언의 일을 비롯하여 해도 별 지장이 없을 얘기만을 부드러운 목소리로 두런두런 얘기합니다. 허나 온나니노미야가 여전히 죽은 가시와기 권대납언을 대하듯 자신을 대하여주지는 않으니 한스러운 듯 호소합니다.

하지만 온나니노미야는 마음속으로 이런 생각을 하고 있습니다.

'죽은 그분은 관위는 그리 높지 않았으나 모두가 허락한 사이였기에 운명에 맡기고 결혼을 하여 부부로서 몸을 섞고 살았는데, 그럼에도 뜻하지 않게 그분에게 매정한 대우를 받지 않았던가. 하물며 이 대납언과 나 사이에 있어서는 아니 될 허물이 생긴다면, 이분은 전혀 남남이 아니라 죽은 남편의 여동생의 남편인 관계이니 시아버지가 뭐라 여기실까. 세간의 비난은 말할 필요도 없는 일이고 아버지 스자쿠 상황 또한 그런 소문을 들으면 뭐라 생각하실까.'

이렇게 이쪽저쪽 인연이 깊은 분들의 생각을 염려하다 보니 오늘 밤의 일이 더더욱 분하여 한탄을 금치 못합니다.

'마음으로는 이렇게 강하게 저항하여 정조를 지킨다 하여도 세상 사람들이 얼마나 수군거릴지 보지 않아도 뻔하구나. 어머님이 오늘 밤의 일을 모르는 것 같으니 그 또한 불효의 죄일 터이고, 훗날 이런저런 소문을 듣게 되면 그 무슨 어리석은 짓이었더냐며 분노하여 나의 태도를 꾸짖을 것이 뻔하니. 아아, 괴롭구나.'

"제발 날이 밝기 전에 나가주세요."

온나니노미야는 유기리 대납언을 쫓아내려 이렇게 채근하는 길밖에 없었습니다.

"그 무슨 섭섭한 말씀입니까. 어젯밤에 무슨 일이라도 있었다는 표정으로 잡풀을 헤치고 돌아가는 저를 아침 이슬이 뭐라 여기겠습니까. 그래도 쫓아내려 한다면 잘 들어두세요. 사람을 이토록 비참한 꼴로 내쫓고 앞으로도 저를 마냥 외면한다면, 그때야말로 자제력을 잃고 제 감정과 정열을 있는 그대로 드러낼 수도 있습니다. 지금까지 그런 경험은 한번도 없으나."

유기리 대납언은 이렇게 엄포를 놓고도 앞일이 몹시 마음에 걸리니 도리어 미련이 남아 발길이 떨어지지 않았습니다. 허나

느닷없이 난폭한 행동을 취하는 호색한 같은 짓은 지금까지 한
적이 없는 사람이라 그렇게 하면 온나니노미야가 가엾고, 또한
자신에게도 정나미가 떨어질 것이라 생각하니 두 사람 모두를
위해서 사람들 눈에 띄지 않도록 자욱한 안개 속으로 모습을 감
추었습니다. 그 심정이 어떠했을지는 기억에도 없습니다.

처마 밖은 온통 억새밭
그 아침이슬에 젖으며
겹겹이 에워싸인 안개 속을
헤치고 돌아가야 하는 외로움

"그대의 젖은 옷자락은 어차피 마르지 않고 허튼 소문만 나
겠지요. 그 또한 이렇듯 몰인정하게 저를 내쫓은 그대의 마음
탓이니."

'물론 이 일은 숨길 수가 없으니 세상으로 그 소문이 퍼져 나
가겠지만, 나는 양심에 꺼릴 것이 없으니 결백하다 대답해야지.'
온나니노미야는 이렇게 생각하고 애써 냉담하게 대납언과 거
리를 둡니다.

그대가 헤치고 갈 풀숲
그 이슬에 바짓가랑이
젖는 것을 빌미로

내게도 젖은 옷 같은 누명을
씌우려 하는 것인가요

"참으로 얼토당토아니한 말씀을 하는군요."

온나니노미야는 이렇게 말하고는 사려 깊지 못한 사람이라고 경멸하니, 대납언이 부끄러울 정도로 그 모습이 기품 있고 우아합니다.

지금까지 오랜 세월 다른 남자들과는 달리 정의가 두터운 남자로 행세하며 정성과 친절을 다하여 상대방을 안심시켜놓고는 갑자기 태도를 바꾸어 옛날의 모습은 흔적도 없이 호색적인 본성을 드러냈으니. 온나니노미야에게도 아니된 일이고 대납언 자신도 꺼림칙하여 적당히 마음을 고쳐먹으면서도 이렇게 온나니노미야의 말에만 따르다 보면 앞으로 점점 더 냉담하게 대하고 바보 취급을 하지 않을까 싶으니, 이런저런 생각에 골몰하면서 유기리 대납언은 귀로에 올랐습니다. 도중에 들판에 내린 이슬의 축축함에 바짓자락이 온통 젖고 말았습니다.

지금까지 이렇듯 은밀한 외출은 경험한 적이 없으니 유기리 대납언은 두근거리는 가슴과 애틋한 마음으로 삼조의 집으로 돌아갔습니다. 허나 구모이노카리 부인이 이렇게 이슬에 젖은 것을 수상히 여겨 비난할 것이 분명하니 일단은 육조원 하나치루사토의 처소로 갔습니다.

이 언저리에도 아직 아침 안개가 걷히지 않았습니다. 하물며 숲이 깊은 오노의 산골은 안개가 깊어 얼마나 쓸쓸하랴 하고 생각합니다.

"밤새 은밀하게 외출을 한 듯하군요. 전에 없는 일입니다."

시녀들은 이렇게 쑥덕거립니다.

유기리 대납언은 잠시 휴식을 취하고 젖은 옷을 갈아입었습니다. 이곳에는 계절을 불문하고 늘 대납언의 옷이 정성스럽게 마련되어 있으니, 향내가 나는 함에서 옷을 꺼내 올립니다.

유기리 대납언은 아침으로 죽을 먹고 겐지를 찾아 뵈었습니다.

오노의 산장에는 편지를 보내었으나, 온나니노미야는 펼쳐보지도 않았습니다. 어젯밤 갑작스럽게 그런 어처구니없는 일을 당한 것이 분하고 수치스럽고, 유기리 대납언의 처사가 괘씸하여서 견딜 수가 없습니다. 또한 어머니 미야스도코로에게 이일이 알려지면 어찌하랴 싶습니다. 어머니는 이런 일이 있는 줄은 꿈에도 모르는데 어째 평소와 다른 자신의 행동거지를 눈치채지는 않을까, 또 사람의 입이란 무서워 소문이 금방 펴져 나가는 세상이니, 어머니의 귀에도 들어가 여러 가지로 물어 앞뒤를 맞추어보고는, 사실을 숨겼다고 생각하게 되면 어찌하나 싶으니 그저 괴롭고 한스러울 따름입니다.

'차라리 시녀들이 있는 그대로를 넌지시 귀띔하여주었으면 좋겠구나. 어머님이 아시고 한심한 일이라고 한탄하게 되어도

어쩔 수 없으니.'

두 분은 어머니와 딸 사이이지만 유독 마음이 잘 맞아 친근하니, 무엇 하나 숨기는 것 없이 화목하게 지내고 있습니다. 옛이야기에는 남이 아는 비밀을 부모에게는 감추는 예가 흔히 있으나, 온나니노미야는 그리하고 싶지 않았습니다.

"어머님의 귀에 얼핏 들어갔다 하여도 큰일이라도 난 것처럼 속을 썩을 일은 없지 않을까요. 미리부터 공연한 걱정을 끼치는 것은 오히려 안된 일이니."

시녀들은 이렇게 말하지만, 두 분 사이가 어떻게 된 것인지 궁금하니 편지가 어떤 내용일지 읽어보고 싶어합니다. 허나 온나니노미야가 편지를 펼쳐보지조차 않으니 시녀들은 전전긍긍할 수밖에 없습니다.

"역시 아무 대답도 하지 않으면, 어찌 된 일일까 하여 이상히 여길 터이니 어른스럽지 못한 일이 아닐는지요."

시녀들이 이렇게 설득하며 대납언의 편지를 펼쳐보이려 하지만 온나니노미야는 몹시 언짢아하며 돌아누워버리고 말았습니다.

"비록 잠시였지만 빈틈을 주어 그 사람에게 모습을 보이고만 경솔함은 내 잘못이 틀림없으나, 그 무례하고 속절없는 처신을 도저히 용서할 수가 없구나. 이 분한 마음을 달랠 길 없으니 편지 따위 볼 수 없다고 답장을 쓰거라."

허나 유기리 대납언이 보낸 편지에 그리 불쾌한 느낌은 없고 오히려 정성스런 마음이 담겨 있습니다.

무정한 그대의 소맷자락 속에
내 혼을 두고 왔으니
내 탓이기는 하나
텅 빈 이 몸
어째야 좋을지 몰라 이리저리 헤맬 뿐

"'생각대로 되지 않는 것이 마음'이란 옛 노래도 있듯이, 그 옛날에도 이런 연심을 품은 사람이 있었을 것이라 생각하나, '내 사랑의 행방은 알 길이 없으니'."

이렇게 꽤 길게 씌어 있는 듯한데 시녀들이 조심스러워 분명하게 읽지는 않습니다.

오늘 아침의 편지는 사랑을 나눈 뒤에 보내는 문안 편지 같지는 않은데, 시녀들은 역시 어젯밤 두 분 사이에 무슨 일이 있었는지 궁금하여 견디지 못합니다. 특히 오늘 아침 온나니노미야의 모습이 슬픔에 가득하니, 애처롭고 안쓰럽게 생각합니다.

"대체 어떻게 된 일일까요. 유기리 대납언님은 지난 몇 년 동안 세상에 그 예가 없을 정도로 친절하게 온나니노미야 님을 보살펴주었는데, 만약 결혼을 하여 몸을 의지하게 되면 의외로 예전보다 못하게 대하는 것이 아닐까요. 그렇다면 걱정이지요."

이렇게 온나니노미야를 가까이 모시는 시녀들은 모두 노심초사하고 있습니다.

허나 어머니 미야스도코로는 그런 일이 있었던 줄은 꿈에도 모르고 있습니다.

미야스도코로는 귀신에 시달리는 사람이 보통 그렇듯이 병세가 몹시 심해지는가 하면, 또 일변하여 기분이 상쾌해지는 일도 있습니다. 그럴 때는 의식도 분명하게 돌아옵니다.

낮의 가지기도가 끝나자 율사가 혼자 남아 다라니경을 읊고 있습니다. 어머니의 용태가 오늘은 차도를 보이니 매우 기뻐하며 쉰 목소리로 뿌듯한 듯이 이렇게 말합니다.

"대일여래가 거짓말을 한다면 소승이 이렇듯 마음을 다하여 올리는 기도에 무슨 효험이 있겠습니까. 악령은 집념이 강한 듯 보여도 실은 자신의 죄업에 고통스러워하는 하찮은 것입니다."

이렇게 오직 수행밖에 모르는 답답하고 융통성 없는 율사인데, 느닷없이 이런 질문을 합니다.

"아아, 참. 그 유기리 대납언은 언제부터 온나니노미야의 처소에 드나들고 있는지요."

"그런 일은 없습니다. 돌아가신 대납언과 막역한 사이였는지라, 죽은 뒤의 일을 부탁한다는 친구의 유언을 지키기 위해 벌써 오래도록 무슨 일이 있을 때마다 성실하고 친절하게 돌보아주시는 것뿐입니다. 이번에도 나의 병문안차 들른 것이니, 정말 황공한 일이지요."

미야스도코로가 이렇게 부정하자 율사는 빡빡 깎은 머리를 좌우로 흔들며 거침없이 이렇게 말하는 것이었습니다.

"아니지요. 그것 참 수상쩍은 변명이로군요. 소승에게는 숨기지 않아도 될 일을. 오늘 아침 후야의 근행에 임하고 있는데, 저 서쪽 옆문으로 멀끔한 남자가 나오는 것을 보았습니다. 안개가 깊어 누구인지는 알 수 없었는데, 제자인 법사들이 '유기리 대납언이 돌아가는 것입니다. 어젯밤에는 수레를 돌려보내고 이곳에서 묵었습니다'라고 하더군요. 그러고 보니 아주 좋은 향내가 사방에 그윽하여 두통이 날 정도였는지라, 그런 일이 있었구나 하고 납득이 갔지요. 그분은 늘 아주 좋은 향내를 풍기니까요. 허나 이 인연은 그리 바람직하지 않아 보이는군요. 대납언은 학식이 풍부하고 실로 빼어난 분이지요. 소승은 어렸을 때부터 대납언의 돌아가신 조모님의 말씀에 따라 그분을 위해 기도를 올렸던 터라, 그런 관계로 지금도 그런 일을 도맡고 있는데, 이 인연은 조금도 득이 될 것이 없습니다. 정부인의 위세가 실로 막강하지요. 정부인의 친정이 당대를 풍미하는 일가이니 그 위세가 하늘을 찌를 듯합니다. 또한 대납언의 자식이 일고여덟 명에 이르지요. 아무리 온나니노미야 님이라 하여도 그 권세를 꺾을 수는 없을 것입니다. 여자라는 죄 많은 몸으로 태어나 애욕의 죄에 빠지게 되면 지옥에 떨어져 무명장야의 어둠을 헤매는 끔찍한 응보를 받게 됩니다. 정부인의 질투와 분노를 사게 되면 성불에도 장애가 되겠지요. 소승은 절대 찬성할 수 없습니다."

"참으로 이상한 말씀을 하는군요. 지금까지 한번도 그런 언행을 보인 적이 없는 분입니다. 어젯밤에는 나의 용태가 악화되어 제정신이 아니었는지라, 대납언이 잠시 쉬었다가 만나겠노라며 한동안 기다렸노라 시녀들이 전하여주었는데, 그 때문에 묵은 것이겠지요. 성실하고 고지식한 분이거늘."

미야스도코로는 이상하다는 듯이 말은 하지만 마음속으로는 다른 생각을 하고 있습니다.

'그런 일이 있었는가. 간혹 온나니노미야에게 예사롭지 않은 마음을 품고 있는 듯 보이기는 하였지만, 총명한 분이니 사람들에게 비난받을 만한 일은 애써 피하며 늘 근엄하게 처신하는 탓에 설마 우리가 꺼려할 일은 하지 않을 것이라 방심을 하였구나. 곁에 사람이 적은 틈을 타서 몰래 숨어든 것일까.'

율사가 물러간 후에 미야스도코로는 소소장을 불러들였습니다.

"이러저러한 얘기가 들리는데 대체 이 무슨 일이냐. 어찌하여 내게는 이러저러한 일이 있었다고 소상하게 알리지 않았더냐. 설마 그런 일이 정말 있었다고는 생각지 않으나."

소소장은 온나니노미야에게는 안된 일이나 사건의 경위를 처음부터 자세하여 전하였습니다.

소소장은 율사가 얘기한 줄은 알지 못하니, 시녀 가운데에서 누군가가 몰래 귀띔을 한 것이라 여기고, 오늘 아침에 유기리 대납언에게서 편지가 온 것이며, 온나니노미야가 얼핏 내뱉은 말들을 전하여 올립니다.

"대납언이 지금까지 긴 세월 마음에 간직하였던 마음을 전하고, 헤아려주기를 바랐던 것뿐 아닐까요. 그래도 신경이 많이 쓰이는지 날이 밝기도 전에 돌아가셨는데, 누가 뭐라고 전하였는지요."

미야스도코로는 뭐라 말을 못하고, 분하고 괴로운 마음에 눈물을 뚝뚝 흘립니다. 소소장은 그런 모습만 보고도 마음 아파하며 후회합니다.

'무엇하러 있는 그대로 다 말씀을 드렸을까. 안 그래도 병으로 고생하시는데 심통함이 얼마나 더할까.'

"장지문은 단단히 잠근 상태였습니다."

소소장은 이런 말로 최대한 사태를 무마하려 하지만 미야스도코로는 몹시 슬퍼하며 말을 끝까지 잇지 못합니다.

"아무튼 그리 부주의하여 외간 남자에게 모습을 보이고 말았으니 그 경솔함을 뭐라 변명하겠느냐. 자신은 결백하다 아무리 생각하여도 법사들도 그렇게 말하였으니, 말 많은 젊은이들이 온갖 말을 제멋대로 떠들어댈 터인데. 또 세상 사람들에게는 뭐라 설명하여 실제로 그런 일은 없었다고 설득할 수 있겠느냐. 옆에 있는 것들이 다들 불충하고 어리숙하니."

병으로 심신이 괴로운데 뜻하지 않은 일로 놀라고 속상해하니 애처로움이 더합니다. 미야스도코로는 온나니노미야를 어디까지나 황녀로 고귀하게 다루려 생각하였는데, 세상의 뭇 여자

들처럼 경솔하게 처신하여 허튼 소문이 나게 되었다 생각하니
참을 수 없어 한탄을 합니다.

"지금은 정신이 다소 맑으니 온나니노미야를 이리로 모셔오
너라. 내가 그쪽으로 가야 마땅하나 몸이 움직여주질 않는구나.
오래도록 모습을 뵙지 못한 듯하니."

미야스도코로는 눈물을 머금고 이렇게 말합니다. 소소장은
온나니노미야를 찾아가 어머니의 말씀을 전하였습니다.

"이리 말씀하였습니다."

온나니노미야는 어머니를 뵙기 위해 눈물에 젖어 엉킨 머리
를 빗어내리고, 어젯밤 유기리 대납언에게 저항하느라 매무시
가 흩어진 홑옷을 갈아입기는 하였으나 금방은 자리에서 일어
나지 못합니다.

'이 시녀들도 뭐라 생각하고 있을까. 어머님은 아직 모르고 계
시는데, 나중에라도 귀에 들어가게 되는 날에는 용케 시치미를
떼었다고 생각하실 터이니. 얼마나 쑥스럽고 부끄러울 것인가.'

온나니노미야는 이렇게 생각하고 다시 자리에 누워버렸습
니다.

"몸이 안 좋구나. 이대로 낫지 않으면 차라리 좋을 터인데. 각
기가 머리로 올라온 기분이로구나."

온나니노미야는 이렇게 말하며 소소장에게 안마를 시킵니다.
이런저런 일을 골똘히 생각하다 보니 두통이 이는 것입니다.

"어젯밤의 일을 어머님께 넌지시 알린 사람이 있는 듯합니다.

대체 어찌 된 일이냐고 물으시기에 있는 그대로 말씀드렸으나, 장지문은 단단히 잠갔노라고 다소 말을 덧붙였습니다. 만약에 그런 말씀을 하시거들랑 저와 같은 대답을 하도록 하세요."

소소장은 이렇게 말하고, 미야스도코로가 몹시 심통해하며 한탄하였다는 말은 전하지 않았습니다.

"역시 그랬구나."

온나니노미야는 너무도 괴로워서 말도 제대로 하지 못하고 베갯머리에 눈물만 뚝뚝 흘릴 뿐입니다.

이번 일은 물론이요, 가시와기 권대납언과 뜻하지 않은 결혼을 한 이래 어머니에게는 걱정만 끼쳤으니, 온나니노미야는 사는 보람조차 없다고 생각합니다.

'유기리 대납언은 이대로 포기하지는 않을 것이니 앞으로도 내 곁을 맴돌며 말을 걸어올 터이지. 그리되면 듣기 괴로운 말만 늘어날 것이니 얼마나 성가실까.'

온나니노미야는 이렇게 걱정하면서, 의지가 약하여 그분의 달콤한 말에 현혹되었다면 오명을 날리게 되었을 터, 아무튼 정조를 지켜 결백하니 마음을 위로할 거리는 있었습니다. 허나 고귀한 신분의 몸으로 그렇듯 어리숙하게 남자에게 모습을 보이고 말았으니 자신의 불행한 운명을 다시 한 번 절실하게 한탄합니다. 그날 저녁 어머니에게서 얼른 건너오라는 재촉이 있어 미야스도코로의 병실과 방 사이에 있는 토방의 문을 열고 어머니에게로 건너갔습니다.

미야스도코로는 병세가 중하여 괴로우면서도 병석에서 일어나 예법에 따라 정중하고 공손하게 온나니노미야를 맞았습니다.

"오라 해놓고는 방 안이 이렇게 어질러져 송구합니다. 겨우 지난 이삼 일 동안 뵙지 못하였는데, 오래도록 뵙지 못한 것처럼 그리우니 그 또한 허망한 일이나 죽어 저세상에서 볼 수 있으리란 보장은 없지요. 다시 태어난다 해도 전생의 일을 기억할 수 있을지 어떨지 그 또한 알 수 없는 일입니다. 생각해보면 죽음으로 헤어지는 것은 순간의 일이니 지금까지 부모자식으로서 너무 친근하게 지낸 것이 도리어 후회가 됩니다."

미야스도코로가 이렇게 말하고 눈물을 흘리자 온나니노미야는 슬픈 일들만 떠오르고 가슴이 메어 뭐라 말을 하지 못한 채 그저 어머니의 얼굴을 바라볼 뿐입니다. 무척 내성적인 성격이라서 어젯밤의 일을 시원스럽게 털어놓고 변명을 하지도 못합니다. 그저 꺼져들어갈 듯 부끄러워만 하니, 미야스도코로는 그 모습이 가엾어 대체 어젯밤 무슨 일이 있었느냐고 묻지도 않습니다.

등불에 불을 붙이고 식사를 대접합니다. 온나니노미야가 음식을 입에 대지 않는다는 말을 듣고 손수 이런저런 음식을 장만하였으나 온나니노미야는 역시 손을 대지 않고, 다만 어머니의 용태가 다소나마 좋아진 듯하니 다행이라고 생각합니다.

유기리 대납언에게서 또 편지가 왔습니다. 영문을 모르는 시녀가 받아 들고 유기리 대납언이 소소장 앞으로 편지를 보냈다

며 건네자 온나니노미야는 당황하여 어쩔 줄을 모릅니다. 소소
장이 편지를 받았습니다.

"뭐라고 씌어 있느냐."

미야스도코로가 궁금하여 물었습니다. 미야스도코로는 남모
르게 마음이 약해져 속으로는 유기리 대납언이 와주기를 기다
리고 있습니다. 그런데 편지가 온 것을 보면 오늘 밤은 오지 않
을 것이라 여겨지니 애가 타서 어서 답장을 쓰라며 편지를 이리
로 가져오라 일렀습니다. 소소장은 당황스러웠지만 건넬 수밖
에 없었습니다.

"어처구니없을 정도로 냉담한 마음을 똑똑히 보았더니 오히
려 나의 연심이 거리낌 없이 타오르는 듯합니다."

　　나의 마음을 외면하려 할수록
　　그 얕은 마음씀씀이가
　　분명해질 뿐이지요
　　세상으로 퍼져 나간 소문은
　　숨길 수가 없으니

이렇게 뭐라뭐라 씌어 있으나 미야스도코로는 끝까지 읽지도
않습니다. 말투는 애매한데 부아가 치밀 정도로 우쭐해져 있으
면서 오늘 밤 찾아오지 않는 것은 무슨 처사인가 싶어 화가 끓
어오릅니다.

'죽은 가시와기 권대납언이 온나니노미야에게 애정을 보이지 않을 때에도 그 뜻밖의 일이 원망스러웠으나, 표면적으로는 정부인으로 정중하게 대하여주었기에 그것으로 위안을 삼을 수 있었지. 허나 그래도 불만이 컸는데, 이번 일은 이 무슨 몹쓸 처사란 말인가. 전 태정대신은 이 관계를 어찌 여기고 있을지.'

미야스도로코는 이렇게 생각이 복잡합니다.

그래도 유기리 대납언이 뭐라 반응을 보일지 알고 싶으니, 몸이 몹시 불편하고 어지러우면서도 눈물을 닦고 새발자국 같은 글씨로 편지를 썼습니다.

"내 병은 이제 더 이상 가망이 없을 듯합니다. 온나니노미야가 문안을 하러 온 차에 마침 편지가 왔기에 답을 쓰라 권하였으나, 상심에 젖어 있는 듯하여 보다 못한 나머지."

시든 마타리꽃처럼
온나니노미야는 시들어 있으니
이 들판의 산장을
그대는 대체 뭐라 여겼기에
하룻밤의 숙소로 삼았는지요

미야스도로코는 그렇게 쓰고 편지지의 양끝을 접어 휘장 밖으로 내밀고는 그대로 자리에 눕는가 싶더니 몹시 괴로워하였습니다. 시녀들은 잠시 용태가 호전된 것은 귀신이 우리들을 방심시킨 것이냐며 수런거렸습니다. 예의 영험 있는 승려들이 모두 모여들어 큰 소리로 기도를 올리기 시작합니다.

시녀들은 온나니노미야에게 저쪽으로 가 있으라 이르나 온나니노미야는 자신의 신세가 처량하여 비관하고 있으니, 어머니를 따라 자신도 죽고만 싶다 생각하고 곁을 떠나지 않습니다.

유기리 대납언은 그날 낮에 삼조 자택으로 돌아갔습니다. 오늘 밤 또 오노에 가면 그야말로 온나니노미야와의 사이에 무슨 일이 있었던 것처럼 여겨질 터. 실제로는 아무 일도 없었는데 소문만 나빠질 것인즉 가고 싶은 마음을 억제하니 지금까지 오랜 세월 안달하였던 것보다 몇 배나 탄식합니다.

구모이노카리 부인은 대납언이 잠행을 하였다는 소식을 듣고 기분이 썩 좋지 않으나 모르는 척하면서 아이들을 상대로 마음을 달래며 방에 누워 있었습니다.

저녁때가 지나 심부름꾼이 답장을 들고 돌아오니, 평소와는 다른 미야스도코로의 새발자국 같은 필적을 금방 알아볼 수 없어 등불을 당겨 천천히 읽으려 합니다.

그때마침 휘장 너머에 있던 구모이노카리 부인이 얼른 눈치를 채고 다가와 대납언의 등 뒤에서 불쑥 편지를 빼앗아갔습니다.

"이 무슨 무례한 짓입니까. 어이가 없군요. 육조원의 하나치루사토 부인의 편지인데. 감기에 걸려서 오늘 아침 몹시 힘들어하는 터라, 아버님을 찾아 뵙고 돌아오는 길에 잠시 들르려 하였는데 그러지 못하여 안된 마음에 어찌 되었는지 문안차 편지를 보내었습니다. 그 답장이에요. 이것 보세요. 이것이 연문으로 보입니까. 참으로 품위 없는 짓을 하는군요. 세월이 흐르면서 더욱 나를 무시하니 난감한 일이로군요. 내가 어찌 생각하는지는 안중에도 없는 모양입니다."

유기리 대납언은 뜻하지 않은 일에 몹시 화를 내면서도 편지를 되돌려 달라 안달하지 않으니 구모이노카리 부인도 금방은 읽지 못하고 그대로 갖고만 있습니다.

"날로 나를 바보 취급하는 것은 바로 당신이지요."

너무도 태연자약한 대납언의 모습에 주눅이 든 구모이노카리 부인이 풋풋하고 귀여운 표정으로 말하였습니다.

"어느 쪽이든 무슨 상관입니까. 부부 사이에는 이런 말다툼이 흔히 있는 법. 그러나 나처럼 상당한 지위에 있는 남자가 이렇듯 바람 한 번 피우지 않고 오직 부인만을 섬기며 암매에게 절절매는 수매처럼 늘 꼼짝을 못하니, 세상 사람들이 얼마나 비웃겠습니까. 그렇게 융통성 하나 없는 남자가 소중하게 여긴들 당신도 별 명예스럽지 못하겠지요. 많은 처첩이 있는 가운데 혼자서만 섬김을 받는다면야 각별한 대우를 받고 있다 하여 세상도 인정을 하고 당신 자신의 기분도 늘 신선하고 넉넉하여 부부 사이의 애정도 맛깔나게 오래 지속되는 것이지요. 옛날이야기에 나오는 노인네처럼 오직 당신 한 사람만을 충실하게 지키는 이 바보스러움이 애석할 따름입니다. 이래가지고야 당신도 뭐라 그리 보기 좋겠습니까."

유기리 대납언은 편지를 슬쩍 되찾으려는 속셈으로 마음에도 없는 이런 소리를 지껄입니다. 구모이노카리 부인은 대납언의 말을 듣고 화사하게 웃으면서 조잘거리니 그 모습이 귀여워 미워할 수가 없습니다.

"당신이야말로 번듯해지려 날로 애를 쓰시니 늙어 쭈그렁바가지가 된 나는 괴로울 따름입니다. 날로 오히려 젊어지고 화려해진 모습을 지금까지는 본 적이 없으니 괴로워 죽을 지경입니다. 이럴 것이며 차라리 미리부터 조금씩 알게 하여주시면 좋았을 것을."

"내가 갑자기 변했다니, 어디를 보고 그렇게 말하는 것입니까. 공연한 억측을 하는군요. 당신에게 쓸데없는 소리를 하는 시녀가 있는 모양입니다. 그 사람이야 옛날부터 나를 탐탁지 않아하였지요. 역시 6위의 연녹색 소매를 지금도 기억하면서 나를 궁지에 몰아넣을 구실을 만들어 당신을 내게서 떼어놓을 계략이라도 꾸미고 있는 게지요. 듣기 민망한 갖가지 소문도 얼핏얼핏 들립니다. 아무 관계없는 분에게는 안된 일이지요."

유기리 대납언은 말은 이렇게 하나 온나니노미야는 결국 그리 될 것이라 생각하니, 심하게 말다툼을 하지는 않습니다.

과거 고작 6위라고 대납언을 깔보았던 대보 유모는 몸 둘 바를 모르고 그저 입을 꼭 다물고 있습니다. 서로가 이런저런 얘기를 나누다가 구모이노카리 부인이 그 편지를 감추고 말았는데도 유기리 대납언은 애써 찾아내 빼앗으려 하지 않고 잠자리에 들기는 하였으나 내심 안절부절못하고 있습니다.

'미야스도코로가 보낸 편지가 틀림없을 터, 어떻게든 되찾아야 하는데. 대체 무슨 말이 씌어 있을까.'

잠자리에 들었으나 잠은 오지 않으니, 누운 채로 이런저런 생각을 합니다.

어젯밤, 구모이노카리 부인이 잠이 든 틈에 부인이 깔고 앉아 있었던 방석 등을 슬며시 뒤적여 보았으나 보이지 않았습니다. 숨길 틈도 없었을 터인데 어찌하여 없는 것인지 애가 타서 밤을 새우고 말았으나, 그런 내색을 할 수가 없으니 금방 자리에서 일어나지는 않았습니다.

구모이노카리 부인이 아이들을 깨우고 침소에서 나오자, 자신도 지금 막 깨어난 척하면서 사방을 살폈으나 역시 편지는 어디에도 보이지 않았습니다. 부인은 대납언이 이렇듯 애가 타서 편지를 찾고 있는 줄은 전혀 모르니, 과연 그 편지가 연문은 아니었나 보다 여기며 신경을 쓰지 않습니다. 시끄럽게 뛰어다니는 아이, 인형에 옷을 입히고는 늘어놓고 노는 아이, 책을 읽는 아이, 글씨 연습을 하는 아이 등, 아이들을 상대하느라 분주합니다. 어린아이들은 기어다니면서 어머니의 옷자락을 잡아당기곤 하니, 빼앗은 편지 따위 까맣게 잊어버리고 만 것입니다.

대납언은 어서 빨리 미야스도코로에게 답장을 쓰고 싶은 생각뿐인데, 어젯밤 편지의 내용을 확실하게 읽지 못하였으니 엉뚱한 답변을 하면 상대가 편지를 잃어버린 게라고 여길 터인즉 이런저런 생각으로 골머리를 앓고 있습니다.

모두들 식사를 끝내고 겨우 조용해졌을 무렵, 생각다 못하여 부인을 넌지시 떠보았습니다.

"어젯밤의 그 편지는 무슨 내용이더이까. 보여주질 않으니 뭐라 답장을 써야 할지 난감하구려. 오늘도 문안을 가보아야 할 터인데, 몸이 좀 불편하여 육조원에 갈 수 없을 것 같으니 문안 편지를 보내려 하는데, 그 편지를 보지 않고 뭐라 쓰겠습니까. 대체 뭐라 씌어 있었소."

유기리 대납언의 말투가 정말 아무 일 아닌 듯하니, 구모이노카리 부인은 편지를 빼앗는 어리석은 짓을 한 것이 쑥스러워져 일부러 언급을 회피합니다.

"지난밤 오노 산골의 바람을 쐬었더니 감기에 걸려서 꼼짝을 할 수 없다고, 그렇게 재미나게 쓰면 되지요."

"그렇게 늘 공연한 소리만 하시는구려. 재미있을 일이 무에 있습니까. 나를 남들 같은 바람둥이라 여기는 듯한 소리를 들으니 기분이 썩 좋지 않구려. 시녀들도 고지식한 공처가인 나를 의심한다 하여 웃을 겝니다."

대납언은 이렇게 농담을 하듯 얼버무리고는 편지의 행방을 묻습니다.

"자, 그 편지는 어디에 있는 겝니까."

허나 구모이노카리 부인은 얼른 편지를 꺼내놓지 않습니다.

한동안 둘이 누워 얘기를 나누다 보니 해가 기울고 말았습니다.

"오노 산골에 안개가 얼마나 깊게 끼었을까. 찾아가 보지도 않으면서 답장마저 보내지 않았으니 과연 뭐라 여길까. 오늘은 답장만이라도 반드시 써야 할 터인데."

유기리 대납언은 겉으로는 아무렇지도 않은 척 먹을 갈면서도 속으로는 미야스도코로의 심정을 안타까워하는 한편, 편지를 어떻게 하였노라 둘러대야 하나 하고 궁리를 합니다.

그때 안쪽에 깔려 있는 요 한쪽이 부풀어 있는 것이 눈에 띄어, 혹시나 하고 뒤집어보니 편지가 그런 곳에 숨겨져 있는 것이었습니다. 기뻐 안도하면서도 대납언은 어이가 없어 껄껄 웃으며 편지를 읽어내려가는데, 몹시 마음에 걸리는 내용이 씌어 있었습니다.

미야스도코로가 지난밤 온나니노미야와 무슨 일이 있었던 것처럼 들은 모양이라고 생각하니 대납언은 가슴이 메이는 듯 아팠습니다.

'어젯밤 미야스도코로가 얼마나 걱정을 하였을까. 잠도 이루지 못했을 터인데, 오늘은 또 지금까지 답장조차 보내지 못하였으니. 어지간하지 않으면 이런 편지를 쓰지 않았을 터인데. 그런데도 나는 답장조차 보내지 않았으니 얼마나 원망이 컸으랴.'

이런 생각을 하니 울고 싶을 정도로 후회스러워 새삼 구모이노카리 부인의 처사가 원망스럽고 괘씸하였습니다. 왜 편지를 숨기는 따위의 몹쓸 짓을 하였을까. 아니 그 또한 평소 내가 버룻을 잘못 들인 결과라 여겨지니 대납언은 자신을 책망하며 모든 것이 한심스러워집니다.

이 길로 곧장 오노 산장으로 향하고 싶으나, 꼼꼼한 성품으로 사태를 헤아리고 일단은 답장을 보내기로 하였습니다.

'지금 당장 찾아간다고 해야 온나니노미야가 그리 쉬이 만나 주지는 않을 터. 미야스도코로 님이 이런 말씀까지 하니 대체 어찌하면 좋을꼬. 오늘은 마침 음양도에서 꺼리는 흉일에 해당하니, 혹여 온나니노미야와의 인연을 허락하여준들 이렇게 불길한 날에 연을 맺으면 훗날 좋지 않은 일이 생겼을 때 빌미가 될 것이야. 역시 만사를 무난하게 처리하는 것이 좋겠어.'

"실로 귀한 편지를 주셔서 기쁘게 읽어본즉, 노함이 크시니 무슨 일인지 영문을 알 수 없습니다. 무슨 소리를 들으셨는지요."

오노의 가을 들판
풀숲을 헤치고 찾아 갔으나
둘 사이는 결백하니
선잠조차 함께하지 않았습니다

"변명으로 결백을 증명하자니 사리에 맞지 않으나, 어젯밤 찾아 뵙지 않은 실례에 대한 꾸짖음은 묵묵히 받아들여야 하겠지요."

온나니노미야에게는 따로 장문의 편지를 써서, 마구간의 준마에 안장을 얹고 그날 밤 수행을 하였던 우근위 장감을 시켜 편지를 전하도록 하였습니다.

"어젯밤 육조원에 갔다가 지금 막 집으로 돌아왔다 이르거라."

대납언은 이렇게 언질을 하면서 전할 말을 은밀하게 가르쳐 주었습니다.

오노 산장의 미야스도코로는 어젯밤 찾아오지 않은 유기리 대납언의 박정한 태도를 견딜 수 없으니, 훗날 세상의 평판을 염려할 여유조차 없습니다. 원망이 담긴 편지를 보냈는데, 그 답장조차 오지 않은 채 오늘도 해가 기울었습니다. 대체 유기리 대납언이 무슨 속셈일까 하여 그 무심함에 낙담이 크니, 다소나마 좋아졌던 용태가 갑작스럽게 악화되었습니다.

온나니노미야는 대납언의 그런 태도를 그리 문제 삼지 않으니 애가 탈 일도 없습니다. 다만 뜻하지 않은 사람에게 본의 아니게 모습을 보이고 만 것이 한심할 따름이나. 그조차 크게 개의치 않는데 미야스도코로가 이렇게 상심하니 부끄러워 어쩔 줄을 모릅니다. 그렇다 하여 사실을 사실대로 전할 수는 없는 노릇이라 평소와 달리 몹시 거북해합니다.

미야스도코로는 그런 온나니노미야의 태도가 마땅치 않고 마음 아파 몹시 괴로워합니다. 또한 마음고생이 끊이지 않는 신세를 옆에서 지켜보자니 온나니노미야가 가여워 억장이 무너지는 듯합니다.

"새삼 이런저런 훈계를 하고 싶지는 않으나, 운명이라 하여 짧은 생각으로 사람들에게 손가락질을 받을 만한 일은 더 이상 하지 않도록 하세요. 이번 일은 돌이킬 수가 없습니다만, 나는 하찮은 몸이나 모든 정성을 다하여 그대를 키웠습니다. 지금은 모든 것을 분별할 수 있고, 남녀 사이의 정분 역시 충분히 판단할 수 있을 만큼 교육을 시켰다 여기고 그 점에 대해서는 안심을 하고 있었는데 역시 아직은 어린 면이 남아 있었군요. 이래저래 걱정스러우니 모든 것을 반듯하게 분별할 수 있을 때까지 살아 있어야겠습니다. 여염집 여자라도 다소 상류 가정에서 자란 여식은 두 남편을 섬기지 않는다 하여, 남편이 둘인 경우에는 경솔하다 비난받습니다. 하물며 황녀라는 고귀한 신분의 그대는 뭇 여자들처럼 남자의 근접을 허락해서는 아니 되는 것입니다. 나는 그대가 죽은 그 사람과 결혼하는 것을 원치 않았기에 줄곧 근심이 끊이지 않았는데, 그 또한 이런 운명이기에 그러하였던 것일까요. 스자쿠 상황을 비롯하여 모든 사람들이 허락하였고, 그분의 아버지 대신도 결혼을 허락한 듯한데 나 혼자 고집을 피워 반대할 수는 없어 포기하였습니다. 결혼을 한 후에도 행복하다 할 수 없는 처지였으나, 자신의 잘못으로 그리된 것은 아니니 하늘을 우러러 원망하고 한탄할 수밖에 없었습니다. 나는 그렇게 그대를 지켜왔는데, 지금 또 두 분 모두에게 바람직하지 못한 일이 생긴 듯하군요. 허나 세상 사람들의 소문은 못 들은 척하고, 대납언이 남들 같은 남편으로 애정을 보여주면 세월이 흐르면서 내 마음도 자연 잘된 일이라 여기게 될 것이라 생각하였습니다. 헌데 대납언은 참으로 박정한 분이었군요."

미야스도코로는 이렇게 불만을 털어놓으면서 눈물을 뚝뚝 떨어뜨렸습니다.

이렇게 착각을 하고 있으나, 아니라고 변명할 말이 없으니 온나니노미야는 그저 묵묵히 눈물을 흘릴 따름인데 그 모습은 참으로 얌전하고 아리땁습니다.

"가엾어 어쩐답니까. 어디 한 구석도 남에게 뒤지는 구석이 없는 분인데. 대체 전생에 무슨 죄를 지어 이렇듯 마음고생만 하게 되는 분과 인연을 맺도록 태어났다는 말입니까."

미야스도코로는 이렇게 말하면서도 몹시 괴로워합니다. 귀신이 이렇게 약한 점을 비집고 들어와 난동을 피우니 미야스도코로는 갑자기 정신을 잃었습니다. 그러더니 그대로 몸이 싸늘하게 식어갔습니다.

율사도 당황하여 부처님께 큰 소리로 기도를 올립니다. 죽을 때까지 산에서 내려오지 않겠노라 굳은 맹세를 하고 칩거하였는데, 미야스도코로를 위하여 큰 결심을 하고 하산한 보람도 없이 당사자의 숨이 이대로 끊어지면 호마단을 치우고 허망하게 산으로 돌아가야 하니 부처님이 원망스러울 것이라는 취지의 발원문을 온 마음을 다하여 읽습니다.

'이래가지고야 온나니노미야가 세간의 웃음거리, 소문의 씨앗이 되겠지. 어찌하여 나까지 그런 편지를 보내어 소문의 증거

를 남겼다는 말인가.'

미야스도코로는 지금까지의 일을 이렇게 저렇게 생각하는 도중에 그대로 숨이 끊어지고 말았습니다.

그 상황을 허망하다거나 슬프다는 한마디로는 도저히 표현할 수 없습니다.

미야스도코로는 옛날부터 간혹 귀신에 시달리곤 하였습니다. 그 때문에 이제 마지막인가 보다고 여겨진 적도 몇 번이나 있었기에 늘 그런 것처럼 귀신이 일시적으로 혼을 빼앗아간 것이라 생각하고 목청을 돋우어 가지기도를 올렸으나 이제 누가 보아도 숨을 거둔 것이 틀림없었습니다.

온나니노미야는 어머니의 죽음을 따르고자 하니 시신 옆에 매달려 엎드려 있습니다.

"이제 어쩔 수 없는 일입니다. 그렇게 슬퍼하신다고 정해진 죽음의 길에서 돌아오는 것도 아니고요. 뒤따르겠노라 하셔도 어찌 그것이 사람의 마음대로 되겠습니까."

"그렇게 한탄하는 것은 불길한 일입니다. 눈물은 돌아가신 분의 성불에 방해가 될 뿐입니다. 자, 저쪽으로 가시지요."

시녀들이 가까이 다가와 이렇게 도리를 내세우며 온나니노미야를 일으켜 세워 데리고 가려 하나, 온나니노미야는 정신을 잃었는지 온몸을 웅크린 채 딱딱하게 굳어 있었습니다. 가지승들이 수법의 단을 철거하고 제각각 돌아가자 상례 절차를 맡을 중들만 몇 명 남았습니다. 이제 모든 것이 끝났다는 분위기가 더없이 슬프고 처량하였습니다.

언제 부보가 이렇게 널리 알려졌는가 싶을 정도로 도처에서 조문이 줄을 이었습니다. 유기리 대납언도 소식을 듣고는 너무도 놀라 당장에 조문 편지를 보냈습니다. 겐지를 비롯하여 전 태정대신 등 많은 사람들이 조문 사절을 보냈습니다.

서산에 있는 스자쿠 상황도 구구절절 슬픔이 묻어나는 편지를 보냈습니다. 온나니노미야는 아버지가 보낸 편지만큼은 고개를 들어 펼쳐 보았습니다.

"요즘 병세가 중하다는 소식은 들었으나, 병을 앓고 있다는 소리를 자주 들어 익숙한 탓에 그만 방심하여 문안조차 드리지 못하였구나. 한탄해야 소용없는 죽은 사람의 일은 그렇다치고 그대가 얼마나 큰 슬픔에 젖어 있을지 생각만 하여도 가여우니 마음이 아플 따름이나. 이 또한 살아 있는 사람이면 어느 누구도 피할 수 없는 인간 세상의 섭리라 여기고 마음을 달래도록 하거라."

온나니노미야는 눈물이 앞을 가려 아무것도 보이지 않으나 곧바로 답장을 썼습니다.

미야스도코로 생전에 이리하여주었으면 좋겠다고 유언한 뜻을 따라 그날 밤 당장 장례를 치렀습니다. 조카인 야마토의 수가 상례 절차를 진두지휘하였습니다.

온나니노미야는 시신과 잠시라도 더 함께 있고 싶어하나 그 또한 소용 없고 허망한 일인지라 모두들 준비를 서두르느라 부산한데 유기리 대납언이 도착하였습니다.

"그렇게 서둘러 몸소 가실 일이 아닙니다."

"다른 날은 날짜가 좋지 않으니."

측근의 시녀들이 이렇게 만류하는 소리도 듣지 않은 채 온나니노미야의 슬픔과 비탄이 얼마나 클까 하여 이렇게 구실을 둘러대고 서둘러 집을 나선 것입니다.

가는 길마저 평소보다 멀게 느껴지는데 간신히 산장에 도착하자 대문 안이 휑하고 허전함으로 가득하였습니다. 상중임을 알리는 장막이 쳐져 있어 장의식장은 보이지 않았습니다. 시녀가 나와 유기리 대납언을 서쪽 온나니노미야의 방으로 모시자, 야마토의 수가 황송함에 달려 나와 눈물을 흘리며 예를 차렸습니다. 대납언은 옆문 앞에 있는 툇마루의 난간에 등을 기대고 앉아 시녀를 불렀으나, 시녀들은 모두 슬픔에 젖어 제정신이 아닙니다. 유기리 대납언의 조문에 다소 마음이 진정된 소소장이 그 앞으로 다가갔습니다.

대납언은 가슴이 메어 한마디도 하지 못합니다. 평소에는 눈물이 많지 않은 담대한 분인데, 이렇게 적막한 장소에서 온나니노미야가 얼마나 비탄에 젖어 있을까 상상만 하여도 견딜 수 없으니, 무상한 이 세상에서 사별을 하는 것이 남의 일이 아니라고 절실하게 느껴졌습니다.

대납언은 잠시 후 마음을 진정시키고 이렇게 말하였습니다.

"다소 용태가 좋아지신 듯하였기에 안심하고 방심한 틈에 이런 일이 벌어졌군요. 꿈도 깨려면 잠시 틈이 있다고 하는데, 이 무슨 어처구니없는 일이란 말입니까."

온나니노미야는 어머니 미야스도코로가 유기리 대납언 때문에 심통하고 정신이 어지러워 병세가 갑자기 악화되었다고 생각하고 있습니다. 사람의 목숨이 다하는 것은 무상한 세상의 이치이나, 이 사람과의 인연이 원망스럽고 후회스러워 대답조차 하지 않습니다.

"뭐라 대답을 하면 좋겠습니까. 막중한 신분의 대납언이 이렇듯 몸소 찾아오셨는데 그 마음씀씀이를 모르는 척 외면하는 것도 무례한 태도라 생각됩니다."

시녀들은 이렇게 입을 모아 말합니다.

"적당히 알아서 대답하거라. 나는 대답하고 싶은 말조차 없으니."

온나니노미야는 이렇게 말하고는 자리에 누워버리니 소소장은 그럴 만도 하다 여기며 대납언에게 이렇게 답하였습니다.

"지금 온나니노미야 님은 비탄에 젖은 나머지 죽은 것이나 다름없는 지경입니다. 오셨다는 말씀은 전하였습니다."

시녀들도 흐르는 눈물을 가누지 못하고 있습니다.

"뭐라 위로할 말도 없으나, 나 자신도 마음을 다소 진정시키고 또 온나니노미야 님의 마음도 가라앉은 연후에 다시 찾아오겠다. 어찌하다 이렇듯 갑작스럽게 돌아가셨는지 그 전후 사정을 알고 싶으니."

유기리 대납언이 이렇게 말하자 소소장은 미야스도코로가 숨을 거두기 전 비탄에 젖어 있었던 모습을 다소나마 전하였습니다.

"뭐라 원망을 하는 것처럼 들리셨는지요. 오늘은 이성을 잃어 정신이 맑지 않으니 뭐라 엉뚱한 말실수를 하였을지도 모르겠습니다. 온나니노미야 님의 슬픔이 언제까지나 계속되지는 않을 터이니, 다소 마음이 진정될 즈음에 다시 찾아오셔서 말씀을 나누세요."

이렇게 슬픔을 이기지 못하여 제정신이 아니니, 유기리 대납언은 하고 싶은 말이 있어도 목이 메어 다하지 못합니다.

"나 역시 어둠 속을 헤매고 있는 듯한 기분이로구나. 허나 그래도 어떻게든 다시 한 번 온나니노미야 님의 마음을 위로하여, 한마디 대답이라도 듣게 해다오."

이렇게 미련이 남아 돌아가지 못하고 어슬렁거리니 신분에 걸맞지 않은 가벼운 처사로 보입니다. 허나 사방에 사람이 많고 시끌시끌하니 일단은 돌아갔습니다.

설마 이렇게 빨리 장례를 치를 줄은 몰랐는데 상례 절차가 신속하고 일사불란하게 진행되니, 아쉽고 미진한 느낌에 대납언은 가까운 장원에 있는 부하들을 소집하여 일을 거들라 명하고 돌아갔습니다.

너무도 갑작스러운 일이라 간략하게 치르려 하였던 의식이 많은 사람들이 모인 가운데 성대하게 치러졌습니다.

"고맙게도 대납언의 배려가 있어."

야마토의 수는 황송하여 예를 갖춥니다.

화장을 하자 시신이 형체도 없이 사라지니 그 허망함에 온나니노미야는 엎드려 통곡을 하나 이제는 어쩔 도리가 없습니다. 부모자식이라 해도 이렇듯 슬퍼하도록 사이가 좋으니 난감한 일입니다. 측근을 모시는 시녀들은 온나니노미야가 불길한 일을 당하지는 않을까 하여 안절부절 못하고 있습니다.

야마토의 수는 상례를 뒷마무리하고 온나니노미야에게 이렇게 말하였습니다.

"이렇게 쓸쓸한 곳에서 어찌 사시겠습니까. 이런 곳에서는 마음을 달랠 길도 없으니."

허나 온나니노미야는 어머니를 태운 연기가 오른 저 봉우리나마 바라보면서 죽은 어머니를 그리워할 수 있는 이 산골에서 평생을 끝내리라 생각하고 있습니다. 상중의 근행으로 산장에 머무르고 있는 스님들은 침전의 동쪽 방과 복도, 하인들이 사용하는 건물에 임시 칸막이를 만들어 숙박하고 있습니다. 침전의 서쪽 차양의 방의 장식을 모두 떼어내고 위패를 모신 후 온나니노미야는 그곳에서 지내고 있습니다. 날이 가고 오는 것조차 분별하지 못할 정도로 슬픔이 크니 세월은 무심하게 흘러 벌써 구월이 되었습니다.

산에서 불어오는 세찬 바람에 나뭇잎들이 모두 떨어져 앙상한 가지만 드러나니, 사방이 휑하고 적막한 계절입니다. 이렇게 깊은 가을의 쓸쓸한 풍정에 온나니노미야는 눈물이 마를 날 없이 더더욱 슬퍼하니, 어머니의 뒤를 따르고 싶은데 목숨을 제 뜻대로 하지 못하고 살아가야 하는 이 세상을 답답하고 성가시게 생각합니다. 시녀들 역시 만사에 슬픔을 가누지 못하고 어찌할 바를 모릅니다.

유기리 대납언은 매일 사자를 보내 문안을 드립니다. 염불을 하는 스님들의 노고를 달래기 위해 위문품을 보내고 온나니노미야에게는 간곡한 편지를 보내어 온나니노미야의 냉담한 태도를 원망하는 동시에 슬퍼하는 온나니노미야를 위로하며 돌아가신 분을 조문하나 온나니노미야는 편지를 펼쳐보기는커녕 손조차 대지 않습니다.

병환이 깊어 마음이 나약해진 어머니 미야스도코로가 그 근거 없는 소문을 진실이라 믿은 채 돌아가시고 말았다는 생각을 하면, 성불에 지장이 되지는 않을까 걱정이 태산 같으니 그저 가슴이 메일 뿐입니다. 유기리 대납언에 대해서는 뭐라 한 마디만 하여도 몹시 원망하고 괴로워하며 눈물을 흘립니다.

시녀들도 유기리 대납언의 태도에 어떻게 대처하면 좋을지 몰라 난감할 뿐입니다.

유기리 대납언은 처음에는 온나니노미야가 답장 한 줄 쓰지 않는 것을 슬픔에 젖어 있는 탓이라 여겼으나, 그 세월이 너무도 오래 계속되자 슬픔에도 한도가 있을 터인데 어쩌면 이리도 사람의 마음을 몰라주는가 하여, 마치 말귀를 알아듣지 못하는 어린아이 같은 분이라 여기니 원망스러워 견딜 수가 없습니다.

'상황을 모르고 꽃이여 나비여 하고 태평한 소리를 써 보냈다면 몰라도, 슬픔에 젖어 있는 자신을 걱정하고 위로하여주는 사람을 친근하게 여기고 그리워하는 것이 당연지사가 아닌가. 할머님께서 돌아가셨을 때도 나는 진심으로 슬퍼하였지만, 친아들인 전 태정대신은 그리 슬퍼하는 표정이 아니었지. 부모자식이 사별하는 것은 무상한 세상의 섭리라 하여 그저 명복을 비는 공양에만 주력하여 그 의식을 성대하게 치르니, 나는 그것이 몹시 안타깝고 불만스러웠는데, 아버님은 도리어 친부모도 아닌 할머님을 위하여 정성을 다하여 정중하게 법회까지 열었으니. 내 아버지라서가 아니라, 그런 배려가 정말 고마웠었지. 그때 가시와기 권대납언에게 각별한 호의를 품게 된 것이었어. 그 사람은 실로 차분하고 사려 깊은 성품이어서 할머님의 죽음을 누구보다 슬퍼하였지. 그래서 더욱이 마음이 끌렸던 것이었어.'

유기리 대납언은 이런저런 상념에 잠겨 따분하게 하루하루를 보내고 있습니다.

구모이노카리 부인은 역시 두 사람 사이가 마음에 걸렸습니다.

'일이 어찌 되었을까. 미야스도코로와는 편지도 자주 주고받는 듯하였는데.'

부인은 궁금함을 견디다 못하여 누워 저녁 하늘을 물끄러미 바라보고 있는 대납언에게, 아들을 시켜 편지를 전하였습니다.

　당신이 한탄하는 이유를
　뭐라 여기고 위로하면 좋으랴
　남은 분이 그리운 것인지
　가신 분의 죽음이 안타까운 것인지
　과연 어느 쪽이랴

"그것을 알 수 없어 오리무중입니다."
　유기리 대납언은 편지를 보고 씁쓸하게 웃으면서 이렇게 생
각합니다.
　'신경을 끄지 못하고 시시콜콜 물어대니 참으로 성가시구나.
미야스도코로의 죽음을 슬퍼하다니, 잘못 알고 있구나.'
　그러면서도 태연자약하게 이런 답장을 썼습니다.

　어느 한 분 때문에
　슬픔에 젖어 있는 것은 아니니
　풀잎에 맺힌 이슬이 덧없이 사라지듯
　사람의 목숨 또한 허망하여

"이 세상 모든 것이 슬프고 슬퍼."
　구모이노카리 부인은 편지를 받아 보고는, 역시 이런 말로 얼

버무리며 사실대로 말하여주지 않는구나 싶으니 속이 상하여 죽을 지경이었습니다.

유기리 대납언은 온나니노미야의 마음이 분명치 않은 것이 마음에 걸려 견디다 못한 나머지 오노 산장으로 걸음을 하였습니다. 미야스도코로의 사십구재일이 지난 후에 천천히 찾아가자고 마음먹었으나 그때까지 도저히 기다릴 수가 없었던 것입니다.

'이미 허튼 소문이 다 나고 말았는데 새삼 조심할 것이 무에 있단 말인가. 세상의 여느 남자들처럼 처신하여 끝내는 뜻을 이루고야 말 터이다.'

이렇게 결심하니, 구모이노카리 부인이 의심을 하는데도 굳이 부정하려 하지 않았습니다.

'온나니노미야 자신은 강경하게 거부한다 하나, '하룻밤의 숙소'로만 삼고 버리면 용서하지 않겠다는 미야스도코로의 편지를 구실로 설득하면 우리 둘 사이가 결백하다는 것을 관철하기는 어려울 터.'

유기리 대납언은 이렇게 미야스도코로의 편지를 오히려 듬직하게 생각합니다.

구월 십일이 지나니 들과 산의 경치는 철따라 변하는 계절의 그윽한 정취를 모르는 자마저 감동에 겨울 만큼 풍취가 있습니다. 나뭇가지에 매달린 잎이나 산봉우리에 얽혀 있는 칡의 잎이나 산바람을 견디지 못하고 쫓기듯 흩날려 떨어지는 소리에 독경과 염불을 하는 숭고한 목소리가 희미하게 섞여 있으나 사람의 기척은 거의 없습니다. 세찬 바람이 불어오는 가운데 사슴이 울타리 바로 옆에 서 있다가 새를 쫓으려 논밭에 걸어놓은 딸랑이 소리에도 놀라지 않고 짙은 황금색 물결 속으로 들어가 우니, 마치 암사슴을 그리워하는 것처럼 구슬픈 소리입니다.

떨어지는 폭포 소리 역시 사랑에 애가 타는 사람에게 서러움을 부추기듯 콸콸콸 울려 퍼집니다. 풀숲에서는 가녀린 벌레 소리가 들리고, 마른풀 사이로 이슬에 젖은 자태를 뽐내듯 용담꽃이 길게 뻗어 있습니다. 모든 것이 해마다 보아 익숙한 가을 경치인데 때와 장소에 더없이 어울리니 참을 수 없는 애수를 자아냅니다.

대납언은 예의 옆문 옆에 선 채로 수심에 찬 표정으로 사방을 돌아봅니다. 입어서 편해진 간편한 옷차림에 속에다 받쳐 입은 속옷의 진홍색 광택이 깔끔하게 비쳐 보입니다. 약해진 저녁 햇살이 자연스레 비쳐드는데, 눈이 부신 듯 부채로 가리는 그 손길에 시녀들은 넋을 잃고 있습니다.

"여자야말로 저렇게 아름답고 싶어도 그리 뜻대로 되지는 않는 법이거늘."

바라만 보아도 온갖 수심을 잊고 미소가 절로 새어나올 만큼 아름답고 매력적인 표정으로 소소장을 부릅니다. 그리 넓지 않은 툇마루인데다, 발 안에 다른 시녀가 있을지도 모르니 조심스러워 마음 놓고 긴한 얘기를 하지는 못합니다.

"좀더 가까이 오너라. 그리 거북하게 굴지 말고. 이렇게 깊은 산 속까지 마다하지 않고 찾아온 나의 마음을 그리 남을 대하듯 대접해서야 되겠느냐. 그대가 보이지 않을 만큼 안개도 깊어졌으니."

유기리 대납언은 소소장을 보지 않는 척 일부러 고개를 돌려 산 쪽을 바라봅니다.

"좀더 이리로. 좀더."

대납언이 몇 번이나 채근을 하자 소소장은 짙은 감빛 휘장 끝자락을 살며시 밀치고는 넓게 퍼진 옷자락을 끌어당기고 앉았습니다. 이 사람은 야마토의 수의 여동생으로 온나니노미야와는 사촌 자매지간입니다. 어렸을 때부터 미야스도코로의 손에 자란 터라 짙게 물들인 쥐색 상복 위에 소례복을 입고 있습니다.

"돌아가신 분에 대한 한없는 슬픔은 당연한 일이나, 나에 대한 온나니노미야 님의 그 혹독하고 매정한 처사를 한탄하다 보니 혼마저 몸에서 빠져나간 듯하구나. 만나는 사람마다 그런 나를 수상쩍게 여기니 더 이상 참을 수가 없다."

유기리 대납언은 이렇게 원망의 말을 늘어놓으며 미야스도코로가 돌아가시기 전에 보낸 마지막 편지 얘기를 꺼내고는 눈물을 흘립니다. 소소장도 대납언에 뒤질세라 눈물을 흘리고 흐느끼면서 끊어질 듯 끊어질 듯 말을 이어갑니다.

"눈을 감으시면서, 그날 밤 찾아와주시기는커녕 답장조차 없는 것을 얼마나 원망하였는지 모릅니다. 사방이 어두워지자 병세가 갑자기 악화되니 귀신이 그 틈을 노려 목숨까지 빼앗아 간 것이라고 생각합니다. 가시와기 권대납언이 돌아가실 때에도 미야스도코로 님은 너무도 한탄한 나머지 정신을 잃은 적이 한두 번이 아니었습니다. 허나 온나니노미야 님이 너무도 슬퍼하는지라 위로하여주기 위해 마음을 굳게 먹고 참아 정신을 되찾곤 하였습니다. 그런데 이번에는 위기를 넘기지 못하고 정말 돌아가시고 말았으니, 온나니노미야 님은 슬픔에 싸여 망연자실한 상태로 지내고 있습니다."

"그렇구나. 그런 마음이 섭섭하다는 것이다. 황송한 말이나, 지금에 와서 누구를 의지하겠느냐. 부친이신 스자쿠 상황은 속세와는 완전히 인연을 끊고 산 속 깊은 곳에서 살고 계시니 편지를 주고받는 일조차 여의치 않은데. 나를 이렇듯 몰인정하게 대하는 온나니노미야 님의 태도를 그대가 뭐라 말 좀 해주거라. 모든 것이 전생의 인연에서 비롯된 것이니. 더는 이 세상에 살고 싶지 않다 한들 뜻대로 되지 않는 것이 세상이다. 무슨 일이든 뜻대로 된다면야 어머님과 가슴 아픈 사별 따위 하지 않아도 되었을 것 아니냐."

이렇게 온갖 말을 다 하나 소소장은 뭐라 대답할 길이 없어 그저 한숨을 쉴 따름입니다.

수사슴이 암사슴을 찾아 울어대니, 유기리 대납언은 자신도 아내를 그리워하는 마음은 사슴 못지않다고 생각합니다.

인가에서 멀리 떨어진
오노의 들판을 훠이훠이 찾아와
나 역시 사슴처럼
목소리를 아끼지 않고 울고 있네
그대의 매정함 탓에

유기리 대납언이 이렇게 노래하자 소소장도 답가를 읊습니다.

상복의 옷자락도
눈물에 흠뻑 젖는
이슬 깊은 가을 산골에서
저 슬픈 사슴 울음소리에
나 역시 울음 소리로 화답하누나

그리 뛰어난 노래는 아니지만 때가 때인지라 낮은 목소리로 읊조리자, 대납언은 그런대로 괜찮은 노래라고 생각합니다.

소소장이 유기리 대납언의 말을 전하였으나 온나니노미야는 쌀쌀맞은 대답밖에 하지 않으니 대납언은 참으로 야속하다 여기면서 한숨을 흘리고 돌아갔습니다.

"지금은 슬픈 꿈을 계속 꾸고 있는 듯한 기분이니, 이 슬픔이 다소나마 진정되는 때가 오면 이렇듯 번번이 찾아주는 것에 대한 예는 올리겠습니다."

돌아가는 길 마음을 저미는 밤하늘의 풍정을 바라보니 때마침 보름을 이틀 앞둔 달이 휘황하게 떠올라, 오구라 산이 이름처럼 어둡지는 않으리라 생각하며 도읍으로 돌아갔습니다.

일조궁은 돌아가는 길목에 있는데, 이전보다 한층 황폐해진 듯합니다. 서남쪽에 무너져 내리는 토담 너머로 안을 들여다보니, 격자문이 모두 닫혀 있고 사람은 그림자조차 보이지 않습니다. 달빛만 깨끗한 개울물을 환히 비추고 있는데, 죽은 가시와기 권대납언이 이 물가에서 음악놀이를 하던 때의 일이 생각났습니다.

정다웠던 옛 친구의 모습은
더 이상 비치지 않는 연못물에
가을밤의 달빛만이
그림자를 드리우고 집을 지키고 있구나

이렇게 홀로 읊조리고는 집으로 돌아간 후에도 공허한 마음으로 여전히 달을 올려다보면서 멍하게 있습니다.

"참으로 보기가 민망한 모습이로군요. 지금까지는 그 예가 없었던 처신입니다."

시녀들은 이렇게 수군덕거리면서 대납언을 얄밉다 여깁니다.

구모이노카리 부인 역시 울적한 기분으로 자신의 처지를 한탄하고 있습니다.

'마음은 다른 곳에 가 있으니 그분만 생각하고 있을 터이지. 무슨 일이 있을 때마다 애당초 그런 일에 익숙한 육조원 부인들이 서로 사이가 좋은 것을 예로 들어 나를 성품이 나쁘고 무뚝뚝한 여자라 단정하고 있으니 정말 속이 상하구나. 나도 전부터 처첩이 많은 생활을 하였다면 이렇듯 괴로워하지 않고 오히려 어떻게든 잘 지낼 수 있었을 터인데. 부모와 형제를 비롯하여 모두가 그 사람을 품행이 방정한 사람의 표본인 듯 칭찬하고 우리 부부를 본받아 행복하기를 바라는데. 오랜 세월을 함께한 끝에 남편이 바람을 피워 이렇듯 나쁜 소문에 휘말리게 되다니.'

밤이 새도록 서로가 허심탄회하게 말을 나누지 않으니, 등을 돌린 채 한숨만 쉬고 있습니다.

유기리 대납언은 아침 이슬이 걷히기를 기다리지 못하고 서둘러 오노의 산장에 보낼 편지를 썼습니다.

구모이노카리 부인은 몹시 불쾌하였으나, 전처럼 빼앗지는 않습니다. 대납언은 실로 자상하게 쓰고 붓을 내려놓자 자신이 지은 노래를 흥얼거렸습니다. 목소리를 조그맣게 죽이고 있지만 구모이노카리 부인의 귀에도 그 소리가 들립니다.

언제까지고 밝지 않는 밤
꿈에서 깨면이란
당신의 한 마디를 믿고
당신을 꿈에서 깨우려

언제나 찾아가면 좋을까요

'대관절.'

이렇게 쓴 것일까요. 봉투에 봉을 하고도 옛 노래의 '어찌하면 좋을까 오노 산 위에서 떨어지는 소리 없는 폭포처럼'이란 한 구절을 읊조리면서, 답장조차 주지 않는 냉담함을 어찌하면 좋을까 하고 중얼거리고 있습니다.

사자를 불러들여 편지를 건넸습니다. 구모이노카리 부인은 역시 답장이라도 보아야겠다, 두 사람의 관계가 어떻게 진행되고 있는지 확인해보아야겠다고 생각합니다.

해가 높이 오른 후에야 답장을 들고 사자가 돌아왔습니다. 짙은 보라색 딱딱한 종이에 늘 그렇듯 소소장이 대필을 하였습니다. 지금까지와 마찬가지로 온나니노미야가 직접 답장을 쓰지 못하는 이유가 씌어 있습니다.

"두고 보기가 안타까운 일이라, 보내주신 편지 끝에 온나니노미야 님이 노래 한 수를 흘려 썼기에 동봉합니다."

답장 속에 그 노래가 적힌 편지지 쪽지가 들어 있었습니다. 유기리 대납언은 온나니노미야가 적어도 자신의 편지를 읽기는 하였다고 생각하며 뛸 듯이 기뻐하니, 참으로 민망한 일입니다. 온나니노미야가 무심하게 흘려 쓴 노래의 말을 끼워맞추어 읽어보니 이러하였습니다.

아침저녁으로 소리내어
울고 있는 이 오노 산장에
내 끊이지 않는 눈물이
모이고 모여
소리 없는 폭포가 되었으니

그밖에도 옛 노래가 수심에 찬 필체로 씌어 있는데 그 필적이
실로 훌륭하였습니다.

'남녀 사이의 정분에 얽혀 고뇌하는 이런 얘기를 남의 일로
들을 때는 한심하고 제정신이 아니라 여겼건만, 막상 내 일이
되고 보니 견디기가 힘들구나. 참으로 이상한 일이로다. 왜 이
리 마음이 답답하고 술렁이는 것일까.'

유기리 대납언은 이렇게 반성하나, 달리 뾰족한 수가 없습
니다.

육조원의 겐지의 귀에도 소문이 흘러 들어가니. 대납언은 성
품이 온화하고 만사에 사려가 깊어 비난의 여지가 없는 인물이
라 지금까지 아무런 걱정 없이 지내온 것을 부모로서 자랑스럽
게 여기는 한편 젊은 시절 화려하게 염문을 뿌렸던 자신의 불명
예를 벌충해준다고 기쁘게 여겼거늘. 지금 와서 이런 일이 벌어
진 것을 유감스럽게 생각하였습니다.

'가여운 일이로구나. 온나니노미야에게나 구모이노카리 부
인에게나 안된 일이야. 온나니노미야에게 구모이노카리 부인은

죽은 남편의 여동생이니, 시아버지인 전 태정대신이 이 소문을 들으면 어찌 생각할까. 대납언이 그 정도 생각이 없을 리는 없는데, 전생의 인연이란 피할 수 없는 것이로구나. 아무튼, 내가 이래라저래라 끼어들 일은 아니니.'

겐지는 이렇게 생각하면서도 다만 여인의 입장에서 보자면 어느 쪽에게든 애처롭고 난감한 일이 벌어졌다고 걱정을 합니다.

한편 무라사키 부인의 앞날을 생각하면서, 자신이 죽은 후의 신상을 염려하니 부인은 얼굴을 붉히며 이렇게 생각합니다.

'무슨 말씀인가. 나를 그리 오래 살아남게 할 작정이신가. 여자만큼 처신하기가 힘들고 애처로운 존재도 없거늘. 사물의 정취도, 계절에 따른 풍류 가득한 놀이도 전혀 모르는 것처럼 틀어박혀 조심스럽게 살아야 한다면 대체 무엇에서 세상을 사는 기쁨을 느끼고 무상한 이 세상의 쓸쓸함을 달랠 수 있을까. 세상의 도리도 모르는 채 아무 쓸모없는 여자로 산다면 애지중지 키워주신 부모님도 실망이 크겠지. 법사들이 수행의 예로 삼는 옛이야기의 무언태자처럼 하고 싶은 모든 말을 가슴에 묻고, 선악의 여부를 엄연히 알고 있으면서도 그저 묵묵히 지내는 것은 실로 따분한 일. 나 자신 역시 중용을 지키면서 적당히 처신하려면 어찌하는 것이 좋을까.'

갖가지 궁리를 하니 지금은 오직 자신이 맡아 키우고 있는 아카시 여어의 첫째 딸이 걱정이 되어 그러는 것이겠지요.

유기리 대납언이 육조원을 찾은 김에 겐지는 예의 문제에 대한 대납언의 심중을 헤아리고 싶어 이렇게 말을 꺼냈습니다.

"미야스도코로의 탈상은 하였겠지요. 바로 어제오늘 일처럼 여겨지는데 세월이 삼십 년이나 흘렀으니 참으로 무상한 세상입니다. 풀잎에 맺힌 이슬만큼이나 허망한 목숨을 탐하다니 한심한 일이지요. 어떻게든 이 머리를 깎고 모든 것을 버리고 출가하고 싶은데, 아직도 여전히 태연한 얼굴로 목숨에 한이 없는 것처럼 하루하루를 보내고 있으니. 미련이 많은 듯하여 볼썽사납습니다."

"남 보기에는 이 세상에 아무런 아쉬움이 없는 사람이라도 당사자는 세상을 버리기가 쉽지 않겠지요. 미야스도코로의 사십구재 법회를 야마토의 수가 혼자서 도맡아 준비하고 있으니 안타깝고 가엾은 일입니다. 의지할 만한 믿음직스러운 구석이 없는 사람은 살아 있는 동안은 몰라도 죽고 나면 실로 비참한 듯합니다."

"스자쿠 상황께서도 조문을 하시겠지요. 온나니노미야 님의 슬픔이 예사롭지 않겠군요. 들리는 소문에 따르면 그 미야스도코로는 인품이 된 사람이었다더군요. 돌아가신 것이 아쉽습니다. 더 살아야 할 사람이 그렇듯 덧없이 돌아가셨으니. 스자쿠 상황께서도 갑작스러운 소식에 몹시 놀라셨다고 합니다. 온나니노미야 님은 셋째에 이어 스자쿠 상황께서 매우 어여삐 여겼던 분이라더군요. 그러하니 성품도 나무랄 데가 없겠지요."

"온나니노미야 님의 성품이 어떠한지 저는 잘 모릅니다. 미야스도코로 님은 성품이나 태도가 무난한 분이었지요. 허물없이 친근하게 지낸 것은 아니나, 하나를 보면 사람의 취향이나 소양을 절로 알 수 있는 법이니까요."

유기리 대납언은 이렇게 답하여 온나니노미야에 대해서는 아무것도 모르는 척합니다.

'이렇게 자기 가슴속에만 간직하고 있는 일은 내가 나서서 뭐라뭐라 한들 듣지 않을 터이지. 새삼스럽게 잔소리를 하는 것도 소용없는 일.'

겐지는 이렇게 생각하고 더 이상 아무것도 추궁하지 않았습니다.

유기리 대납언은 미야스도코로의 사십구재일 법회를 위하여 자상하게 많은 것을 배려하였습니다. 그런 일은 숨길 수가 없으니 절로 소문이 퍼져 전 태정대신의 귀에도 들어갔습니다. 전 태정대신은 온나니노미야가 경솔하게 처신하여 그런 일이 생긴 것이라 여기니, 그 또한 안된 일입니다.

법회 당일 전 태정대신의 자식들도 옛 인연을 잊지 않고 참례하였습니다.

독경을 하는 스님들에게 전 태정대신이 호화로운 보시를 내렸습니다. 자식들 또한 뒤질세라 보시를 하니 당대를 주름잡는 사람의 법회 못지않게 번듯하였습니다.

온나니노미야는 이대로 오노의 산장에 묻혀 평생을 마감하겠노라 결심하였으나, 누가 스자쿠 상황에게 그 일을 귀띔한 모양입니다.

"당치도 않은 일이로다. 이런저런 사람들에게 신세를 져서도 아니 될 일이나 그렇다 하여 보호자가 없는 사람이 승려가 되었다가 오히려 허튼 소문이 퍼져 번뇌의 씨를 만들 수도 있으니. 그렇게 되면 이 세상의 행복도 내세의 왕생도 얻을 수 없고 이러지도 저러지도 못하는 신세가 되어 세상으로부터 손가락질을 받게 될 터. 내가 이렇게 출가를 하였는데 온나산노미야까지 승복을 입었으니 세상에서는 내게 자손이 없어진 것으로 여기고 수군덕거리는 자들이 많다. 세상을 버리고 출가한 나로서는 새삼스럽게 미련이 남는 일도 없지만, 그렇게 모두들 앞을 다투어 출가를 한다면 반드시 난감한 일이 생길 것이다. 이 세상의 괴로움에 출가를 하면 오히려 소문이 나빠지는 법. 출가 여부는 마음을 냉정하게 가다듬고 사리정연하게 생각한 후에 결정하면 될 일이다."

스자쿠 상황은 종종 편지를 보내어 이렇게 충고를 하니, 아마도 유기리 대납언과 정분이 났다는 소문을 들은 게지요. 그리고 온나니노미야가 그 일이 뜻대로 되지 않아 출가를 하는 것이라고 사람들이 뭐라뭐라 말이 많은 것이 걱정이었습니다. 그렇다 하여 공공연하게 대납언과 인연을 맺는 것은 천박하고 바람직하지 않은 일이라고 생각합니다. 허나 그런 얘기를 꺼내면 온나니노미야가 수치스러워할 것이 뻔하니 가여운 마음에 괜한 잔

소리는 할 필요가 없으리라 생각하고, 이 건에 대해서는 전혀 언급하지 않았습니다.

유기리 대납언은 끝내 이렇게 마음을 굳혔습니다.

'지금까지 온갖 말로 설득하여보았으나 더 이상은 방법이 없구나. 그분이 나의 사랑을 받아들이리라 기대하기는 어려운 일. 사람들에게는 미야스도코로가 허락한 사이라고 말하자. 돌아가신 미야스도코로가 다소 사려가 부족하였다는 누명을 쓰겠지만 지금으로서는 어쩔 수 없는 일이다. 온나니노미야와의 사랑이 언제 시작되었는지도 모르겠다 얼버무리자. 새삼스럽게 젊은이로 되돌아간 것처럼 사랑이니 욕정이니 하면서 집요하게 울며 매달리는 것도 나잇값을 못하는 흉측스러운 일이니.'

유기리 대납언은 온나니노미야가 일조궁으로 돌아가는 날을 몇 월 며칠이라 일방적으로 정하고 내심 그날 혼례를 치르자 생각합니다. 야마토의 수를 불러 필요한 제 준비와 일조궁의 청소, 방의 장식 등을 명하였습니다.

여인들만 사는 집이라 마당에는 잡풀이 무성한데 손질도 못하고 있는 것을 갈고 닦은 것처럼 아름답게 꾸미니, 그 마음씀씀이가 대단합니다.

야마토의 수에게 방을 가르는 칸막이와 병풍, 휘장, 이부자리 등 그에 걸맞는 훌륭한 물건들을 서둘러 준비를 하라고 명령합니다.

당일 유기리 대납언은 일찌감치 일조궁을 찾아 온나니노미야를 맞을 수레와 수행원들을 오노로 보냈습니다.

온나니노미야는 도무지 돌아가고 싶은 마음이 없어 가지 않 겠노라 고집을 피우는데, 시녀들이 시끄럽게 권하는데다 야마 토의 수 역시 나서서 설득을 하면서 소소장과 시녀들을 책망합 니다.

"도저히 승복할 수 없는 일입니다. 불안해하고 슬퍼하는 모 습이 안타까워 지금까지 할 수 있는 모든 일을 하였으나, 임지 에서 할 일도 많고 하니 저는 이제 야마토로 내려가야 합니다. 일조궁에 돌아간다 해도 앞날을 의지할 사람이 없어 걱정스러 웠던 차에 유기리 대납언이 이렇듯 만사를 보살펴주었습니다. 결혼을 하겠다는 속셈이 있어 대납언이 이렇듯 배려하는 것이 라 생각하면 반드시 거처를 옮겨야 한다고 권하기도 어려우나, 황녀의 몸으로 마지못해 결혼을 한 예는 옛날에도 아주 많았습 니다. 그러니 어찌 온나니노미야 님 혼자만 세상의 비난을 받는 일이 있겠습니까. 너무도 어린 생각입니다. 아무리 마음을 독하 게 먹는다 하여도 여인 혼자 몸으로 무슨 수가 있어 자신의 뒤 를 살필 수 있겠습니까. 역시 누군가가 소중하게 보살피고 받들 어 모셔야 깊은 사고에서 우러나오는 훌륭한 생활의 방침도 세 울 수 있는 것입니다. 도대체 황녀를 모시는 측근인 그대들이 부족하여 말씀을 제대로 드리지 못하니 이런 일이 생기는 것입 니다. 그러면서 한편으로는 당치도 않은 편지나 주고받도록 주 선을 하였으니."

시녀들이 모여들어 온나니노미야를 어르고 달래는데 온나니노미야는 난감하여 어쩔 줄을 모르니. 시녀들이 화사하고 고운 옷으로 갈아입히는 동안에도 그저 망연하게 있을 뿐입니다.

싹 깎아버렸으면 좋겠다고 간절하게 바라는 머리칼을 옆으로 끌어모아 보니 길이는 6척이나 되는데 다소 빠져 머리숱이 적어지기는 하였지만 시녀들의 눈에는 그저 아름답게만 보입니다.

'이렇게 야위다니 도저히 남자를 만날 수 있는 모습이 아니로구나. 어찌하여 내 신세는 이리도 괴롭고 모진 것일까.'

온나니노미야는 이렇게 생각하니 또 그 자리에 엎드리고 맙니다.

"예정된 시각이 지났습니다. 얼른 떠나지 않으면 밤이 깊어지겠습니다."

시녀들이 채근을 하고 야단입니다. 때마침 바람이 휙 불면서 소나기가 내리니 모든 것이 그저 서글프기만 하여 온나니노미야는 이런 노래를 읊조립니다.

어머니를 태운 연기가
저 봉우리 너머로 피어올랐으니
나도 그 연기와 더불어 하늘로 사라진다면
뜻하지 않은 분에게
의지하지 않아도 좋을 것을

온나니노미야 자신은 출가를 굳게 다짐하고 있으나 시녀들이 가위 등 머리를 깎을 수 있을 만한 것은 모두 숨겨버리고 온나니노미야에게서 한시도 눈길을 떼지 않습니다.

'주위에서 이렇듯 요란을 떨지 않아도 되는 것을. 이 몸에 미련이 있는 것은 아니나 내 어찌 어린아이처럼 어리석게 내 손으로 머리를 자르리. 혹여 그런 짓을 하여 소문이 나면 다들 강정한 여자라 할 터인데.'

온나니노미야는 이렇게 생각하니 출가도 마음대로 할 수가 없습니다.

시녀들은 이사 준비를 서두르니, 머리빗, 장신구 상자, 옷함 등 있는 것을 모두 자루에 담고 단단히 짐을 꾸려 하나도 남김없이 밖으로 내어놓았습니다.

온나니노미야는 혼자 남아 있을 수도 없으니 울면서 수레에 올랐습니다. 어머니가 없는 옆자리가 유독 눈에 띄니, 이곳에 올 때는 미야스도코로가 몸이 불편하면서도 온나니노미야의 머리를 쓰다듬어 주고 안아서 수레에서 내려주었던 일이 생각나 눈물이 또 앞을 가립니다. 장도와 함께 미야스도코로의 불경함을 지금도 몸에 지니고 있는지라 이런 노래를 읊습니다.

돌아가신 어머니의 유품인
불경함을 보아도
어머니를 그리워하는 마음

달랠 길 없으니
눈물이 앞을 가려
아름다운 함도 보이지 않누나

상중에 사용하는 검은 불경함을 아직 준비하지 못하여 미야스도코로가 생전에 늘 사용하였던 나전으로 세공한 상자를 그대로 지니고 있습니다. 스님에게 보시하기 위해 만든 것이나 어머니의 유품으로 간직하고 있으니, 마치 옥상자의 뚜껑을 연 우라시마 다로처럼 허망한 기분이 들겠지요.

일조궁에 도착하자 사람들이 웅성거리고 슬픈 분위기는 없으니, 이전과는 전혀 다른 모습입니다.

침전에 수레를 대고 내리려는데 정든 내 집이라는 생각이 들지 않고 왠지 서먹하여 온나니노미야는 얼른 내리려 하지 않습니다.

"참으로 어른스럽지 못한 처신이로군요."

시녀들은 옆에서 안절부절못하고 애를 태웁니다.

유기리 대납언은 동쪽 별채의 남쪽 방을 자신의 처소로 꾸미고 마치 주인인 양 자리를 잡고 있습니다.

삼조 본가의 시녀들은 유기리 대납언의 처사에 놀람을 금치 못합니다.

"대체 언제 일이 그렇게 되었을까요. 갑작스럽게, 너무하군요."

평소 자상하고 정실 외에 첩을 거느리지 않은 성실한 사람이야말로 때로 이렇듯 예기치 않은 처신을 하는 법이지요. 허나 세상 사람들은 벌써 몇 년 전부터 두 사람의 관계를 비밀에 부쳐왔다고 믿고 있으니, 온나니노미야가 아직 허락하지 않은 사이라는 것을 아는 사람은 아무도 없습니다. 어느 쪽이든 온나니노미야에게는 참으로 안된 일이었습니다.

상중이라 혼례의 향연 준비는 간소하게 하여 여느 때와는 다르니 신혼으로서는 사뭇 불길하게 여겨집니다. 아무튼 식사를 끝내고 모두들 잠이 들어 정적이 깃들였을 무렵, 유기리 대납언은 소소장을 불러 오늘 밤 온나니노미야와 만날 수 있도록 안내를 하라고 채근합니다.

"온나니노미야 님에 대한 마음이 깊고 앞으로도 변함없을 것이라 생각한다면 오늘내일은 이대로 그냥 보내고 만나시는 것이 좋을 듯합니다. 이곳으로 돌아온 후에는 오히려 슬픔이 더하여 수심에 잠긴 채 죽은 사람처럼 누워만 있습니다. 우리들이 기분을 달래려 위로하는 것조차 몹시 성가셔 하고 괴로워합니다. 아무리 그래도 자신의 몸이 가장 소중한 법이지요. 이 이상 기분을 언짢게 하고 싶지 않으니, 온나니노미야 님의 기분을 거스르는 말씀은 드리기 어렵습니다."

"무슨 소리냐. 나의 예상과는 전혀 다르니. 어른스럽지 못한 생각을 납득할 수가 없구나."

대납언은 자신이 계획하는 일이 세상의 비난을 받을 리 없다고 주장합니다.

"그렇지가 않지요. 미야스도코로의 뒤를 이어 온나니노미야 님에게 무슨 일이 생기지는 않을까 노심초사하고 있는지라 분별력이 없는 상태입니다. 제발 부탁입니다. 더 이상은 그 한결같은 마음을 억지로 관철하려 하지 마세요."

소소장은 두 손 모아 간청합니다.

"아아, 여인에게 이렇게 당치 않은 대접을 받다니. 얄밉고 어처구니없는 남자라고 경멸하고 있을 터이니, 나 자신이 한심하구나. 온나니노미야와 나, 둘 중에 누가 더 심한지 사람들에게 묻고 싶구나."

이렇게 온나니노미야의 냉담함이 어이가 없다고 화를 내는 터라 소소장도 마음이 안되었습니다.

"이렇게 당치 않은 대접을 받은 일이 없다 하심은 대납언 님께서 연애 경험이 없어 남녀 사이의 애정에 서툴기 때문이 아닐는지요. 사람들에게 묻는다면 과연 어느 쪽을 편들지."

소소장은 이렇게 말하며 웃음을 흘립니다. 소소장이 이렇게까지 말하는데도 유기리 대납언은 이미 그 누구의 말도 귀에 들리지 않으니, 소소장을 앞세우고 대충 더듬어 안으로 들어갔습니다.

온나니노미야는 상심이 깊은데다 시녀들의 처사가 어쩌면 이리도 무심하고 천박할까 하여 분하고 원망스럽습니다. 남들이 어리석은 처신이라 손가락질을 한다 하여도 상관없는 일이라 여기고는 토방에 돗자리를 깔고 안에서 문을 잠그고 누웠습니다.

언제까지 숨어 있을 수 있을지, 이성과 분별력을 잃은 시녀들의 태도가 한심하여 서럽고 분할 따름입니다.

유기리 대납언은 이 뜻하지 않은 상황에 화를 내고 투덜거렸으나, 이렇게 된 이상 온나니노미야는 다른 곳으로 피할 수 없을 것이라 얕잡아 보고 마음 편히 이런저런 생각을 하면서 밤을 밝혔습니다.

마치 골짜기를 사이에 두고 따로 잔다는 산새 한 쌍 같다는 느낌이 드는 가운데, 그럭저럭 날이 밝았습니다. 이러고만 있으면 마주하고 서로를 쏘아보는 격이니 대납언은 그만 돌아가려고 합니다.

"살짝 틈이라도 열어주시지요."

이렇게 간청하나 온나니노미야는 아무런 대답도 하지 않습니다.

그대의 무심함을
원망하다 못하여
가슴이 메는 이 애처로운 신세
이렇듯 추운 겨울밤
문까지 걸어 잠근 것도 모자라
내 마음까지 떼어놓으려 하니

"더는 뭐라 말할 수 없는 냉담함이로군요."

유기리 대납언은 이렇게 말하고 눈물을 흘리며 돌아갔습니다.

유기리 대납언은 육조원에서 휴식을 취하고 있습니다.

"구모이노카리 부인의 처소에서 흘러나오는 소리를 듣자 하니 온나니노미야 님이 오노에서 일조궁으로 거처를 옮겼다고 하는데 어찌 된 영문인지요."

하나치루사토가 너그러운 목소리로 묻습니다. 발에 휘장까지 치고 대면하고 있는데 그 끝으로 모습이 얼핏얼핏 보입니다.

"그런 식으로 세상에 소문이 날 많은 사정이 있지요. 돌아가신 미야스도코로는 저와 온나니노미야 님의 결혼을 가당치 않은 일이라고 극구 반대하였으나, 임종시에는 마음이 약해져 달리 온나니노미야 님의 뒤를 부탁할 수 있는 믿음직한 사람이 없는 것이 몹시 안쓰러웠는지. 자신이 죽은 뒤에는 온나니노미야 님의 후견인이 되어달라고 말씀하셨습니다. 나는 애당초 그럴 마음이 없었으나 어쩔 수 없이 받아들이기로 한 것인데, 그런 것을 가지고 사람들이 말들이 많은 게지요. 그렇게 소란을 피울 일도 아닌데 사람의 입이란 간사한 것이어서. 당사자인 온나니노미야 님은 속세에서는 더 이상 살고 싶지 않다고 굳은 결심을 하여 여승이 되겠노라 다짐하고 고뇌하고 있는데, 소문이 날 만한 일이 어찌 있을 수 있겠습니까. 도처에서 듣기 민망한 소문을 내고 있는 듯하나. 출가를 하여 나의 혐의가 풀린다 하여도 나는 역시 유언을 거스를 수가 없으니 그저 뒤를 살피고 있을 뿐입니다. 혹여 아버님이 이쪽으로 건너오시면 지금 말씀드린 대로 전하여주십시오. 아버님이 지금까지 성실하게 살아온 제가 이 나이가 되어 불상사를 일으킨 듯이 생각하면 어쩌나 염려하면서도 사람들의 충고가 귀에 들리지 않으니. 이런 일에는 제 마음을 저도 뜻대로 할 수가 없습니다."

유기리 대납언은 웃으면서 목소리를 죽여 이렇게 말합니다.

"얼토당토아니한 소문이라고만 여겼는데, 그런 사정이 있었군요. 세상에 흔히 있는 일이나 구모이노카리 아씨의 심정이 어떠할지 참으로 안되었군요. 지금까지 단 한번도 이런 마음고생을 한 적이 없으니."

"아씨라니 참으로 귀여운 표현을 쓰는군요. 귀신처럼 성정이 괴팍한 여인인데. 허나 저는 그 괴팍한 여인을 함부로 다루지는 않습니다. 실례되는 말씀이나, 이 육조원에 사는 부인들의 생활을 헤아려 보십시오. 여인이란 모름지기 온화하고 얌전한 것이 최고입니다. 말이 많고 질투가 심하여 만사를 골치 아프게 만들면 처음에는 귀찮고 시끄러우니 조심을 하겠지만, 언제까지나 하라는 대로 따를 수는 없는 노릇이니 한바탕 소동을 피운 후에는 서로에게 염증을 느끼고 정나미가 떨어집니다. 무라사키 부인이야말로 마음씀씀이가 너그러우니 그 훌륭함이 세상에서 제일가지요. 그리고 하나치루사토 님의 성품 또한 보면 볼수록 훌륭하니 그저 감복할 따름입니다."

이렇게 유기리 대납언이 칭찬을 하니 하나치루사토는 살며시 미소를 띠고 이렇게 말합니다.

"나를 그리 거창하게 예로 드니 오히려 하잘것없는 평판이 널리 퍼질 듯하군요. 그것은 그렇고, 겐지 님이 자신의 바람기 많은 성벽은 아무도 모른다는 듯 제쳐놓고 그대가 다소나마 그런 기미를 보이면 큰일이라도 난 것처럼 충고를 하고 꾸중을 하시니 이상한 일이지요. 현명한 사람일수록 자신에 대해서는 잘 모른다고 하는데, 과연 그런 것 같습니다."

"옳은 말씀입니다. 늘 남녀의 도리에 대해서는 엄격하게 주의를 주시지요. 허나 황공하옵게 훈계를 하시지 않아도 저로서는 충분히 조심을 하고 있습니다."

유기리 대납언은 이렇게 말하고 참으로 재미있는 아버지라고 생각합니다.

유기리 대납언이 아버지 겐지에게 문안을 드리자, 겐지는 예의 소문을 들어 알고 있으나 아는 척할 필요는 없다는 생각에 그저 묵묵히 대납언의 얼굴을 바라봅니다. 대납언의 모습이 훤칠하고 아름다우니 지금이 사내의 절정이라 할 수 있지요. 바람을 피워 시끄러운 일이 생긴다 한들 사람들이 비난할 처지도 아니니. 귀신도 너그럽게 보아 꾸짖지는 않으리라 여겨질 만큼 말쑥하고 싱그러운 매력을 풍기고 있습니다. 또한 이미 무분별하게 처신할 나이도 아니고 나무랄 데가 없는 단정한 모습인지라. 자신의 아들임에도 이런 느낌을 받습니다.

'저러하니 그런 일이 생기는 것도 무리는 아니겠구나. 여인

이라면 누구든 매력을 느끼지 않을 리 없으니 스스로 거울을 보아도 훤칠한 미남의 모습에 뿌듯할 터이지.'

유기리 대납언은 해가 높은 솟은 후에야 삼조의 집으로 돌아갔습니다. 문안으로 들어서자 귀여운 아이들이 달려와 매달립니다. 구모이노카리 부인은 침소에서 쉬고 있습니다. 유기리 대납언이 침소로 들어가도 얼굴을 마주치려 하지 않습니다. 대납언은 부인의 모습을 보고 나를 원망하고 있는 것이라 생각하면서도 미안해하는 기색을 전혀 보이지 않고 오히려 부인의 옷자락을 저리로 밀쳐냅니다.

"대체 여기가 어디라고 생각하는 것입니까. 나는 벌써 죽어버렸습니다. 당신이 나를 늘 귀신이라 하니 차라리 귀신이 되었으면 좋겠습니다."

"마음은 귀신보다 더 무서우나 모습이 매우 귀여우니 싫증나지 않습니다."

대납언이 이런 말을 넌지시 내뱉으니 구모이노카리 부인은 더욱 부아가 납니다.

"그렇듯 훌륭하게 멋을 내고 들떠 돌아다니는 당신 곁에 저 같은 것이 언제까지 함께 있을 수는 없을 듯하니, 나는 그만 어디론가 사라져버리고 싶습니다. 이제 저 같은 것은 생각지도 마세요. 그리 오래 허송세월을 한 것이 분하여 견딜 수 없으니."

이렇게 쏘아붙이며 일어나 앉으니 그 모습이 너무도 귀엽고 발갛게 달아오른 얼굴은 또 얼마나 아름다운지요.

"아이쿠, 그것 보세요. 늘 어린아이처럼 화만 내는 탓인가 눈에 익어 귀신이 이제는 조금도 무섭지 않으니. 참말 귀신이라면 좀더 위엄을 갖추어야지요."

대납언이 농담으로 넘겨버리자 부인은 얄미운 마음에 또 이렇게 쏘아붙입니다.

"무슨 말씀인지요. 당신 같은 사람은 어서 빨리 죽어버리세요, 나도 죽을 터이니. 얼굴을 보면 얄밉고, 목소리를 들으면 짜증이 나고, 버리고 죽자니 마음에 걸리고."

이렇게 앙탈을 부릴수록 귀여움은 더하니 대납언은 상냥하게 웃으면서 가볍게 말을 넘겨받습니다.

"떨어져 얼굴을 보지 않는다 한들 소문이 귀에 들리지 않을 리는 없지요. 나더러 죽으라 하는 뜻은 죽어서도 우리 부부의 인연이 깊다는 것을 알리려 함이겠지요. 한쪽이 먼저 죽으면 나머지 한쪽도 뒤따라 죽는다는 약속을 했던가요."

대납언이 이렇게 어르고 달래니 구모이노카리 부인은 원래가 천진난만하고 순수하고 마음이 귀여운 분이라. 어차피 입막음을 하려고 하는 소리라는 것을 알면서도 절로 마음이 풀어져 대장을 다감하게 대합니다. 대납언은 그런 부인을 사랑스럽다 여기면서도 마음은 다른 곳에 가 있어 엉뚱한 생각을 하고 있습니다.

'일조의 그분도 자신의 주장을 꺾지 않는 강경한 성품으로는 보이지 않았으니. 정말 나와 결혼할 마음이 없어 출가를 하겠노

라 고집을 피워 결심을 굳힌다면 나는 실로 한심한 꼴을 당하게 될 터이지.'

그런 탓에 당분간은 하루도 빠짐없이 다녀야겠다고 생각하니 마음이 술렁거립니다. 어언 해가 저물어가는데 오늘도 답장이 없었다 생각하니 마음에 걸려 몹시 상심에 젖어 있습니다.

구모이노카리 부인은 어제오늘 미음조차 입에 대지 않더니 지금은 간신히 식사를 하고 있습니다.

"옛날부터 나는 오직 당신만을 흠모하였지요. 장인 대신은 그 일로 나를 몹시 혹독하게 대하였고 세상은 또 나를 형편없는 사람이라 멸시하였으나. 나는 그 참기 어려운 모욕을 이겨내었고 사방에서 밀려드는 혼담도 모두 마다하였습니다. 여인이라 하여도 그렇게 견딜 수 없을 터인데 하물며 남자가 융통성이 없다며 세상은 또 나의 그런 태도를 비난하였습니다.

지금은 내가 생각하여도 어찌 그럴 수 있었는지, 젊은 시절에도 바람기가 전혀 없었으니 감탄스러울 지경입니다. 지금 당신이 나를 그렇듯 밉다 한들 버릴 수 없는 자식이 집이 좁을 만큼 많으니 당신도 마음대로 이 집을 떠날 수는 없겠지요. 아무튼 두고 보세요. 사람이란 언제 죽을지 알 수 없으나 내 마음은 변하지 않습니다."

유기리 대납언이 눈물을 흘리며 얘기하자 구모이노카리 부인도 옛일을 떠올립니다. 세상에 그 예가 없을 정도로 부부 금실이 좋았으니 과연 전생의 인연이 깊다는 생각이 듭니다.

유기리 대납언은 풀기가 빠져 주름이 진 옷을 벗고 새로 지은 멋들어진 옷을 몇 겹이나 겹쳐 입어 아름답게 치장하고, 향을 듬뿍 배이게 한 후에 집을 나섰습니다. 구모이노카리 부인은 등불에 비치는 그 뒷모습을 바라보면서 참다못하여 눈물을 흘리니. 대장이 벗어둔 홑옷 자락을 부여잡고 노래를 읊조립니다.

오래도록 함께하여
익숙한 탓에 오히려 염증을 내누나
내 신세의 불행함을 원망하느니
차라리 먹물 들인 옷으로 갈아입고
여승이 되고만 싶구나

"역시 이 모습으로는 살아 갈 수가 없을 듯하여."
부인이 혼자 중얼거리자 유기리 대납언은 걸음을 멈추었습니다.

오래도록 함께하여
염증이 났다 하여
서방을 버리고
여승이 되었다는
평판이 나도 좋겠습니까

"참으로 한심한 생각이구려."

마음이 조급한 탓인가, 노래가 지나치게 평범하군요.

일조궁에서는 온나니노미야가 아직도 토방에 틀어박혀서 나오지 않습니다.

"언제까지 이렇게 계실 수는 없습니다. 평소대로 지내시고, 생각을 대납언에게 솔직하게 말씀드리는 것이 좋지 않을까요."

시녀들은 여러 가지로 설득을 하는데, 온나니노미야는 옳은 말이라고 생각하면서도 세간에 무성한 소문도 지금까지 자신이 겪은 마음고생도 다 그 얄밉고 원망스러운 사람 탓이라 생각하여 그날 밤에도 대납언을 만나지 않았습니다.

"마음 편히 농담도 못 할 정도이니 그대의 처사가 참으로 예사롭지 않습니다."

대납언은 이렇게 있는 원망을 다 늘어놓습니다. 시녀들도 대납언의 처지가 안타까우니, 소소장이 나서서 이렇게 말씀드립니다.

"'제가 다소나마 정신을 차릴 때까지 저를 잊지 않고 계신다면 그때 가서 뭐라 답변을 드리지요. 상복을 입고 있는 동안에는 오직 한마음으로 어머니의 공양에 임하고 싶습니다' 하고 굳은 결심을 하고 있는데, 본의 아니게 그런 소문이 나돌아 모르는 사람이 없으니 그 점을 몹시 서운해하고 계십니다."

"그분을 사모하는 내 마음은 여느 남정네와 다르니 아무리 그립다 한들 억지스러운 강요는 하지 않을 것이다. 상중이라 하나 아무것도 걱정할 일은 없는데, 모든 것이 내 마음 같지 않구나."

유기리 대납언은 이렇게 말하고 한숨을 쉬고는 질리지도 않는지 또 있는 말을 다하여 설득을 합니다.

"평소 사용하는 방에 계신다면 휘장 너머라도 제 마음을 토로하고 싶군요. 상중의 슬픈 마음에 상처를 입히는 짓은 하지 않을 것입니다. 기다리는 세월이 아무리 길다 하여도 저는 기다릴 것입니다."

"상을 당하여 슬픔에 정신마저 아득한데 그대가 이렇듯 계속하여 억지를 부리시니 괴로워 견딜 수가 없습니다. 세상 사람들이 어찌 여기랴 그 걱정도 예삿일이 아닌데 그대의 처사는 한층 더 한심하니."

온나니노미야는 거듭 원망을 하며 전혀 근접을 허락하지 않는 태도를 지키고 있습니다.

유기리 대납언은 언제까지 이러고만 있으면 사람들이 들어 또 소문이 날 것은 뻔한 일인데다 시녀들에게 체면도 서지 않으니 소소장을 질책합니다.

"상중이라 온나니노미야 님께서 염려하시는 점에 대해서는 그 뜻을 따르기로 하되 당분간 형식적이나마 부부로 지내야겠다. 허나 세상의 여느 서방 같지 않은 나의 처지가 실로 서럽구

나. 허나 그렇다 하여 발길을 끊으면 온나니노미야 님의 평판은 어찌 되겠느냐. 내게 버림을 받았다고 더욱 몹쓸 소문이 나겠지. 다만 혼자서만 저리 어린아이처럼 구시니 참으로 난감한 일이로구나."

소소장은 극히 지당한 말이라 생각하며 대납언을 동정합니다. 지금은 대납언의 얼굴을 대하는 것조차 죄송하고 민망하니, 소소장은 시녀들이 출입하는 토방의 북쪽 문으로 대납언을 안내하였습니다.

온나니노미야는 너무도 어처구니없는 일에 시녀들까지 원망을 합니다. 이런 것이 세상의 인심이라 한다면 앞으로도 시녀들이 무슨 짓을 할지 알 수 없으니, 이런 시녀들이 아니고는 의지할 사람 하나 없는 자신의 신세가 거듭 서러웠습니다.

대납언은 어떻게든 온나니노미야가 알아들을 수 있도록 온갖 도리를 얘기합니다. 때로는 애처로운 표정으로 호소하고, 때로는 관심을 끌듯이 말을 건네면서 마지막까지 있는 말을 다하여 설득을 하였으나, 온나니노미야는 오로지 대납언을 원망하기만 합니다.

"말로 할 수 없을 만큼 성가신 남자라 여기니, 그런 저 자신이 얼굴도 들 수 없을 정도로 부끄럽소이다. 언제부터인가 황녀 님을 사모하는, 주제를 모르는 마음을 품게 되었으니 무분별한 일이었다고 후회는 하고 있으나. 이미 세상 사람들이 다 아는 일이 되어 돌이킬 수도 없는 이상, 이제 와서는 결백하다고 아무리 떠들어봐야 명예가 회복되지는 않습니다. 이제는 어쩔 수 없는 일이라 여기고 체념하세요. 생각대로 되지 않을 때에는 '깊은 연못에 몸을 던진 예'도 있다고 하니, 제 이 깊은 사모의 정을 연못이라 여기고 그 연못에 몸을 던졌다 여기세요."

온나니노미야는 홑옷 자락을 머리에 뒤집어쓰고 소리내어 울 뿐입니다. 그 모습이 삼가 조심스럽기도 하고 애처롭기도 하니 유기리 대납언은 생각이 많습니다.

'정말 안타깝구나. 어쩌면 이리도 나를 싫어하는 것일까. 아무리 의지가 강한 사람이라도 이렇게까지 궁지에 몰리면 절로 결심이 느슨해지는 법이거늘. 돌과 바위보다 더 단단하게 거부를 하다니. 전생의 인연이 짧으면 이 세상에서 상대에게 혐오감을 느낀다 하는데, 온나니노미야도 그런 마음일까.'

유기리 대납언은 이런 생각 저런 생각을 하니 기분이 몹시 우울해지는 한편, 지금쯤 삼조의 집에서 구모이노카리 부인이 얼마나 슬퍼하고 있을까 하는 생각이 듭니다. 그 옛날, 어린 마음에 철없이 사랑을 나누었던 때의 일이며, 오랜 세월 동안 이제는 별 탈 없으리라고 안심하고 자신을 철석같이 믿고 순진하게 마음을 열어놓았던 모습이 떠오릅니다. 부부 사이에 금이 간 것도 자신의 부족함 때문이라 여기지니 마음이 씁쓸하여. 더 이상 온나니노미야의 비위를 맞추려 하지 않고 탄식하며 날을 새웠습니다.

늘 이렇게 얼빠진 사내처럼 문턱을 넘나들기만 하는 것도 체면이 서지 않는 일이라 오늘은 이곳에 머문 채 느긋하게 시간을 보냅니다.

온나니노미야는 대납언이 이렇듯 무분별한 행동을 보이자, 대체 무슨 봉변이냐며 어이가 없어 더더욱 귀찮아하는 듯합니다. 대납언은 유치함에도 정도가 있는데 어디까지 고집을 부릴 것이냐며 원망을 하면서도, 한편으로는 그런 온나니노미야를 가엾다 여깁니다.

토방 안에는 자잘한 가재도구는 거의 없어 향을 담는 함과 문갑 정도가 놓여 있어 이쪽저쪽으로 치워놓고 임시로 누울 자리가 만들어져 있습니다. 실내는 어두운데, 벌써 날이 밝았는지 틈새로 아침 햇살이 희미하게 새어듭니다. 대납언은 온나니노미야가 뒤집어쓰고 있는 옷을 살며시 걷어내고 보기가 흉할 정도로 어지럽게 얼굴에 들러붙어 있는 머리카락을 부드럽게 끌어올리고 조심스럽게 얼굴을 들여다봅니다. 기품이 있는데다 여성스럽고 화사한 느낌입니다.

대납언은 격식을 차려 성장을 하였을 때보다 이렇게 편안하게 차려입은 모습이 오히려 아름다웠습니다. 죽은 가시와기 권대납언은 뛰어난 미남은 아닌데도 저 잘난 멋에 겨워 온나니노미야의 용모를 마땅치 않게 여겼으니, 온나니노미야는 먼 옛일이 떠오릅니다.

'하물며 지금 이렇듯 야위고 용모도 초췌한데 어떤 분이 잠시나마 인내하여 사랑하여주실 것인가.'

이렇게 생각하니 온나니노미야는 기가 죽어 견딜 수 없이 부끄러웠습니다. 그러고는 이런저런 생각을 하면서 끝내 이리 되고 만 자신의 마음을 스스로 인정하려고 합니다. 허나 이대로는 도저히 면목이 없으니, 이 일이 만의 하나 스자쿠 상황이나 전 태정대신의 귀에 들어가면 얼마나 불쾌해할까 걱정스럽기도 하고 그 비난을 뭐라 해명할 길도 없는데다 하필이면 상중인 것이 더욱 부끄럽고 괴로워 마음을 달랠 방법이 없었습니다.

아침 세숫물과 밥상은 늘 사용하던 마루방에 올렸습니다.

상중이라 검고 칙칙한 방의 장식이 재수가 없을 듯하여 서쪽 차양의 방 동쪽에 병풍을 세워 가리고, 본채와의 사이 휘장에는 향을 배게 하고, 침향목 2단 선반 등 상중임이 잘 드러나지 않는 가재도구를 배치하여 신혼의 아침답게 방을 아기자기하게 꾸몄습니다.

이 모든 것은 야마토의 수가 지시한 것입니다. 시녀들에게는 화려한 색을 피하여 황매화, 연분홍, 짙은 보라, 짙은 남빛 등의 옷을 입으라 하고, 연보라와 푸른빛이 감도는 적황색 겉치마를 입어 상중이라 여겨지지 않도록 하여 밥상을 올립니다. 여자들만 살아 다소 너저분한 집이었는데 야마토의 수가 체면을 고려하여 많지 않은 하인을 원활하게 부리고 있습니다.

이렇듯 고귀한 분과 뜻하지 않게 혼례를 치르게 되었다는 소식을 듣자 게으름을 피우며 찾아와보지도 않았던 가사들까지 손바닥을 뒤집듯 태도를 바꾸어 득달같이 달려와 사무소에서 일에 임하였습니다.

유기리 대납언이 일조궁이 마치 제집인 양 머물러 있으니, 삼
조의 구모이노카리 부인은 이제 모든 것이 끝장났다고 생각하
였습니다. 설마 그렇게까지 할까 하고 한편으로는 대납언을 믿
으려 하였으나, 성실하고 고지식한 남자가 한번 바람이 나면 전
혀 다른 사람처럼 변한다고들 하였는데 그 말이 정말인가 싶고,
부부 사이란 어떤 것인지를 다 알아버리고 만듯한 기분에 더 이
상의 모욕은 당하고 싶지 않다고 생각하니, 방향이 불길하다는
구실로 친정으로 가버리고 말았습니다.

마침 언니 고키덴 여어도 사가에 나와 있던 참이라 만나서 다
소는 시름을 걷어내니, 평소처럼 서둘러 삼조로 돌아가려고는
하지 않습니다.

유기리 대납언은 그 소식을 듣고 마음이 편치 않아 급히 삼조
로 돌아갔습니다.

'역시 예상했던 대로군. 아무튼 그 급한 성미라니. 장인 대신
또한 나이 드신 어른답게 느긋하고 침착한 성품은 아니라 만사
를 성급하게 처리하려는 다혈질이니 탐탁지 않다, 얼굴도 보고
싶지 않다, 목소리도 듣고 싶지 않다고 지레짐작하고 얼토당토
아니한 태도로 나올 것이 뻔하겠구나.'

집에는 도련님들만 남아 있었습니다. 구모이노카리 부인이
아씨와 어린아이들만 데리고 간 모양입니다. 그 아이들이 아버

지를 보고는 반가워 매달립니다. 어머니가 보고 싶다면서 훌쩍훌쩍 우는 아이도 있으니, 대납언은 가엾다 생각합니다.

몇 번이나 편지를 보내고 사자를 보내기도 하였으나 부인은 답장조차 주지 않습니다. 아내란 여인이 이렇듯 고집이 세고 경솔하니 화가 치미나 장인 대신의 체면도 있고 하여 해가 기운 후에 자진하여 부인을 데리러 갔습니다.

"부인은 침전에 계십니다."

친정에 가면 늘 사용하는 방에는 나이 든 시녀들만 대기하고 있습니다. 어린아이들은 유모에게 매달려 있습니다.

"나이가 들어 철없는 젊은이들처럼 정을 나누자는 것입니까. 이렇게 어린아이들을 여기저기 내버려두고 어떻게 침전에서 이렇듯 놀고 있단 말입니까. 나와는 맞지 않는 성품이라는 것을 벌써 오래전부터 알고 있었으나. 전생의 인연인가 옛날부터 잊을 수 없어 사랑하여왔고, 지금은 이렇게 많은 자식이 태어나 귀엽게 자라고 있으니 서로가 헤어지는 일은 절대 없으리라고 믿고 있었거늘. 하찮은 일로 이런 태도를 취하여도 되는 것입니까."

유기리 대납언은 아내를 몹시 꾸짖으며 원망을 늘어놓습니다.

"당신이 내게 염증이 나질 않았습니까. 나라면 넌더리를 내지 않습니까. 새삼스럽게 당신 마음에 들도록 고칠 수는 없고, 억지로 참을 필요도 없는 일이라 생각되는군요. 남겨두고 온 아이들을 버리지 않는다면 그나마 고맙겠군요."

"그것 참, 솔직한 말씀이로군요. 결국 누구의 명예가 손상될지 두고 봅시다."

대납언은 부인을 굳이 데리고 가려 하지도 않으니 그날 밤은 따로 잠자리에 들었습니다.

대납언은 왜 요즘은 어디를 가나 이렇듯 곤욕을 치르게 되는 것일까 하고 생각하면서 아이들을 곁에 눕힙니다. 일조궁에서는 온나니노미야가 또 괴로워하고 있을 것이라 상상하니, 마음이 불편하고 애가 탑니다. 한편 대체 어떤 남자가 이렇듯 복잡하고 골치 아픈 치정 관계를 재미있어할까 싶은 생각도 들고. 이제 이런 일에는 진력이 난 듯한 기분도 들었습니다.

날이 밝자 유기리 대납언은 위협을 하듯 이렇게 말합니다.

"남 보기에 어른스럽지 못한 행동이니, 당신이 이제는 다 끝났다고 단호하게 말한다면 그리하지요. 헤어집시다. 집에 남아 있는 아이들이 가엾게도 당신을 보고 싶어하나, 아이들을 골라 당신이 버리고 간 것은 나름의 까닭이 있어서겠지요. 그냥 내버려 둘 수는 없는 노릇이니 아무튼 내가 키우겠습니다."

구모이노카리 부인은 성품이 아주 곧은 분이라 친정으로 데리고 온 아이들마저 일조궁으로 데리고 가는 것은 아닐까 싶어 불안해합니다.

"자, 너는 이리로 오너라. 이렇게 만나러 오는 것도 흉측한 일이니 그리 자주 올 수도 없을 것이다. 집에도 귀여운 아이들이 있으니 같은 곳에서 보살피도록 하마."

아씨는 귀엽고 아직은 어린아이라 가엾은 마음이 절실하여 이렇게 말합니다.

"어머니의 말을 들어서는 아니 되느니라. 저렇듯 고집이 세고 분별력이 없는 짓을 하는 것은 좋지 않은 일이니."

장인 대신은 사건의 경위를 듣고 세간의 웃음거리가 될 것이라며 한탄합니다.

"왜 당분간은 지켜보지 않았습니까. 대납언도 그런 일을 벌였으니 무슨 생각이 있었을 터인데. 여인이 이렇듯 성급하게 결심을 하는 것은 오히려 경솔하게 보이는 법입니다. 아무튼, 어쩔 수 없지요. 일단 이렇게 말이 나온 이상 고개를 숙이고 돌아갈 수는 없는 일. 언젠가는 자연히 그쪽의 상황이나 생각을 알 수 있게 될 터이니."

이렇게 말하고 일조의 온나니노미야에게 아들인 장인 소장을 보내었습니다.

이 또한 전생의 인연이런가
늘 그대를 잊지 못하고 걱정하여
가엾게 생각하면서도
지금은 원망만 가득하니

"설마 우리들을 버리지는 않겠지요."
이렇게 쓴 편지를 들고 소장은 일조궁으로 들어섰습니다.

남쪽 툇마루에 방석을 내놓기는 하였으나, 시녀들은 인사를 올리기조차 거북해합니다. 하물며 온나니노미야의 심정은 어떠할는지요.

소장은 형제 가운데에서도 상당한 미남이고 풍채가 훌륭합니다. 느긋하게 사방을 돌아보며 형님이 살아 계셨을 때를 떠올리고 있는 듯합니다.

"늘 찾아 뵙던 곳이라 친근한 기분이 들어 마음 편하게 처신하고 있는데, 이쪽에서는 오히려 뻔뻔하다 허락하지 않을지도 모르겠구나."

소장은 슬쩍 비아냥거립니다.

온나니노미야는 편지의 답장을 쓰기가 괴롭습니다.

"나는 도저히 못 쓰겠구나."

"마음도 전해지지 않을뿐더러 어른답지 못한 처신입니다. 대필은 실례가 되니 그럴 수도 없습니다."

시녀들이 모여 입을 모아 말하자 온나니노미야는 그저 눈물만 흘리며 돌아가신 어머니가 살아 계셨다면 얼마나 형편없는 딸인가 여기면서도 허물을 가려주고 보호하여주었을 터인데, 하고 생각합니다. 어머니를 그리워하니 붓보다 눈물이 앞서 넘쳐흐르니 글이 써지지 않습니다.

　　무슨 영문으로
　　하잘것없는 이 몸을

가엾다 원망스럽다

하시는지요

생각나는 대로 이렇게만 쓰고는 인사말을 도저히 쓰지 못하겠다는 듯이 봉투에 담아 밖으로 내밉니다.

소장은 시녀들을 상대로 두런두런 얘기를 나누다가 심장한 의미라도 있는 듯 이렇게 말하고 돌아갔습니다.

"종종 찾아 뵈었는데 이렇듯 발 밖으로 안내를 하니 섭섭하군. 허나 앞으로는 인연이 생겼다 여기고 자주 찾아오겠네. 그러다 보면 오랜 세월의 충직함이 결과를 맺어 발 안으로 들일지도 알 수 없는 일이니."

유기리 대납언은 이 일로 더욱 마음이 상한 온나니노미야를 애가 타도록 그리워하며 안절부절못합니다.

구모이노카리 부인은 나날이 심통함이 더해갈 뿐이었습니다.

고레미쓰의 딸 도 전시는 이런 소문을 듣고는 평소 하던 대로 얼른 문안 편지를 올렸습니다.

'구모이노카리 부인은 나를 절대 용서할 수 없는 여인이라 하였다는데, 새로이 방심할 수 없는 상대가 나타났으니 얼마나 걱정이 크실까.'

내가 어엿한 신분이었다면

대납언의 이번 배신이
사뭇 분하였겠지요
부인이 안쓰러운 나머지
소맷자락 눈물로 적시고 있습니다

구모이노카리 부인은 전시가 빈정대는 것이라 여기면서도 수심에 찬 요즘 달리 할 일도 없는 따분함에, 이 사람도 마음이 온전하지는 않을 것이라고 생각합니다.

지금까지 다른 부부 사이의 불행을
안되었다 불쌍히 여긴 적은 있으나
설마 내 신상에 이런 불행이 닥칠 줄이야

이렇게만 씌어 있는 답장을 보고 전시는 그야말로 마음을 있는 그대로 쓴 노래라 동정합니다.

그 옛날, 구모이노카리 부인과 억지로 떨어져 지냈던 시절, 유기리 대납언은 이 전시만을 은밀히 사랑하였으나 두 사람의 혼담이 결착이 나고부터는 어쩌다 한번 발길을 할 뿐 점차 사이가 멀어졌습니다. 그럼에도 두 사람 사이에 자식들이 많이 생겼습니다. 구모이노카리 부인은 장남과 삼남, 사남, 육남의 네 아들과 첫째, 둘째, 넷째, 다섯째의 네 딸을 생산하였으니, 자식이 모두 여덟 명입니다. 전시는 셋째, 여섯째 딸과 차남, 오남 등

네 자식을 낳았습니다. 모두 합하면 열두 명인데, 그 가운데 결점이 있는 자식은 하나도 없으니 모두 아름답게 성장하였습니다. 전시가 낳은 아이들은 용모가 출중하고 성격도 발랄하니 모두가 우수한 인재들입니다. 셋째 딸과 차남은 육조원의 하나치루사토가 맡아 각별히 소중하게 키우고 있습니다. 겐지도 그 손주들과 종종 얼굴을 마주하니, 다른 손주들보다 정도 깊어져 무척이나 귀여워합니다.

그건 그렇고, 이분들의 뒤엉킨 관계는 대관절 어떻게 될 것인지 말씀드릴 길이 없습니다.

법회

오늘 이 법회야말로
내가 주재하는 마지막 행사
그 공덕으로 맺어진
그대와의 영원한 인연
그 믿음직스러움이여

◆ 무라사키 부인

그대와 맺은 인연
끊일 리가 있겠습니까
이제 남은 목숨 오래지 않은 나는
어떤 법회든 고마울 따름인데
이렇듯 성대한 법회와 연을 맺었으니

◆ 하나치루사토

※ 제40첩 법회(御法)

죽음이 머지않았다고 예감하는 무라사키 부인과 하나치루사토가 주고받은 노래에서 이 제목이 붙었다.

무라사키 부인은 큰병을 치른 후 기력이 눈에 띄게 쇠하여, 어디가 어떻게 아픈 것도 아니면서 병석에 누워 지내는 날이 많아졌습니다.

용태가 위중한 것은 아니나 자리보존을 한 세월이 벌써 오래되었는지라 점점 쇠해져만 갈 뿐 회복의 기미는 전혀 보이지 않습니다.

겐지는 부인의 병환을 몹시 걱정하며 슬픔에 젖어 있습니다. 무라사키 부인이 먼저 세상을 떠나 잠시라도 혼자 남아 있게 된다면 얼마나 허탈할 것인가 하고 생각합니다.

무라사키 부인 자신은 이 세상에 아무런 부족함이 없고 마음에 걸리는 자식도 없는 몸이라, 더 이상 억지로 살고 싶다는 생각도 없습니다. 다만 오랜 세월 깊은 사랑을 나누어왔던 겐지와의 인연이 끊기게 되면 겐지가 얼마나 한탄을 할까, 그것만을 남몰래 가슴속으로 안타까워하고 있습니다. 후세를 위해 무수한 불사 공양을 정중하게 올리면서 출가의 염원을 이루어 목숨이 남아 있는 동안은 잠시나마 근행에 일념하고 싶다 생각하나, 겐지는 도무지 허락을 하지 않습니다.

겐지 자신도 오래전부터 출가를 원하여왔는데, 무라사키 부인이 이렇듯 간절하게 원하니 이참에 함께 출가하여 불도 수행의 길에 들어설까 하는 생각도 합니다. 허나 일단 출가를 하면 절대 속세를 되돌아보고 싶지 않으니. 내세에서는 같은 연꽃 자리에 함께하자고 맹세를 하고 그때를 기약하고 있는 부부 사이이기는 하나. 이 세상에서 수행을 하는 동안은 설사 같은 산에 은거하고 있어도 서로를 만날 수 없는 다른 봉우리에 멀리 떨어져 살아야 할 것이라고 굳게 다짐하고 있습니다.

허나 무라사키 부인의 건강이 이렇듯 불안하여 회복의 가능성이 전혀 보이지 않으니, 그런 가련한 모습을 보면서 출가를 감행하기가 망설여집니다.

'내가 막상 출가를 하여 속세를 떠났는데 부인을 버릴 수 없어 산 속 깊은 조용한 은거에서도 마음이 혼탁해지면 어찌할 것인가.'

그러는 사이에 많은 사람이 출가를 하니, 별 망설임 없이 간단히 출가하는 사람에 비해 몹시 늦어지고 말았습니다.

'겐지 님의 허락이 없이 내 마음대로 출가를 하면 남 보기에도 좋지 않고 내 마음에도 반하는 것이니.'

무라사키 부인은 출가 건으로 이렇게 겐지를 원망하였습니다. 또 전생의 죄업이 많아 출가도 하지 못하는 것 아닐까 하고 전전긍긍하고 있습니다.

무라사키 부인은 오랜 세월에 걸쳐 자신의 발원을 위해 은밀히 쓰게 한 법화경 천부를 서둘러 공양하였고, 자신의 사저인 이조원에서 공양 법회를 가졌습니다. 법회에 참가하는 스님 일곱 명의 법의도 신분에 걸맞게 준비하여 하사하였습니다.

물들인 색감이며 바느질 솜씨 등이 더할 나위 없이 화려하였습니다. 법회의 모든 절차는 장중하고 훌륭하게 치러졌습니다.

무라사키 부인이 이 법회를 대대적으로 할 것처럼 말씀을 하지 않았기에 겐지는 사소한 준비 과정까지는 가르쳐주지 않았습니다. 그런데 막상 뚜껑을 열어보니, 여인의 지시 아래 열린 법회치고는 모든 것이 완벽하여 불도 의식에도 정통한 무라사키 부인의 풍부한 교양이 엿보였습니다. 겐지는 무라사키 부인이 모든 것을 다 갖춘 사람이라고 감탄하였습니다. 겐지는 방의 설비와 그밖에 자질구레한 일을 거들어주었습니다.

불전에 봉납하는 악인과 무인은 유기리 대납언이 지도하고 뒤를 보살폈습니다. 천황과 동궁, 아키고노무 중궁, 아카시 중궁을 비롯하여 육조원의 부인들도 각각 송경을 보시하고 많은 공물을 바쳤습니다. 그것만으로도 넘쳐흐를 듯한데, 법회 준비에 가담하지 않는 이가 없었으니 여러 가지 면에서 성대한 의식이 되었습니다.

무라사키 부인은 어느 틈에 이렇듯 많은 준비를 완벽하게 한 것일까요. 아무래도 아주 오래전부터 발원하였던 것이라 헤아려집니다.

 법회 당일 하나치루사토와 아카시 부인도 참례하였습니다.
무라사키 부인은 침전의 서쪽 토방에 자신의 자리를 마련하고
동쪽문과 남쪽문을 열어놓았습니다. 침전의 북쪽 차양의 방에
는 장지문을 칸막이로 하여 부인들의 자리를 마련하였습니다.
 삼월 십일의 일이니 마침 날씨도 화창하고 벚꽃도 탐스럽게
피어 풍정이 그윽하니, 부처님이 계신다는 '극락정토가 이렇지
않을까' 싶을 정도입니다. 신심이 깊지 않은 사람들조차 죄업이
소멸될 듯한 느낌입니다.

 　나는 땔감을 메고 풀을 뜯고 물을 길으며 법화경을 얻었
 으니.

 법화경을 찬양하는 성명을 읊고 일곱 명의 법사들이 땔감을
메고 물통을 들고 행도를 하는 목소리와 모여든 많은 사람들의
웅성거림이 천지를 뒤흔드는 듯하였습니다. 그 소리가 마침내
잦아들면서 사방이 조용해지자 무라사키 부인은 쓸쓸한 적막감
을 느꼈습니다. 요즘은 몸이 온전치 않으니 더욱이 만사가 공허
하고 불안하게만 느껴집니다.
 셋째 황자를 사자로 하여 아카시 부인에게 편지를 보냈습니다.

더는 아쉬울 것 없는 몸이나
끝내 지금을 마지막으로
타오른 땔감이 재가 되듯
죽어가야 할 일이 서글퍼

아카시 부인은 인생의 덧없음에 대하여 쓰면 마음씀씀이가
부족하다 하여 훗날 악평이 날 수도 있으니, 별 지장 없는 내용
을 두서없이 모호하게 읊었습니다.

땔감을 메고 풀을 뜯고 물을 긷고
오늘 법회가 법화경 봉사의 첫 시작이니
법도 성취의 멀고도 오랜 길
그 길 다하도록 천수를 누리세요

밤이 새도록 경을 읊는 존엄한 목소리에 둥둥 쉬지 않고 울리
는 북소리가 흥겹게 들립니다. 날이 어렴풋이 밝아 아침 안개
사이로 흐드러지게 핀 갖가지 꽃이 보이는데, 무라사키 부인의
마음이 봄에 이끌리라 향기까지 아련하게 풍깁니다.

온갖 새들이 지저귀는 소리가 피리 소리 못지않고, 감흥에 겨
운 흥취가 극에 올랐을 무렵 무악인 능왕무의 가락이 빨리지면
서 종장에 가까워지자 더욱 화려하고 흥겹게 들립니다. 그 자리
에 모인 구경꾼들이 일제히 옷을 벗어 무인들에게 선사하니, 때

가 때인지라 그 갖가지 색상의 화사한 어울림이 흥취를 더욱 북돋웁니다.

친왕들과 고관들 가운데 음악에 능한 사람들은 있는 재주를 다하여 음악을 연주합니다. 신분의 구별 없이 참례한 많은 사람들이 유쾌하게 즐기는 모습을 보자, 목숨이 오래 남지 않았을 것이라고 생각하는 무라사키 부인의 심중에 옛일이 주마등처럼 스치고 지나가니 슬픔도 절실하였습니다.

어제는 평소와 다르게 너무 움직였던 탓인지 오늘 무라사키 부인은 몸이 불편하여 계속 누워서 쉬고만 있습니다. 지금까지 긴 세월을 살면서 이런 행사가 있을 때마다 모여들었던 음악가들의 얼굴과 모습, 그들의 기예, 금과 피리 소리 등을 보고 듣는 것도 오늘이 마지막이라 생각하니, 여느 때는 신경도 쓰지 않았던 사람들의 얼굴 하나하나까지 새삼 다감하게 바라보았습니다.

하물며 계절에 따라 놀이가 있을 때는 내심 경쟁심을 불태우면서도 친분을 쌓고 지냈던 육조원 부인들을 보면서는, 어차피 다들 죽는 인생이라 하여도 자신이 제일 앞서 행방도 알 수 없는 저세상으로 사라져버릴 것이라 생각하니, 뭐라 말할 수 없이 서글펐습니다.

법회가 끝나 부인들이 각기 처소로 돌아가려는 때에도 무라사키 부인은 이것이 마지막 이별이라 여기니 아쉬움이 컸습니다.

하나치루사토에게 노래를 보냈습니다.

오늘 이 법회야말로
내가 주재하는 마지막 행사
그 공덕으로 맺어진
그대와의 영원한 인연
그 믿음직스러움이여

하나치루사토는 이렇게 답가를 보냈습니다.

그대와 맺은 인연
끊일 리가 있겠습니까
이제 남은 목숨 오래지 않은 나는
어떤 법회든 고마울 따름인데
이렇듯 성대한 법회와 연을 맺었으니

이 법회를 계기로 부단경과 법화참법의 독경 등, 갖가지 존귀한 기도를 쉼 없이 올리도록 하였습니다. 허나 이 같은 기도의 효험이 나타나지 않은 채 세월만 흘러 일상적인 행사가 되고 마니, 계속해서 여러 곳의 절에서도 독경을 하도록 하였습니다.

여름이 되자 무라사키 부인은 예년에 없는 더위를 견디지 못하여 정신을 잃는 빈도가 잦아졌습니다. 딱히 어느 한 군데가 아픈 것은 아닌데 그저 기진하고 쇠약해져만 갈 뿐, 보기가 안쓰러울 정도로 고통스러워하지는 않습니다.

측근의 시녀들도 대체 어떻게 될 것인가 하여 조마조마하고 눈앞이 아득하여, 부인이 앞서 가게 될 일을 안타깝고 서러워하고 있습니다.

무라사키 부인의 이런 상태가 지속되는 터라 아카시 중궁도 퇴궁을 하여 이조원을 찾았습니다. 동쪽 별채에 머물게 되어 무라사키 부인은 그곳에서 기다리고 있습니다. 중궁행계의 의식은 여느 때와 다름이 없는데, 무라사키 부인은 중궁과 어린 황자들의 눈부신 앞날을 미처 다 지켜보지 못하고 이 세상을 떠나야 하는가 싶으니 슬픔이 더합니다.

근무 교대를 하는 관리들이 이름을 대는 목소리가 들리자, 아아 저 목소리는 그 사람이고 또 저 목소리는 그 사람이로군, 하면서 목소리에 귀를 기울입니다. 실로 많은 공경들이 동행하였습니다.

아카시 중궁과는 오랜만에 만나는 것이니 좀처럼 없는 기회라 반가워하면서 다정하게 얘기를 나눕니다. 그곳에 겐지가 들어와 이렇게 말하고는 다시 자신의 처소로 돌아갔습니다.

"오늘 밤은 둥지에서 쫓겨난 새 같은 신세이니 체면이 말이 아니로군요. 나는 저쪽에 가서 쉬렵니다."

무라사키 부인이 일어나 앉아 있는 것이 무척이나 반가우나, 그것도 한때의 허망한 위안일 뿐이었습니다.

"중궁과는 서로 다른 방에서 묵을 터인데, 병실로 사용하는 서쪽 별채로 중궁을 오시라 하는 것도 황송한 일이고 그렇다 하여 내가 이 동쪽 별채로 찾아 뵙는 것도 이제는 힘에 부치는 일이 되었습니다."

무라사키 부인은 이렇게 말하고 잠시 더 동쪽 별채에 머물렀습니다. 아카시 부인도 그곳을 찾으니 서로 두런두런 정감 어린 대화를 나누었습니다.

무라사키 부인은 자신이 죽은 후의 일에 대해서도 여러 가지로 생각이 많으나, 현명한 척하며 그런 일을 입에 담지는 않습니다. 다만 인간 세상의 덧없음을 가볍지 않은 말투로 드문드문 말하니, 많은 말로 분명하게 말하는 것보다 도리어 슬프고 적적해하는 심중이 잘 헤아려졌습니다.

어린 황자들을 보면서 무라사키 부인은 이렇게 말합니다.

"그대들의 앞날이 진정 보고 싶었는데, 이렇듯 덧없는 나의 목숨을 예감하고 아쉬운 마음에 그랬을까요."

눈물에 얼룩졌어도 그 얼굴은 한없이 아름답습니다. 아카시 중궁도 어찌하여 그렇게 불길한 생각만 하실까 하며 눈물을 흘립니다. 정식으로 유언을 하는 것은 아닌데, 무슨 말을 하다가 얼핏 이런 말을 꺼냅니다.

"오래도록 내 시중을 들어준 친근한 시녀들 가운데, 몸을 의지할 이렇다 할 곳이 없는 가여운 사람들이 있습니다. 그 아무개 아무개를 염두에 두시고, 내가 죽은 후에도 보살펴주세요."

중궁이 계절마다 하는 독경이 시작되니, 무라사키 부인은 자신의 서쪽 별채로 돌아갔습니다.

아장아장 걸어다니는 셋째 황자의 모습이 많은 친왕들 가운데에서도 눈에 띄게 귀여우니 무라사키 부인은 몸이 가벼울 때 주위에 시녀들이 있는지를 살피고 그 황자를 앞에 앉혀놓고 물었습니다.

"이 할미가 없어지면 황자는 기억을 해주렵니까?"

"많이 보고 싶을 거예요. 궁중에 계시는 폐하보다 중궁마마보다 난 할머니가 훨씬 좋은걸요. 없어지면 난 굉장히 기분이 나쁠 거예요."

이렇게 말하며 눈을 비비고 눈물을 흘리는 모습이 너무도 사랑스러워, 무라사키 부인은 빙그레 미소지으면서도 절로 흐르는 눈물을 어쩌지 못합니다.

"황자가 성인이 되면 이조원에 살면서, 꽃이 피는 계절이 되면 잊지 말고 서쪽 별채 앞의 홍매와 벗꽃을 감상하세요. 그럴 때는 부처님께도 그 꽃을 공양하세요."

셋째 황자는 고개를 끄덕이고는 무라사키 부인의 얼굴을 뚫어져라 쳐다보다가, 눈물이 흐를 것 같은지 가버리고 말았습니다.

이 셋째 황자와 첫째 황녀는 각별히 공을 들여 키운 터라, 무라사키 부인은 두 분의 성인식을 지켜보지 못하고 죽게 될 것을 아쉽고 서운하게 생각하였습니다.

기다리고 기다리던 가을이 찾아와 병상 주변이 다소 시원해지자 무라사키 부인의 기분도 다소는 상쾌해지는 듯하였으나 자칫하면 또 용태가 원래대로 돌아갔습니다. 아직은 '몸에 스밀 정도'라는 옛 노래처럼 서늘함이 몸을 저미는 가을바람이 부는 것도 아닌데, 무라사키 부인은 이슬에 젖은 것처럼 늘 눈물로 소맷자락을 적시며 하루하루를 보냈습니다.

아카시 중궁이 궁중으로 돌아가려 하자 무라사키 부인은 좀 더 머물다 가라고 만류하고 싶으나, 주제넘는 일인 듯한데다 폐하께서 수시로 사자를 보내어 돌아오라 채근을 하는 터라 청하지 못하고 있습니다.

무라사키 부인은 아카시 중궁이 거처하는 동쪽 별채에 스스로 갈 수 있는 용태가 아니라 중궁이 이쪽으로 건너왔습니다.

그렇게 맞는 것은 무례하고 황공한 일이나, 그렇다 하여 돌아가는 중궁을 뵙지 못하면 아쉽고 허전할 듯하여 병실에 특별히 자리를 마련하였습니다.

무라사키 부인은 보기가 민망할 정도로 야위었으나, 그런 모습이 오히려 고귀하고 우아한 아름다움마저 더하니 한결 빛나는 듯 보입니다. 지금까지는 너무도 아름답고 요염한 매력에 넘쳐 화사함이 지나치다 싶을 정도로 한창이었을 때는 늘 꽃의 아름다움에 비유되곤 하였는데, 지금은 무엇에 비유할 수 없을 정도로 가련하고 애틋한 모습입니다. 이 세상의 온갖 허망함을 모두 달관한 듯 보이는 그 표정이 또 마음을 저미니 중궁은 슬픔을 가누지 못합니다.

서늘한 바람이 쓸쓸하게 부는 저녁나절에 무라사키 부인은 중궁과 함께 앞뜰에 핀 풀꽃을 보기 위해 잠시 몸을 일으켜 사방침에 기대었습니다. 겐지가 마침 그곳에 와 함께 바라보며 이렇게 말합니다.

"오늘은 용케 일어나 있군요. 중궁과 함께하니 기분도 상쾌한가 봅니다."

이 정도 소강 상태에도 사뭇 기쁜 듯이 반색을 하는 겐지의 얼굴을 보면서 무라사키 부인은 애처로운 마음이 듭니다. 자신이 끝내 숨을 거두면 겐지가 얼마나 상심하고 한탄을 할까 하고 생각만 해도 견딜 수 없이 슬퍼 이렇게 노래합니다.

깨어나 있는 듯 보이나
순간에 꺼질 내 목숨의 허망함
부는 바람에 흩어져 떨어지는
싸리꽃에 맺힌
이슬 같은 허망함이려니

실제로 부는 바람에 싸리나무 가지가 이리저리 휘청거리니 꽃잎에 맺힌 이슬이 금방이라도 떨어질 듯합니다. 하필이면 이런 때 자신의 목숨을 덧없는 이슬에 비유하다니. 겐지는 서럽고 슬픈 마음으로 앞뜰의 경치를 바라보면서 닦을 새도 없이 눈물을 흘립니다.

앞을 다투어 스러지는

허망한 이슬 같은 인간 세상에
그대 가고 나 홀로 사느니
차라리 함께 죽고 싶소이다

가을바람에 잠시도 머물지 못하고
떨어지는 덧없는 이슬이여
그 누가 풀잎에 맺힌 이슬의 운명이라고
외면할 수 있으리
사람의 목숨 또한 그렇듯 허망한 것을

아카시 중궁도 이렇게 노래를 주고받았습니다. 세 분의 용모
와 자태가 더할 나위 없이 아름다워 넋을 잃을 정도입니다. 겐
지는 이대로 천 년을 살 수는 없을까 하고 생각합니다. 허나 사
람의 목숨은 사람의 뜻대로 할 수 없는 법, 무라사키 부인의 목
숨을 구할 방법이 없는 것이 못내 안타까울 따름입니다.

"이제 그만들 돌아가세요. 기력이 다하여 고통스럽습니다.
이렇게 기진하여 몸을 가눌 수 없으니 뵙기가 송구스럽군요."

"어찌 된 일입니까."

중궁은 무라사키 부인의 손을 잡고 울면서 그 얼굴을 들여다
봅니다.

무라사키 부인은 금방이라도 사라질 이슬처럼 허망한 모습이
라 끝내 숨을 거두는 것이 아닐까 싶습니다.

당장에 송경을 부탁하러 보낼 사자들이 수도 없이 모여들어 집 안에 일대 소동이 벌어졌습니다.

이전에도 무라사키 부인은 한 번 숨이 끊어졌다가 다시 소생한 적이 있는지라, 겐지는 그때의 경험으로 귀신의 소행일지도 모르겠다고 의심하면서 밤을 새워 가지기도를 올리게 하는 등 온갖 수단을 가리지 않습니다. 허나 그 보람도 없이 날이 밝을 무렵 무라사키 부인은 끝내 숨을 거두고 말았습니다.

중궁은 궁중으로 돌아가기 전에 이렇게 임종을 지킬 수 있었던 것은 더없이 깊은 인연이었다고 절실하게 생각합니다.

모두가 이것이 인간 세상의 이치이고 피할 수 없는 당연한 사별이라는 생각은 도저히 하지 못합니다. 두 번은 없을 일인 것처럼 슬퍼하면서 새벽어둠 속에서 꾼 꿈은 아닐까 하고 정신을 차리지 못하니, 그럴 만도 한 일입니다. 슬픔에 자신을 잃지 않은 사람이 없었습니다. 시중을 들던 시녀들은 너무도 슬픈 나머지 모두 혼이 빠져나간 듯합니다.

하물며 겐지의 비탄은 위로할 길이 없으니, 가까이에 대기하고 있던 유기리 대납언을 휘장 옆으로 불러들여 이렇게 말합니다.

"이것이 마지막인 듯합니다. 지금까지 오랫동안 원하여왔던 출가의 바람을 이루지 못하고 죽음의 길로 떠나보내는 것이 가여워서 견딜 수가 없군요. 가지기도를 올리던 스님들과 독경을 하던 스님들이 모두 돌아간 것 같으나 아직 몇 분은 남아 있을 터이니. 현세를 위해서는 이미 아무런 도움이 되지 않아도 저 어두운 명토의 길이나마 잘 안내하여주십사 부처님께 부탁드려야겠습니다. 부인의 머리를 잘라달라 스님들에게 전하여주세요. 과연 그럴 수 있는 스님이 누가 남아 있을 것인지."

겐지는 애써 기운을 차리려는 표정이나, 안색도 평소와는 다르고 쉴새없이 흐르는 눈물을 참지 못하여 어쩌지 못합니다. 유기리 대납언도 무리는 아니라 여기며 슬퍼합니다.

"이번에도 귀신이 사람의 마음을 어지럽히려 한 짓일 수도 있으니, 무라사키 부인의 상태도 어쩌면 그런 것일지 모릅니다. 아무튼 출가를 하시는 것이 좋겠지요. '계를 받고 나면 단 하루 단 하룻밤 사이에도' 반드시 그 효험이 나타난다 들었습니다. 허나 이미 돌이킬 수 없는 상태라면 머리만 자른다고 해야 후세를 위한 공덕이 될 수 없을 것입니다. 오히려 그 모습 때문에 남아 있는 저희들의 슬픔만 더하지 않을까요. 어떻게 생각하시는지요."

유기리 대납언은 겐지에게 이렇게 말씀드리고, 상에 임하기 위하여 돌아가지 않고 남아 있는 스님들을 불러 필요한 것을 일일이 지시하였습니다.

'지금까지의 긴 세월 무라사키 부인에게 이렇다 할 흑심은 품지 않았지만, 언제였던가 태풍이 몰아치던 날 슬쩍 엿보았던 그 모습을 다시 한 번 보고 싶구나. 목소리 역시 희미하게나마 한번도 듣지 못하지 않았던가.'

유기리 대납언은 무라사키 부인이 마음에서 한시도 떠나지 않아 늘 그리워하였는데, 끝내 그 목소리조차 들을 수 없게 되었습니다. 이제 허망한 시신이나마 다시 한 번 보고 싶은 바람을 이룰 수 있는 기회는 지금이 아니면 달리 없다고 생각하자 체면도 아랑곳하지 않고 흐르는 눈물을 감출 수가 없습니다. 시녀들은 혼이 빠진 듯 울부짖고 있습니다.

"조용히 하세요."

유기리 내납언은 그렇게 제지하는 시늉을 하며 휘장을 들어 올리고 안을 들여다봅니다.

겐지는 희끗희끗 밝아오는 아침 햇살이 어렴풋이 비치는 가운데 등불을 시신의 가까이에 놓고 무라사키 부인의 얼굴을 지켜보고 있습니다. 숨은 이미 사그라들었으나 그 얼굴은 여전히 귀엽고 더없이 아름다우니 아쉬움이 한없이 유기리 대납언이 들여다보고 있다는 것을 알면서도 굳이 얼굴을 가려야겠다는 생각은 나지 않습니다.

"보는 바와 같이 살아 있을 때와 무엇 하나 다르지 않게 보이는데 벌써 죽음의 상이 어려 있구나."

겐지는 이렇게 말하고는 소맷자락을 얼굴에 갖다댑니다. 유기리 대납언도 눈물에 가려 앞이 보이지 않는데 가까스로 젖은 눈을 부릅뜨고 부인의 얼굴을 바라봅니다. 죽은 얼굴이기에 오히려 물리지 않으니 슬픔은 한이 없고 마음마저 혼란스럽습니다.

베갯머리에 길게 퍼져 있는 탐스럽고 윤기가 자르르 흐르는 아름다운 머리카락은 한 치의 흐트러짐도 없으니 더없이 아리따운 풍정입니다. 등불이 매우 밝아 하얀 얼굴 피부가 빛나는 듯 보입니다. 단정하게 몸단장을 하고 있는 생전의 모습보다 이렇게 무심하게 누워 있는 모습이 더할 나위 없이 아름답다고 해봐야 돌이킬 수 없는 일이니 허망하게 들릴 뿐입니다. 무엇에다 비유할 수 없으리만큼 아름다운 모습을 보고 있자니 끝내 꺼져 갈 부인의 혼이 마냥 그대로 몸에 머물러 있었으면 싶으나, 그 또한 억지스런 바람입니다.

오래도록 시중을 들어왔던 시녀들 가운데 넋을 놓고 있지 않은 자가 없는지라, 겐지가 슬픔에 겨운 나머지 분별력조차 잃고 망연자실한 마음을 스스로 다잡아 장례 절차를 이것저것 지시합니다.

지금까지 이렇듯 한스러운 경험을 여러 번 하였으나 겐지가 직접 일을 치른 적은 없는지라, 전후를 불문하고 이런 슬픔은 그 예가 없으리라 생각합니다.

돌아가신 그날 장례가 치러졌습니다. 장례 절차에는 정해진 법도가 있는 터라 언제까지고 시신만 바라보고 지낼 수는 없는 것이 한 많은 이 세상의 도리라는 것이겠지요.

드넓은 도리베노 가득 입추의 여지가 없을 정도로 엄청난 사람과 수레가 모여들어 엄숙한 장례가 거행되었습니다. 무라사키 부인은 끝내 덧없는 연기가 되어 순식간에 하늘로 올라가버리고 말았습니다. 인간사 죽음은 정해진 것이나 새삼 어쩔 도리가 없으니 너무도 허망하고 슬픈 일이었습니다.

겐지는 다리가 휘청거리고 하늘을 밟고 있는 듯한 기분이 들어 사람에게 기대어 있는데, 그 모습을 본 사람들은 그토록 장중하고 존귀한 분이 이렇듯 허망하게 가시다니 하며 눈물을 흘리고, 사람의 정리를 모르는 신분이 낮은 자들까지 안쓰러운 심정에 눈물을 감추지 못합니다. 하물며 장례에 참례한 시녀들은 꿈속을 헤매다니는 듯한 심경이니 수레에서 굴러떨어질 뻔하기도 하여 수행원들이 진땀을 흘립니다.

겐지는 그 옛날 유기리 대납언의 어머니 아오이 부인이 돌아가셨을 때를 회상합니다. 그때는 그나마 다소는 정신이 있었는지 밤하늘에 뜬 달까지 또렷하게 보았던 기억이 나는데. 오늘 밤은 슬픔을 가눌 수 없어 마음이 어지러우니 모든 분별을 잃어버린 듯합니다.

무라사키 부인은 십사일에 숨을 거두었고 장송은 십오일 새벽녘에 거행되었습니다. 아침 해가 떠올라 들판의 풀잎에 맺힌 이슬마저 숨을 곳이 없을 만큼 찬란하게 비치는데. 겐지는 그런 아침 광경을 보면서도 인간 세상의 허망함을 절실하게 느끼면서 상념에 잠겨 있습니다. 생각하면 생각할수록 이 세상에 염증이 나니 이런 생각마저 듭니다.

'부인을 앞세우고 살아 있다 하나 얼마나 남아 있을지 알 수 없는 나의 목숨. 차라리 이 슬픔을 빌미로 옛날부터 바라왔던 출가의 염원을 이루고 싶구나.'

허나 아내를 잃고 바로 출가를 하면 훗날 나약한 사람이었다

고 비판을 받게 될 것 같으니 당분간은 참고 이대로 지내야겠다
고 생각합니다. 그런 생각을 하면서도 끓어오르는 슬픔은 도저
히 견딜 수가 없었습니다.

상중이라 유기리 대납언은 이조원을 한시도 떠나지 않으니
집에도 돌아가지 않습니다. 밤낮으로 비탄에 빠져 있는 겐지의
곁을 지키면서 슬픈 마음으로 위로의 말을 건넵니다.
바람이 휘몰아치는 저녁나절, 유기리 대납언은 홀로 그 옛날
태풍이 요동을 부렸던 날을 떠올리면서 그때 얼핏 보았던 무라
사키 부인의 모습을 그리워합니다. 시신의 얼굴을 보고 마치 꿈
을 꾸는 듯한 기분이 들었던 생각을 하니 슬픔을 이겨내기가 힘
들었습니다. 사람들에게 그렇듯 슬퍼하는 모습을 보여서는 안
될 것이라 신경이 쓰이니 염주를 만지작거리면서 나무아미타
불, 나무아미타불 중얼거리고 염주를 세는 척하며 눈물을 감추
고 있습니다.

먼 옛날
얼핏 보았던
그 가을저녁을 그리워하니
죽음의 길로 건너간 새벽녘에 꾼
꿈같은 그 모습

그 꿈만 같았던 모습의 기억조차 지금은 슬퍼서 견딜 수가 없었습니다.

겐지는 존엄한 고승을 몇 명이나 불러들여 사십구일 동안의 염불행은 물론 법화경 등을 독경하도록 하였습니다. 허나 그런 모든 일이 그저 몸이 저리도록 슬플 뿐입니다.

자나 깨나 눈물이 마를 새가 없으니 겐지는 눈물로 부예진 눈으로 지내면서 자신이 살아온 날을 회상합니다.

'거울에 비친 이 얼굴을 비롯하여 여느 사람들과는 달리 모든 것이 뛰어났던 나인데. 어렸을 때 어머니와 할머니의 죽음을 당하면서 헛되고 무상한 인간 세상을 깨우치라 부처님이 가르쳐 주셨거늘 모르는 척 외면하면서 강정하게 살아왔더니, 결국은 지난날에나 앞날에나 그 예가 없을 정도로 슬픈 일을 당하였구나. 이제 이 세상에는 아무런 미련도 없다. 불도 수행의 길에 들어서기에도 아무 지장이 없을 터이나 이렇듯 슬픔을 다독이지 못하고 정신마저 아득하니, 염원하는 불도에도 발을 들여놓지 못하는 것 아닐까.'

이리 생각하니 가슴이 막힐 듯 고통스러워 아미타불에게 기도를 올립니다.

'아무쪼록 이 괴로움을 다소나마 덜 수 있도록 잊게 하여주십시오.'

천황을 비롯하여 도처에서 정성이 가득한 조문이 끊이지 않습니다. 허나 이미 출가를 결심한 겐지의 눈과 귀에는 무엇 하나 보이지도 들리지도 않고 마음에 걸리는 것은 아무것도 없습니다. 사람들에게 정신이 나갔다 여겨지고 싶지도 않고, 만년에 아내가 앞서 세상을 뜨자 나약하고 어리석은 마음으로 이 세상을 등지려 출가를 하는 것이라고 세간에 소문이 나돌면 그 또한 마땅치 않으니. 죽은 후의 평판을 염려하는 나머지 뜻대로 처신할 수 없는 자신의 신세를 한탄하였습니다.

전 대신은 조문에도 시기를 놓치지 않은 꼼꼼한 성품인지라 이 세상에 둘도 없는 무라사키 부인 같은 분이 덧없이 돌아가신 것을 유감스럽고 안타깝게 여겨 진심이 담긴 편지를 종종 보냈습니다.

쓸쓸함이 감도는 해거름, 상념에 잠겨 먼 옛날 동생인 아오이 부인이 돌아가신 것도 바로 이 계절이었다고 옛 기억을 더듬습니다.

'그때 아오이 부인의 죽음을 애석해하던 분들도 그동안 여럿이나 돌아가셨구나. 앞세우고 살아남은 사람이든, 앞서 죽은 사람이든, 허망한 이 세상에 무에 그리 차이가 있을까.'

날씨마저 슬픔을 부추기는 듯 적막하니, 아들인 장인 소장을 시켜 겐지에게 편지를 보냅니다. 구구절절 진심이 어린 조문의 말을 세세하게 쓰고 그 끝에 노래 한 수를 읊었습니다.

먼 옛날, 그 사람이 떠났던
그 가을의 슬픔이 지금 같았는데
돌아가신 분을 애도하는 눈물로
젖었던 옛적 소맷자락에
지금 또 눈물의 이슬이 맺히니

겐지는 이렇게 답가를 썼습니다.

안 그래도 가을밤은
견딜 수 없이 괴롭건만
눈물의 이슬에 젖는 슬픔이여
그 애틋함은 옛날이나 지금이나
변함없으니

"진심이 담긴 조문의 글을 거듭 받자와."

슬픈 마음을 있는 그대로 표현하면, 답장을 애타게 기다리는
전 대신이 펼쳐보고 나약한 사람이라고 비난할 터이지요. 대신
의 그런 성품을 아는지라 겐지는 이렇게 의례적으로 예를 갖추
었습니다.

그 옛날 아오이 부인이 숨을 거두었을 때 '아내의 죽음에 정
해진 옷이라고 옅은 쥐색 상복을 입고 있으나'라고 노래하였던
겐지는 무라사키 부인의 상을 당하고는 조금 더 짙은 색 상복을

입었습니다.

　행운을 타고난 행복한 사람이라도 본의 아니게 세간의 많은 사람들로부터 질투를 사거나, 높은 신분을 내세우고 거들먹거리며 주위 사람들을 곤란에 처하게 하는 사람도 있는 법인데. 무라사키 부인은 신기할 정도로 평판이 좋았으니 그다지 관계가 없는 사람들마저 부인을 칭송하였고, 별 뜻 없이 하는 사소한 일에도 칭찬이 쏟아졌습니다. 그윽하고 마음씀씀이가 너그러웠으니, 세상에 둘도 없이 성품이 훌륭한 사람이었습니다.

　그리고 큰 인연도 없었던 사람들까지도 당시에는 바람 소리 풀벌레 소리에마저 무라사키 부인의 죽음을 떠올리고 눈물을 흘리지 않는 자가 없었습니다. 하물며 부인의 모습을 한번이라도 본 사람은 애석한 나머지 언제까지고 슬픈 마음을 달래지 못하였습니다.

　오랜 세월 옆에서 시중을 들었던 시녀들은 잠시나마 부인보다 오래 산 자신의 목숨을 한스러워하면서 머리를 깎고 이 속세를 떠나 산사에서 지내려 하는 자도 있었습니다.

　레이제이 상황의 비 아키고노무 중궁도 한없는 슬픔을 구구절절한 언어에 담아 종종 편지를 보냅니다.

　초목이 메마르는
　들판의 쓸쓸함을 꺼려하여

그리운 그분은
가을에 마음을 붙이지 못하고
봄을 좋아하셨는가

"이제야 그 이유를 알겠습니다."

겐지는 슬픔을 못 이기는 나머지 분별력도 잃었으나 이렇게 씌어 있는 편지를 손에서 내려놓지 못하고 몇 번이나 바라봅니다. 풍정이 가득한 노래와 편지글로 마음의 위로를 받을 수 있는 분이라고는 이제 중궁 하나밖에 남지 않았으니, 그것으로 다소나마 슬픔을 달래는 듯합니다. 소맷자락으로 닦을 새도 없이 눈물이 흘러내리니 좀처럼 답장을 쓰기가 쉽지 않습니다.

그대는 하늘처럼 높은 중궁이 되었고
그 사람은 연기가 되어 하늘로 올라갔으니
그 높은 곳에서 내려다보세요
무상한 세상에 진력이 난 나를

겐지는 편지를 봉투에 담고도 한동안 멍하게 상념에 잠겨 있습니다.

겐지는 정신이 아득하여 요즘은 특히 넋을 잃고 멍하게 지내는 일이 많다는 것을 스스로 느끼니 그런 것을 어떻게든 감추려고 시녀들의 방에서 지내고 있습니다.

불전에 있을 때는 시녀들 몇 명만 대기시키고 차분하게 마음을 가라앉히고 근행에 임합니다. 무라사키 부인과 천년해로를 할 수 있도록 바라왔건만 사람의 목숨이란 하늘에 달린 것이라 죽음으로 이별한 것이 너무도 무상하였습니다. 지금은 극락정토에서 무라사키 부인과 같은 연꽃 위에 다시 태어나기를 바라니, 속세의 일에 아랑곳하지 않고 후세를 위하여 출가하고자 하는 마음은 조금의 흔들림도 없습니다. 허나 아직도 세간의 소문을 염려하고 있으니 안타까운 일입니다.

이레마다 치르는 법회에 대해서도 겐지는 이제 몸소 지휘를 하고 명령을 내리는 일이 없으니, 유기리 대납언이 만사를 알아서 처리합니다. 오늘이야말로 출가를 하자고 각오를 굳히는 때도 적지 않았으나, 실행에 옮기지 못하고 세월만 흐르니 모든 것이 마치 꿈만 같습니다.

아카시 중궁도 무라사키 부인을 잊지 않고 늘 그리워합니다.

환술사

저 기러기가 자유로이 날 수 있듯
넓은 하늘을 자유자재로 다니는 환술사여
부디 꿈에도 나타나지 않는
그 사람의 혼백이 어디에 있는지를 알아내어
내게 가르쳐주게나

◆ 겐지

저 세상까지 찾아가
양귀비를 찾아냈다는 환술사여
내 앞에도 나타나주었으면 싶구나
그 사람의 혼백이 어디에 있는지를 찾아내
있는 곳을 알려주면 좋으련만

◆ 기리쓰보제

🏵 제41첩 환술사(幻)

환술사는 명계와 현세를 자유롭게 오간다고 한다. 겐지가 죽은 무라사키 부인을
그리워하며 부른 노래에서 이 제목이 붙었는데, 이는 「기리쓰보」 첩에서 죽은 기
리쓰보 갱의를 그리워하는 기리쓰보 제의 노래와도 호응한다.

겐지는 무라사키 부인을 잃은 슬픔에서 헤어나지 못하니 새 봄의 화창한 햇살을 바라보면서도 가슴속에는 비애감만 가득합니다. 예년처럼 사람들이 대청마루 앞에 모여들어 새해 인사를 하는데, 겐지는 몸 상태가 좋지 않은 척하고는 발 안에서 나오지 않습니다. 반딧불 병부경이 찾아왔을 때만 체면을 차릴 필요가 없는 안쪽 방에서 대면하고 인사의 노래를 읊었습니다.

봄꽃이 피어도
내 집에는 이미
그것을 즐거워할 사람이 없는데
그대는 무엇하러
찾아왔는지요

그 노래를 들은 반딧불 병부경은 눈물을 머금고 이렇게 화답하였습니다.

매화처럼 향기로운 그대를 찾아
이렇듯 일부러 찾아왔건만
그 보람도 없이
그대는 그냥 꽃구경차
온 것이라 말씀하는 것인지요

  홍매화 나무 아래로 걸어오는 병부경의 모습이 우아하고 정
겨우니, 겐지는 이제 이분이 아니면 함께 꽃을 감상하고 즐길
수 있는 사람이 없지 않을까 하고 생각하였습니다.
  홍매화는 봉우리가 살짝 벌어져 사뭇 그윽한 아름다움을 뽐
내고 있습니다. 새봄이라 하는데 음악놀이도 하지 않으니, 이래
저래 예년과는 많은 것이 달랐습니다.

  시녀들 가운데 고참인 자는 짙게 물들인 상복을 입고 여전히
슬픔에 젖어 체념하지 못하고 돌아가신 무라사키 부인을 그리
워합니다. 요즘은 겐지가 다른 부인의 처소에 발길을 하지 않는
탓에 늘 그 모습을 가까이에서 뵈올 수 있는 것을 낙으로 삼으
며 정성껏 시중을 듭니다.
  홀로 쓸쓸히 밤을 지내게 된 후로는 지금까지 딱히 사랑한 것
은 아니나 그래도 버릴 수는 없어 정을 나누어주었던 시녀들에
게도 오히려 평범하게 대하고, 숙직을 하는 시녀들도 침소에서
멀리 떨어져 대기하게 합니다.

적적하고 따분한 마음을 달래기 위해 지나간 옛일을 떠올리며 추억담을 나누는 일도 종종 있습니다. 과거 색을 좋아하였던 마음은 죄 사라지고 없으니 한결같이 불도에 정진하여 심신이 점점 깊어짐에 따라, 그래봐야 별 대단한 것도 아닌 정사요 연애였는데 어찌하여 무라사키 부인의 마음을 그토록 상하게 하는 처신을 하였을까, 하고 후회합니다.

'한때의 바람이었든 진심 어린 애틋한 사랑이었든, 어찌하여 다른 여인에게 다정한 마음을 보여 부인의 마음을 어지럽혔던가. 부인은 총명하고 눈치 빠른 사람이었으니 내 속내를 꿰뚫어 보고 있었을 터인데 겉으로는 조금도 원망하지 않았으나, 그래도 속으로는 이 일이 앞으로 어찌 될까 하여 다소는 고뇌하였을 것이니.'

이런 생각을 하면 무라사키 부인이 가엾어 가슴이 미어지곤 합니다.

당시의 사정과 무라사키 부인의 심경을 알고 있는 몇몇 시녀들은 지금도 겐지를 모시면서 무라사키 부인이 얼마나 고통스러워하였는지를 넌지시 말씀드리는 자도 있습니다.

온나산노미야가 육조원으로 시집을 왔을 당시, 번뇌의 편린조차 내색하지 않았으나 자신의 신세가 한심하고 처량하다고 느꼈을 부인의 모습이 가슴 저리게 떠오릅니다. 특히 눈이 내렸던 새벽, 온나산노미야의 처소에서 돌아오니 시녀들이 일부러 옆문을 열어주지 않아 문밖에 서서 이러지도 저러지도 못하고 있는데, 날씨마저 흉흉하여 얼어붙을 것 같은 몸을 무라사키 부인은 상냥하게 문을 열어 맞아주었습니다. 허나 소맷자락은 눈물에 푹 젖어 있었는데 애써 감추고 아무렇지도 않은 듯 행세하였습니다. 그런 아리따운 마음씀씀이를 떠올리면서 겐지는 꿈속이라도 좋으니 다시 한 번 그 모습을 볼 수는 없을까 하고 밤이 새도록 그리워합니다.

이른 새벽, 자신의 방으로 돌아가는 시녀일까요. 이렇게 중얼거리는 목소리가 들립니다.

"어머나, 눈이 소복하게 쌓였네."

그 소리를 듣자 겐지는 그날 아침만 같은 기분이 들어 곁에 무라사키 부인이 없는 것을 더없이 한스러워합니다.

괴롭고 시름에 겨운 이 세상에서

눈이 녹아 사라지듯

모습을 감추고 싶다 생각하면서도

예기치 않게 내린 눈처럼

아직도 이 세상에 살아 있으니

겐지는 이렇게 노래를 읊고는, 마음을 가다듬으려고 평소에 하던 대로 손을 깨끗하게 씻고 근행에 임합니다.

시녀들은 묻어둔 불씨를 피워 화로를 들여놓습니다. 중납언과 중장은 가까이에서 겐지의 얘기 상대가 되어줍니다.

"어젯밤에는 잠자리가 여느 때보다 한결 허전하더구나. 이렇게 차분하게 근행에만 정진하는 인생을 살 수도 있었는데. 지금까지 속세의 정에 얽매여 있었구나."

겐지는 적적한 표정을 지으며, 무라사키 부인이 돌아가셨는데 자신마저 출가를 하고 나면 이 시녀들이 얼마나 슬퍼할까, 그 또한 가엾은 일이로구나, 하고 생각하면서 시녀들의 얼굴을 바라봅니다. 차분하게 근행을 하면서 경을 읊는 겐지의 매력적인 목소리는 듣기만 해도 눈물이 그치지 않는데, 하물며 밤낮으로 곁을 지키며 시중을 드는 시녀들의 심정이 어찌하였을까요.

"나는 현세에서 누릴 수 있는 행복은 다 누렸으니 무엇 하나 부족한 것이 없었다. 허나 고귀한 신분으로 태어난 한편, 세간의 뭇사람들과는 달리 본의 아닌 운명을 타고났다고 생각한 적이 한두 번이 아니었다. 부처님이 내게 이 세상이 무상하고 허망하다는 것을 알려주시기 위하여 미리부터 그리 정해놓은 슬픈 운명이었던 게지. 그런 것을 애써 모른 척하면서 살아온 탓에, 이렇게 죽음이 머지않은 인생의 황혼녘에 더할 나위 없는 비탄을 경험하여 내 운세가 덧없이 쓰라리다는 것을, 내 모자랐던 마음의 한계를 똑똑히 보아 오히려 마음이 편해졌다. 지금은 이 세상에 아무런 미련도 집착도 없는데. 출가를 하게 되면 요즘 들어 전보다 한층 친밀해진 그대들과의 이별의 아픔을 감당하지 못하고 괴로워할 터이지. 참으로 속절없는 일이로구나. 이렇듯 결단을 내리지 못하고 있으니."

이렇게 말하며 흐르는 눈물을 닦아내나, 쉬지 않고 흘러내리는 눈물을 감출 수가 없습니다. 그런 겐지의 모습을 보고 있는 시녀들은 더욱이 쏟아지는 눈물을 가눌 수가 없었습니다.

혹여 겐지로부터 버림을 받을지도 모른다는 불안함을 입을 모아 말씀드리고 싶으나 그러지도 못하니, 그저 눈물을 흘리며 흐느낄 뿐입니다.

이렇게 슬픔으로 지새운 아침이나 상념에 젖은 채 맞은 저녁 나절이면 더욱 마음이 적적하고 허탈하여 각별히 아꼈던 시녀들을 가까이 불러 이런 말씀을 하곤 하였습니다.

시녀 중장은 어렸을 때부터 겐지를 가까이 모시며 몸종처럼 일하여왔으니, 겐지가 가만히 두고만 볼 수 없었겠지요. 아마도 은밀히 정을 통한 일이 있는가 봅니다. 중장은 그 일로 무라사키 부인에게 죄송하고 면목 없게 생각하였으니 겐지를 그리 깊이 사모하지는 않았습니다.

허나 무라사키 부인이 돌아가신 지금, 무라사키 부인이 생전에 그 누구보다 어여삐 여겼던 시녀인지라 욕정의 대상이 아니라 부인의 유품이라 여기고 귀여워하고 있습니다.

이 중장은 성품과 용모가 반듯하고, 몸짓도 죽은 부인의 무덤에 돋은 어린 소나무처럼 왠지 모르게 무라사키 부인을 떠올리게 하는데다, 별 관계가 아닌 다른 시녀들보다 눈치도 빠르고 만사에 꼼꼼하다고 생각합니다.

겐지는 요즘 웬만큼 절친한 사람이 아니면 절대 만나지도 않습니다. 상달부 가운데에서 절친한 분들이나 형제인 친왕들이 수시로 찾아오나 일절 만나려 하지 않습니다.

'사람과 대면할 때는 슬픔을 이기고 마음을 다잡아 침착하려 하나. 지난 몇 달 동안 얼이 빠져 마치 노망이 든 듯한 이 추한 꼴로 형편없이 불평이나 투덜거려 젊은 사람들에게 폐를 끼치면 먼 훗날까지 그 수치가 남을 터이지. 슬픔을 견디지 못하여 넋이 빠져 아무도 만나지 않는다고 소문이 난다 한들 결국은 마찬가지이나. 그래도 소문만 듣고 상상하면서 어리석다 여기는 게 이 흉물스럽고 비참한 꼴을 직접 보는 것보다는 나으니.'

이렇게 생각하면서 유기리 대납언조차 발을 가린 채 만납니다.

전혀 다른 사람처럼 변하고 말았다고 세상 사람들이 수군덕거릴 것이 뻔하니, 그동안만이라도 지금까지 하던 대로 꾹 참아야 한다고 인내하고 있는 상황이라 단호하게 출가도 하지 못합니다.

어쩌다 육조원의 부인들을 만나게 되면 우선 비처럼 쏟아지는 눈물을 어쩌지 못하니 요즘은 아무에게도 전갈조차 보내지 않은 채 지내고 있습니다.

아카시 중궁은 궁중으로 돌아갔으나 위로나 삼으라고 셋째 황자를 겐지 곁에 남겨두었습니다.

"할머니께서 그렇게 하라 말씀하셨어요."

셋째 황자가 무라사키 부인의 유언에 따라 서쪽 별채 앞뜰에 있는 홍매에 각별한 정을 보이니, 겐지는 그런 황자의 모습을 보며 매우 기특하게 여깁니다. 이월이 되자 매화나무 가지에 봉오리가 맺히면서 소담스럽게 꽃을 피워 온 가지가 마치 안개가 낀 듯 뽀얗고 아름답습니다. 무라사키 부인의 유품인 홍매에 꾀꼬리가 날아와 영롱한 목소리로 지저귀니 겐지는 처소에서 나와 그 경치를 바라봅니다.

이 앞뜰에 홍매를 심고
꽃을 즐기던 사람이 떠나
주인이 없어진 이 집에
그런 줄도 모르는 척
올해도 찾아온 꾀꼬리여

겐지는 이렇게 흥얼거리면서 매화나무 사이를 거닙니다.

삼월이 되어 봄이 무르익어가면서 정원의 경치가 무라사키 부인이 살아 있을 때와 다름없이 화사함을 뽐내고 있습니다. 딱히 봄의 꽃을 감상하고자 하는 마음도 일지 않으니, 그저 무엇을 보든 무라사키 부인이 떠오르면서 마음이 어수선하고 가슴이 아픈 터라. 차라리 새소리조차 들지 않는 깊은 산 속에 들어가 이 시름에 겨운 세상을 잊고 싶은 심정만 간절합니다.

흐드러지게 핀 화사한 황매화를 보아도 단박에 눈물이 넘쳐 흐를 듯합니다. 다른 곳에서는 홑벗꽃은 지고 겹벗꽃도 한창때가 지났고, 산벚꽃은 꽃봉오리가 터지면서 등꽃이 그 뒤를 이어 짙은 색으로 피는 모양이나, 무라사키 부인은 피고 지는 꽃들의 성질을 잘 알고 있어 다양한 종류의 꽃을 있는 대로 모아 심어 놓았기에, 그 꽃들이 때를 잊지 않고 잇달아 피어 정원을 아름 답게 꾸미고 있습니다. 셋째 황자가 이렇게 말합니다.

"내 벚꽃이 피었네. 꽃이 영원히 안 떨어졌으면 좋겠어. '나 무 주변에 휘장을 치면 바람이 불어도 끄떡없을 터인데'."

이렇게 용한 생각을 해내었다는 듯 말하는 얼굴이 너무도 귀 여워 겐지는 자신도 모르게 흐뭇하게 미소를 짓습니다.

"꽃이 떨어지지 말라고 저 넓은 하늘을 덮을 수 있을 만한 소매는 없을까 하고 생각한 옛사람보다 한결 영리한 생각이로 구나."

겐지는 이렇게 셋째 황자만을 놀이 상대로 삼고 있습니다.

"너와 이렇게 사이좋게 놀 수 있는 날도 이제 얼마 남지 않았 구나. 잠시 더 연명을 한다 하여도 언젠가는 이렇게 만날 수 없 게 될 터이니."

겐지가 이렇게 말하고 또 눈물을 흘리자 황자는 마음 아픈 말 을 한다고 생각합니다.

"할머님도 그렇게 말씀하셨는데, 똑같이 불길한 말씀을 하시 는군요."

황자는 고개를 숙이고 소맷자락을 만지작거리면서 눈물을 감 추려 합니다.

겐지는 툇마루 난간에 기대어 앞뜰과 발 안을 바라보면서 상념에 잠겨 있습니다.

시녀들은 무라사키 부인을 위하여 지금도 상복을 입고 있는 자도 있으나, 겉치마로 바꿔 입은 자들도 같은 능직 감이라도 화사한 무늬가 있는 옷은 입지 않습니다. 겐지 자신도 색상은 보통이나 무늬가 없는 수수한 평상복을 입고 있습니다.

처소의 가재도구나 장식품 등도 아주 간소하게 하여 손질이 덜 가게 품을 줄이니, 모든 것이 허전하고 침울하게만 보입니다.

내가 출가를 하고 나면
죽은 사람이 정성을 다하여
꾸민 이 봄날의 뜰도
볼품없이 황폐해질 것인가

스스로 결의한 출가이기는 하나 역시 슬플 따름이었습니다.

따분함을 달랠 길이 없어 온나산노미야의 처소로 걸음을 하였습니다. 시녀에게 안겨 셋째 황자도 데리고 갔습니다. 온나산노미야의 어린 도련님과 어울려 돌아다니며 노는 모습에 지는 꽃을 아쉬워하는 마음은 그리 없어 보이니, 참으로 철이 없는 순진무구한 아이들입니다.

온나산노미야는 불전에서 경을 읽고 있었습니다. 그리 깊은 깨달음을 얻은 도심도 아닌데 마음을 어지럽힐 만큼 현세에 원한은 없으니. 평온한 생활을 하는 가운데 차분한 마음으로 근행을 하며 속세의 잡념에서 떠나 있는 모습입니다. 그 모습을 보니 겐지는 한없이 부럽고 이렇듯 사려가 깊지 못한 여인의 도심에도 미치지 못하는 자신을 유감스럽게 생각하였습니다.

알가 사발에 띄워놓은 꽃이 해거름의 아스라한 햇살을 받아 아름답게 보입니다.

"봄을 좋아하였던 무라사키 부인이 없으니 올해는 꽃의 색깔마저 맥이 없어 보이고 흥도 나지 않으나 이렇게 불전에 공양한 꽃은 보기가 좋군요. 동쪽 별채의 앞뜰에 황매화가 다른 곳에서는 볼 수 없으리만큼 소담스럽게 피었습니다. 꽃송이가 어쩌면 그리도 큰지. 꽃이 스스로 고상하게 피려 하지는 않을 터이나, 화사하고 풍요로운 느낌이 아주 볼만합니다. 심은 사람이 이미 죽고 없는 봄인 것도 모르고 예년보다 한결 아름답게 피니 마음이 애처롭습니다."

"'골짜기에는 봄도'."

온나산노미야가 별다른 생각 없이 이렇게 대답하자, 겐지는 달리 말할 수도 있을 터인데 참으로 무심도 하구나, 하고 생각합니다. '빛이 닿지 않는 골짜기에는 봄도 남의 일이고 꽃이 피고 지는 것에 마음을 쓰고 괴로워하는 일도 없으니'라는 옛 노래에도 있듯이, 속세를 떠난 여승의 몸으로 꽃이 피든 금방 떨어지든 아무런 느낌이 없다고 헤아릴 수도 있는 냉담한 말이니 말입니다.

'무라사키 부인 같았으면 별 대수로운 대화가 아니더라도, 상대가 듣고 싶어하지 않는 대답은 절대 하지 않았을 터인데.'

겐지는 이렇게 생각하며 무라사키 부인의 어린 시절부터 과연 어떤 일이 있었던가 하고 그 모습을 더듬어봅니다. 생전의 그 어떤 때에도 늘 재기와 정감에 넘치고 자상하고 그윽하였던 성품과 그 몸짓과 말투만 잇달아 떠올라, 그만 또 넘쳐흐르는 눈물을 어쩌지 못하니 참으로 괴로운 일입니다.

저녁 안개가 자욱하게 끼어 사위가 어두워진 풍정이 심금을 울리니 겐지는 아카시 부인의 처소로 발길을 돌렸습니다. 오래도록 모습을 보이지 않은 탓에 갑작스러운 방문이 놀랍기는 하였으나 아카시 부인은 과연 당황하지 않고 우아하고 기품 있게 맞아들이니, 겐지는 역시 다른 분들보다 성품이 훌륭한 분이라고 생각합니다. 허나 무라사키 부인은 아카시 부인과는 또 다른 각별하고도 깊은 멋이 있었노라고 견주어 생각합니다. 그러자 무라사키 부인의 모습이 눈앞에 떠오르고 그리움과 슬픔이 더하여 이 마음을 어찌하면 달랠 수 있을까 하고 스스로도 감당하지를 못합니다.

아카시 부인의 처소에서는 한가로이 옛이야기를 나눕니다.

"옛날부터 여자를 사랑하고 또 그에 집착을 보이는 것은 흉한 일이라는 것을 잘 알고 있었기에, 여자와 어떤 관계가 되든 이 세상에 집착이 남지 않도록 유념하여왔지요. 내가 세상으로

부터 허망하게 쫓겨나 평생을 헛되이 묻어버릴 뻔하였던 저 스마와 아카시를 유랑하던 시절에 이런저런 생각에 골몰한 나머지, 스스로 목숨을 버릴 작정으로 들과 산을 헤맨다 한들 아무런 지장도 없을 것이라 단단히 각오를 하였습니다. 그런데 이런 만년에 죽을 때가 가까운 몸이 되자 오히려 없어도 아무 상관없는 많은 것에 연루되어 지금까지 출가를 하지 못하고 지내는 것이 결국은 내 단호하지 못한 마음 탓이라 여겨지니 답답해서 견딜 수가 없구려."

겐지는 오직 무라사키 부인의 죽음만이 아쉽고 슬프다는 듯 말하지는 않으나, 아카시 부인은 겐지의 심중에 있는 슬픔을 동정하여 안쓰럽게 생각합니다.

"남 보기에는 출가를 한다 한들 그리 아깝지 않을 사람이라도 막상 출가를 하자 싶으면 가슴속에 있는 버릴 수 없는 인연이 수도 없이 떠오른다 합니다. 하물며 고귀하신 겐지 님께서 어찌 그리 쉽게 출가를 하실 수 있겠는지요. 그리 가벼운 마음으로 쉬이 출가를 하고 나면, 훗날 경솔한 짓이었다고 비난을 당하는 일도 있어 출가하지 말 것을 하고 후회하게 된다고도 합니다. 단호하게 결단을 내리지 않는 편이 결국은 도심도 깨끗하여 견고한 경지에 높이 오르지 않을까 생각됩니다. 선인들의 예를 들어보아도 마음에 동요가 있거나 뜻대로 되지 않는 일이 있어 속세를 버릴 결심을 한다고 하는데. 허나 그런 경우는 역시 바람직하지 않다고 들어 알고 있습니다. 당분간은 출가를 너무 깊지 생각하지 마시고 보류하세요. 중궁의 어린 황자들이 성장하여 동궁의 자리에 확고히 오르는 것을 지켜보셔야지요. 그때까지는 지금과 변함없이 지내시는 것이 소인들에게는 안심이요 기쁨입니다."

이렇게 사려 깊은 제안을 하는 아카시 부인의 태도가 실로 정중합니다.

"그렇듯 여유롭게 지내는 것이 사려 깊은 것이라면 차라리 사려가 깊지 못한 편이 낫겠구려."

겐지는 이렇게 말하고 지난날 슬펐던 이런저런 추억을 얘기합니다.

"후지쓰보 님이 돌아가신 봄의 일이었지요. 그 봄에는 꽃을 보아도 정말 '후카쿠사 들판에 핀 벚꽃이여/너에게 사람의 정리를 이해하는 마음 있다면/올해만큼의 잿빛으로 피어라'라는 옛 노래처럼 심경이 착잡하였습니다. 나는 어렸을 때부터 이 세상 그 누가 보아도 더없이 아름다웠던 후지쓰보 님의 모습을 가까이에서 보면서 가슴 깊이 새겨왔기에 돌아가셨을 때 슬픔도 다른 사람의 곱절은 깊었지요. 그렇듯 애석한 정이라는 것은 그 사람에게 품었던 애정에 좌우되는 것도 아닌가 봅니다. 오랜 세월을 함께하였던 사람을 앞세우고 체념하지 못하여 슬픔을 가누지 못하는 것 또한 그저 부부 사이였기에 슬픈 것도 아니지요. 어렸을 때부터 내 손으로 키웠던 무라사키 부인과 그동안에 있었던 많은 일들, 그리고 만년이 되어 그 사람을 먼저 보내고 이 세상에 홀로 남은 자신의 신세가 떠오르니 그 슬픔을 견디기 어려운 것입니다. 마음을 저미는 정취, 고급한 취미와 교양, 흥겨웠던 풍류, 그런 모든 추억이 넓고 풍요로울수록 슬픔이 깊은 듯합니다."

이렇게 밤이 깊도록 옛날 얘기와 지금의 얘기를 나눕니다. 그대로 이곳에 묵어도 좋을 것이라 생각하면서도 역시 발길을 돌려 돌아가니 아카시 부인도 아쉬움이 절실하였겠지요.

겐지 자신 역시 내 마음이 묘하게 변하였구나, 하고 절감합니다.

자신의 처소로 돌아온 후에도 겐지는 여느 때처럼 근행에 임하고는 늦은 밤이 되어서야 누워 눈을 붙입니다.

다음날 아침 아카시 부인에게 편지를 보냈습니다.

북쪽 나라로 돌아가는 기러기가 울어대듯
어젯밤에는 울면서
그곳에서 돌아왔구나
어차피 잠깐 살다 가는 세상
어디에나 영원히 살 곳은 없으니

편지에는 이렇게 씌어 있었습니다. 아카시 부인은 어젯밤 겐지가 묵지 않고 돌아간 처사를 한스럽게 생각한 듯하였습니다. 그러나 비탄에 젖은 나머지 전혀 다른 사람처럼 넋을 잃은 모습이 너무도 안되었기에 자신의 한은 금세 잊어버리고 눈물을 머금습니다.

> 기러기가 노닐었던 못자리에
> 물이 마른 후로는
> 물에 비친 꽃그림자마저
> 보이지 않게 되었으니
> 그대의 모습도 전혀 보이지가 않아

아카시 부인의 편지는 여느 때와 다름없는 그윽하고 교양 있는 필적입니다.

'무라사키 부인이 처음에는 아카시 부인을 미워하였으나 결국에는 서로가 마음을 주고받을 수 있는 사람으로 신뢰하며 소통을 하였었지. 그렇다 하여 마음을 온전히 허락하여 지나치게 친밀하게 대하지는 않았으니. 아카시 부인을 나무랄 데가 없는 정중한 태도로 대우하였는데, 아카시 부인은 그런 무라사키 부인의 마음씀씀이를 속속들이 헤아리지는 못하였을 것이야.'

겐지는 이렇게 또 옛일을 떠올립니다. 견딜 수 없이 적적할 때에는 간혹 이렇게 얼굴을 내보이나 옛날처럼 묵는 일은 전혀 없습니다.

사월이 되자 하나치루사토가 여름철 갈아입을 옷에 덧붙여 노래를 보내왔습니다.

　여름철 옷으로 갈아입을
　오늘 이날이야말로
　해마다 여름옷을 손수 지으셨던
　돌아가신 분에 대한 그리움이
　한결 더하겠지요

노래를 보고 겐지는 이렇게 답하였습니다.

　매미 날개처럼 얇은
　여름철 옷으로 갈아입는 오늘은
　매미 허물처럼 허망하고 적적한
　이 세상이 더없이 슬프게 느껴지니

가모의 축제가 있는 날입니다.
　'오늘은 사람들이 축제를 즐거이 구경하겠구나.'
　겐지는 하릴없이 가모 신사의 축제 모양을 상상하고 있습니다.
　시녀들이 매우 따분해할 것 같으니 집으로 돌아가 구경을 하고 오라고 이릅니다.
　동쪽 마루방에서 선잠을 자고 있는 중장에게로 살며시 다가가 그 모습을 들여다보니 자그마하고 가련한 몸집이었습니다.

중장이 화들짝 놀라 깨어나니 화사하게 반짝이는 얼굴이 잠을
잔 탓에 발그스름하게 물들어 있습니다. 살며시 그 얼굴을 가리
려 하는데, 흐트러진 부드러운 머리카락이 볼에 붙어 있어 참으
로 아름답게 보입니다. 붉은 노란색이 감도는 바지에 원추리색
홑옷, 짙은 청색 겉옷에 검은 윗도리를 겹쳐 입고 있는 차림새
가 다소 느슨하게 풀어져 있습니다. 절반쯤 벗은 당의와 겉치마
를 서둘러 끌어올립니다. 겐지는 중장 곁에 놓여 있던 접시꽃을
손에 들고 농담을 건네듯 말합니다.

"이 풀 이름이 뭐라고 하였던가. 잊어버렸구나."

　　그처럼 저를 까맣게 잊었다 하여도
　　오늘 축제의 머리에 꽂을 접시꽃
　　만날 날을 뜻하는 그 이름마저
　　잊으시다니요

　중장은 부끄러워하면서 이렇게 노래하였습니다. 겐지는 과연
이 중장만은 사랑스러우니 버릴 수 없다는 기분이 듭니다.

　　이 세상의 수많은 집착을
　　다 버렸다 여겼는데
　　오늘 만난 접시꽃만은
　　또 꺾는 죄를 범할 듯하니

오월 장마철에는 기분이 더욱 처져 울적하게 지낼 수밖에 없었습니다. 온갖 것이 다 적적하기만 한데, 구름 사이로 열흘 날의 달이 둥실 떠오른 환한 밤의 일이었습니다. 유기리 대납언이 겐지를 찾았습니다.

달빛 아래 선명하게 드러난 귤꽃으로 바람이 부니 은은한 향기가 사방에 풍깁니다. 옛 노래에 '천세를 울리는 소리'라 읊었던 두견새 지저귀는 소리가 들리지는 않을까 하여 기다리는데 갑자기 구름이 번지기 시작하니 정말이지 안타까운 일입니다. 단박에 세찬 비가 소리 내어 쏟아지고 바람까지 휘몰아치니, 등잔의 불꽃이 흔들리다가 꺼져버리고 하늘마저 캄캄해졌습니다.

으스스하고 어두운 밤
창을 때리는 빗소리

그때 겐지가 널리 회자되는 옛 시를 읊으니, 때에 잘 어울리는 탓인가 '그리운 님이 사는 집'에서 지저귀게 하고 싶다는 두견새 소리처럼 돌아가신 무라사키 부인에게 들려주고 싶은 목소리입니다.

"이렇게 홀로 사는 것에 예전과 그리 다른 일은 없으나 유독 허전하구나. 출가를 하여 깊은 산 속 산사에서 지낼 때를 위하여 지금 이렇게 홀로 사는 생활에 자신을 길들여놓으면 더없이 마음이 맑아질 듯하구나. 누구 게 없느냐. 과일이라도 좀 들여 오너라. 요란스럽게 남자들을 부를 시간도 아니니."

겐지가 이렇게 말하였습니다. 마음속으로는 오직 하늘만 바라보며 돌아가신 무라사키 부인을 그리워하고 있을 겐지의 모습이 너무도 처량하게 보입니다. 유기리 대납언은 이렇게 돌아가신 분만 생각하느라 슬픔을 달래지 못하니 깨끗한 마음으로 근행에도 전심하기는 어렵지 않을까 하고 생각합니다.

'그 옛날 몰래 엿본 무라사키 부인의 모습조차 뇌리에서 떠나지 않는 것을. 하물며 아버님은 어떠하랴.'

"돌아가신 것이 바로 엊그제만 같은데 일주기가 다가오고 있습니다. 법회는 어찌하실 작정인지요."

"세상 여느 사람들이 하는 것 이상으로 거창하게 할 마음이 없습니다. 부인이 뜻과 정성을 모아 만들어놓은 극락 만다라를 공양하는 것이 좋겠어요. 부인의 발원으로 쓰게 한 경문 등도 많으나, 그것은 예의 승도가 발원의 취지를 자세하게 들어두었다 하니, 그밖에 할 것이 있으면 승도에게 물어 하라는 대로 하면 될 터이지요."

"생전에 그러한 공덕을 쌓아두신 것은 후세의 안락을 위해 더없이 듬직한 일이나. 이 세상에는 인연이 짧아 단명한데다 유품이라 할 만한 자손을 남기지 못한 것이 무엇보다 유감스럽습니다."

"이 세상에 인연이 짧아 그런 것이 아닙니다. 오래도록 함께한 다른 부인들 역시 자손을 생산하지 못하였으니 내게 자식복이 없는 게지요. 내가 박복한 것입니다 그대야말로 자식복이 많으니 가문을 번성시키도록 하세요."

겐지는 만사에 인내가 부족한 자신의 박약한 의지가 부끄러워 지난 옛일은 구구절절 이야기하려 하지 않습니다. 그때 기다리고 기다리던 두견새 울음소리가 저 멀리에서 희미하게 들려오니 '두견새 어찌 알고'라는 옛 노래가 떠오르면서 마음이 술렁거렸습니다.

죽은 사람 그리워
저 먼 죽음의 산에서
저녁 소나기에 젖으며
훠이훠이 날아왔는가
쓸쓸히 우짖는 저 두견새여

겐지는 이렇게 노래하고 무라사키 부인을 그리워하면서 밤하늘을 물끄러미 올려다봅니다.

두견새여
그분에게 전해다오
고향집의 귤꽃이
지금 한창 화사하게 피어
향기를 풍기고 있다고

유기리 대납언은 이렇게 답가를 읊었습니다.

시녀들도 차례차례 노래를 함께 나누었으나 이 자리에는 쓰지 않으려 합니다.

유기리 대납언은 겐지 곁을 지키며 그대로 묵기로 하였습니다. 홀로 자는 잠자리가 허전할 것을 염려하여 유기리 대납언이 이렇게 찾아와 묵곤 하는데, 무라사키 부인이 살아 계셨을 때는 그토록 가까이하기 어려웠던 침소 주변을 지금은 쉽게 가까이 할 수 있습니다. 이래저래 무라사키 부인의 생전을 떠올리는 일이 많아졌습니다.

무더위가 견디기 힘든 유월, 겐지는 시원한 연못가 건물에서 상념에 잠겨 있습니다. 연못에 핀 연꽃이 지금이 한창때라 고운 자태를 자랑하는데, '사람의 몸에는 얼마나 많은 눈물이 있는 것일까'라는 사람의 죽음을 애도하는 옛 노래가 떠오르니, 혼이 빠져나간 듯 망연하게 생각에 잠겨 있는 사이에 어느덧 해가 지고 말았습니다. 쓰르라미 울음소리가 구성지게 들려오는 가운데, 뜰 앞에 핀 패랭이꽃이 저녁노을 속에 빛나는 것을 홀로 보아야 하니 아무런 멋이 없습니다.

하릴없는 따분함에

여름날을 울며 지내자니

사뭇 내 잘못인 양

뭐라 투덜거리듯

울어대는 쓰르라미 소리여

　이렇게 노래하고 무수한 반딧불이가 어지럽게 나르는 광경을 보면서도 '석전에 반딧불이 날고 마음은 초연하기 그지없도다'라는 옛 시를 읊으니, 마치 현종 황제가 양귀비를 그리워하는 듯한 내용의 노래와 시만을 흥얼거립니다.

밤이 되었음을 알고

빛을 내는 반딧불을 보아도

슬퍼지는 것은

밤낮없이 타올라도

다하지 않는 내 그리움 탓이니

　칠월 칠일 칠석날 밤에도 예년과 다른 것이 많으니 겐지는 음악놀이도 열지 않고 하루 종일 홀로 따분하게 생각에만 잠겨 있었습니다. 견우와 직녀의 만남을 지켜보는 시녀조차 곁에 없습니다. 날이 밝으려면 아직 멀었는데 홀로 잠을 이루지 못하고 옆문을 밀어 열자 건널복도 너머로 밤이슬에 젖어 반짝이는 수풀이 보입니다. 하여 툇마루로 나와 앉아 또 노래 한 수를 읊조립니다.

견우와 직녀가 해후하는
어젯밤의 만남은 구름 위의 일이니
오늘 아침 별들의 이별의 눈물이 쏟아지는 뜰에
내 슬픈 눈물의 이슬도 곁들이지요

바람소리조차 예사롭지 않고 가슴을 저미듯 가을이 깊어가는 팔월, 무라사키 부인의 일주기 법회를 준비하느라 다소 슬픔을 잊은 듯 보입니다. 무라사키 부인이 이 세상을 떠난 후부터 지금까지의 세월을 용케도 살아남았으니, 자신이 생각해도 어처구니가 없다는 심정으로 날을 보내고 있습니다. 기일에는 신분의 상하를 막론하고 모두들 결제정진을 하였습니다. 무라사키 부인이 생전에 만들어놓은 만다라 등을 공양하였습니다. 초야의 근행 때, 겐지에게 손 씻는 물을 바치는 중장의 부채에 이런 노래가 적혀 있었습니다.

돌아가신 주인님을
그리워하는 나의 눈물은
한없이 넘쳐흐르는데
오늘 이 일주기를
무엇의 끝이라 하는 것인지요

겐지는 손에 쥔 부채에 이런 노래를 곁들었습니다.

죽은 사람을 그리워하는
나의 몸 역시 늙어
목숨이 다하여가고 있는데
눈물만 한없이
흐르고 흘러

　구월이 되자 구일 중양절에 솜을 씌운 국화를 바라보면서 겐
지는 이렇게 노래합니다.

지난밤 꽃에 씌운 솜
그 옛날에는 죽은 사람과 함께 일어나
바라보며 장수를 기원하였던
국화의 아침 이슬도
이 가을 홀로 남은 내 옷자락에
떨어지는 눈물의 이슬이 되니

　시월은 안 그래도 부슬부슬 찬비가 많은 계절입니다. 겐지는
더욱더 침울한 상념에 잠겨 눈물로 저녁나절의 하늘을 올려다
보며, 말할 수 없는 쓸쓸함에 '시월에는 언제 찬비가 내리냐'라
는 옛 노래를 홀로 읊조립니다. 눈물에 소맷자락 마를 날이 없
습니다. 쌍을 이루어 하늘을 질러가는 기러기의 날개가 자신에
게 있다면 저 먼 하늘 너머에 있는 무라사키 부인에게로 날아갈

수 있을 터인데, 하고 부러워합니다.

저 기러기 자유로이 날 수 있듯
넓은 하늘을 자유자재로 다니는 환술사여
부디 꿈에도 나타나지 않는
그 사람의 혼백 어디에 있는지를 알아내어
내게 가르쳐주게나

무슨 일을 하든 죽은 사람을 그리워하는 애달픔은 가시지 않
으니, 세월이 흘러도 비애감만 더할 뿐입니다.

십일월은 고세치라 하여 세상 사람들이 알게 모르게 들뜨는
시절, 유기리 대납언의 자제들이 동전상이 되어 아버지와 함께
인사차 겐지를 찾았습니다. 둘은 나이가 비슷한 또래인데 그 모
습이 아주 귀엽습니다.

숙부인 두중장, 장인 소장 등도 신사에 봉사하는 소기 역인지
라 푸른 물을 들인 소기의 관복을 입은 상큼한 모습으로 어린
도련님들을 모시고 함께 왔습니다. 티 없이 해맑은 어린아이들
을 보니, 겐지는 그 옛날 그늘의 덩굴을 머리에 꽂은 무희에게
연심을 품고 가슴 설레었던 고세치 날의 일이 떠오르겠지요.

풍명절회에 초대되어
궁중 사람들이 서둘러 출사한 오늘

나는 햇살도 보지 않고

적적하게 하루를 보내니

올 한 해를 이렇듯 참고 견디며 지내온 끝에 드디어 출가를 하여 속세를 떠날 때가 다가왔노라고 마음을 굳히니, 만사에 감회가 그치지 않습니다. 출가에 필요한 일들을 마음속으로 생각하면서 이것이 마지막이라고 요란스럽게 내보이지는 않으나 집안일을 하는 사람들에게도 신분에 맞게 각각 유품을 나누어 줍니다. 가까이에서 모시는 시녀들은 마침내 출가의 뜻을 실행에 옮기시려나 보다고 헤아리며 한 해가 저물어가는 것을 한없이 서러워합니다.

여인들에게서 받았던 흉물스러운 연문 등도 찢어버리기는 아까웠던 터라 지금까지 조금씩 남겨두었는데 그것이 발견되자 시녀들을 시켜 찢어버리라 이릅니다.

스마를 유랑하던 시절에, 도처의 여인에게서 온 편지 가운데 무라사키 부인의 필적이 있는 편지만 따로 갈라 묶여 있었습니다.

제 손으로 한 일일 터인데, 그것조차 먼 옛날 일이었다고 생각합니다. 지금 막 써내려간 듯한 먹물의 색이 '필적은 천년의 유품이 되니'라는 옛 노래처럼 그야말로 천 년을 썩지 않을 유품이 될 듯하였습니다. 그것도 출가를 하고 나면 볼 일이 없을 터이니, 새삼스럽게 남겨둘 필요가 없는지라 친근한 시녀 두세

명에게 명하여 보는 앞에서 찢어버리도록 하였습니다.

그리 깊은 사이가 아니었다 하여도 죽은 사람의 필적이라 생각하면 가슴이 찢어질 터. 하물며 무라사키 부인이 보낸 편지를 보고는 눈앞이 아득하여, 그것이 부인이 필적인지조차 알아볼 수 없을 정도로 눈물이 글자 위로 쏟아집니다. 시녀들이 그러한 모습을 기개가 없다 여길 것이라 헤아려져 자신이 부끄럽고 민망하여 편지를 저쪽으로 밀어냅니다.

죽음의 산을 넘어
저세상으로 가버린 사람이
못내 그리워 뒤를 쫓으려 하는데
그 사람이 남긴 족적을 보면서
나는 아직도 주저할 뿐이니

곁을 지키고 있는 시녀들도 제대로 펼쳐보지는 못하나 무라사키 부인의 필적이라는 것을 암암리에 알 수 있으니 슬픔에 마음이 혼란스러웠습니다.

이 시름에 겨운 세상에서 겐지가 그리 멀지는 않으나 스마로 떠나 이별하였던 때의 슬픈 마음을 있는 그대로 표현한 편지였습니다. 그 글귀를 보자 당시보다 한층 더한 슬픔이 밀려와 견딜 수 없어 마음을 달랠 길이 없었습니다. 한없이 괴롭고 허전하나 더 이상 이성을 잃으면 남보기에 나약하고 흉물스러울 것

같으니 편지를 제대로 보지도 않고 무라사키 부인이 자잘하게
써놓은 글 옆에 노래를 한 수 곁들이고 모두 태워버렸습니다.

　　이런 글 나부랭이를 그러모아본들
　　그 사람이 죽은 지금
　　아무런 소용이 없으니
　　그 사람 연기가 되어 사라진
　　넓은 하늘로 연기가 되어 날아오르는 것이 좋으리

　겐지는 올해가 마지막이라고 여기는 탓인가 십이월 십구일부
터 사흘 동안 있었던 불명회에서도 독경 소리에 맞추어 흔드는
석장 소리의 울림을 한결 감개무량하게 들었습니다. 겐지의 장
수를 기원하는 도사의 목소리를 부처님께서 과연 뭐라 들으실
까 부끄럽기만 할 따름입니다.
　눈이 펄펄 내리더니 소복하게 쌓이고 말았습니다. 겐지는 돌
아가려는 도사를 불러놓고 술잔을 내렸습니다. 관례보다 후하
게 노고를 치사하며 많은 기념품도 희사하였습니다.
　오래도록 육조원의 문턱을 드나들었고 조정에서도 중책을 맡
아 익숙한 도사의 짧게 깎은 머리가 하얗게 세어 있는 것을 또
감개에 젖어 바라봅니다.
　친왕과 상달부 등도 여럿이 자리를 함께하였습니다. 매화가
드문드문 피기 시작하여 정취가 그윽하니 음악놀이를 하여도

좋을 때이거늘. 올해에는 음악 소리만 들어도 울음이 새어나올 듯하여 계절에 어울리는 시만 낭송하게 할 따름입니다.

도사에게 술잔을 건네며 겐지는 이렇게 노래하였습니다.

내 목숨이 과연
봄까지 붙어 있을지
그렇기에 오늘
이 눈이 쌓여 있는 동안은
피기 시작한 매화 가지를
머리에 꽂기로 하지요

이 노래에 도사는 이렇게 화답하였습니다.

몇천 년에 걸쳐 봄에 만나는
매화꽃처럼
그대의 장수를 기원하였으나
내리는 눈과 함께
내 머리는 하얗게 세어가니

다른 사람들도 많은 노래를 지어 읊었으나 그만 생략하기로 하겠습니다.

겐지는 그날에야 비로소 오래도록 스스로 갇혀 있었던 방에서 밖으로 나왔습니다. 그 얼굴과 모습이 그 옛날 빛나는 겐지라 칭송받았던 빛나는 아름다움에 더하여 한결 빛이 나는 듯하니. 마치 이 세상 사람이 아닌 것처럼 아름답습니다. 노승은 감격의 눈물을 흘리며 흐느꼈습니다.

"귀신 쫓기 놀이를 하고 싶은데 무엇을 해야 큰 소리가 날까요."

올해도 다 지나간 것을 허망하게 여기고 있는데 어린 셋째 황자가 뛰어다니면서 재롱을 피우니 그 사랑스러운 모습을 이제는 볼 수 없을 것이 견딜 수가 없어 또 노래를 읊었습니다.

상념에 젖어
지나가는 세월도
모르는 동안
올해도 내 생애도
오늘로 끝나는 것일런가

겐지는 정월 초순에 치르는 연례 행사를 올해는 각별히 성대하게 치르라고 명합니다. 친왕들과 대신에게 선물할 물품과 많은 사람들에게 하사할 축의품 등, 더할 나위 없는 것들로만 준비를 하였습니다.

구름 저 너머로 雲隱

이 첩은 제목만 있을 뿐, 내용은 없다. '구름 저 너머로' 란
겐지의 죽음을 상징하는 말로, 「겐지 이야기」 전 54첩에는 포함되지
않는다. 이 첩을 경계로 이야기는 겐지의 다음 세대인
니오노미야와 가오루를 중심으로 펼쳐진다.

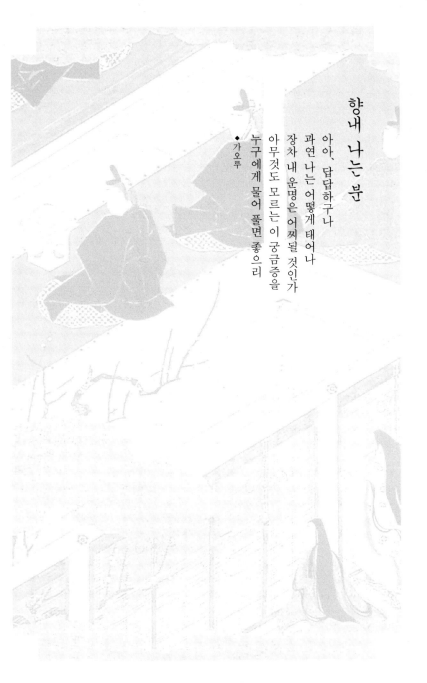

향내 나는 분

아아, 답답하구나
과연 나는 어떻게 태어나
장차 내 운명은 어찌 될 것인가
아무것도 모르는 이 궁금증을
누구에게 물어 풀면 좋으리

◆ 가오루

✿ 제42첩 향내 나는 분(匂宮)

匂宮은 '니오노미야'라고 읽는다. 겐지가 죽은 후, 사람들의 동정이 그려진다. 차세대의 주인공으로 니오노미야와 가오루(薫)가 소개된다. 세상 사람들은 그 둘을 일컬어 "향내 나는 병부경 니오노미야, 향기 나는 중장 가오루"라고 상찬한다.

겐지가 죽은 후 그 자손 가운데에는 겐지의 빛나던 모습과 영화로웠던 세평을 물려받은 이가 좀처럼 없었던 모양입니다. 퇴위한 레이제이 상황을 자손으로서 애기하는 것은 황공한 일이지요.

지금의 천황과 아카시 중궁 사이에서 태어난 셋째 황자와 이 황자와 육조원에서 함께 어린 시절을 보낸 온나산노미야의 아들, 이 두 분이 기품 있고 아름답다고 평판이 나 있습니다. 과연 두 분 모두 용모가 출중하나 눈이 부실 만큼의 미모는 아닌 듯합니다. 다만 세간의 보통 사람들보다는 품위가 있으면서 어엿하고 화사한 아름다움에 덧붙여 겐지의 자손이라는 점 때문에 사람들이 존경하고 소중하게 여기니, 그 옛날 젊었던 시절 겐지의 인기와 위세를 다소 웃돌 정도입니다. 그런 이유로 인하여 두 분 모두 더없이 훌륭하게 보이는 게지요.

셋째 황자는 무라사키 부인이 각별한 애정을 품고 소중하게 키웠던 터라 지금도 이조원에 살고 있습니다. 첫째 황자는 동궁이란 고귀하고 중요한 신분이니 천황이나 아카시 중궁이 격을 달리하여 대우하는 것은 당연한 일. 그런 한편으로 두 분 모두 셋째 황자를 유독 귀여워하고 소중하게 여깁니다. 그 때문에 곁에 두고 싶어 궁중으로 들이려 하였으나 본인은 이조원에서 지내는 것이 마음 편하다 생각합니다.

셋째 황자는 성인식을 치른 후에 병부경이 되었습니다.

누님인 첫째 황녀는 무라사키 부인의 처소였던 육조원 남쪽 침전의 동쪽 별채를 생전에 사용하였던 꾸밈새 그대로 손대지 않고 살고 있습니다. 앉으나 서나 무라사키 부인을 그리워하고 있습니다.

셋째 황자의 형님인 둘째 황자는 유기리 우대신의 둘째 딸과 결혼하였는데, 평소에는 궁중의 응화사에서 지내다가 간혹 같은 육조원의 침전을 휴식처로 삼고 있습니다. 이분은 동궁에 이은 동궁 후보자로 성품도 반듯하고 세상 사람들로부터도 각별하게 여겨지고 있습니다.

유기리 우대신에게는 딸이 아주 많은데, 동궁비로 입궁한 큰딸은 달리 총애를 다툴 경쟁자가 없는 상황입니다.

그 아래 딸들도 모두 차례차례 동궁의 형제에게 시집을 갈 것이라 사람들은 말하였고, 아카시 중궁도 그렇게 여기고 있었습니다. 허나 병부경에게는 그럴 마음이 없으니, 자신의 의지와 무관한 혼담은 원치 않는 듯합니다.

유기리 우대신도 모두들 판에 박은 듯 황자들과 격식에 얽매인 결혼을 할 것까지야 없다고 생각하며 보류하고 있습니다. 그래도 황자 쪽에서 딸을 아내로 맞겠다는 의향을 보이면 거절하지는 않겠노라는 뜻을 보이며 애지중지 키우고 있습니다. 그 가운데에서도 여섯째 딸은 나야말로 마땅한 배필이라고 자신하는 친왕들과 귀공자들의 선망과 쟁탈전의 대상이며 번뇌의 씨앗이었습니다.

육조원에 살고 있던 많은 부인들도 겐지가 죽은 후에는 만년의 거처라 정해진 곳으로 눈물을 흘리며 일신을 옮겨 갔습니다.

하나치루사토는 겐지에게 유산으로 받은 이조원의 동원으로 거처를 옮겼습니다.

온나산노미야는 삼조궁에 살고 있습니다. 아카시 중궁은 궁중에만 있으니 육조원은 거처하는 사람 수가 적어 휑해지고 말았습니다.

"예로부터의 예를 남의 일로 보고 들으니. 그 사람의 생전에는 정성으로 만들어 살았던 자택이 흔적도 없이 버려져 인간 세상의 무상함을 보여주는 것은 애석하고 허망한 일이로다. 내가 살아 있는 동안만이라도 이 육조원을 잘 손질하여 사방 대로에 사람들의 소통이 끊이지 않도록 하고 싶구나."

유기리 우대신은 이런 자신의 생각을 말하며 일조궁의 온나니노미야의 거처를 하나치루사토가 살았던 동북쪽의 침전으로 옮기고 구모이노카리 부인이 사는 삼조 자택과 번갈아 하룻밤씩 성실하게 다니고 있습니다.

훌륭하게 지어 가꾸고 손질하였던 이조원과 육조원의 봄의
침전이라 불리며 세간에 그 명성을 떨쳤던 금전옥루는 지금 아
카시 부인의 자손들을 위한 거처가 되었습니다. 아카시 부인은
많은 자손들의 뒤를 돌보면서 살아가고 있습니다.

유기리 우대신은 돌아가신 아버지 겐지의 뜻을 받들어 모든
부인을 겐지의 생전과 무엇 하나 다름없이 지아비 된 마음으로
공평하게 보살피고 있습니다.

'무라사키 부인이 이 부인들처럼 오래 살아 계셨다면 성심을
다하여 보살펴드렸을 터인데. 내가 특별한 호의를 품고 있다는
것도 모르는 채 돌아가시고 만 것이 못내 아쉽고 슬프구나.'

유기리 대신은 이렇게 생각하였습니다.

세상 사람들은 한결같이 겐지를 그리워하니 온 세상이 마치
불이 꺼진 듯하고 무엇을 하여도 본때가 나지 않는 것을 한탄하
였습니다.

하물며 육조원에서 겐지를 가까이 모셨던 시녀들이나 부인
들, 황자들은 말할 필요도 없으니. 겐지는 물론이요 무라사키
부인의 기억이 언제까지고 남아 있어 무슨 일이 있을 때마다 떠
올리지 않을 수 없었습니다.

봄날에 꽃이 만발하는 시기가 그리 오래지 않기에 한층 애착
이 깊은 것도 마찬가지 이치일 터이지요.

겐지가 특별히 부탁하였던 터라 레이제이 상황은 온나산노미 야의 아들을 끔찍하게 보살피고 있습니다. 중궁이 황자를 생산 하지 못하였기에 아쉽고 허전하였는데 기꺼이 후견을 맡아 장 래를 기대하며 의지하고 있습니다.

성인식도 상황전에서 치렀습니다. 열네 살 이월에 시종이 되 었고, 그해 가을 우근위 중장이 되었습니다. 상황의 은혜로운 보살핌 덕분에 연급도 받으며 승진도 하였습니다. 무엇이 그리 조급한지 서둘러 4위로 승진을 시키고 일찌감치 제몫을 하도록 한 것입니다.

레이제이 상황의 어전 옆에 있는 별채를 중장의 거처로 할애 하고 상황께서 몸소 방을 어찌어찌 꾸미라 일일이 지시를 합니 다. 젊은 시녀와 시동, 허드렛일을 하는 아랫것들까지 용모가 빼어난 자들로 고르니 황녀를 맡는 의식보다 한층 화려하고 훌 륭하였습니다.

레이제이 상황과 아키고노무 중궁의 시중을 드는 시녀 가운 데에서 용모가 출중하고 품위가 있어 무난한 자는 모두 이쪽으 로 옮겨 왔습니다. 중장이 이 레이제이 상황의 거처를 쾌적하게 여기고 기뻐하도록 만사에 빈틈 없이 신경을 쓰니, 중장을 지나 치다 싶을 정도로 특별하게 보살펴야 할 분이라고 생각하는 듯 합니다.

돌아가신 전 대신의 딸이며 레이제이 상황의 후궁 고키덴 여 어가 생산한 황녀가 오직 하나 있어 더없이 소중하게 키우고 있으니, 중장에 대한 마음씀씀이가 그에 못지않습니다. 아키고노무 중궁에 대한 레이제이 상황의 총애는 날로 깊어갑니다. 자손이 없으니 그 앞날을 위해 이리도 중장을 어여삐 여기는 것일 터이나, 이렇게까지 하지 않아도 되지 않을까 싶을 정도입니다.

중장의 어머니인 온나산노미야는 지금은 오직 차분하게 근행에만 정진하고 있으니, 다달이 여는 염불회, 한 해에 두 번 갖는 법화팔강법회를 비롯하여 때맞추어 불사에만 전념하는 단순한 생활을 하고 있습니다. 온나산노미야는 삼조궁을 드나드는 중장을 마치 부모처럼 의지하니 그것이 안타까워 중장은 자주 어머니를 찾아 뵙습니다.

레이제이 상황이나 폐하께서 수시로 불러들이는데다 동궁을 비롯하여 둘째, 셋째 황자와도 절친한 친구로 늘 부름이 있는 터라 중장은 틈이 없을 정도로 늘 분주합니다. 힘에 부쳐 몸이 둘이 될 수는 없을까 하고 생각합니다.

중장은 어렸을 때 자신의 출신 내력에 대하여 얼핏 들은 적이 있어 줄곧 이상히 여기며 어떻게 된 사연일까 하고 염두에 두고 있으나, 물어 확인할 상대가 없습니다. 어머니인 온나산노미야가 자신이 털끝만큼이나마 그 비밀을 눈치채고 있다는 것을 알게 되면 몹시 꺼림칙하게 여기리라 생각하니, 물어볼 수도 없어 그 후로는 내내 마음속에만 간직하고 있습니다.

"대체 어떤 사연이 있었던 것일까. 무슨 인과로 이렇듯 괴로운 의심과 번뇌를 안고 이 세상에 태어난 것일까. 경전에서도 선교태자는 자신의 출생의 비밀을 의심하여 스스로 생각하고 그 연유를 깨달았다고 하는데. 나에게도 그런 지혜가 있었으면 좋겠구나."

중장은 이렇게 홀로 중얼거리곤 하였습니다.

아아, 답답하구나
과연 나는 어떻게 태어나
장차 내 운명은 어찌 될 것인가
아무것도 모르는 이 궁금증을
누구에게 물어 풀면 좋으리

그에 대답하여주는 사람은 아무도 없습니다.

'무슨 일이 있을 때마다 나에게는 각별한 사연이 있는 듯 느껴졌고, 그 일이 예사로운 것은 아닌 듯하여 늘 생각하며 괴로워하여왔거늘. 어머님 또한 저리도 젊은 나이에 머리를 잘랐는데, 대체 얼마나 도심이 깊었기에 출가를 한 것일까. 본의 아니게 뜻하지 않은 잘못을 범하여 세상에 염증이 난 것이 틀림없을 게야. 세상 사람들에게 어찌 그 비밀이 새어나가지 않았겠는가만은, 다들 알고 있으면서도 세간에 알려지면 곤란한 일이기에 나에게는 사정을 알려주는 이가 없는 것일 터이지.

어머님은 밤낮으로 근행에 정진하고 있는 듯 보이지만, 본성은 유약한 사람이니. 고작 그런 정도의 발심으로는 수행을 하여 이 세상의 번뇌를 단호하게 끊어버리고 극락의 연꽃 위에 왕생하기는 어려울 터이지. 불교에서는 여인에게는 다섯 가지 장애가 있다고 가르치는데, 그것을 어머님 홀로 이겨낸다는 것도 미덥지 못한 일이니 아무쪼록 내가 어머니의 불도 수행을 도와 편안한 내세로 왕생할 수 있도록 해드려야겠구나.

돌아가셨다는 그분도 당시의 죄업의 고통에서 헤어나지 못하여 저세상에서도 끊이지 않는 번뇌에 몸부림치면서 헤매는 것은 아닐까.'

중장은 이렇게 헤아리면서 저세상에 가서라도 그분을 만나고 싶다고 생각합니다.

성인식은 내키지 않았으나 끝까지 고사할 수가 없었습니다. 그 후로 세상의 대우는 날로 정중해졌고, 눈앞이 어지러울 정도로 영달한 몸이 되기는 하였으나 전혀 기쁘지 않아 울적하게 하루하루를 보내고 있습니다.

천황에게 온나산노미야는 이복 누이인지라 그 인연으로 중장에게도 각별한 사랑을 보이니, 진심으로 애틋하게 생각합니다. 아카시 중궁 역시, 같은 육조원에서 황자들과 함께 놀며 자란 그 시절과 다름없이 중장을 소중하게 대합니다.

"이 아이는 나의 만년에 태어나 가엾게도 성인이 되는 것을 지켜볼 수 없으니."

이는 겐지가 이렇게 한탄하였던 것을 잊지 않고 예사로이 대하지 않음이지요.

유기리 우대신도 자신의 많은 자식들보다 이 중장을 중히 여기며 마음을 써 보살핍니다.

그 옛날, 빛나는 겐지라 하며 모두들 칭송하였던 분은 아버지인 천황의 총애를 한몸에 받았으나 질투를 하는 사람들이 많았던데다 어머니 쪽에 든든한 뒷배도 없었습니다. 그럼에도 본인의 성품이 사려 깊고 세간에 대해서도 온화한 생각을 품고 있었기에 견줄 자가 없는 위광에도 애써 거들먹거리지 않으려 조심합니다. 종국에는 천하의 변란이 될 수도 있었던 사건까지 무사히 이겨내었습니다. 또한 시기를 놓치지 않고 불도 수행에 정진하여 후세를 기약하며 만사에 유연하게 처신하는 너그럽고 덕이 높은 분이었습니다.

그에 비하면 이 중장은 아직 젊은데도 세간의 평판이 매우 좋으니, 그 기품 있는 모습은 비할 데가 없었습니다. 이 세상에 태어날 사람이 아닌데 어떤 전생의 인연으로 부처님이 인간의 모습을 빌려 나타난 것은 아닐까 싶을 정도였습니다.

얼굴 생김도 분명하게 어디가 어떻게 빼어나고 출중하다고 할 정도는 아닙니다. 다만 그 은은한 아름다움에 보는 이가 주눅이 들고, 마음속이 헤아리기 어려울 만큼 깊어 보이니 여느 사람들과는 전혀 달랐습니다.

태어날 때부터 중장의 몸에 감도는 체취는 이 세상의 냄새라 여겨지지 않을 만큼 신비롭고 향기로우니, 그 몸을 움직일 때마다 주위는 말할 것도 없고 바람을 타고 멀리 떨어진 곳까지 향기가 은은하게 풍겼습니다. '백보향'이란 이름의 명향처럼 백보 멀리 떨어진 곳까지 은은한 향이 퍼지는 듯합니다.

이 정도 신분의 사람이면 누구든 굳이 소박한 옷차림으로 몸을 낮추고 체면 따위 아랑곳하지 않을 리 없습니다. 너도나도 뒤지지 않으려고 차림새와 화장 등에 갖가지로 신경을 쓰고 멋을 부리는 것이 보통이죠. 그런데 이 중장은 들르는 곳마다 사람들의 눈을 피해 숨어 있어도 멋쩍을 정도로 그라는 것을 단박에 알 수 있는 향기가 풍기니 숨을 수도 없습니다. 귀찮고 성가셔서 애써 향을 몸에 배게 하지도 않는데, 당궤에 향이 잔뜩 담겨 있는데다 중장의 뭐라 표현할 수 없는 그윽한 향기까지 보태어지니, 앞뜰에 핀 매화에 중장의 소맷자락이 살짝 스치기만 해도 사람들은 봄비에 옷자락이 젖는 것도 개의치 않고 그 향을 몸에 배이게 하려고 할 정도입니다. 또한 '가을 들판에 누가 벗어놓은 것일까'라는 옛 노래에 등장하는 등골나물 역시 중장이 손으로 꺾고 나면 원래의 꽃향기를 잃고 불어오는 바람에 더욱 훌륭한 방향을 풍기곤 하였습니다.

이렇게 중장의 몸에는 불가사의할 정도로 사람의 마음을 뒤흔드는 방향이 배어 있으니, 병부경은 다른 무엇보다도 이에 경쟁의식을 느끼고, 일부러 갖가지 명향을 몸에 배이게 하고 아침저녁으로 향을 조합하는 일에 열중합니다.

뜰에 피는 풀꽃만 하여도 봄에는 매화 화원을 바라보고 가을에는 세상 사람들이 칭송해 마지않는 마타리와 '수사슴이 아내로 삼는다는 싸리꽃의 이슬에는' 아무런 관심을 보이지 않았습니다. 또한 모든 사람이 노추를 잊는다는 국화와 시들어가는 등골나물, 볼품없는 오이풀 등 향기가 있는 꽃은, 흔적도 없이 말라비틀어질 때까지 버리지 않는 식으로 향에 집착하는 취미를 겉으로 드러내 보이며 풍류를 즐기는 척합니다. 세상 사람들은 이런 이유로 이 황자가 다소 연약하고 지나치게 취미에 탐닉하는 경향이 있다고들 수군덕거립니다.

　그 옛날 겐지는 이렇듯 무언가 한 가지에 특별히 집착하고 지나치게 몰두하는 면은 없는 분이었습니다.

　중장은 이 셋째 황자가 거처하는 이조원을 수시로 드나들면서 음악놀이를 할 때도 서로가 경쟁하여 피리 소리를 뽐내니, 과연 호적수라고 젊은 사람끼리 서로를 인정하는 사이입니다.

　세상에서는 '향내 나는 병부경 니오노미야, 향기 나는 중장 가오루'라고 귀가 따갑도록 떠들어대고 있습니다.

　이 무렵 아리따운 딸을 지닌 고귀한 분들은 설렘에 가슴을 두근거리면서 사위로 삼겠노라 혼담을 꺼냈습니다.

　니오노미야는 매력 있겠다 싶은 딸들이 있는 집안을 여기저기 들쑤시면서 상대의 인품과 기량 등을 넌지시 짚어보는데, 딱히 이 사람이다 싶어 마음에 두고 있는 분은 없었습니다.

　'레이제이 상황의 첫째 황녀를 필히 아내로 맞고 싶구나. 그

리되면 얼마나 기쁠까.'

니오노미야가 이렇게 생각하는 까닭은 이분의 어머니 여어가 신분이 어엿한데다 매우 기품 있는 그윽한 분이고, 당사자인 황녀의 자태에 대해서도 둘도 없는 분이라 세상 사람들의 평판이 자자하기 때문입니다. 첫째 황녀의 측근인 시녀들이 황녀에 대한 자세한 소식을 전하기도 하는 터라, 니오노미야는 마침내 자신의 연심을 억누를 수 없게 되었습니다.

가오루 중장은 속세를 아무런 재미도 미련도 없는 곳이라 여기고 있는 터라, 여인에 대해서는 이렇게 생각합니다.

'섣불리 여자에게 집착하면 미련이 남아 출가하기가 어려워지지는 않을까.'

성가신 일이 생길 수 있는 고귀한 분들과 관계를 갖는 것은 회피하고 싶어 결혼도 단념하고 있습니다. 지금 당장은 마음 깊이 사모하는 상대가 없기에 이렇듯 관조적인 태도를 취할 수 있는 것이겠지요.

그러하니 여인의 부모가 허락하지 않는 사랑 따위는 꿈에도 생각지 못합니다.

가오루 중장은 열아홉 살이 된 해, 우근위 중장으로 3위 재상에 올라 두 가지 일을 겸하게 되었습니다. 천황과 중궁의 각별한 대우 하에 신하로서는 그 누구도 부럽지 않은 두터운 신망을 한몸에 받고 있으나 마음속에는 자신의 출생의 비밀에 관한 꺼림칙함이 있으니, 울적하게 지내는 일도 많고 가벼운 연애에도 관심을 보이지 않으며 만사를 조심스럽게 처신합니다. 이에 세상 사람들은 일찍이 성품이 여물었노라고 생각합니다.

니오노미야가 날로 흠모의 정을 불태우는 레이제이 상황의 황녀는 가오루 중장과 함께 레이제이 상황의 어전에서 지내고 있는지라 가오루 중장은 간간이 근황을 보거나 듣고 있습니다. 과연 소문에 듣던 대로 남달리 빼어나고 그윽하고 깊이 있는 태도가 더없이 훌륭한 분입니다. 이왕이면 이런 분과 결혼을 한다면 평생 마음 편하게 살 수 있는 언덕이 될 수 있을 것이라 생각합니다. 허나 레이제이 상황은 다른 일에는 격의 없이 대하면서도, 황녀는 늘 멀리하도록 주의를 주고 가르칩니다.

가오루 중장은 그 가르침을 당연하다 여기는 한편 귀찮다 여기기도 하니, 애써 황녀에게 접근하려 하지 않습니다. 만의 하나 자신의 의지와는 달리 황녀를 연모하는 마음이 생긴다면 자신은 물론 황녀에게도 곤란한 일일 것이라고 자각하고 있는 터라 친근하게 다가가지 않는 게지요.

이렇듯 여인에게 사랑을 받는 몸으로 태어났으니 농담 삼아 가볍게 말만 걸어도 상대가 별 저항감 없이 그에 응하는지라, 별 마음도 없으면서 어쩔 수 없이 정인이 많아졌습니다.

가오루 중장은 그러한 상대를 딱히 호들갑스럽게 대하지는 않으니, 사람들의 이목을 교묘하게 피하고 있습니다. 그러면서도 애정이 그리 없는 듯한 태도도 보이지 않는 터라 여인들은 도리어 애가 타서 죽을 지경입니다. 이렇게 중장에게 연심을 품고 있는 여인들은 제 발로 삼조궁으로 모여들어 시녀로 시중을 들기도 하였습니다.

가오루 중장의 냉담한 태도를 두 눈으로 보는 것은 고통스러운 일이나 관계가 아예 끊어지는 것보다는 그나마 낫다 여기니. 인연이 끊긴 외로움을 견딜 수 없어 신분도 웬만한 여인들까지 가오루 중장과의 허망한 연분에 기대를 걸고 시녀가 되는 것입니다.

냉담하기는 하여도 역시 우아하고 아름답고 매력적인 용모를 타고났으니 가오루 중장과 정을 통한 여자들은 모두 스스로 자신의 마음을 속이면서까지 남자의 냉정함을 외면하고 있는 것입니다.

'어머님이 이 세상에 살아 계시는 한은 곁을 떠나지 않고, 아침저녁으로 찾아 뵈면서 효도를 하고 싶구나.'

가오루 중장은 이렇게 생각하고 또 그 생각을 말로 표현하기도 하니. 유기리 우대신은 많은 딸들 가운데 누구 하나는 가오루 중장이나 니오노미야에게 시집을 보냈으면 하고 바라나, 차마 말을 꺼내지 못하고 있습니다. 한편으로는 너무도 가까운 근친인지라 서로가 속내를 뻔히 아는 사이이니 이 두 사람에게 굳이 보낼 것은 없다는 생각도 합니다. 허나 요즘 세상에 가오루 중장과 니오노미야를 빼놓으면 달리 이들과 어깨를 나란히 할 만한 사윗감을 어디서 찾아내랴 싶어 골머리를 앓고 있습니다.

신분이 높은 구모이노카리 부인이 생산한 아씨들보다 도 전

시가 낳은 여섯째 아씨는 용모도 아리따운데다 성품도 나무랄
데 없이 성장하였습니다. 세간에서는 어머니의 신분 탓에 낮게
보는 경향이 있습니다. 그러나 유기리 우대신은 이렇듯 아까울
정도로 아름다운 딸을 가엾게 여겨 의지할 만한 자식도 없이 쓸
쓸해하는 터라 일조의 온나니노미야에게 양녀로 보내었습니다.

'이 여섯째를 우연한 기회에 넌지시 가오루 중장이나 니오노
미야에게 보이면 반드시 마음에 들어할 것이야. 여자를 보는 안
목이 있는 분들이니 틀림없이 여섯째의 매력도 넉넉히 알아줄
것이야.'

이렇게 생각하면서 유기리 우대신은 너무 엄격하게 교육하지
않고 현대풍으로 화사하고 이목을 끌 수 있도록 세련된 생활을
누리게 하면서 남자들이 연심을 품을 수 있도록 갖가지 묘안을
짜냅니다.

이듬해 정월, 도궁 대회가 끝난 후 이긴 쪽의 향연을 유기리
우대신의 육조원에서 정성껏 준비하고 있습니다. 유기리 우대
신은 친왕들도 초대할 계획입니다. 궁중의 도궁 대회에는 친왕
들 가운데서 성인식을 치른 분은 모두 참가하였습니다.

아카시 중궁의 황자들은 어느 분이나 품위 있고 아름다운데,
그중 니오노미야 병부경은 실로 훌륭하고 더없이 아름답게 보입
니다. 그 동생인 넷째 황자는 히타치 친왕이라고 불립니다. 이
황자는 어머니가 갱의인 탓인지 인품이 몹시 떨어져 보입니다.

오늘의 도궁 대회는 왼편이 완승하였습니다. 예년에 비하여 일찌감치 끝나 이긴 쪽의 대장, 유기리 우대신은 퇴궁하였습니다. 니오노미야 병부경, 히타치 친왕, 그리고 다섯째 황자를 초대하여 자신의 수레에 태우고 돌아갔습니다.

재상 가오루 중장은 진 편이라 소리 없이 퇴궁을 하는데 유기리 우대신이 퇴궁을 만류하며 이렇게 권하였습니다.

"친왕들이 가시는데 배웅차 가시지요."

유기리 우대신의 아들인 위문독, 권중납언, 우대변과 그밖의 고관들은 서로에게 함께 가자 권하며 대거 수레에 올라타 육조원으로 향하였습니다.

육조원으로 향하는 도중에 눈발이 조금씩 흩날리기 시작하니, 참으로 정취 있는 저녁이었습니다.

수레에 탄 사람들은 아름다운 피리 소리를 울리며 즐겁게 놀면서 육조원에 들어섰습니다. 과연 육조원이 아니면 어디에서 이렇듯 흥겨운 뒤풀이를 할 수 있을까, 이 세상에 이곳만한 극락정토가 어디에 있을까 하고 생각합니다.

침전의 남쪽 차양의 방에 관례대로 남쪽을 향해 중, 소장의 자리가 나란히 있고, 그와 마주하여 북쪽으로 친왕과 고관들의 자리가 마련되어 있습니다.

술잔이 돌기 시작하고, 술자리의 분위기가 무르익기 시작할 무렵, 춤꾼들이 아즈마아소비 가운데 「구자」를 추며 소맷자락을 펄럭입니다. 그 바람에 앞뜰 가까이에 한창 흐드러지게 피며 자태를 뽐내는 매화향이 사방에 은은하게 퍼지자 가오루 중장이 풍기는 방향이 한결 신비롭게 도드라지니 말할 수 없이 우아한 향기가 피어오릅니다.

휘장 사이로 살며시 내다보던 시녀들도 모두 그 향기를 입이 마르도록 칭송합니다.

"'봄날 밤의 어둠은 아무런 소용이 없으니'라 하는 것처럼 너무 어두워 잘 보이지 않으니 애가 타지만, 역시 중장님의 좋은 향기만은 틀림없이 분별할 수 있지요."

유기리 우대신도 과연 훌륭한 분이라고 생각합니다. 위엄을 차리고 정색하고 있는 가오루 중장의 용모와 태도가 평소보다 한결 훌륭하게 보입니다.

"오른편의 중장도 함께 노래를 하세요. 그리 손님처럼 굴 일이 무에 있습니까."

유기리 우대신이 이렇게 말하니 가오루 중장은 연회의 흥을 해치지 않을 정도로 이렇게 노래합니다.

신이 계시는 신사에 서 있는 여덟 소녀들이여

홍매

그대에게만 보이고 싶은
마음으로 바람에 태워 보내는
내 뜰에 핀 홍매향
꾀꼬리 같은 그대가
제일 먼저 찾아주셔야지요

◆ 안찰사 대납언

매화꽃 향 그윽한
그대의 집을
물어물어 찾아가면
색향에 눈이 먼 바람둥이라고
사람들이 비난하겠지요

◆ 니오노미야

✿ 제43첩 홍매(紅梅)

니오노미야를 사위로 맞고 싶어하는 안찰사 대납언이 홍매 가지에 노래를 곁들여 니오노미야에게 바친다. 홍매를 둘러싸고 두 사람 사이에 오간 노래에서 이 제목이 유래되었다.

그 무렵, 안찰사 대납언이라 하는 분은 젊은 나이에 죽은 가시와기 권대납언의 바로 아래 동생인 전 태정대신의 둘째 아들이었습니다. 이 대납언은 어렸을 때부터 영리하고 밝고 활달한 성품이었는데 관위가 오르고 세월이 흐르면서 권세와 인망을 얻으니 나무랄 데 없이 풍요롭게 생활하고 있습니다. 폐하로부터도 그 누구 못지않게 두터운 신임을 받고 있었습니다.

정부인이 앞서 세상을 뜬 탓에 지금은 검은 턱수염 태정대신의 장녀이며 정든 집을 떠나기가 아쉬워 기둥을 잡고 눈물을 흘렸던 예의 마키바시라 아씨가 정부인입니다. 마키바시라 아씨는 할아버지 식부경 밑에서 반딧불 병부경과 결혼하였으나, 그 병부경도 이미 이 세상 사람이 아닙니다.

그 후에 이 안찰사 대납언이 사람들의 눈을 피하여 문턱을 드나들었습니다. 그 후로 세월이 많이 흘러 세상을 꺼려하고만 있을 수는 없는 터라 정부인이 되었습니다.

자식은 죽은 전처가 딸 둘밖에 생산하지 못한 터라 아쉽고 미진하여 신불께 기도한 결과, 마키바시라 부인이 아들을 낳았습니다.

지금의 마키바시라 부인에게는 전 남편 반딧불 병부경의 소생인 딸이 하나 있습니다. 데리고 온 딸인 그 아씨를 대납언은 마치 제 딸자식처럼 여기면서 다른 딸과 마찬가지로 귀여워합니다. 각 아씨들의 시중을 드는 시녀 가운데에는 심보가 고약한 자도 있어 시답잖게 옥신각신하는 일도 간혹 있으나. 부인은 호방하고 현대적인 분이라 만사를 결점이 드러나지 않도록 온화하게 무마합니다. 자신에게 불리한 일이라도 온건하게 받아들이고 다시 생각하여보곤 하니, 남 듣기에 좋지 않은 다툼이 생기지 않아 가정은 늘 평온하였습니다.

아씨들은 다 비슷한 또래라서 잇달아 성인식을 치렀습니다.

일곱 칸짜리 크고 넓은 침전을 조성하여 남쪽에는 대납언과 맏딸이 기거하고, 서쪽 방에는 둘째 딸, 동쪽 방에는 병부경의 딸이 기거하게 되었습니다. 병부경의 딸은 아버지가 이미 죽고 없으니 안되었다고 생각하는 것이 보통이나, 아버지와 할아버지로부터 물려받은 보물이 많아 격식과 예절을 갖춰 우아하고 기품 있게 꾸미고 더 바랄 것이 없는 생활을 하고 있습니다.

이렇듯 대납언 가문 깊숙이 아씨들이 있다는 소문이 퍼지자 구혼자들이 줄줄이 나타났습니다. 폐하와 동궁에게서도 입궁을 하라는 전갈이 있었으나, 대납언은 이렇게 생각하며 큰딸을 동궁에게 바치기로 결심하였습니다.

'폐하 곁에는 이미 아카시 중궁이 있는바, 어떤 사람이 그 위세와 어깨를 나란히 할 수 있겠는가. 그렇다 하여 처음부터 체념하고 스스로를 낮추기만 하는 것도 궁에서 사는 보람이 없는 일. 또한 유기리 우대신의 큰딸이 동궁의 여어가 되어 총애를 한몸에 받고 있으니 경쟁을 하여봐야 그 역시 승산이 없는 일이겠지. 그렇다고 마냥 가만히 있을 수는 없으니. 남들 이상으로 번듯하게 살게 하고 싶은 딸들이 있는데 입궁을 포기하면 키운 보람도 없지 않을까.'

큰아씨는 나이는 열일고여덟 살 정도로 귀엽고 화사하고 아름다운 용모를 갖추고 있습니다.

둘째 딸 역시 기품이 있고 우아하고 청초한 아름다움에 차분함까지 갖추고 있으니 언니 못지않은 재원이라 신하와 연을 맺어주기는 아까울 정도입니다. 만약 니오노미야 병부경이 둘째를 원한다면 하고 대납언은 생각하고 있습니다.

니오노미야는 궁중에서 대납언의 도련님을 보면 가까이 불러들여 놀이 상대로 삼곤 합니다. 이 도련님은 제법 재기가 있고 눈매와 이마가 영리해 보이는 소년입니다.

"동생만 만나는 것 가지고는 성이 차지 않는다고 대납언에게 전하거라."

니오노미야가 이렇게 말하여 도련님이 그 뜻을 전하자, 대납언은 싱글벙글거리며 은밀히 기대한 보람이 있었노라고 생각합니다.

"출중한 기량을 지닌 딸이 공연히 폐하나 동궁의 후궁으로 입궁을 하여 뒷방살이를 하는 것보다 이 니오노미야에게 주고 싶구나. 사위로서 마음껏 돌봐드릴 수 있다면야 니오노미야는 보기만 해도 수명이 길어질 듯 아름다운 분이니."

대납언은 이렇게 말하면서도 우선은 큰딸을 동궁의 후궁으로 들일 준비를 서두릅니다.

'내가 살아 있는 동안 황후는 반드시 후지와라 가문에서 나와야 한다는 가스가 명신의 탁선을 실현할 수 있다면 얼마나 기쁠 것인가. 그리되면 돌아가신 아버님이 레이제이 상황께 드린 고키덴 여어가 아키고노무 중궁에게 뒤처져 끝내 황후가 되지 못하였던 서러움을 풀어드릴 수 있을 터인데.'

마음속으로 이렇게 기원하며 딸을 동궁에게 바쳤습니다. 처소는 여경전으로 정해졌습니다. 사람들이 동궁의 총애가 매우 깊다고 대납언에게 보고합니다.

큰딸이 궁중 생활에 익숙하지 않으니 믿을 만한 후견이 없어 어쩌랴 하고 걱정이 되는지라, 마키바시라 부인이 함께 입궁하여 정성을 다하여 뒤를 보살피고 있습니다.

대납언은 부인이 집을 비운 탓에 따분하게 지내고 있습니다. 서쪽 방의 둘째도 항상 언니와 함께 지냈으니 더욱 허전하고 쓸쓸하여 생각에 잠겨 멍하게 지냅니다.

동쪽 방에 있는 반딧불 병부경의 딸 역시 지금까지 두 아씨와 함께 사이좋게 지냈으니 밤에도 종종 같은 방에서 잠을 잤고 함께 공부도 하였습니다. 사소한 놀이를 할 때도 두 아씨는 이 아씨를 스승처럼 따랐습니다.

이 아씨는 유독 낯을 가리는 분이라 어머니와도 좀처럼 얼굴을 마주하는 일이 없을 정도로 지나치게 조심성이 많으나, 그렇다고 음침한 성격은 아니니 애교도 있고 매력적인 점에서는 그 누구도 따를 수 없습니다.

이렇듯 대납언은 큰딸을 동궁에게 시집보내는 등 친딸의 일에만 분주하게 구는 듯 보이는 것도 바람직하지 않다 생각하여 부인에게 이렇게 말합니다.

"병부경의 딸에게 적당한 혼처가 정해지면 내게 말하여주세요. 친딸과 다름없이 번듯하게 살필 터이니."

"그 아이는 남들이 다하는 결혼 따위에는 뜻이 없는 듯하니 섣불리 인연을 맺는 것은 오히려 가여운 일이지요. 내가 살아 있는 동안은 갖고 태어난 운에 맡기려 합니다. 내가 죽고 난 훗일이 걱정스러우나, 출가하여 여승이 되든 하여 세상의 손가락질을 받는 경솔한 실수는 하지 않고 살기를 바랄 뿐입니다."

이렇게 마키바시라 부인은 눈물을 흘리면서 딸의 나무랄 데 없는 성품을 대납언에게 말합니다.

대납언은 모든 딸에게 허물없이 아버지다운 행세를 하고 있는데, 병부경의 딸도 그 용모를 한번 보고 싶은지라 이렇게 불평을 늘어놓으며 부인을 원망합니다.

"내게는 숨기고만 있으니 섭섭하오이다."

살짝 그 모습을 볼 기회는 없을까 하여 사방에서 들여다보나 머리카락 한 오라기조차 볼 수 없습니다.

"어머니가 안 계실 때에는 내가 어머니를 대신하여 살펴드려야 하는데. 어머니와도 친근하게 지내지 않고 나는 피하는 눈치이니, 섭섭합니다."

이렇게 말하며 대납언이 발 앞에 앉자, 병부경의 딸은 뭐라고 짧게 대답을 합니다. 그 목소리와 기척이 기품 있고 우아하여 용모와 자태까지 과연 나무랄 데가 없을 것이라 짐작이 됩니다.

대납언은 자신의 친딸들이 누구에게도 뒤지지 않을 만큼 출중하다고 내심 자랑스럽게 생각합니다.

'허나 이 병부경의 딸은 도저히 당해낼 수 없을 것 같구나. 그러니까 이 넓은 세상에서 마음을 놓을 수 없다는 것일 터이지. 절세미인이라 하여도 이보다 더욱 빼어난 미인이 없다 할 수는 없으니.'

대납언은 이렇게 생각하며 그 얼굴을 한번이라도 보고 싶어 합니다.

"지난 몇 달 동안 집안이 차분하지 못하고 술렁거려 그대의 악기 소리도 오래도록 듣지 못하였습니다. 서쪽 방의 둘째는 비파를 배우느라 열심인데, 저리 연습을 한다고 해서 숙달되는 것일까요. 비파는 허투루 배우면 듣기 거북한 소리를 내는 악기지요.

이왕이면 그대가 잘 가르쳐주세요. 나는 이렇다 하게 악기를 배운 것은 아니나, 옛날 음악이 번성하였던 태평한 시절에 명인들의 연주에 가담한 일이 있었던 덕분인지 어떤 악기든 듣고 그 솜씨를 판단하는 귀는 있지요. 그대는 편안하게 마음껏 연주하지는 않으나 간혹 연주하는 비파의 음색을 들으면, 그 옛날 음악의 전성시대가 그리워집니다. 돌아가신 육조원 겐지 님에게서 전수를 받은 사람 가운데 현재 남아 있는 자는 유기리 우대신뿐입니다. 가오루 중납언이나 니오노미야 병부경은 옛날 사람 못지않은 뛰어난 재능을 타고난 분들이고 음악에는 각별히 열심입니다. 허나 현을 다루는 솜씨가 다소 약한 것이 유기리 우대신에 미치지 못하는 듯합니다. 그대의 비파 소리야말로 유기리 우대신의 음색을 매우 닮았군요. 비파는 조용히 누르는 것이 좋다 하나, 주를 누르는 손의 힘에 따라 소리에 변화가 오니 여인이 연주를 하면 우아하고 또 요염하게 들리는 것이 오히려 정취가 있지요. 자, 어서 연주해보세요. 얘들아, 비파를 들이거라.”

대납언은 이렇게 말하였습니다. 시녀들은 대납언에게서 몸을 숨기려 하지 않는데 상관인 듯한 젊은 시녀만 얼굴을 보이고 싶지 않은지 안쪽 깊숙이로 들어갑니다.

“곁에서 시중을 드는 시녀들이 이리도 버릇이 없으니 난감한 일이로구나.”

대납언은 이렇게 화를 냅니다.

마침 그때 궁중으로 들어가려던 도련님이 숙직복 차림으로 나타났습니다. 머리를 반듯하게 두 갈래로 묶지 않고 길게 늘어 뜨린 모습이 제법 풍취가 있어 대납언은 참으로 귀엽다 여깁니다. 대납언은 여경전에 있는 부인에게 전할 말을 이릅니다.

"여어의 일은 당신에게 맡기겠노라고, 나는 오늘 밤 몸이 별로 좋지 않아 궁중 출입을 자제한다고 전하거라."

그러고는 빙그레 미소지으면서 아들에게 젓대를 불어보라고 합니다.

"잠시 젓대를 불어보거라. 폐하전에서 연주를 하게 되지는 않을지 조마조마하구나. 아직은 솜씨가 미숙한데."

대납언은 쌍조의 곡을 권합니다. 아들이 제법 능숙하게 불자 대납언은 이번에는 병부경의 딸에게 합주를 하여보라고 권합니다.

"실력이 조금은 늘었구나. 간혹 이쪽에서 합주를 하는 덕분인 모양이다. 자, 늘 하던 대로 합주를 하여보아라."

대납언이 이렇게 졸라대자 병부경의 딸은 조금은 성가셔 하면서도 젓대의 소리에 맞추어 가볍게 현을 퉁겼습니다. 대납언도 굵직한 소리로 휘파람을 불어 합주에 동참하였습니다.

이 침전의 동쪽 끝 처마 밑에 짙은 색 홍매가 아름답게 피어 있으니, 대납언은 이렇게 말하며 인간 세상의 무상함을 생각하고는 고개를 떨구고 눈물을 흘립니다.

"뜰앞에 핀 매화가 정말 운치가 있구나. 오늘은 니오노미야 병부경이 궁중에 있다 하니 한 가지 꺾어다 드리거라. '그대 말고 아니면 누구에게 보이리 이 매화꽃'. '색이며 향은 알아보는 사람이 알아보니'이니라.

아아, 먼 옛날 히카루 겐지란 분께서 한창 젊은 나이에 대장을 하셨는데, 그때 나는 아직 어렸고 이 아이처럼 겐지 님의 시중을 들면서 귀여움을 받았는데, 세월이 흘러도 그리움은 가시지 않는구나. 세상 사람들은 니오노미야를 각별한 분이라면서 칭송하는데, 물론 그 훌륭함은 타고난 것이나 내 눈에는 히카루 겐지 님의 발치에도 미치지 못하는 듯하니. 역시 겐지 님을 이 세상에 둘도 없는 분이라 믿고 우러렀기에 그런 것일까. 나 같은 사람만 해도 생각하면 가슴이 메일 듯하고 슬퍼 견딜 수 없거늘. 겐지 님을 먼저 저세상으로 보내고 지금까지 살아남아 있는 친인척들은 자신의 목숨이 다하지 않는 것을 얼마나 한스러워하겠느냐."

계절이 계절인지라 마음을 진정시킬 수가 없는지 홍매 가지를 꺾어 아들의 손에 쥐어주고 서둘러 입궁하라 이릅니다.

"어쩔 수 없는 일이지. 돌아가신 겐지 님이 남긴 피붙이는 니오노미야뿐이니. '석존이 입멸한 후에 제자인 아난이 빛을 발하였다 하지만', 그것을 석존의 재래는 아닐까 하여 의심한 현명한 성승이 있다 하였는데. 나 역시 겐지 님이 돌아가신 후 어둠 속을 헤매는 괴로움을 달래려 편지라도 써보내야겠구나."

그대에게만 보이고 싶은

마음으로 바람에 태워 보내는
내 뜰에 핀 홍매향
꾀꼬리 같은 그대가
제일 먼저 찾아주셔야지요

붉은색 종이에 활달한 필체로 써서 아들의 첩지에 담아 접어
건네자, 아들은 니오노미야의 귀여움을 받고 싶은 어린 마음에
서둘러 집을 떠났습니다.

니오노미야는 아카시 중궁의 청량전에서 자신의 숙직실로 가
는 참이었습니다. 전상인을 대거 뒤를 따르고 있는데 그 가운데
안찰사 대납언의 어린 아들이 있는 것을 보고는 물었습니다.
"어제는 왜 그리 빨리 갔느냐. 오늘은 또 언제 입궁을 하였고."
"어제 일찍 돌아간 것이 아쉬워 서둘러 왔어요. 오늘은 니오
노미야 님이 궁중에 계시다고 해서 빨리 왔어요."
어린아이다운 말투로 어리광을 피우듯 말합니다.
"이렇게 궁중에만 드나들지 말고 내 집에도 마음 편하게 놀
러 오너라. 젊은 사람들이 부담 없이 모여드는 곳이니."
이 어린 도련님을 가까이에 불러 얘기를 나누니, 다른 사람들
은 모두 흩어져 퇴궁을 하였습니다.
"요즘은 동궁께서 틈을 주시는 모양이로구나. 전에는 잠시도
곁에서 떼어놓지 않을 정도로 귀여워하시더니. 누님이 입궁을

한 후로는 그쪽으로 총애가 옮겨가 쓸모가 없어진 게로구나."

니오노미야는 이렇게 어린 도련님을 놀립니다.

"곁에서 놓아주시지 않아 힘들었습니다. 하지만 니오노미야 님이라면."

도련님은 이렇게 말하고는 끝을 얼버무립니다.

"누님은 나를 어엿한 남자로 보지 않으니 포기한 게지. 당연한 처사다. 허나 역시 속은 상하구나. 나와 비슷한 고풍스러운 황족의 핏줄을 이은 히가시노기미란 병부경의 딸에게, 나와 사이좋게 지내보지 않겠느냐고 살짝 전하거라."

도련님이 예의 홍매를 내밀자 니오노미야는 싱긋 웃으면서 이렇게 말합니다.

"원망을 늘어놓은 후라면 이 꽃을 받아도 그리 기쁘지 않겠으나."

니오노미야는 꽃을 손에 든 채 바라봅니다. 튼실한 가지며 꽃송이며 색깔이며 향이며, 예사로운 꽃이 아닙니다.

"화원에 핀 홍매는 그 향이 색깔의 아름다움을 이기지 못하여 백매보다 못하다고들 하는데. 이 홍매는 색깔도 실로 아름답지만 향까지 그윽하게 피었구나."

홍매를 드린 보람이 있었나 봅니다. 니오노미야는 매우 좋아하는 꽃이라 아주 기뻐하여 꽃을 칭송합니다.

"오늘은 숙직이지. 그냥 여기에 머물거라."

니오노미야가 붙들고 놓아주지 않으니 도련님은 동궁전을 찾아 뵙지 못합니다. 도련님은 홍매가 부끄러할 정도로 그윽한 향내를 풍기는 니오노미야 곁에 누워 있으니 어린 마음에도 더없이 기쁘고 황송하여 니오노미야를 애틋하게 따릅니다.

"이 꽃을 보낸 사람은 어찌하여 동궁께 보내지 않는다더냐."

니오노미야가 묻자, 도련님은 이렇게 대답합니다.

"저는 잘 모르겠습니다. 꽃을 아는 사람에게 드리고 싶다, 그리 들었습니다."

대납언이 자신의 친딸인 둘째의 사윗감으로 점찍고 있는 모양이라고 헤아리나 니오노미야 자신의 관심은 다른 분에게 있으니, 답장에 자신의 기분을 정확하게는 드러내지 않습니다.

다음날 아침 도련님이 퇴궁할 때, 마음이 별로 내키지 않는다는 투로 이렇게 답장을 씁니다.

꽃향기에 묻혀도 좋을
부끄럽지 않은 몸이라면
어찌 당장 그리로
달려가지 않을 리가 있겠습니까

"아무래도 이번에는 늙은이들이 공연한 간섭을 하지 않도록 네가 은밀히 전하거라. 알겠느냐."

이렇게 몇 번이나 거듭 다짐을 하니, 어린 도련님도 히가시노기미는 과연 고귀한 분인가 보다고 더욱 호감을 품습니다.

오히려 배다른 누이인 히가시노기미가 도련님에게 모습을 보여주기도 하여 남매 같은 느낌이 드는데, 그 누이가 침착하고 더할 나위 없는 성품을 갖고 있는 것이라 여겨지니, 어린 마음에도 좋은 사람과 결혼하는 것을 보고 싶다고 늘 생각하였습니다.

　동궁의 여어가 화려하고 당당하게 위세를 떨치고 있는 것은 누이의 출세란 점에서 매우 경하스러운 일이나, 히가시노기미가 아직 홀몸으로 있는 것이 정말 안타까워 이 니오노미야가 누이의 남편이 되어주었으면 하고 생각하고 있었던 터라, 도련님은 이 꽃편지의 심부름을 매우 반가워하였습니다.

　그건 그렇고 니오노미야가 보낸 답장은 어제 대납언이 보낸 편지에 대한 것이므로 우선은 대납언에게 보였습니다.

　"얄밉게도 말하는구나. 니오노미야 병부경은 바람기가 너무 심하여 참으로 난감하다고 말들이 많다 들었는데, 유기리 우대신이나 내 앞에서는 성실한 척 근엄한 척 위엄을 부리는 것이 도리어 마땅치 않구나. 풍류남 자격이 충분한 분이 억지로 착실한 척 하는 것은 남 보기에 흥이 깨지는 일이니."

　대납언은 이렇게 험담을 늘어놓고는, 오늘도 입궁을 하는 도련님 편에 답장을 보내려 합니다.

　애당초 향내 나는
　그대의 소맷자락이 스치면
　우리 앞뜰의 홍매도 과연

그 얼마나 그윽한 향내가 날까
세간에 소문이 무성해지겠지요

"이런 말씀을 드려 황공하나."
이렇게 어제보다 공을 들여 진지하게 씁니다.
대납언이 정말 이 혼담을 성사시키려 하는 것인가 하고 니오
노미야는 가슴이 설레기는 하였으나 별 관심이 없는 듯 답하였
습니다.

매화꽃 향 그윽한
그대의 집을
물어물어 찾아가면
색향에 눈이 먼 바람둥이라고
사람들이 비난하겠지요

대납언은 이 답장을 보고 내심 불만을 품었습니다.
마키바시라 부인이 집으로 돌아와 궁중에서 있었던 일을 대
납언에게 시시콜콜 보고하던 차에 이런 말을 덧붙입니다.
"도련님이 하룻밤 숙직을 하고 퇴궁할 때 향내가 나던데, 다
른 사람들은 맡지 못한 것을 동궁께서 눈치를 채고 '니오노미
야 병부경의 곁에 있었던 게지. 그래서 나를 피하는 것이야'라
며 상황을 헤아리고 불평을 하더군요. 당신이 니오노미야 병부

경께 편지를 드렸습니까. 그리는 보이지 않던데."

"그랬습니다. 매화를 좋아하는 분이기에, 저 동쪽 방 앞뜰에 소담스럽게 핀 홍매를 그냥 내버려두기가 아까워 꺾어서 보냈지요. 니오노미야의 몸에서 나는 향내는 정말 훌륭하지요. 궁중에서 폐하를 모시는 시녀들도 그리 훌륭한 향내는 배게 할 수 없을 겝니다. 가오루 중납언은 니오노미야처럼 풍류를 즐기며 향을 몸에 배게 하지는 않으나 타고난 방향이 유례가 없을 정도지요. 어떻게 하면 그런 과보를 얻을 수 있는지 알고 싶습니다. 같은 꽃이라도 매화는 그런 방향을 지니고 있어요. 그 향내가 나는 근본을 알고 싶군요. 그러하니 니오노미야가 좋아하는 것은 당연한 일이지요."

이렇게 꽃에 비유하여 니오노미야에 대한 생각을 피력합니다.

병부경의 딸 히가시노기미는 스스로 모든 일을 판단할 수 있을 정도로 어른이 되었기에 이해력과 분별력도 갖추고 있고 만사에 귀를 기울이나 혼처를 정하고 평범한 결혼 생활을 하는 것에는 전혀 관심이 없으니 생각지도 않고 있습니다.

세간의 남자들은 권세에 좌우되는 경향이 있는 탓인가, 양친이 모두 있는 아가씨들에게는 어떻게든 말을 건네려 하여 무성한 화제가 끊이지 않는데 이 아씨만은 늘 조용하고 차분하게 지낼 뿐입니다. 니오노미야는 소문을 전해 듣고 그런 분이야말로 자신에게 어울린다는 듯 어떻게 해서든 그분을, 이라고 마음 깊이 새기고 있습니다.

대납언의 도련님을 늘 곁에 두고는 은밀하게 편지를 쥐어 보냅니다. 대납언이 둘째 딸을 맡기고 싶노라 간절히 바라면서 니오노미야가 그럴 마음으로 혼담을 넣어주었으면 하고 기대하는 눈치가 보이니. 사정을 아는 마키바시라 부인은 이렇게 생각하며 아쉬워합니다.

'엉뚱하게도. 하필 그런 마음이 전혀 없는 그 아이에게, 마음에도 없는 말을 늘어놓은 연문을 보내다니, 소용없는 일이지.'

병부경의 딸에게서는 싫다 좋다 형식적인 답장조차 없으니 니오노미야는 오기가 나서 도리어 포기하지 않으려는 것 같습니다.

'무슨 지장이 있으랴. 니오노미야의 인품 정도면 나무랄 데가 없으니 사위로 섬긴다 한들 무슨 부족함이 있으랴. 장래도 촉망되는 분이니.'

마키바시라 부인은 때로 이렇게 생각하는 일도 있습니다. 허나 나오노미야는 다감한 분이라 연인도 많고, 우지의 하치노미야의 딸에게도 애착을 보이며 우지까지 먼 길을 부지런히 드나든다고 합니다. 그런 믿음직스럽지 못한 니오노미야의 바람기 많은 성품이 마음에 걸려 내키지 않으니 속으로는 이미 포기하고 있습니다. 그러나 공연한 참견인 줄 알면서도 상대가 황족인지라 황송한 마음에 간혹 딸 몰래 답장을 대필하여 보내기도 합니다.

310

이 모든 생을 또다시

세토우치 자쿠초

제7권에는 「떡갈나무」, 「젓대」, 「방울벌레」, 「저녁안개」, 「법회」, 「환술사」, 「구름 저 너머로」, 「향내 나는 분」, 「홍매」 등 9첩이 실려 있는데, 그 가운데 「구름 저 너머로」는 옛날부터 주인공 히카루 겐지의 죽음을 암시하는 제목만 있을 뿐 본문은 없기 때문에 실질적으로는 8첩인 셈이다.

「법회」에서는 부주인공이라 할 수 있는 무라사키 부인의 죽음이 묘사된다. 가장 사랑하는 무라사키 부인을 저세상으로 보낸 후 1년쯤 지나 겐지는 출가를 하고 그 후 다시 2, 3년을 사가의 은거에서 지낸 후에 죽은 듯하다. 따라서 겐지의 일대기는 「구름 저 너머로」를 끝으로 막이 내린 셈이 된다.

겐지의 부모의 사랑에서 시작된 이 대하 장편소설의 주제가 히카루 겐지의 생애라면 「구름 저 너머로」에서 끝나도 무방했을 것이다.

그런데 무라사키 시키부는 겐지가 죽은 후에도 13첩을 더 썼다. 표면적으로는 자신의 아들이라 공표하였으나, 온나산노미야의 불륜의 증거로 태어난 가시와기의 핏줄인 가오루와, 겐지의 피를 이어 아카시 중궁이 낳은 니오노미야의 사랑을 중심으로 이야기를 엮어간 것이다. 그래서 이 제7권에서는 이야기의 큰 줄기가 둘로 갈라진다. 「구름 저 너머로」까지를 한 권으로 묶었다면 좋았을 테지만, 전 10권으로 엮다 보니 이런 형태가 되고 말았다.

떡갈나무

꿈에도 예상치 못했던 온나산노미야의 밀통을 간파한 뒤 겐지가 겪은 경악, 낭패감, 초조감은 그렇다 치고 그 후 온나산노미야와 가시와기의 관계는 어떻게 되었을까, 독자로서는 그 점이 몹시 궁금할 것이다.

「봄나물」에 이어 가시와기와 온나산노미야의 도리에 어긋난 비련의 결말이 숨막히도록 박진감 있게 그려진다.

전권의 「봄나물」 상하에서는 총명하기로 정평이 나 있으면서 온갖 수단을 다해 온나산노미야가 귀여워하는 고양이를 손에 넣고서는 마치 온나산노미야의 분신이라도 되듯 예뻐하는 가시와기가 그려졌다. 순정파라고도 할 수 있지만 한편으로는 우스꽝스러운 가시와기의 성격을 묘사한 것이다.

가시와기는 젊은 혈기에 몸을 맡기고 이성마저 잃은 채 앞뒤를 돌아보지 않고 온나산노미야의 침소에 침입하여 불합리하게 자신의 뜻을 이룰 만큼 대담무쌍한 반면, 밀통이 발각된 후에는 쏘아보는 겐지의 눈길에 그만 온몸이 오그라들 만큼 소심하기도 하다. 이 모순된 성격이 가시와기의 비극을 낳았다고도 할수 있을 것이다.

온나산노미야는 일방적이고도 강제적으로 가시와기에게 몸을 빼앗긴데다 임신까지 했다고 생각하기 때문에 가시와기를 냉담하게 대하고 미워하기까지 한다.

가시와기는 십이월 스자쿠 상황 축하연를 위한 시연의 날에 겐지에게 초대를 받지만, 그 자리에서 술잔을 강요당하고 통렬한 비난을 받은 탓에 노이로제에 걸려 몸져눕고 말았다. 병세는 호전되지 않은 채 새해를 맞는다.

겐지 나이 마흔여덟, 가시와기 서른 둘, 온나산노미야 스물두세 살인 해의 정월에서 그해 가을까지의 이야기다. 주로 가시와기의 고뇌와 죽음이 그려진다. 가시와기는 작년 말 아버지 전대신의 댁으로 거처를 옮긴 후 아내인 온나니노미야와는 계속 별거 중이다. 사정을 모르는 부모는 자랑거리인 장남의 뜻하지 않은 병에 허둥대며 슬퍼할 뿐 손쓸 방법이 없다. 가시와기는 죽음을 각오하고 있다. 가시와기는 숨쉬기조차 힘들어하면서도 온나산노미야에게 편지를 쓴다.

소시종이 들고 온 온나산노미야의 답장에 처음으로 "그대의 죽음에 어찌 뒤늦으리"라는 격한 말이 씌어 있어 가시와기는 매우 기뻐한다. 그날 저녁 온나산노미야의 진통이 시작되고 다음

날 아침 사내 아이를 출산한다. 그 아이가 자신의 아이라고 믿는 가시와기는 순산에 감격하는데, 온나산노미야는 출산 이후 몸이 쇠약해진데다 태어난 아이를 매정하게 대하는 겐지를 두려워해 출가를 바란다. 야음을 틈타 은밀히 딸을 찾은 스자쿠 상황은 겐지의 반대를 무릅쓰고 온나산노미야의 간청의 받아들여 그 자리에서 출가시키고 만다. 그것은 온나산노미야에게 씌어 있던 육조 미야스도코로의 혼령의 짓이었다.

온나산노미야가 출가했다는 소식을 들은 가시와기의 병세는 점점 더 무거워진다.

친구인 유기리가 병문안을 오자 가시와기는 겐지의 미움을 샀다고 털어놓고 그 뒷수습과 자신이 죽은 후 일조궁에 남아 있는 아내를 돌봐달라고 유언한다. 온나산노미야 대신이라 여기고 배다른 언니와 결혼한 가시와기는 아내의 용모가 수려하지 못하다 하여 낙엽에 비유하며 멸시한 탓에 부부 사이에 정이 없었다. 죽음을 앞두고 그런 아내에 대한 미안함이 북받쳤던 것이다.

가시와기는 그 후 바로 세상을 떠난다. 온나산노미야는 서글퍼하며 남몰래 눈물을 흘린다. 가시와기의 노래에서 온나니노미야를 낙엽에 비유한 탓에 훗날의 독자들은 그녀를 오치바노미야라고 부르고 있는데, 본문에서는 그 호칭이 거의 쓰이지 않았다. 이는 경멸의 뜻을 담은 호칭이기에 나의 현대어역에서는 '온나니노미야'로 통일했다.

겐지는 가시와기의 아들을 표면상으로는 자신의 친자식으로 내세우고 오십일 축하의식 등을 한층 성대하게 치러주지만, 자진하여 아들을 안지는 않는다. 여자 아이라면 사람들 눈에 띄지 않게 키울 수 있을 텐데 남자 아이라 눈에 띄기 쉬운 탓에 혹시 아버지와 닮지 않았다는 소문이 퍼지면 어쩌나 싶은 불안감도 있다.

시간이 흐르면서 아이의 모습이 가시와기를 닮은 것을 보고 겐지는 심정이 복잡해진다. 가시와기의 유언과 온나산노미야의 갑작스런 출가를 끼워맞춰 생각하는 유기리의 마음에 혹시나 하는 의혹이 싹튼다.

후반에서는 유기리가 가시와기의 유언을 지켜 온나니노미야를 때때로 문안하고 그 어머니인 미야스도코로와도 친해지게 되면서 의외로 우아하고 차분한 온나니노미야의 분위기에 동정이 점차 연심으로 바뀌어가는 유기리의 심리를 그리고 있다.

그러나 이 첩의 강점은 뭐니뭐니 해도 긴박감 있는 필치로 순정파인 가시와기의 격렬하고 정열적인 사랑의 파국과 온나산노미야의 뜻하지 않은 출가라는 극적인 이야기를 전개해나가면서 「봄나물」에 이어 소설의 참맛을 느끼게 해주는 숨막히는 재미에 있다고 할 수 있다.

의지도 없고 사려도 깊지 못한 여자인 것처럼 그려져왔던 온나산노미야가 출가를 결심한 후에는 마치 전혀 다른 사람처럼 강하고 기품 있는 모습을 보여주는 점도 괄목할 만하다. 이 순

간, 온나산노미야의 마음이 울며 매달리는 겐지보다 훨씬 고결
해졌음에 독자들은 놀란다.

평소에는 강직하게 보이더니 아들을 앞세운 불행에 눈물짓
는 가시와기의 아버지 전 대신의 인간다운 연약함에도 동정이
간다.

젓대

가시와기의 일주기가 빨리도 돌아왔다. 겐지는 온나산노미야
와 밀통한 가시와기의 죄를 여전히 용서하지 않고 있는 한편,
앞날이 촉망되는 젊은이의 죽음을 안타까워하기도 한다. 겐지
와 유기리는 정성스럽게 추모 공양을 올린다. 스자쿠 상황은 온
나산노미야와 온나니노미야의 잇따른 불행을 견디면서 산에서
불도 수행에만 정진하려 한다. 하지만 사랑하는 온나산노미야
에게 보내는 편지는 거르지 않는다.

온나산노미야 밑에서 자라는 가오루는, 봄 스자쿠 상황이 보
내준 죽순을 침을 흘리면서 오물거린다. 그 사랑스러운 모습에
자신도 모르게 안아 올린 겐지는 감개무량할 뿐이다.

유기리는 온나니노미야가 있는 일조궁을 꼬박꼬박 문안한다.

그해 가을, 유기리가 일조궁을 찾았다. 자신의 집은 아이들이
많아져 늘 시끄럽고 번잡스러운데 일조궁은 조용하고 기품 있
는 분위기에 싸여 있다. 유기리는 정원의 가을 풀과 벌레 소리
에도 마음이 절절해진다. 그런 해질 녘, 가시와기의 유품인 육

현금을 끌어당겨 슬쩍 퉁긴다. 늘 어머니인 미야스도코로가 대응을 하는 탓에 유기리는 온나니노미야의 얼굴도 모습도 아직 보지 못했지만 점차 연심이 깊어간다. 이 밤에는 유기리가 비파로 「상부련」을 퉁기자, 발 안에서 온나니노미야가 조심스럽게 육현금을 살며시 퉁기며 합주한다.

미야스도코로는 고인이 이 정도의 풍류는 용서할 것이라 말하며 가시와기가 애용했던 젓대를 유기리에게 선물한다.

그 밤 유기리는 꿈에서 가시와기의 망령을 본다. 꿈에서 가시와기는 그 젓대는 자네가 갖고 있어야 할 것이 아니다, 달리 전해야 할 사람이 있다고 말한다.

이 무렵 아내인 구모이노카리는 유난히 들떠서 돌아다니는 일이 잦아진 유기리에게 불만을 품는다. 소문에 듣자 하니 가는 곳이 온나니노미야가 있는 일조궁이라 하여 질투한다. 어렸을 때부터 그렇게 순수한 사랑을 키워 간신히 결합한 두 사람인데, 구모이노카리는 자식 많은 결혼 생활에 쫓기다 보니 남편을 거들떠보지 않는 부인네가 되고 말았다.

다음날, 유기리는 육조원을 찾아 겐지에게 어젯밤 일조궁에서 온나니노미야와 함께 「상부련」을 합주한 얘기를 털어놓고 선물받은 젓대를 보여준다. 그리고 마음에 걸리는 가시와기의 유언도 전한다.

이날 유기리는 아카시 여어의 자식들과 놀고 있는 가오루가 가시와기를 몹시 닮은 것을 발견하고는 자신이 품었던 의혹이 틀림없었다는 것을 직감한다. 겐지는 애매한 말투로 가시와기의 유언에 대해 아는 것이 없는 척하면서 젓대는 자신이 맡고 있겠노라고 한다.

겐지 나이 마흔아홉, 유기리 스물여덟, 가오루 두 살 때의 일이다.

유기리에게 어리광을 피우며 매달리는 세 살짜리 니오노미야의 귀여운 개구쟁이의 모습에 절로 웃음이 나온다. 무라사키 시키부는 어린아이를 묘사할 때면 늘 그 필치가 생기발랄해진다.

방울벌레

이듬해 겐지 나이 쉰 살 여름에서 추석 무렵까지.

여름, 출가한 온나산노미야의 수호불 개안공양이 있다. 겐지는 그 법회를 성대하게 치르기에 부족함이 없도록 모든 원조를 아끼지 않는다. 무라사키 부인 역시 스님들의 법의와 깃발 등을 준비해 보시한다. 지불과 불전에 바치는 경은 겐지 자신이 직접 종이를 골라 필사했다. 평소 온나산노미야가 기거하는 침전을 법회의 장소로 꾸몄다. 침소를 임시 불단으로 개조한 장엄한 실내를 보고 겐지는 온나산노미야의 출가를 새삼 슬퍼한다. 그러나 온나산노미야는 겐지의 감상을 냉담하게 무시한다. 온나산노미야는 출가 후 마음의 평안을 얻은 듯 보인다. 온나산노미야를 뒤따라 출가한 시녀들이 시중을 드는 온나산노미야의 생활에서도 나름대로의 평온함이 보인다.

가을, 팔월 십오일 밤, 겐지가 찾아와 가을 들판처럼 꾸민 정원에 풀어놓은 방울벌레 소리를 들으며 온나산노미야와 노래를 주고받는다. 온나산노미야는 아직도 포기하지 못한 듯 미련을 보이는 겐지를 성가셔하면서 어딘가 멀리 가고 싶다는 생각까지 한다.

겐지가 오랜만에 쟁을 연주한다. 온나산노미야는 그 소리에 열심히 귀를 기울인다. 때마침 반딧불 병부경과 유기리가 찾아와 방울벌레 소리를 들으며 연회를 갖는다. 그때 또 레이제이 상황이 상황전으로 놀러 오라고 사자를 보낸다. 겐지는 일동을 데리고 냉천원으로 간다. 시와 노래를 짓고 음악을 즐기며 밤이 새도록 흥취에 젖었다.

그리고 겐지는 아키고노무 중궁을 문안한다. 중궁은 어머니 육조 미야스도코로의 원령에 관한 소문을 듣고 상심해, 어머니의 망집을 구제하기 위해 출가하고 싶다고 고백한다. 겐지는 절대 반대를 하며 미야스도코로의 추모 공양을 권한다.

이렇다 할 줄거리 없이 그저 담담한 필치로 출가한 후의 온나산노미야의 생활상을 쓰고, 달 밝은 추석 날 밤의 겐지의 행동만 그려져 있는데도 명화를 보듯 아름다운 단편소설이다. 등장인물 한 사람 한 사람의 고독한 마음이 풀벌레 소리를 배경으로 떠오르는 듯하다.

저녁 안개

「방울벌레」 첩에 이어 팔월 중순에서 그해 겨울까지의 이야기. 온나니노미야를 사모하는 유기리의 모습과 그 때문에 붕괴되는 유기리의 가정이 묘사되고 있다.

고지식하고 따분한 인물로 일관했던 유기리가 그토록 오랜 세월 동안 일편단심을 지켜 간신히 일궈낸 구모이노카리와의 결혼 생활에 권태를 느끼고 친구의 미망인에게 점차 마음을 빼앗긴다. 고지식한 사람이 중년이 되어 사랑에 빠지면 걷잡을 수 없는 예가 세상에는 흔히 있다. 유기리의 새로운 사랑이 바로 그 전형이다. 유기리는 스물아홉 살로 헤이안 시대에서는 인생의 중반을 넘긴 나이라 할 수 있다. 결혼한 지 10여 년이 지나 사랑하는 아내와의 사이에는 아들 넷과 딸 넷을 두고 있다.

부부 금실이 깨져 외로운 동안 고레미쓰의 딸에게 손을 대어 성실하게 드나들면서 그 사이에서도 아들 둘과 딸 둘이 태어났다. 합하면 모두 열두 명, 자식복이 많은 점에서도 유기리의 성실함이 증명된다.

당시 유기리 정도의 신분과 입장이라면 처첩이 더 많은 것이 보통인데, 유기리는 두 여자와만 관계를 맺었으니 성격이 아버지 겐지를 거의 닮지 않았다고 할 수 있겠다.

이 첩은 마치 가정을 거느린 현대의 회사원이 바람을 피우는 것처럼 그 묘사에 리얼리티가 넘친다. 유머 소설 같은 해학에 절로 웃음이 나온다. 세태 소설에 상당한다고 할까.

바람을 피워 가정이 붕괴되는 지경에 이른 것은 유기리에 이런 일에는 익숙하지 않기 때문이다. 구모이노카리가 자식을 여덟 명이나 낳은데다 곱게 자란 덕분에 제멋대로이기는 해도 성격이 너그럽고 발랄하여 그럭저럭 사태가 수습된다.

그런데 재미있는 것은 당사자인 온나니노미야가 유기리에게 전혀 마음이 움직이지 않는다는 점이다.

유기리는 계속 일조궁을 드나드는데 온나니노미야와는 평행선만 그릴 뿐 대화를 나누는 일도 없다. 일조궁의 조용한 분위기와 온나니노미야의 차분한 기척에 날로 이끌리는 유기리는 이대로 끝낼 수는 없다는 마음이 강해진다. 온나니노미야에게 직접 자신의 마음을 호소해야겠다고 생각하는 사이, 미야스도코로가 병에 걸려 오노의 산장으로 거처를 옮긴다.

팔월 중순, 유기리는 오노의 산장을 찾아가 해 저물 무렵 자욱한 안개에 섞여 온나니노미야의 처소로 숨어들어서는 자신의 연심을 호소한다. 그 밤, 유기리는 깊은 안개 때문에 갈 길이 위험하다는 구실로 산장에서 머문다.

온나니노미야는 옆방으로 몸을 숨기지만 장지문을 잠글 수가 없다. 유기리는 그런 장지문을 밀어 여는 것은 문제가 아니지만 굳이 난폭한 행동은 하지 않는다. 그런데도 온나니노미야가 마음을 열지 않자 껴안아 밝은 달빛이 비치는 곳으로 데리고 간다. 온나니노미야는 필사적으로 고개를 돌리지만, 애처로울 정도로 야윈 모습이 유기리의 눈에는 우아하고 매력적으로 보인다. 가시와기가 이 온나니노미야를 미인이 아니라 하여 가벼이 여겼던 것을 떠올린다.

온나니노미야는 아버지 스자쿠 상황이 가시와기의 구혼에 응하라 권해서 결혼했는데, 그런 가시와기조차 결혼을 했으면서도 자신을 매정하게 대하고 사랑해주지 않았다고 한탄한다. 그 밤, 유기리는 더 이상의 행동은 취하지 않고 다음날 아침 일찍 돌아간다.

그런데 돌아가는 뒷모습을 병자의 가지기도를 위해 와 있었던 율사가 보았다는 것을 눈치채지 못한다.

미야스도코로는 아침 일찍 돌아가는 유기리의 모습을 보았다는 율사의 말에 놀라서 온나니노미야를 불러 추궁하는데, 온나니노미야는 변명도 하지 못하고 울기만 할 뿐이었다. 미야스도코로는 두 사람의 관계를 율사가 말한 것대로 오해한다.

아침 이슬을 밟아 옷이 젖은 유기리는 육조원에 가서 하나치루사토의 처소에서 옷을 갈아입고 오노에 편지를 보내지만, 온나니노미야는 무시하고 눈길조차 돌리지 않는다.

유기리가 보낸 두 번째 편지가 미야스도코로의 손에 건네졌다. 편지를 본 미야스도코로는 이틀이나 찾아오지 않는 유기리의 처사에 화를 낸다. 남녀 사이에 정사가 있었던 이상 사흘은 계속해서 다니는 것이 예의인데, 하룻밤에 버림을 받는 것은 여자의 가장 큰 수치로 여겨졌기 때문이다. 그런데도 유기리의 본심을 알고 싶은 미야스도코로는 힘겨운 몸을 가누어가며 딸을 대신해 답장을 쓴다. 그 편지를 채 다 쓰지도 못하고 미야스도코로의 용태가 급변한다.

유기리는 삼조 자택에서 이 편지를 받는다. 새발자국 같은 필적이라 판독을 할 수 없는데 구모이노카리 부인이 몰래 들어와 뒤에서 그 편지를 빼앗는다. 유기리는 낭패하여 하나치루사토의 편지라고 거짓말을 하고는 다시 빼앗으려 한다. 구모이노카리 부인이 편지를 숨겨버려 유기리는 답장을 쓸 수가 없다.

다음날 유기리는 이부자리 밑에 숨겨져 있는 미야스도코로의 편지를 겨우 발견하여 서둘러 답장을 쓰지만, 빈사의 병상에서 미야스도코로는 유기리의 편지가 왔다는 소식을 듣고는 그렇다면 오늘 밤도 오지 않는 것이냐며 낙담한 나머지 절명한다.

온나니노미야는 어머니의 죽음의 원인이 유기리라고 생각하며 한층 더 유기리를 멀리한다. 유기리는 마음의 문을 닫아버린 온나니노미야 때문에 애를 태우면서도 절대 포기하지 않는다.

유기리는 미야스도코로의 장례 절차를 도맡아 처리하고 일조궁을 멋대로 수리해 억지로 둘째 온나니노미야를 데리고 와서는 주인인 양 행세한다.

온나니노미야는 그런 유기리에게 혐오감을 느끼며 토방에 몸을 피하고 저항하는데, 유기리는 그 밤 시녀의 안내로 토방에 들어가 온나니노미야를 억지로 소유한다. 어찌할 수 없는 상황에 굴복하기는 했지만 온나니노미야는 이렇게 강압적으로 행동하는 유기리를 원망하며 더욱더 마음을 닫는다.

유기리가 다음날도 돌아오지 않자 구모이노카리 부인은 유기리를 원망하고 화를 내며 아이들 절반을 데리고 아버지 전 태정대신의 집으로 돌아가버린다.

구모이노카리에게 온나니노미야는 오빠의 부인에 해당하니, 이 삼각관계는 전 대신가 사람들에게도 유쾌한 일이 아니었다. 그런 만큼 온나니노미야의 입장이 난처해진다.

유기리는 할 수 없이 아내의 친정으로 부인을 데리러 가는데, 구모이노카리는 친정에서 느긋하게 놀면서 유기리와 함께 삼조궁으로 돌아가려 하지 않는다. 아버지 대신도 딸의 편을 들면서 순순히 돌아갈 필요는 없다고 한다.

이 소문을 듣고 과거 연적이었던 도 전시가 동정과 위로의 편지를 구모이노카리에게 보낸다. 마지막으로 유기리에게 자식이 열두 명이나 있다는 것을 덧붙이고 이 첩을 끝맺음했는데, 그 점도 웃음을 자아낸다.

평온했던 가정이 붕괴하는 과정을 구구절절하게 썼는데, 전체적으로 밝은 유머가 있는 것은 무라사키 시키부가 지닌 객관성에서 오는 여유일까.

구모이노카리 부인의 천진하고 품성이 좋은, 미워할 수 없는 성격이 실로 생기 있게 그려져 있다.

법회

무라사키 부인의 죽음이 이야기된다. 겐지 나이 쉰한 살의 삼월에서 가을까지의 이야기다. 무라사키 부인은 「봄나물 하」 첩에서 죽음의 경계에서 한 번 되살아나기는 했지만 건강 상태가 계속 좋지 않아 4년에 걸쳐 몸이 심하게 쇠약해졌다. 겐지의 걱정이 말이 아니다. 무라사키 부인은 이생을 위해 전부터 염원했던 출가를 더욱 간절하게 소망하는데 겐지는 여전히 말도 안 되는 일이라며 허락하지 않는다.

삼월에 무라사키 부인이 발원하여 『법화경』 1천 부를 공양하고 법화팔강회가 이조원에서 열린다.

마치 이 세상의 극락 같은 훌륭한 법회였다. 현 천황을 비롯하여 동궁, 아키고노무 중궁, 아카시 중궁 등 겐지와 관계된 사람들이 줄줄이 참례했다. 제5권을 강하는 날, 무라사키 부인은 이 사람들을 만나는 것도 지금이 마지막이라 생각하고, 그 옛날 겐지의 사랑을 다투었던 아카시 부인과 하나치루사토 부인을 그리워하며 영원한 이별의 마음을 담아 노래를 주고받는다.

법회가 끝난 후, 무라사키 부인은 다시 병석에 눕는다. 겐지는 법회를 기회로 존귀한 불사를 수도 없이 거행하고 온갖 수법을 명하며 무라사키 부인의 쾌유를 빈다.

여름이 되었는데도 기도의 효험은 전혀 나타나지 않는다. 무더위 때문에 무라사키 부인은 더욱 쇠약해지고, 때로 정신이 혼미해지기도 한다.

아카시 중궁이 낳은 황자들 가운데 무라사키 부인은 니오노미야를 유독 귀여워했다. 갓 세 살이 된 니오노미야에게 어른이 되면 이 처마 끝의 홍매와 벚꽃을 보며 즐기면 좋을 것이라고 말하면서, 그때 이미 저세상 사람이 된 자신에게도 꽃을 공양해 달라고 유언한다.

가을이 되어 아카시 중궁이 무라사키 부인을 문안한다. 중궁과 대화를 나누던 무라사키 부인은 용태가 악화하여 임종을 맞는다. 그 밤이 밝을 무렵 무라사키 부인은 중궁의 손에 손을 쥐인 채 사라지는 이슬처럼 돌아올 수 없는 사람이 되었다. 향년 마흔세 살의 팔월 십사일의 일이었다.

겐지는 망연자실한 채 비탄에 빠져 유기리가 시신 가까이 다가오는 것조차 꾸짖지 못할 정도로 정신이 없었다. 유기리는 태풍이 몰아쳤던 날 이후, 은밀하게 동경해왔던 무라사키 부인의 죽은 얼굴을 절절한 심정으로 들여다본다. 등불을 들고 가까이에서 보는 얼굴이 너무도 사랑스럽고 아름다워 감격한다.

다음날인 팔월 십오일, 장례 절차가 모두 끝났다. 망연자실한 겐지를 대신하여 유기리가 듬직하게 모든 것을 진두지휘했다. 이레마다 치르는 공양도 정중하게 올렸다. 전 태정대신과 아키고노무 중궁에게서 조문 사절이 온다.

겐지는 너무도 슬픈 나머지 아무런 생각도 할 수 없다. 그런 와중에 지금이야말로 출가를 할 때라는 심경이지만, 그 또한 세상이 뭐라고 할까 하여 단행하지는 못한다.

무라사키 부인은 겐지 이야기 속에서 주인공인 히카루 겐지와 나란한 히로인으로 중요한 인물이었다. 열 살이란 어린 나이에 거의 유괴되다시피 겐지의 손에 거두어져 손 안의 구슬처럼 이상적인 여인으로 키워진 후에 수많은 처첩들 가운데에서도 견줄 자가 없을 만큼 겐지의 총애를 독차지했다. 그러나 불행하게도 자식을 한 명도 낳지 못했다.

만년에는 출가를 희망했지만, 겐지와 같이 사는 탓에 겐지가 늘 반대해 뜻을 이루지 못했다. 죽어서야 겨우 형식뿐인 오계를 받지만, 무라사키 부인이 원한 것은 그런 것이 아니었다.

『겐지 이야기』에 등장하는 여인들 가운데 가장 행복한 여인이라 일컬어지는 무라사키 부인을 나는 오히려 가장 가여운 여인이라고 생각한다. 적어도 『겐지 이야기』 속의 여인들은 출가를 함으로써 겐지의 애욕 때문에 빚어진 고통스러운 고뇌에서 벗어나 마음의 평안을 얻을 수 있었기 때문이다.

무라사키 부인은 과연 히카루 겐지의 반쪽이었다. 겐지의 생애에 걸친 수많은 연애 사건도 무라사키 부인이라는 사랑의 여신이 있었기에 일시적인 바람이었다고 보인다.

무라사키 부인이 죽은 후 겐지는 의욕을 잃고 살아갈 목적조차 잃은 것처럼, 그 옛날의 눈부시던 모습은 점차 색이 바래져간다. 풀이 죽어 그저 앞서 떠난 부인의 추억에 잠겨 탄식하는 겐지의 모습에서 그 옛날의 빛나던 매력은 이미 느낄 수 없다. 무라사키 시키부는 마치 무슨 악의라도 있는 것처럼 한심하게 변한 겐지의 모습을 다음 첩까지 끈질기도록 써내려간다.

이 첩에서 인상적인 것은 유기리가 태풍의 날 이후 남몰래 동경해왔던 무라사키 부인에 대한 사모의 정을 임종의 어수선한 와중에 다시금 떠올리고는, 감정이 격해져 가까이에서 죽은 얼굴을 바라보는 장면이다.

환술사

무라사키 부인이 죽은 이듬해 정월에서 십이월까지 1년 동안의 걸친 겐지의 애상과 각 달의 풍물 등을 세시기를 쓰듯 노래로 읊었다.

「법회」 즈음부터 유기리가 굳건한 존재감을 나타내기 시작하면서 풀이 죽어 초라해진 겐지의 든든한 지팡이 노릇을 한다. 왠지 이때부터 주역이 교체된 듯한 느낌이 든다.

무라사키 부인이 죽은 후 겐지는 무라사키 부인과의 추억이 짙게 배어 있는 이조원에 틀어박혀 지낸다. 사교적인 성품이었는데 지금은 사람을 싫어하여 신년을 축하하기 위해 찾아온 사람들조차 만나지 않는다. 유기리와 반딧불 병부경을 제외하고는 아무와도 직접 만나려 하지 않는다.

당장이라도 출가를 하고 싶은데, 무라사키 부인이 죽어 출가를 했다는 세상의 쓴소리를 듣고 싶지 않아 실행에 옮기지 못한다. 겐지가 사랑했던 여자들이 단호하게 출가를 결심한 데 비해 겐지의 이 망설임은 무엇 때문일까.

겐지는 주위에 있는 시녀들과 무라사키 부인에 관한 추억담에 젖어 있을 뿐이다. 옛날부터 정을 통해왔던 중납언과 중장 등 믿을 수 있는 시녀들이 상심에 겨운 겐지를 위로하고 있다. 육조원의 부인들에게도 찾아가려 하지 않는다. 유기리가 홀로 잠자는 겐지를 곁에서 지키며 위로한다.

이월, 무라사키 부인이 남기고 간 홍매를 보고 할머니가 말씀하셨다면서 꽃을 보살피려 하는 니오노미야의 모습이 눈물을 자아낸다.

삼월, 활짝 핀 벚꽃을 떨어지지 않게 하려고 나무 주위에 휘장을 치자는 니오노미야의 천진난만한 언동에 겐지의 마음이 위로를 받는다.

온나산노미야를 찾아가 보지만, 겐지는 그녀의 냉담한 반응에 상처를 입는다. 그런 겐지의 뒷모습을 바라보는 아카시 부인의 심중도 복잡하다.

사월, 하나치루사토가 매년 그렇듯 여름용 의상을 지어 보낸다. 그에 답하여 비탄에 젖은 노래를 주고받는다.

오월, 장마철에는 귤꽃과 두견새 울음소리에 옛날 일을 떠올리면서 마음이 어지러워진다. 오월 십일이 지나 유기리가 찾아와 무라사키 부인의 일주기에 대해 사전 의논을 한다. 슬퍼하는 겐지를 보고 유기리는 자신은 얼핏 보았을 뿐인데도 강렬한 인상을 받았는데 평생을 함께한 겐지가 슬퍼하는 것은 무리가 아니라고 동정한다.

유기리가 일주기를 어떻게 치를 것이냐고 묻자 겐지는 대단하게 치를 것은 아니다, 무라사키 부인이 생전에 만들어두었던 극락 만다라를 공양할 생각이라고 한다. 그 건에 관해서는 무라사키 부인이 죽기 전에 공양에 임할 스님까지 마련해둔 상태였다.

이때 유기리가 무라사키 부인이 겐지의 자식을 낳지 못한 것을 유감스러워하자, 겐지는 자신에게 운이 없어서 그렇다면서 인연이 깊고 오래 살고 있는 부인도 자식을 그리 많이 낳지는 못했으니, 자신에게 자식복이 없는 것이라고 한다. 성실하여 자식이 많은 유기리의 가정에 비해 겐지는 자식이 많지 않았는데, 오히려 그 점이 미적으로 느껴진다.

유월이 되어 무더위가 한결 혹독해진 무렵, 연못에 핀 연꽃을 바라보면서 무라사키 부인을 그리워하는데, 쓰르라미 울음소리, 패랭이꽃, 반딧불 등 눈에 보이고 귀에 들리는 모든 것에서 고인을 떠올리는 겐지의 슬픔은 끝이 없다.

칠월 칠일, 칠석인데 견우와 직녀처럼 밀회를 즐길 상대도 없다.

팔월에는 달초부터 일주기 준비에 여념이 없어 잠시 슬픔을 잊는다. 일주기 당일, 상하를 막론한 많은 사람들이 법회에 참석한다. 중장과 무라사키 부인을 그리워하는 노래를 주고받는다.

구월, 솜을 씌운 국화를 보면서 또 무라사키 부인을 떠올린다.

시월에는 하늘을 날아가는 기러기 한 쌍을 보고 무라사키 부인을 그리워하면서 그들을 부러워한다.

십일월, 고세치에 손자들이 동전상으로 온 모습을 보고 아무런 거리낌이 없었던 젊은 시절을 떠올리고 감상에 젖는다.

십이월에는 드디어 자신이 출가할 날이 왔다고 생각하고 옛날의 연문 등을 모두 태워버리는 등 신변 정리를 서두르기 시작한다.

1년 동안 무라사키 부인에 대한 미련을 끊지 못하고 세월을 보냈는데 이제야 세상을 등질 결심을 굳힌 것이라 보인다. 무라사키 부인이 스마, 아카시로 보낸 추억의 편지마저 태워버린다.

십이월 십구일부터 사흘에 걸친 불명회 날에 겐지는 1년 만에 사람들 앞에 모습을 보인다. 옛날보다 아름답고 거룩하여 마치 살아 있는 부처인 듯한 겐지의 모습에 사람들은 절로 감격의 눈물을 흘린다. 1년 동안 계속되는 겐지의 한탄을 상대했던 독자들은 이제야 겨우 가슴의 응어리가 풀리는 듯할 것이다. 무라사키 시키부의 대대적인 서비스, 겐지가 묘하게 퇴장하는 장면 연출이다.

이 1년 동안 출가를 원하는 겐지의 마음이 점차 굳어지는 기미를 느낄 수 있다. 겐지가 여자들의 출가를 싫어한 까닭은 출가를 하면 육체 관계를 가질 수 없다는 계율이 있기 때문이었다. 당시 불교의 계율이 그만큼 엄격하게 지켜지고 있었다고 할 수 있다.

음탕하고 분방한 겐지에게도 두 가지 금기가 있었다. 한 가지는 여승과의 육체 관계, 다른 한 가지는 혈연관계에 있는 어머니와 딸과의 육체 관계였다.

겐지는 일찍부터 출가하고 싶다는 말을 하면서도 여자에게 앞서지 못한 것은 성에 대한 미련 때문이었다고 봐도 무방할 것이다. 히카루 겐지를 주인공으로 한 겐지 이야기는 겐지가 독자의 눈앞에서 사라진 이 「환술사」에서 일단 끝났다고 볼 수 있다.

구름 저 너머로

본문은 한 줄도 없다. 언제부터 이 제목이 끼어들었는지, 무라사키 시키부의 연출인지 후세 사람들이 첨가한 것인지 논의가 무성하지만 아직 정확한 것은 알 수 없다.

나는 여러 설이 분분한 「구름 저 너머로」 첩에 대해서는 마루야 사이이치의 설에 동의하여 무라사키 시키부가 지금의 형태, 즉 제목만 있고 본문은 없는 참신한 형태로 했을 것이라고 생각하고 싶다.

그러나 겐지 이야기 총 54첩 속에 이 첩은 포함돼 있지 않다.

「환술사」 첩에서 눈물만 흘리는 섬약한 겐지를 지겹도록 봐 온 독자들은 만약 이 첩에 겐지의 죽음이 현실적으로 그려져 있었다면 더욱 질렸을 것이다.

무라사키 시키부는 애당초 겐지가 죽는 모습을 쓸 생각이 없었을 것이라고 생각한다. 불명회에서 사람들에게 보인 청렬한 모습이야말로 독자에게 주는 마지막 선물이었고, 그것으로 충분하다. 죽음을 의미하는 「구름 저 너머로」란 말 하나로 읽은 이가 각기 겐지의 죽음을 상상하면 될 일이다.

겐지는 출가 후 사가에 은거하다가 2, 3년 후에 죽은 것으로 되어 있다.

향내 나는 분

「환술사」과 이 첩 사이에 8년이란 공백이 있다. 이 첩에서는 겐지가 죽은 후에 등장하는 인물들의 생활 모습을 더듬고 있다.

히카루 겐지가 죽은 후, 그의 자손 중에도 겐지의 성망을 잇는 인물이 없는 듯하다. 현 천황과 아카시 중궁 사이에서 태어난 셋째 황자와 온나산노미야가 낳은(실제로는 가시와기 위문독의 아들) 아들이 그나마 미모를 자랑하고 있다 .

온나산노미야의 아들은 대외적으로는 겐지의 아들로 자라나고 있다. 태어날 때부터 신비한 방향을 지닌 체질이다. 셋째 황자는 이 아들보다 한 살 위인데, 어렸을 때부터 사이좋게 놀면서 자란 터라 무슨 일에든 경쟁심을 불태운다. 셋째 황자는 좋은 향기를 풍기는 온나산노미야의 아들에게 지지 않으려고 명향을 조합해서 옷과 머리칼에 늘 배게 하여 거의 체취가 되도록 하였다.

둘은 성장하여 셋째 황자가 병부경, 온나산노미야의 아들이 중장이 되었을 때, 세상 사람들을 그들을 병부경 또는 니오노미야, 그리고 가오루 중장이라고 부르게 된다.

니오노미야는 무라사키 부인에게서 물려받은 이조원에서 살고 있다. 성격이 할아버지 겐지를 가장 많이 닮아 다감하고 색을 좋아한다.

가오루는 어머니 온나산노미야가 살고 있는 삼조궁에서 자랐다. 나이가 들면서 자신의 태생의 비밀을 암암리에 알게 되어 수심이 많고 우수에 찬 그늘을 지닌 청년이 되었다.

육조원도 겐지가 살아 있을 때와는 양상이 많이 바뀌었다. 온나산노미야는 삼조궁에서, 하나치루사토는 육조원에서 나와 지금은 이조의 동원에 기거하고 있다.

아카시 부인은 육조원에 그대로 살고 있어 아카시 중궁은 육조원을 사가로 삼고 있다. 아카시 중궁이 낳은 첫째 황녀는 무라사키 부인이 살았던 남전의 동쪽 별채에 살고 있다. 셋째 황자의 형으로 유기리의 차녀와 결혼한 둘째 황자는 육조원 침전을 사용하고 있다.

유기리는 하나치루사토가 기거했던 육조원 동북쪽 침전에 온나니노미야를 맞고 삼조의 저택에 있는 구모이노카리 부인의 처소를 한 달에 절반씩 성실하게 드나들고 있다.

가오루는 겐지의 부탁으로 레이제이 상황의 양자가 되었다. 상황과 아키고노무 중궁의 총애를 받아 성인식도 상황전인 냉천원에서 치른다. 그 가을에 우근위 중장이 되었다. 가오루 중장이라 불리는 것은 이 관명 때문이다.

니오노미야는 레이제이 상황의 첫째 황녀를 마음에 품고 있는데, 유기리는 전시가 낮았지만 미인이라 평판이 자자한 자신의 여섯째 딸을 니오노미야나 가오루와 결혼시키고 싶어한다. 그 때문에 여섯째 딸을 온나니노미야의 양녀로 보내 귀족의 자녀로 손색이 없게 키우도록 한다.

정월 십팔일, 도궁 대회에서 이긴 쪽인 유기리는 육조원에서 향연을 베푼다. 그 연회에 가오루와 니오노미야도 참석했다.

홍매

가시와기의 바로 밑에 동생인 안찰사 대납언 일가의 이야기이다. 대납언은 앞서 저세상으로 간 부인 사이에 두 딸이 있었다. 그 후 고 반딧불 병부경의 정부인이었던 마카바시라를 정부인으로 맞아 그 사이에서 아들 하나를 낳았다.

대납언은 큰딸을 동궁비로 입궁시켰다. 작은딸의 짝으로는 니오노미야를 점찍고 있다. 대납언은 홍매꽃를 곁들여 니오노미야에게 노래를 보내면서 니오노미야의 마음을 둘째 딸에게 끌려고 하지만 니오노미야는 내켜 하지 않는다. 니오노미야는 마키바시라가 데리고 온 딸에게 관심이 있기 때문이었다. 이 딸의 이복 동생을 통해 열심히 연문을 보내지만 성품이 조심스러운 아씨는 결혼 따위에는 전혀 관심이 없다.

마지막으로 우지에 있는 여덟째 황자인 하치노미야의 딸에게 니오노미야가 마음을 품고 있는 듯하다는 소문이 얼핏 등장한다.

「향내 나는 분」과 「홍매」, 그다음 첩인 「다케 강」은 이야기의 무대가 우지로 옮겨 가기 전 겐지가 죽은 후의 각 가문의 모습과 변화를 알 수 있는 편리한 첩이다.

학문적 근거는 없지만 무라사키 시키부는 「환술사」까지 완성한 후 처음에 구상한 이야기는 일단 끝났다고 생각했던 것이 아닐까 싶다. 그 후 몇 년 간격을 두고 다시 쓰고 싶은 충동에 새로이 붓을 들어 우지 10첩을 쓰기 시작한 것이 아닐까.

이 3첩은 그동안에 이야기를 이어주는 의미로 메모식으로 써 두었을지도 모르겠다. 그러나 훗날 다른 사람이 끼워넣었을 것이란 견해도 부정할 수 없을 듯하다.

아무튼 독자로서는 궁금한 겐지가 죽은 후의 상황을 알려주고 다음 이야기로 이어주는 편리한 다리 역할을 하고 있다.

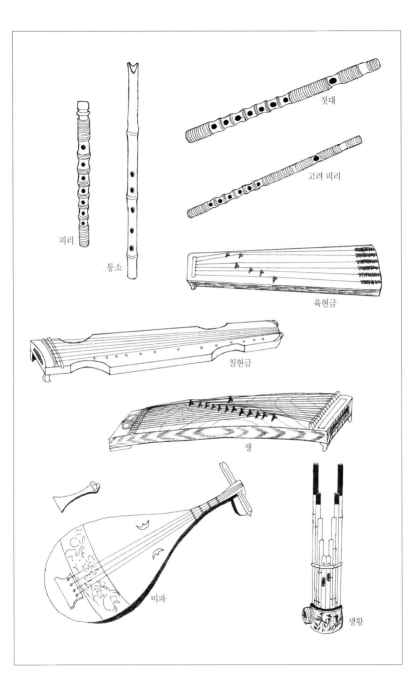

피리

통소

젓대

고려 피리

육현금

칠현금

쟁

비파

생황

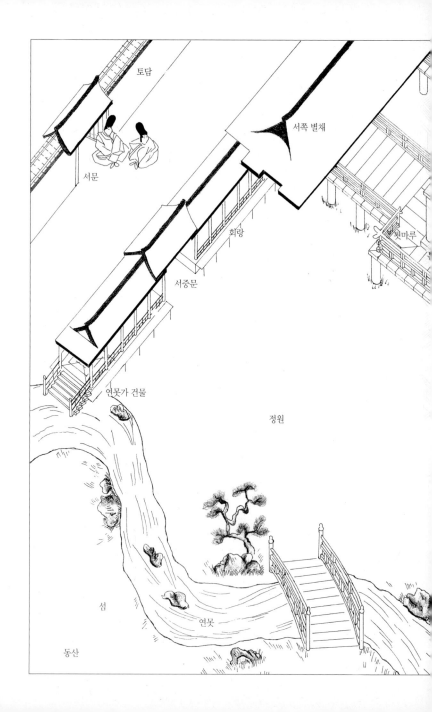

토담

서쪽 별채

서문

회랑

툇마루

서중문

연못가 건물

정원

섬

연못

동산

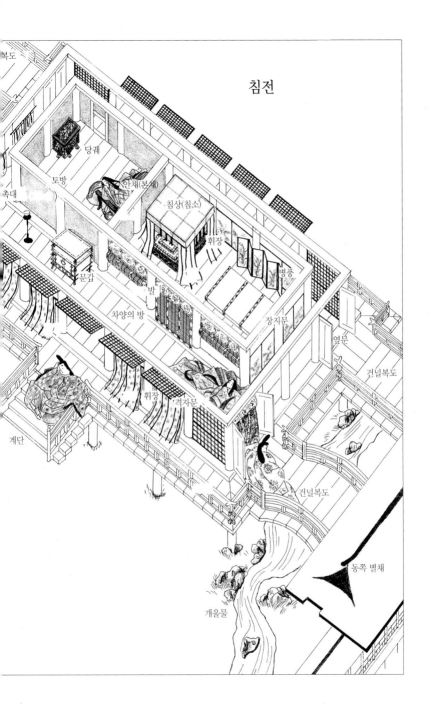

침전

복도

당궤

토방

촉대

안채(본채)

침상(침소)

문갑

휘장

병풍

발

차양의 방

장지문

옆문

건널복도

계단

휘장

격자문

건널복도

동쪽 별채

개울물

소매복 차림

성인식 예복

쥘부채

당의

겉겹옷(5겹)

겉치마

겉옷

겉옷

바지(풀 먹인 빳빳한 바지)

속바지

평상복 차림

건

평상복 차림

겉옷

쥘부채

쥘부채

가벼운 평상복 차림

관복 차림

홑옷

관

석대

홀

포

바지
(대님으로
아랫자락을
묶는 바지)

속옷자락

겉바지

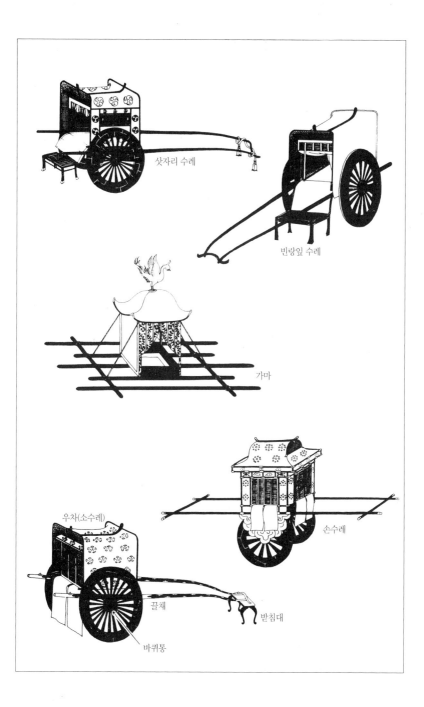

삿자리 수레

빈랑잎 수레

가마

우차(소수레)

손수레

끌채

받침대

바퀴통

• 가미가모 신사

• 시모가모 신사

• 오토

1 동사 2 서사 3 홍려관 4 하원 5 후원 6 순화원 7 사조원 8 압한원 9 굴후원 10 대학료 11 곡원 12 냉천원 13 고양원 14 창원 15 다원

• 별궁

궁성

주작문

신천원

주작원

서시

동시

나성문

일조대로
정친정소로
토어문대로
응사소로
근위어문대로
감해유소로
중어문대로
춘일소로
대취어문대로
냉천소로
이조대로
압소로
삼조방문소로
자소로
삼조대로
육각소로
사조방문소로
금소로
사조대로
능소로
오조방문소로
고십소로
오조대로
통구소로
육조방문소로
양매소로
육조대로
좌여우소로
칠조방문소로
북소로
칠조대로
염소로
팔조방문소로
매소로
팔조대로
침소로
구조방문소로
신농소로
구조대로

• 도리베노

서경극대로 무차소로 산소로 창포소로 목지대로 혜십리소로 마대로 우다소로 도야다대로 야조소로 서굴천소로 서인부대로 서궁소로 서즐사대로 황가문대로 서방성소로 주작대로 방성소로 임생대로 즐사소로 대궁대로 지천소로 굴천소로 유소로 서동원대로 정고정소로 실정환소로 오동원대로 동동원대로 고창소로 만리소로 부동경극대로

헤이안 경

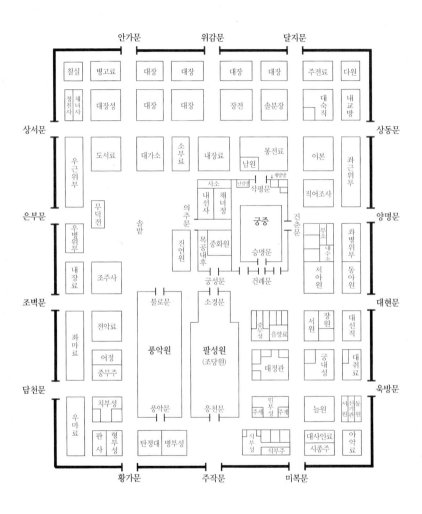

궁성

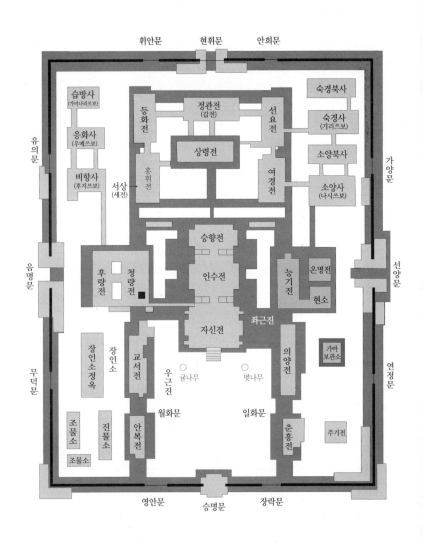

휘안문　　현휘문　　안희문

습방사
(가미나리쓰보)

숙경북사

응화사
(우메쓰보)

숙경사
(기리쓰보)

비향사
(후지쓰보)

소양북사

유의문

서상
(세전)

등화전

정관전
(갑전)

선요전

상령전

홍휘전

소양사
(나시쓰보)

가양문

여경전

음명문

선양문

승향전

인수전

후량전

청량전

능기전

온명전

현소

좌근진

무덕문

자신전

장인소정옥

장인소

교서전

우근진

○
귤나무

○
벗나무

의양전

가마
보관소

연정문

월화문

일화문

조물소

진물소

안복전

춘흥전

주기전

조물소

영안문　　승명문　　장락문

궁중

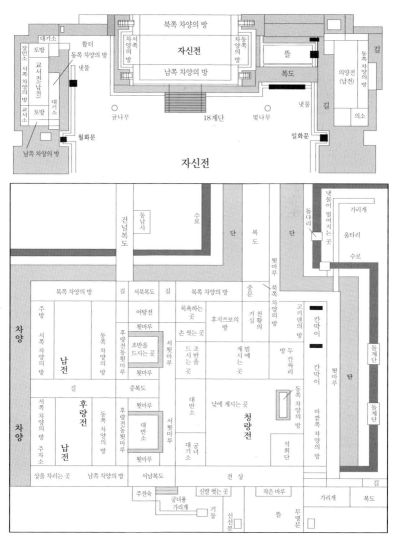

자신전

청량전·후량전

관위상당표

전상인 ↑
지하 ↓

관위	신기관	태정관	중무성	식부성	치부성	형부성	병부성	민부성	대장성	궁내성	좌우대사인료	도서료	내장료	아악료	현번료	제릉료	주계료	목공료	대학료	주세료	좌우마료	좌우병고료	음양료	전약료	내장료	봉전료	대취료	주전료	재궁료
정종1위		태정대신																											
정종2위		좌대신 우대신 내대신																											
정3위		대납언																												
종3위		중납언																												
정4위		참의	경			경																								
종4위	백	좌우대변																												
정5위		좌우중변 좌우소변	대보			대판사 대판사보																								
종5위	대부	소납언	소보 대감물 시종			소판사								두						문장박사 두						두				두
정6위	소부	좌우대사 대외기	대내기 대승			중판사 대승														조 명경박사		시 의								조
종6위	대우 소우		소승 중감물			소판사 중승 대주약																			조					
정7위		좌우소사 소외기	대록 소록 대감물 주령 내기			판사 대속 대록														대윤	명법박사	조교		음양박사 천문박사	주금박사 의박사					대윤
종7위			감물 대전 전약			대해부 소해부 주약														소윤	산박사	서박사		역박사 음양사 누각박사	침박사 의사					소윤
정8위		대사	소주 소령 록			판사소속 중해부																								
종8위	소사		소전약			소해부														대속	소속	마의사						소속	대속
대초위																														소속
소초위																														

관위	동서시사	수옥사	정친사	조주사	내선사	준인사	직부사	채녀사	주수사	후궁	춘궁방	중궁직	수리직	좌우경직	대선직	좌우근위부	좌우위문부	좌우병위부	탄정대	장인소	검비위사	감해유사	진수부	대재부	안찰사	국사대국	국사상국	국사중국	국사하국
정종1위																													
정종2위																				별당									
정3위																													
종3위									상시							근위대장			윤					수					
정4위									부																		우에노·가즈사·히타치의 수		
종4위									전시		춘궁대부	중궁대부			대부	근위중장	위문독	병위독	대필	두	별당		장군	대이	안찰사				
정5위															대선대부	근위소장			소필	5위장인									
종5위									장시		춘궁학사	형	형				위문좌	병위좌		장인	차관			소이		수	수		
정6위			정		봉선		정												대충·소충	6위장인				대감		개		수	
종6위								정			대진·소진		대진			근위장감	위문대위	병위대위			대위		판관	소감		개			수
정7위													소진				위문소위		태순		소위		대·소군판	전사감·기사		대연			
종7위	우				전선											근위장조		병위소위			주전			박사		소연	연		
정8위						우	우				대속						위문대지		소소		대지			의사·산사·전사·소공					연
종8위											소속						위문소지	병위대지·병위소지			소지		군조			대목·소목			
대초위			영사		영사																								목
소초위									영사																				목

계보도

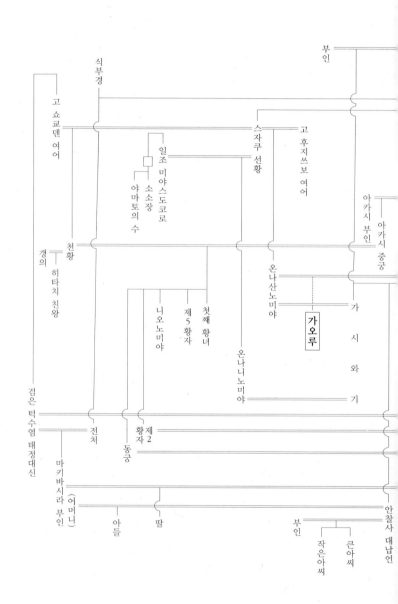

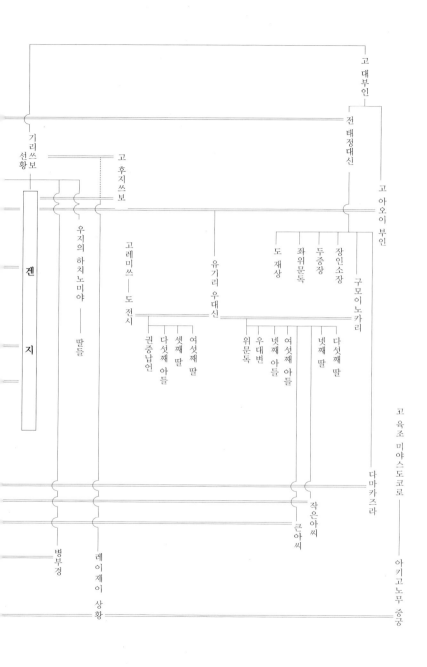

연표

첩	황제	겐지나이	주요 사항
36 떡갈나무		48	봄, 가시와기, 병으로 쇠약해져 죽음을 생각한다. 온나산노미야는 가오루를 낳은 후 출가한다. 가시와기, 유기리에게 유언을 남기고 죽는다. 3월, 겐지는 고뇌를 안고 가오루의 오십일 축하연을 마련한다. 유기리, 가시와기의 유언을 따라 일조 저택을 방문한다. 사람들은 가시와기의 죽음을 애도한다.
37 젓대		49	봄, 가시와기의 일주기. 겐지는 가오루의 천진난만함에 자신의 늙음을 한탄한다. 가을, 유기리는 온나니노미야와 '상부련'을 합주한다. 일조 미야스도코로, 가시와기의 유품인 젓대를 선물한다. 유기리의 꿈에 가시와기가 나타난다. 유기리, 젓대를 겐지에게 맡긴다.
38 방울벌레	긴 조 제		여름, 온나산노미야의 지불 개안 공양. 팔월 십오일, 겐지는 아직도 온나산노미야에게 미련을 떨치지 못하고, 함께 방울벌레 연회. 이어서 냉천원에서 달구경 연회. 아키고노무 중궁의 출가를 만류한다.
39 저녁 안개		50	가을, 유기리는 오노 산장에서 온나니노미야에게 구애. 미야스도코로는 유기리의 불성실함을 원망하면서 죽는다. 온나니노미야는 유기리에게 마음을 열지 않는다. 겐지와 무라사키 부인, 유기리의 사랑을 계기로 인생의 우수를 생각한다. 겨울, 유기리, 미야스도코로 사십구재 추모 법회, 온나니노미야의 거처를 일조 자택으로 옮긴다. 유기리, 온나니노미야를 억지로 취한다. 구모이노카리를 질투심에 친정으로 돌아간다.
40 법회		51	봄, 무라사키 부인이 병석에서 출가를 원하나 겐지는 허락하지 않는다. 삼월 십일, 무라사키 부인이 『법화경』 천 부를 공양. 여름, 아카시 중궁과 니오노미야에게 유언. 가을, 팔월십사일, 무라사키 부인이 아카시 중궁과 겐지가 지켜보는 가운데 서거. 겐지와 유기리는 무라사키 부인의 죽은 얼굴을 본다. 다음날, 장송. 겐지는 출가를 원하나 실현하지 못한다.
41 환술사		52	겐지, 돌고 도는 계절의 경치에 무라사키 부인을 그리워하며 자신의 인생을 회고한다. 봄, 홍매와 벚꽃을 보며 고인을 그리워한다. 여름, 하나치루사토가 겐지에게 의류를 보

첩	황제	겐지 나이	주요 사항
41 환술사		52	낸다. 접시꽃 축제 날, 중장과 얘기한다. 가을, 칠석날에 비탄에 빠짐. 팔월 십사일, 무라사키 부인의 일주기. 구월 구일, 국화를 보며 눈물. 겨울, 십이월, 무라사키 부인이 자신에게 보낸 편지를 태운다. 불명회를 열고, 무라사키 부인이 죽은 후 처음으로 사람들 앞에 모습을 보인다. 귀신 쫓기 놀이를 하는 니오노미야의 모습에서 자신의 인생이 다했음을 느낀다.
구름 저 너머로		가오루 나이	8년 공백.
42 향내 나는 분	긴 조 제	14	겐지가 죽은 후, 니오노미야와 가오루의 평판이 높다. 니오노미야는 이미 성인식을 치렀고 병부경이라 불린다. 유기리를 니오노미야를 사위로 맞고 싶어한다. 유기리, 구모이노카리 부인과 온나노미야의 처소를 보름씩 드나든다. 봄, 이월, 가오루가 성인식을 치르고 시종이 된다. 가을에는 우근 중장이 된다. 사람들이 그를 우러러 흠모한다.
		15~18	온나산노미야는 불도에 전념한다. 가오루는 자신의 출생에 의심을 품는다. 가오루는 태어나면서부터 몸에 방향을 지니고 있어, 니오노미야를 이에 경쟁하듯 훈향에 집착한다. 니오노미야, 레이제이 상황의 첫째 황녀에게 마음을 품는다.
		19	가오루가 3위 재상으로 승진하지만 염세관은 깊어간다. 유기리, 여섯째 딸을 온나니노미야의 양녀로 삼는다.
		20	봄, 정월, 육조원에서 벌어진 도궁 대회에 가오루 등이 참석한다.
		......	
43 홍매		24	안찰사 대납언의 정부인이 이미 죽어, 고 반딧불 병부경의 미망인인 마키바시라와 재혼한다. 안찰사 대납언의 첫째 딸이 동궁의 후궁으로 입궁. 대납언, 둘째 딸의 사위로 니오노미야를 원하지만, 니오노미야는 대납언의 의붓딸에게 마음을 품는다. 마키바시라는 다감한 니오노미야와 딸의 결혼을 반대한다. 니오노미야, 우지의 하치노미야의 딸에게도 집착을 보인다.

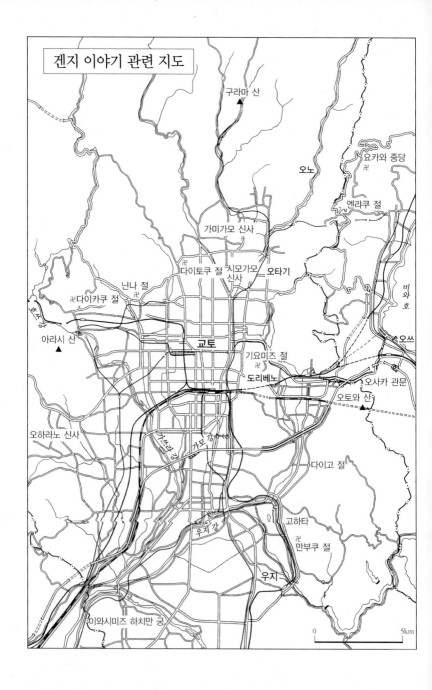

겐지 이야기 관련 지도

구라마 산

요카와 중당

오노

엔랴쿠 절

가미가모 신사

다이토쿠 절 지모가모 신사 오타기

닌나 절

다이카쿠 절

비
와
호

아라시 산

교토

오쓰

기요미즈 절

도리베노

오사카 관문

오토와 산

오하라노 신사

가쓰라 강 가모 강

다이고 절

고하타

우지 강

만부쿠 절

우지

이와시미즈 하치만 궁

0   5km

어구 해설

가모賀茂**의 축제** 가모 신사에서 행하는 축제. 접시꽃 축제를 뜻한다. 음력 사월, 유일(酉日).

가사家司 친왕, 섭정, 대신, 3위 이상의 집안에서 집안일을 관장하는 직책.

가시와기柏木 가시와기는 황거(皇居)의 수위를 담당하는 병위(兵衛), 위문(衛門)의 별칭이다. 가시와기(떡갈나무)에는 잎을 지키는 신이 있다는 전설에 바탕을 두고 있다.

가을 헤이안 시대 이후, 가을을 우수의 계절이라고 하는데, 이는 한문시의 영향으로 보인다.

가을의 풀벌레 청귀뚜라미, 방울벌레 등 소리를 감상할 수 있는 벌레의 총칭.

가즈라키葛城 **산** 나라(奈良) 현과 오사카(大阪) 부의 경계에 있는 산. 산악 신앙의 성지이며 수행승들의 전설로 유명하다.

가지기도加持祈禱 밀교(密敎)에서 행하는 주술법, 기도. 귀신이나 악령을 물리치기 위한 기도.

강사講師 불전을 강설하는 주된 승. 불상을 향하여 왼쪽에 앉고, 오른쪽에 앉은 독사(讀師)와 대좌한다.

갱의更衣 천황의 부인으로 여어(女御)의 다음가는 지위. 대납언(大納言) 이하 집안의 딸이 된다.

거품이 꺼져버리듯 사랑의 결실을 맺지 못하고 죽은 가시와기를 인상이 깊이 새기게 하는 임종 장면.

계절마다 하는 독경 계절에 따른 독경. 봄가을 두 번에 걸쳐 자신전(紫宸殿)에 백 명의 스님을 청하여 나흘 동안 「대반야경」(大般若經)을 강론한다. 동궁, 중궁, 상황, 섭정의 집안에서도 행했다.

겐지源氏 미나모토(源)란 성을 가진 씨족을 칭하는 말이다. 따라서 겐 씨 라고 번역해야 하지만 『겐지 이야기』에서는 주인공의 이름 역할을 하기 때문에 소리를 그대로 살렸다.

고레미쓰惟光 겐지의 유모의 아들. 제1권 「밤나팔꽃」 첩에서 이미 등장했다. 겐지의 은밀한 잠행 장면에서 활약한다. 겐지와 스마, 아카시에서의 불우한 시기를 함께하고, 귀경 후 출세한다. 고레미쓰의 딸인 도(藤)전시는 유기리의 부인.

고세치五節 신상제(新嘗祭), 대상제(大嘗祭: 천황 즉위 원년) 전후에 네 명의 무희(대상제 때는 다섯 명) 소녀무를 추는 행사. 음력 십일월, 축일(丑日), 인일(寅日), 묘일(卯日), 신일(辰日)에 행한다. 마지막 날은 풍명절회(豊明節會).

공경公卿 국정의 최고 간부. 태정관 이상. 공(公)과 경(卿)의 총칭. 공은 섭정, 관백, 태정대신, 좌우대신, 내대신. 경은 대중납언, 참의 및 3위 이상의 총칭.

구루스노栗栖野 **장원**莊園 야마시로(山城) 지방의 오타기(愛宕)에 있었던 유기리의 장원. 오늘날의 교토 시 북구의 니시가모(西賀茂), 다카미가네(鷹峰), 사쿄(左京) 구의 마쓰가사키(松ケ崎), 하다에다(幡枝) 근방. 유렵지(遊獵地).

구자求子 아즈마아소비(東遊び)의 노래 가운데 하나. 때와 장소에 따라 노랫말이 다른 듯하다.

굽그릇 긴 다리가 하나 달려 있는 대. 식기 등을 올려놓는다.

궁중에도 제의가 많은데 이월은 가스가 축제, 오하라노 축제 등 신사가 계속된다.

권대납언權大納言**으로 승진** 죽음을 앞둔 가시와기의 승진. 종3위에 상당하는 중납언에서 정3위에 상당하는 대납언으로 승진. '권'은 정원 외의 임시직.

귀신 영혼. 눈에 보이지 않는 끔찍한 것. 유기리가 구모이노카리를 놀리면서 몇 번이나 사용한 비유.

귀신 쫓기 액신을 쫓기 위한 구나(驅儺) 행사. 섣달그믐날 밤, 궁중에서 악

귀를 쫓기 위해 하는 의식. 제7권 「환술사」 첩에서는 연중행사를 중심으로 무라사키 부인이 죽은 뒤 시간의 경과를 더듬으면서 겐지의 일상을 얘기하고 있다.

귀신도 너그럽게 보아 꾸짖지는 않으리라 제1권 「하하키기」 첩에서 겐지가 우쓰세미의 침소에 살며시 들어갔을 때, '그 모습이 제아무리 귀신이라도 거칠게 반항할 수 없으리만큼 우아하였습니다'라고, 겐지의 초월적인 아름다움을 표현한 문장과 유사하다.

귤꽃 그리운 옛날을 떠올리게 하는 경치.

그 귀신 무라사키 부인에게 씌인 육조 미야스도코로의 귀신. 온나산노미야를 출가하게 하는 원인이 되기도 한다.

그 옛날 그늘의 덩굴을 머리에 꽂은 무희에게 연심을 품고 가슴 설레었던 고세치五節 날 제2권 「꽃 지는 고을」, 제3권 「스마」, 「아카시」 첩에서 쉬이 볼 수 있는 겐지의 연애 사건의 하나. '그늘의 덩굴'은 신상제, 대상제 등의 신사 때 관에 꽂는 파란색과 하얀색이 한 쌍인 끈.

극락 만다라 「관무량수경」(觀無量壽經)에 바탕하여 극락정토의 장엄한 경관을 그린 「정토변상도」(淨土變相圖). 원래의 만다라와는 다른 것.

근위부近衛府 장감將監으로 5위인 심복 유기리는 좌근위부 장관. 근위부의 판관(判官 : 정원 네 명, 종6위상에 상당) 가운데 5위인 자.

근행勤行 부처 앞에서 경을 읽거나 회향(回向)을 하는 것.

기념품, 답례품, 축의품 녹(祿)이라고 한다. 수고를 치하하거나 칭찬의 뜻으로 하사하는 상품. 보통 의복이었다.

깃발 법구(法具)의 하나. 불상의 위광을 나타내기 위해 불상 주위와 당내, 기둥, 천개 끝에 건다. 이 깃발을 만지면 죄의 사함을 받는 공덕이 있다고 한다.

꽃상 불전에 놓는 상. 경, 꽃바구니, 화병 등을 올려놓는다.

꽃은 올해도 때를 잊지 않고 피어 돌고 도는 계절을 생각하면서 사람의 목숨이 돌아오지 않는 것을 생각한다.

꿈속을 헤매 다니는 듯한 심경 제1권 「기리쓰보」 첩에서, 기리쓰보 갱의가 죽은 후 비탄에 젖은 사람들의 모습을 묘사한 표현과 유사하다.

나는 땔감을 메고 풀을 뜯고 물을 길으며 법화경을 얻었으니 『습유집』(拾遺集),

「애상」(哀傷), 「행기」(行基). 대법회 때 이 노래를 읊으며, 장작을 메고 물통과 헌상물을 들고 당과 연못 주위를 돌며 장작 행도를 한다. 석가 는 나무열매를 따고 물을 긷고 장작을 줍는 고생을 하며 제바(提婆)의 시중을 들어 법화경의 가르침을 얻었다고 한다.

나무 쟁반折敷   삼나무나 노송나무로 만들어 음식을 담는다.

나뭇잎의 신   떡갈나무에 있다는 나뭇잎을 지키는 신.

남은 아는 비밀을 부모에게는 감추는 예   『이세 이야기』, 『헤이추 이야기』 등에 서 볼 수 있다.

내 생애를 통하여 두려워하였던 비밀의 죄업에 대한 대가   겐지는 온나산노미야 가 낳은 불의의 자식을 자신의 자식으로 대우해야 하는 자신의 고뇌를, 자신과 후지쓰보와의 밀통으로 태어난 아들 레이제이 제를 친자식으로 여겨야 했던 아버지 기리쓰보 선황에 대한 잘못의 대가라고 생각한다.

노송 바구니檜破子   노송나무를 얇게 깎아 구부려 만든 바구니. 내부를 칸막 이로 나눠 사용한다.

누구의 탓도 아니고   자업자득이라는 의식. 가시와기의 심리적 특징을 말해 주는 발상.

눈, 눈초리   제6권 「봄나물 하」 첩, 육조원에서 있었던 스자쿠 상황 쉰 살 축하연의 시악 때, 가시와기는 취한 척하면서 빈정거리는 겐지의 눈과 눈초리를 보며 겐지가 자신의 죄를 이미 간파하고 있다는 생각에 두려 워한다.

눈이 내렸던 새벽, 온나산노미야의 처소에서 돌아오니   제6권 「봄나물 상」 첩에서 온나산노미야와의 신혼 사흘째 날 밤이 밝은 새벽의 일.

능왕陵王   아악의 곡명. 임읍팔악(林邑八樂)의 하나. 일월조(壹越調)에서 파생한 음계로 혼자서 채를 쥐고 춤춘다. 나릉왕(羅陵王), 난릉왕(蘭陵 王)이라고도 한다.

능직물綾   갖가지 무늬를 섞어 짠 견직물.

다달이 여는 염불회念佛會   정기적으로 아미타경(阿彌陀經)을 송경하는 인성 염불(引聲念佛) 법회.

달개비로 물을 들인 듯   달개비의 꽃물은 감색의 염료이다. 어린아이의 머리 가 파릇파릇하다는 것을 형용하는 말.

달이 뜬 밤은 언제나 흥에 겹고 감명이 깊은데 중추명월을 감상하는 풍습은 9세기 중반 당에서 일본으로 전해졌다고 한다.

대일여래大日如來 진언밀교(眞言密敎)의 본존(本尊). 마가비로자나(摩訶毘盧遮那)의 역(譯).

도 전시藤の典侍 고레미쓰의 딸. 고레미쓰의 어머니는 겐지의 유모였다. 제4권「무희」첩에서 고세치(五節)의 무희로 단장한 그녀의 모습을 유기리에게 처음 보인 후, 유기리의 부인이 되었다.

도궁賭弓 정월 십팔일에 궁중의 궁장전(弓場殿)에서 펼쳐지는 활쏘기 대회. 궁중 행사의 하나.

도리베노鳥辺野 교토 시 동산구, 동산 산기슭에 있는 화장터. 묘지.

도사道師 법회와 공양을 할 때, 중심이 되는 스님.

동전상童殿上 궁중의 예법을 배우기 위해 어렸을 때부터 궁중으로 들어간 귀족의 자제. 전상에 오르는 것이 허락된다.

두 갈래로 묶지 않고 갈래머리(角髮)를 하지 않았다는 뜻이다. 갈래머리란 중국식 소년의 머리 묶는 법으로, 머리를 한가운데에서 좌우로 갈라 귀 부분에다 잠자리매듭 모양으로 묶는 스타일을 말한다.

두견새 두견새과의 새. 여름, 산골에서 사람들이 사는 곳으로 날아온다. 그 울음소리가 옛 친구에 대한 정을 부추긴다고 한다. 또 명토(冥土)와 현세 사이를 오가는 새.

둘째 황자 긴조(今上) 제와 아카시 여어 사이에서 태어난 황자. 음악적인 재능으로 기대를 모은다.

등골나물藤袴 국화과의 여러해살이풀. 가을 7초의 하나. 초가을에 엷은 보라색 작은 꽃이 핀다. 붉은빛 나는 쪽색. 잇꽃과 쪽 두 종류의 염료로 물들인 색. 붉은 기가 도는 파란색.

딸랑이 널빤지에 죽통을 달고 새끼줄을 묶은 것. 새끼줄을 흔들어 새를 쫓는다.

마쓰가사키松ヶ岐の**오노**小野 **산** 교토 시 사쿄(左京) 구 마쓰가사키. 수학원(修學院) 건너쪽 강기슭. 다카노(高野) 강의 서쪽으로 불거져 나온 산. 교토에서 오노(小野)로 가는 길목에 있다.

머리挿頭 머리 장식을 뜻한다. 머리, 관 등에 꽃가지나 조화를 꽂는 것.

먹물을 들인 옷　먹으로 염색한 옷. 또는 엷은 먹색 옷. 상복, 승의.

목련존자木蓮尊者　석가 10대 제자의 한 사람. 「불설우란분경」(佛說盂蘭盆經)에, 명계의 부모가 아귀도(餓鬼道)로 떨어져 괴로워하고 있다는 것을 안 목련은 석가의 가르침에 따라 칠월 십오일에 공양을 하여 부모를 구제했다고 한다.

무언태자無言太子　「불설태자목백경」(佛說太子沐魄經)에 하라나(波羅奈) 국의 태자 목백(沐魄)이 입으로 인한 죄로 지옥에 떨어질 것을 두려워하여 말하지 않고 있다가, 생매장을 당하기 직전에 말을 했다는 일화가 있다.

문갑文匣　양쪽으로 문을 여는 장.

문턱　안방과 차양의 방, 차양의 방과 툇마루 사이에 있는 약간 높은 곳.

미야스도코로御息所　천황의 총애를 받는 여성. 특히 황자나 황녀를 낳은 여어, 갱의를 뜻하는 존칭이다.

바로 어제오늘 일처럼 여겨지는데 세월이 30년이나 흘렀으니 참으로 무상한 세상　3년이라고 한 책도 있다. 하지만 이야기 전개에서는 30년 전이든, 3년 전이든 어떤 일을 가리키는지 알 수 없다. 인생무상을 표현하는 당시의 관용구라고 파악하는 것이 좋을까.

반섭조盤涉調　아악 6조의 하나. 반섭(서양음계의 H에 가까운)을 주음으로 하는 단조적인 선율.

발원문發願文　신불에게 소원을 빌 때, 그 취지를 쓴 글. 소원이 성취되었을 때 보답의 예를 갖추기 위한 자료로 보관한다.

밤에는 꿈 얘기를 하지 않는 법　당시의 미신일까.

방울벌레鈴蟲　오늘날의 청귀뚜라미. 노래에서는 방울소리처럼 운다는 음색이 아름다운 목소리의 비유로 사용된다. 『겐지 이야기』 이후, 화가(和歌)에 용례가 급증한다.

백단百檀　열대산 향목. 향이 있는 하얀 재질. 향료, 약재로 쓰인다.

백보향百步香, **백보의향**　의향(衣香)은 향의 일종. 백보 떨어진 곳에서도 향내가 풍긴다는 뜻. 훈의향 조합법의 일종.

『백씨문집』白氏文集　중국의 시인 백거이의 시문집. 71권(원래는 75권). 헤이안 시대 『문선』과 함께 많은 사랑을 받았다고 하는데, 이는 『마쿠라

노소시」(枕草子)에 '글씨는 백씨문집, 문선'이라 돼 있는 것으로 보아 알 수 있다. 무라사키 시키부는 중궁 쇼시(彰子)에게 이 시문집의 「신악부」(新樂府)를 가르쳤다고 한다. 『겐지 이야기』에서는 제1권 「기리쓰보」 첩 이후 「장한가」, 「이부인」 등이 자주 인용되면서 이야기의 주제에 깊이 관여한다. 그밖에도 풍류시의 인용이 많은 것도 한 특징이다.

버들가지를 다듬어 만든 인형 하얗고 섬세한 버들가지의 모습을 담고 있는 표현.

번갈아 하룻밤씩 제7권 「저녁 안개」 첩의 끝부분에서 생긴 가정불화가 제7권 「향내 나는 분」 첩에서는 구모이노카리 부인과 온나니노미야의 처소를 하루 걸러 보름씩 다니는 것으로 결착이 났다고 밝혀진다. 두 여자의 처소를 보름씩 다니는 이야기는 『우쓰호 이야기』, 「누상」의 미나모토노 마사노리(源正賴)의 예가 있다.

법화경 만다라 『법화경』을 설법하는 자리의 모습을 그린 「만다라도」와, 법화경의 내용을 그림으로 그린 「법화경 변상도」 두 종류가 있다. 만다라는 부처의 깨달음의 경지를 그림으로 그린 것.

『법화경』法華經 **천 부** 법화경 1부는 8권, 28품.

법화참법法華懺法 『법화경』을 읽으면서 죄업을 참회하고 죄가 없어지기를 기도하는 법.

법화팔강회法華八講會 『법화경』 전 8권을 아침저녁으로 두 번, 사흘 연속해서 강독하는 법회.

벚꽃도 탐스럽게 피어 제1권 「어린 무라사키」 첩에서 겐지가 북산에서 어린 무라사키를 만난 이래, 상징적인 장면 설정.

변弁, 재상宰相 가시와기의 동생들. 가시와기의 유언에 따라 온나니노미야를 거듭 방문한다.

병부경兵部卿 병부성(兵部省)의 장관. 대부분 친왕이 임명되는데, 실무는 보지 않는다. 겐지의 이복 동생인 반딧불 병부경에 이어 긴조 제와 아카시 중궁 사이에서 태어난 황자인 니오노미야가 임명된다.

봉封 봉호. 친왕, 제왕, 제신에게 위관과 공훈에 따라 하사하는 민호.

부단경不斷經 일정 기간 밤낮없이 독경하는 것. 특히 죽은 자의 추선, 명복을 위해 7일 또는 14일 동안 「대반야경」(大般若經), 「최승왕경」(最勝王

經), 『법화경』(法華經) 등을 송경한다.

부인을 앞세우고 살아 있다 하나 얼마나 남아 있을지 알 수 없는 나의 목숨 무라사키 부인이 죽은 뒤, 살아남아 있음의 허망함을 생각하는 겐지의 심리.

부인의 발원으로 쓰게 한 경문 『법화경』천 부와는 다른 것으로 무라사키 부인의 발원으로 쓰게 한 경.

불명회佛名會 해마다 십이월 십오일(훗날에는 십구일)부터 사흘 동안 밤에 행하는 법회. 과거, 현재, 미래의 3천 가지 불명을 읊고, 그해의 죄업을 참회하며 소멸시킨다. 궁중의 청량전, 제 지방의 사원 또는 귀족의 집안에서 행했다.

불쑥 편지를 빼앗아갔습니다 제7권「저녁 안개」첩, 질투심에 유기리에게 온 편지를 구모이노카리 부인이 빼앗는 희극적인 가정 풍경. 헤이안 말기의 작품이라는 『겐지 이야기 두루마리 그림』(源氏物語繪券)의 한 장면이 되었다.

비파琵琶 나라 시대 이전에 페르시아나 인도에서 중국을 거쳐 전래된 현악기. 목에 주가 붙어 있다. 4현 4주의 악비파(樂琵琶)와 5현 5주의 맹승비파(盲僧琵琶)로 크게 나뉜다. 『겐지 이야기』에 등장하는 비파는 전자이다. 현이 수평이 되도록 들고 회양목으로 만든 술대로 긁어 연주한다. 반딧불 병부경과 아카시 부인이 비파의 명수라고 한다.

빗함 빗이나 화장도구를 담는 상자.

사람들의 웃음거리 타인의 품평에 규제를 받으며 살 수밖에 없는 헤이안 시대 특유의 발상.

사슴 가을 산골의 경관. 암사슴을 찾아 운다고 한다.

사이바라催馬樂 고대 가요. 원래는 민요였지만 헤이안 시대에 아악에 편성되었다. 사이바라의 반주는 홀, 박자, 육현금, 비파, 칠현금, 피리, 대금, 생황 등이 맡는다. 춤은 없다. 궁중이나 귀족의 연회석, 사원의 법회 등에서 불렀다.

산실産屋**의 의식** 출산을 치르는 방에서 행하는 의식. 배꼽을 자르고, 목욕을 시키고, 첫 젖을 물리는 등 다양한 절차가 있다.

산에 있는 스자쿠 상황 제6권「봄나물 상」첩에서 스자쿠 상황은 출가하여 서산의 절에 들어간다. 그 후로 '산의 제(帝)'라 불리게 된다.

삼조의 자택 유기리의 본댁. 구모이노카리가 산다.

상달부上達部 공경公卿을 뜻한다. 섭정, 관백, 태정대신, 좌우대신, 내대신, 대중납언, 참의 및 3위 이상의 총칭.

상부련想夫戀 아악의 곡명. 평조의 당악(唐樂). 원래는 '相府連'라고 표기하고, 진(晉)나라의 대신 왕검(王儉)이 마당에 핀 연꽃을 축하한 곡이라고 하는데, 일본에서는 소리가 같은 '想夫戀'이란 뜻으로 해석한 탓에, 남편을 그리워하는 노래란 이미지가 있다.

상중의 근행 상중인 49일 동안의 근행.

새발자국 같은 글씨 선이 제대로 이어지지 않는 글자의 비유. 죽음이 머지 않은 가시와기와 일조 미야스도코로의 편지에 공통되는 표현. 중국의 창힐(蒼頡)이 새발자국에서 글자를 발명했다는 고사에서 유래한다고도 한다.

생각대로 되지 않는 것이 마음 제7권 「저녁 안개」 첩, 유기리가 오노(小野)로 가는 길의 자연 묘사와 온나니노미야에 대한 구애 장면에는 옛 노래가 과도하게 인용된 것이 특징이다.

서산西山 교토 서북부의 산기슭. 지금의 료안(龍安) 절, 닌나(仁和) 절 부근. 우다 상황이 양위한 후 닌나 절에 당을 짓고, 스자쿠 제도 출가한 후에는 닌나 본원으로 거처를 옮긴 탓에, 닌나 절이라고 불린다는 설도 있다.

선교善巧**태자는 자신의 출생의 비밀을 의심하여 스스로 생각하고 그 연유를 깨달았다고 하는데** 선교태자는 구이(瞿夷)태자의 다른 이름인가. 구이태자는 석가의 아들 라후라(羅睺羅). 어머니인 구이의 태내에 6년 동안 있다가 출가한 후에 태어났기 때문에, 친자식인지 아닌지 의심을 받았다는 일화가 「라후라 인연(因緣)」(『잡보장경』雜寶藏經)에 있다.

선인들의 예를 들어 보아도 마음에 동요가 있거나 뜻대로 되지 않는 일이 있어 속세를 버릴 결심을 한다고 하는데 가잔(花山) 천황이 고키덴(弘徽殿) 여어와 사별한 것을 슬퍼한 나머지 출가했으나, 훗날 환속한 예가 있다.

성명聲明 불교에서 삼보(三寶: 불佛, 법法, 승僧)의 공덕을 찬양하기 위해 범어나 한문으로 된 경문, 게(偈)를 가락을 넣어 읊는 것.

성인식 여자는 성인식 때 처음으로 겉치마를 입고 머리를 올리며, 남자는 상투를 틀고 관을 쓰며 성인용 옷으로 갈아입는다. 성인식은 보통 열두 살에서 열네 살경에 치른다.

소기小忌 신상제(新嘗祭), 대상제(大嘗祭) 등의 신사(神事)에 봉사하는 것. 소기의 예복은 하얀 바탕에 풀꽃과 나비, 새 등을 푸른색으로 물들인 홑옷으로, 정장 위에 입는다.

소반小盤 나무 쟁반에 다리를 붙인 것. 그릇 등을 올려놓는다.

소소장小少將 온나니노미야의 시녀. 소장과 동일 인물.

소시종小侍從 온나산노미야의 유모의 딸. 백모가 가시와기의 유모. 가시 와기와 온나산노미야의 사이를 중재한다.

소장少將 온나니노미야의 시녀.

속겹옷褶 관복 차림을 할 때, 포 속에 입는 옷. 그 자락을 길게 늘어뜨린 것을 속옷자락이라고 한다.

속세를 버리고 들과 산을 방랑하는 불도 수행을 할 경우에도 부모님의 한탄이 장애가 될 것 당시는 염세관 때문에 출가를 지향하는 것이 보통이었다. 세상에 염증을 내고 죽음을 원하는 가시와기의 독자적인 사고는 제7권 「떡갈 나무」 첩의 앞부분에서 무수한 옛 노래를 인용하며 펼쳐나간 독특한 문체에 이미 드러나 있다.

송경誦經 경을 소리내어 읽는 것. 또는 승려에게 독경을 시키는 것.

수법修法 밀교에서 행하는 가지기도(加持祈禱)의 법.

수신隨身 칙명에 따라 귀인의 외출시 경호를 담당하는 근위부(近衛府)의 관리.

수행승修行僧 속세를 떠나 불도 수행하는 민간의 중.

숙직宿直 궁중에서 숙박을 하며 근무하는 것.

시냇물, 개울물, 냇물 침전의 정원에 도랑을 파서 강물을 끌어들여 시내처 럼 흐르게 한 물.

시든 마타리꽃처럼/온나니노미야는 시들어 있으니/이 들판의 산장을/그대는 대체 뭐 라 여겼기에/하룻밤의 숙소로 삼았는지요 제7권 「저녁 안개」 첩의 일조 미야 스도코로의 노래. '가을 들판에서 사냥을 하다 날이 저물고 말았으니, 마타리꽃이여 오늘 하룻밤의 숙소를 빌리고 싶구나'(『고금화가육첩』, 제2·기노 쓰라유키). 가을의 7초 가운데 하나인 마타리는 노래에서 여인에 비유되는 경우가 많다. 유기리와 온나니노미야가 이미 관계를 맺은 것으로 오해하고, 오늘 밤 유기리의 방문이 없는 것을 비난한 노래. 미야스도코로가 죽은 후, 유기리는 이 노래를 빌미로 온나니노미야에게 결혼을 재촉한다.

시악試樂 축하연 등의 예행연습.

시종侍從 중무성(中務省) 소속. 천황을 가까이 모시며 직무를 보좌한다. 종5위하에 상당한다.

식부 대부式部大輔 제7권 「방울벌레」 첩에만 등장하는 인물.

쌀을 온 사방에 뿌려 액막이 쌀. 병, 출산, 계, 액막이 등을 할 때, 사악한 신이나 악령의 근접을 막기 위해 뿌리는 쌀. 이전에는 겨를 나중에는 쌀을 뿌렸다.

쌍조雙調 아악 6음계의 하나. 양악의 솔음에 가까운 쌍조를 주음으로 하는 여(呂)선율 음계. 봄의 음계.

쑥 황폐함의 상징.

「아미타경」阿彌陀經 정토3경의 하나. 소무량수경(小無量壽經), 소경(小經), 사지경(四紙經)이라고도 하고 경문이 짧다.

아미타여래의 다라니陀羅尼 아미타여래근본 다라니. 다라니는 길이가 긴 범어 주문. 한 번 읊으면 죄업이 사라지고, 만 번 읊으면 불폐망(不廢忘)의 보리심삼마지(菩提心三摩地)를 얻을 수 있으며, 죽음에 임하여 아미타여래의 마중을 받아 극락왕생할 수 있다고 한다.

아사리阿闍梨 고승. 수법을 행하는 주된 승. 제7권 「저녁 안개」 첩에서 일조 미야스도코로를 위한 기도를 맡았던 율사(律師).

아아, 가엾은 위문독衛門督 가시와기는 제6권 「봄나물 하」 첩에서 온나산노미야와 밀통한 이후, 온나산노미야에게 연민을 호소했다. 그리고 자신의 죽음으로 겐지와 세상 사람들의 연민, 즉 '가엾다'는 평가를 얻었다.

아오이 부인이 돌아가신 것도 바로 이 계절 제2권 「접시꽃 축제」 첩에서 아오이 부인이 운명한 것은 팔월 이십일경. 『겐지 이야기』에서 여인들은 주로 팔월에 세상을 뜨는 일이 많다. 『다케토리 이야기』의 영향을 느낄 수 있는 부분이다.

아즈마아소비東遊び 헤이안 시대 이후 궁정과 신사에서 행해진 무악으로,

가무의 이름. 아즈마(東) 지방의 민요 「풍속가」가 바탕이다. '아즈마마이'(東舞)라고도 하며, '동쪽 놀이'라는 뜻이다. 헤이안 시대에 궁정과 신사에 도입되었다. 육현금, 고려 피리, 생황, 피리, 박자로 반주를 하고, 큰북 등의 타악기는 사용하지 않는다. 일가(一歌), 이가(二歌), 준하가(駿河歌), 구자가(求子歌), 대비례가(大比禮歌)의 5곡. 각 노래에는 가사가 있으며, 준하가와 구자가에는 춤이 있다.

안개 오노(小野) 산골은 안개 낀 경치가 특징. 온나니노미야에 대한 사랑에 애달파하는 유기리의 마음과, 두 사람 마음의 거리를 상징한다.

안찰사按察使 **대납언**大納言 돌아가신 전 태정대신의 차남으로 가시와기의 동생. 제7권 「떡갈나무」 첩에서 음악에 대한 뛰어난 재능과 빼어난 음색으로 겐지에게 칭찬을 받았다.

알가閼伽 불전에 바치는 물. 툇마루 끝에 마련된 선반 위에 놓는다. 물을 담는 그릇은 알가구라고 하며 노송나무로 만든 통을 쓴다. 알가에 꽃을 띄우는 것은 물을 청결히 하기 위함이고 보통 붓순나무 꽃을 사용하는데, 손으로 꺾어온 꽃을 쓰기도 한다.

야마토大和의 **수**守 일조 미야스도코로의 조카. 야마토의 수는 종5위상에 상당한다. 미야스도코로 집안의 신분이 낮다는 것을 알 수 있다.

어린 소나무 앞으로 자라날 소나무. 고인의 유품 삼아 심는다. 제7권 「환술사」 첩에서는 중장을 돌아가신 무라사키 부인의 유품으로 삼겠다는 뜻.

에이叡 **산의 기슭인 오노**小野 **근방** 야마시로(山城)의 오타기(愛宕) 군 오노 향. 수학원(修學院) 근처일까.

여呂 음악의 조. 장조적인 선율.

여어女御 천황의 후궁. 황후와 중궁의 뒤를 잇는 지위. 통상 황족이나 섭정, 관백, 대신의 딸이어야 될 수 있었다.

여자라는 죄 많은 몸 불교에서 여자는 죄가 많아 성불하기가 어렵다고 한다.

여자만큼 처신하기가 힘들고 애처로운 존재도 없지요 제7권 「저녁 안개」 첩에서 무라사키 부인의 술회. 「다마노오구시 보유」(玉の小櫛補遺)의 작자인 무라사키 시키부의 감개라고 보는 것이 옳을 것이란 지적처럼, 등장인물의 한 사람인 무라사키 부인의 한탄이라고 보기보다는 이야기의 주

제와 관련된 부분으로 주목받는 구절이다.

여자에게는 다섯 가지 장애가 있다 불교에서는 여자의 성불에 다섯 가지 장애가 있다고 한다. '그리고 여인의 몸에는 또한 오장(五障)이 있으니 첫째는 범천왕(梵天王)이 될 수 없음이요, 둘째는 제석(帝釋), 셋째는 마왕(魔王), 넷째는 전륜성왕(轉輪聖王), 다섯째는 부처가 될 수 없음이니라. 하물며 어찌 여인의 몸으로 신속히 성불할 수 있으랴'(『법화경』法華經, 「제바달다품」提婆達多品).

여자의 성인식 여자의 성인식 때는 처음으로 겉치마를 입고 머리를 올린다. 보통 열두 살에서 열네 살경에 치른다. 『겐지 이야기』에서는 이월에 행하는 경우가 많다.

여자의 원령, 여자의 귀신 점을 통해 가시와기의 병의 원인이라고 밝혀진 것. 가시와기는 온나산노미야가 산 귀신이 되어 나타날 정도로 자신에게 마음을 품어주었으면, 하고 바란다.

연기가 되어 사라진 넓은 하늘 『다케토리 이야기』와 가구야 히메의 승천을 연상케 하는 묘사.

연기가 오른 저 봉우리 시신을 태운 연기. 죽은 사람과 함께 사라지고 싶다는 바람을 담는 경우가 많다.

연기煙 화장하는 연기. 오르다(立), 생각하다·사모하다(思), 불(火)이란 단어 등과 어울려 격렬한 사랑의 감정을 표현한다.

연꽃이 한창 피는 여름 아미타여래의 정토를 연상케 하는 시기.

연못가 건물 침전의 정원에서 연못에 임하도록 지은 건물. 더위를 식히거나 놀이와 연회를 할 때 사용한다.

연인戀人 시녀로서 시중을 들면서 주인의 애정을 받은 여자. 처첩의 지위는 인정되지 않는다.

염송당念誦堂 염송을 하기 위한 당. 대내에 있다. 염송이란 마음으로는 염원하고 입으로는 경문이나 불명을 읊는 것.

염주를 만지작거리면서 나무아미타불, 나무아미타불이라 중얼거리고 염불을 세는 척 '나미아무타불'이라 읊조릴 때마다 염주 알을 하나씩 옮기면서 수를 세며 극락왕생을 기원하는 근행.

옛날이야기에 나오는 노인네처럼 오직 당신 한 사람만을 충실하게 지키는 이 바보스러

움 출전 미상. 다케토리 영감 이야기와 송나라 사람이 그루터기를 지키며 토끼를 기다렸다는 『한비자』의 이야기, 단랑(檀郎)이라는 자가 미녀를 지키느라 세상일을 잊었다는 『선록』(禪錄) 속의 이야기 등이 지적되고 있다.

오계五戒 살생(殺生), 투도(偸盜), 사음(邪淫), 망어(妄語), 음주(飮酒). 이 다섯 가지를 삼가는 것.

오구라小倉 **산** 교토 시 우쿄(右京) 구 오이(大堰) 강 북쪽 기슭에 있는 산. 오구라는 어두컴컴하다는 뜻의 단어와 동음이의어.

오늘 아침의 편지는 사랑을 나눈 뒤에 보내는 문안 편지 남녀가 동침을 한 다음 날 아침, 남자가 여자에게 보내는 편지. 이르면 이를수록 성의가 있다고 여겨졌다.

오타기愛宕 **절** 유기리의 보리사(菩提寺). 기리쓰보 갱의의 장례를 치렀던 곳. 동산구 도리베노(鳥部野) 부근, 또는 요시다(吉田) 산에서 오카자기(岡岐)에 이르는 일대라고 한다.

옥상자의 뚜껑을 연 우라시마 다로처럼 허망한 기분 일조 미야스도코로가 죽은 후, 의지할 사람이 없어 오노(小野) 산골에서 과거에 살았던 일조 댁으로 돌아가는 온나니노미야의 허망한 마음을 형용하고 있다.

온나니노미야女二宮 오치바노미야(落葉宮). 스자쿠 상황과 일조 미야스도코로 사이에서 태어난 황녀. 가시와기의 정부인. 일조 저택에서 살지만, 가시와기가 죽은 후 제7권 「저녁 안개」 첩에서는 어머니의 병 때문에 오노(小野) 산장으로 거처를 옮긴다.

옷자락에 엮어서라도 옷섶의 아랫자락을 묶으면 떠나갔던 혼이 돌아온다고 한다.

요제이 선황의 유품 역사에 있는 요제이(陽成) 천황(868~949)을 뜻하는 것인가.

용담龍膽 인동과의 여러해살이풀. 가을에 보라색 종 모양의 꽃이 핀다.

원령, 귀신, 악령 산 사람의 몸에 들어간 죽은 사람의 원혼이나 산 사람의 영. 병의 원인으로 여겨졌다.

원추리색 원추리꽃의 색인 주황색. 검은색과 함께 복상 중의 색으로 사용한다.

위문독이 귀의한 절 가시와기의 할머니인 대부인의 장례를 치렀던 극락사 인가.

유모乳母 어머니를 대신하여 갓난아이의 수유와 양육을 담당하는 여인. 일반적인 시녀와는 다른 권한이 있었다. 주군에 대해서도 친모와 다름 없는 애정으로, 운명을 함께하며 봉사하는 경우가 많다.

유별난 바람둥이 가오루가 죽순에 집착하는 것을 보고 겐지는 온나산노미 야에 대한 가시와기의 집착을 떠올린다.

육도六道를 윤회하는 육도는 지옥, 아귀, 축생, 수라, 인간, 천상의 여섯 가지 도. 불교에서는 인간을 비롯한 모든 중생은 육도를 윤회한다고 한다.

6위의 연초록빛 소매 제4권 「무희」 첩에서 구모이노카리의 유모가 6위를 나타내는 연초록빛(옥색) 포를 입은 유기리를 빈정거렸던 일을 뜻한다.

육현금六絃琴 일본 고유의 악기로 현이 여섯 줄이다. 일정한 연주법이 없 어 즉흥적으로 연주한다.

율사律師 승관의 지위. 승정, 승도에 다음간다. 정종5위에 준한다.

율律 음악의 조. 단조적인 선율.

음양도陰陽道 천문, 역법, 방위 등으로 길흉화복을 점치는 학문. 나라 시대 에 중국에서 도입되어 음양료 학과의 하나가 되었다. 만물은 음과 양의 두 요소로 이루어져 있다는 생각 아래 자연현상과 사회 현상의 인과관 계를 파악한다.

음양사陰陽師 음양료(陰陽寮)에 속하여 천문, 역수, 점, 계, 제의 등을 관장 하는 직책. 훗날에는 일반적으로 점이나 액막이 제에 관계하는 자를 일 컫게 되었다.

이대로 천년을 살 수는 없을까, 천 년 해로 무라사키 부인과 아카시 중궁과 함 께 보낸 행복한 시간이 영원히 계속되기를 바라는 겐지의 마음.

이런 글 나부랭이를 그러모아본들/그 사람이 죽은 지금/아무런 소용이 없으니/그 사람 연기가 되어 사라진/넓은 하늘로 연기가 되어 날아오르는 것이 좋으리 제7권 「환술사」 첩에서 겐지가 부른 노래. 출가를 염두에 두고 있는 겐지에게 무라사키 부인의 편지는 현세에 대한 미련으로 작용한다. 편지를 태우 는 장면은 『다케토리 이야기』의 끝부분에서 천황이 불사의 약과 함께 편지를 태우는 장면이 반영되어 있다고 볼 수 있다. 고인에 대한 애착을 끊으려는 마음과 편지를 태우는 연기로 고인과 교신하고 싶은 마음이 엇갈리고 있다.

이레마다 치르는 법회 사후, 이레 간격으로 일곱 번 법회를 행한다.

이요伊豫 발簾 이요에서 나는 이대를 짜서 만든 소박한 발.

입궁入內 특히 황후, 중궁, 여어 등이 될 사람이 정식 의식을 거쳐 후궁으로 들어가는 것.

있어서는 안 될 과실 『이세 이야기』에서 나리히라와 이조 후궁의 사례들이 반영되어 있다. 가시와기는 겐지의 아내인 온나산노미야와 정을 통하고, 후궁과 밀통한 것만큼이나 깊은 죄의식을 느낀다.

잔나뭇가지로 엮은 울타리 나무나 대나무의 잔가지로 엮은 키 낮은 울타리.

쟁箏 현이 13줄인 금(琴). 나라 시대에 중국에서 전래되었다. 현은 1~5현까지를 태서(太緒), 6~10현까지를 중서(中緒), 11~13현까지를 세서(細緒)라고 한다. 『겐지 이야기』 시대에 일반적으로 연주된 금은 쟁이었다.

저녁나절, 해질 녘 남자가 여자를 방문하는 시간대. 사람이 그리운 시간대이다.

저렇듯 다라니경을 읽어대니 두려움이 밀려와, 이제는 정말 죽는가 싶구나 다라니는 장문의 주문을 범어 발음 그대로 읽는 것. 『오카가미』(大鏡) 「도키히라 전」(時平傳)에 팔조 대장 야스타다(保忠)가 병상에서 '약사경의 구비라 대장'이란 말을 '구비루'(목을 메다)라 말한 것으로 잘못 듣고 죽었다는 일화가 있다.

저세상에서는 같은 연꽃 극락정토의 같은 연꽃 위에 다시 태어나자는, 부부의 2세에 걸친 인연의 약속.

저세상에서는 같은 연꽃, 극락정토에서 무라사키 부인과 같은 연꽃 위에 다시 태어나기를 바라니 일련탁생(一蓮托生)의 발상. 아미타정토로 왕생한 사람은 연꽃의 자리를 절반 비워놓고, 이 세상에서 같은 수행을 한 사람을 기다린다고 한다.

적당히 기록하여 전하기는 꺼림칙하니 생략하기로 하겠습니다 생략의 변. 말하는 이를 여자로 상정하기 때문에 남자의 문화인 한시문을 묘사하는 것은 삼가겠다는 태도.

전상인殿上人 4위, 5위 가운데에서 청량전 전상의 방에 오를 수 있는 자. 또는 5위, 6위 장인을 뜻한다.

전생의 인연, 전생에서의 인연, 숙연, 운명 헤이안 시대의 정토적 불교관에 바탕한 운명관. 현세의 행과 불행은 전생에서 자신이 어떻게 처신했느냐에 따라 이미 결정돼 있다는 발상.

전생의 죄업이 많아 출가도 하지 못하는 것 아닐까 출가를 원하면서도 겐지의 허락을 얻지 못하는 무라사키 부인의 심정. 현재의 고뇌를 겐지 탓으로 돌리지 않고 자신의 타고난 운명 때문이라는 발상. 일반적으로 겐지와 관계한 여인들은 겐지 탓이라고 원망하기보다는 자신의 정해진 숙명이라면서 고뇌를 짊어지는 경향이 많다.

전시典侍 내시사(内侍司)의 차관. 종6위에서 종4위로 진급하는 상급 궁녀. 정원 네 명.

접시葵, **아오이** 아욱과의 식물. 가모 축제의 날, 머리 장식으로 사용한다. '만나는 날'(슴い)이란 말과 동음이의어.

젖은 옷자락 이슬이나 안개에 젖은 옷으로, 근거 없는 밀회에 대한 소문이란 뜻으로 쓰인다.

제帝 '미카도'라고 읽는다. 천황을 의미하는 미카도는 절대 권력자는 황제와는 개념이 다른 일본 고유의 존재이다.

제멋대로 죽순을 흩뜨려놓고 깨물고 이리저리 내던집니다 먹을 것에 흥미를 보이는 천진한 어린아이의 행동에서 겐지는 성장한 후의 방탕한 모습을 연상하면서 가시와기 사건을 떠올린다. 『우쓰호 이야기』의 국호, 중권에 어린 이누노미야(犬宮)가 물건을 흩뜨려놓는 묘사가 있다.

종이 공방 관립 제지공장. 가미야(紙屋) 강 언저리에 있다.

좌근左近 온나니노미야의 시녀.

주먹밥 밥을 되게 지어 주물러 계란 모양으로 만든 것.

주柱, **기러기 발** 현악기의 줄을 받치는 막대. 비파는 목에 네 개가 있다. 조율을 할 때 사용한다.

죽은 사람의 뒤를 따라 연기가 되어 사라지는 것 남편의 죽음을 애도하는 아내가 남편을 화장한 연기와 함께 사라지고 싶다는 마음.

준태상천황準太上天皇 태상천황이란 양위를 한 제. 역사에는 신하가 태상

천황이 되었다는 기록이 없다. 제1권 「기리쓰보」 첩에서 발해의 관상쟁이가 예언한 대로 겐지는 일단 신하가 되었으나, 레이제이 제의 친부(親父)로 신하를 넘어서는 신분과 영화의 정점을 누렸다.

중납언中納言 겐지의 시녀. 연인.

중양절重陽節 구월 구일 절구(節句). 국화에 솜을 씌우고, 꽃이슬에 젖은 솜으로 몸을 닦으며 장수를 기원하는 행사.

중장中將 겐지의 시녀. 연인. 겐지가 스마로 내려간 후에는 무라사키 부인의 시녀가 된다. 제7권 「환술사」 첩에서는 죽은 무라사키 부인의 유품으로 겐지가 가까이에 두고 부리는 몇 안 되는 시녀 가운데 한 명.

지촉紙燭 조명도구의 하나. 수촉. 소나무를 길쭉한 막대기 형태로 깎아 그 끝에 종이를 감고 기름을 부어 불을 밝힌다.

짙은 감색, 짙은 감빛鈍色 상복의 색. 엷은 먹색과 유사한 색.

짧게 자른 머리끝 여인은 출가를 하면 앞머리도 짧게 자르는 것이 예사인데, 머리를 깎는 스님이 온나산노미야의 아름다운 머리칼을 애석해하여 앞머리를 바짝 자르지는 않았다.

첩지疊紙 접어 가슴에 품고 다니며 코를 풀 때나 글을 쓸 때 꺼내어 쓰는 종이.

첫째 황녀女一宮 긴조(今上) 제와 아카시(明石) 여어 사이에서 태어난 황녀. 자식이 없는 무라사키 부인이 특히 귀여워한다.

초야의 근행 오늘날의 오후 7시부터 9시경에 행하는 근행. 하늘을 질러가는 기러기의 날개.

출가出家 제1권 「어린 무라사키」, 제2권 「접시꽃 축제」 첩부터 출가의 뜻을 품기 시작한 겐지는 자신이 누린 남다른 영화를 강한 죄의식과 깊은 우수와는 이율배반적인 것으로 받아들이고 깊은 불심을 갖는다. 그러나 현실적으로는 다양한 인간관계에 대한 집착을 쉬이 끊을 수 없다는 것을 자각한 탓에, 작품 속에서는 끝내 출가를 실현하지 못한다. 겐지는 세상을 사는 고뇌와 우수를 끝까지 직시하지 못했기 때문에 장대한 이야기의 주인공이 될 수 있었던 것이다.

출가한 몸으로 절대 있어서는 안 될 일 출가한 사람은 속세에 미련을 남겨서는 안 된다. 스자쿠 상황은 육친에 대한 애정 때문에 하산했기에 사람들의 눈을 꺼린다. 930년 9월 28일, 출가한 우다 상황이 병석에 있는 다이고 상황의 병문안을 한 예가 있다.

출산 축하연 출산 후 3, 5, 7, 9일째 되는 날 밤에 치르는 축하연. 친족들이 의복과 음식을 선물한다.

출산을 하며 죽으면 죄가 무겁다 하니 당시의 일반적인 사고방식.

친왕親王 천황의 아들, 또는 자손으로 친왕 선지를 받은 자.

칠석七夕 서로 사랑하는 견우와 직녀가 일을 게을리한 벌로 헤어지게 되었는데, 칠석날인 칠월 칠일 밤에만 은하수를 건너 만날 수 있었다는 전설에 기초를 두고 있는 행사.

칠현금七絃琴 현이 일곱 줄인 현악기. 기러기발이 없고, 주법이 어렵다. 뛰어난 음악은 뛰어난 정치와 통한다는 유교적 이념에 근거하여 황족과 상류층 귀족들이 즐겨 연주하였으나, 『겐지 이야기』 시대에는 거의 연주되지 않았다고 한다. 『우쓰호 이야기』에서는 신비로운 악기로 귀히 여겨졌고, 『겐지 이야기』에서는 황족들이 주로 연주한다.

침향沈香 서향과의 상록고목으로 열대산이다. 목질이 무거워 물에 가라앉는다. 향료나 가재 도구류의 재료로 쓰인다. 흑색이며 품질이 좋은 것을 가라(伽羅)라고 한다.

태풍이 몰아치던 날 제5권 「태풍」 첩에서 유기리가 무라사키 부인의 모습을 엿보고, 그 모습에 연심을 불태웠던 일.

토방 사방을 벽으로 두르고 출입구로 옆문을 설치한 방. 안방과 차양의 방에 딸려 있다. 물건을 보관하는 방, 또는 침실로 사용했다.

표백문表白文 법요의 취지를 밝힌 것.

풀벌레 울어대는 가을 들판처럼 꽃이 흐드러지게 피어 있는 앞뜰 '그대가 심은 억새풀 지금은 흐드러지게 자라 풀벌레 소리가 요란한 들판이 되었네' (『고금집』, 「애상」·미하루노 아리스케御春有助)

풀잎에 맺히는 이슬이 덧없이 사라지듯 제7권 「저녁 안개」 첩에서 유기리가 부른 노래. 어느 한 분 때문에/슬픔에 젖어 있는 것은 아니니/풀잎에 맺히는 이슬이 덧없이 사라지듯/사람의 목숨 또한 허망하여

풍명절회豊明節會 천황이 햇곡식을 먹고, 그것을 군신에게도 선사하는 연회. 신상제 다음날, 음력 십일월, 가운데 신일(辰日). 오절(五節)의 마지

막 날.

하늘을 질러가는 기러기의 날개 기러기는 가을에 날아오는 철새로 저승의 사자라고 생각되었다.

하룻밤의 제7권 「저녁 안개」 첩에서 일조 미야스도코로의 노래. 시든 마타리꽃처럼/온나니노미야는 시들어 있으니/이 들판의 산장을/그대는 대체 뭐라 여겼기에/하룻밤의 숙소로 삼았는지요

하엽荷葉 향의 일종. 하는 연꽃을 뜻한다. 여름용이다.

한삼汗衫 땀받이를 위해 입는 속옷. 행사 때 동녀들이 겉옷으로 입기도 했다.

행계行啓 태황태후, 황태후, 황후, 황태자, 황태자비 등의 외출.

행도行道 법회 때, 스님이 염불이나 독경을 하면서 불전이나 불상 주위를 오른쪽 방향으로 돌며 걷는 것.

향기 나는 병부경 니오노미야, 향내 나는 중장 가오루 병부경의 이름인 니오노미야(匂宮)의 匂는 원래 시각적으로 빛날 듯 요염한 아름다움을 나타나고, 중장의 이름인 가오루(薫)는 은은하게 떠다니는 향내처럼 그윽한 아름다움을 나타낸다.

향로香爐 향을 피우는 도구.

향을 담는 함 향료나 향구류를 담는 당궤. 그 안에 옷을 담아 향을 배게 한다.

협시보살脇侍菩薩 부처 양 옆에 서 있는 보살. 아미타불의 협시는 관음과 세지(勢至).

호마단護摩壇, 수법단修法壇 호마를 피우는 화로를 놓는 단. 가지기도의 효험이 나타나지 않아 실패하면, 스님들은 이것을 철거하고 물러난다.

홑옷 겉옷 밑에 받쳐 입는 속옷.

화장火葬 헤이안 시대의 귀족이 죽으면 일반적으로 화장을 했다. 서민은 매장했다. 화장의 예는 문무(文武) 천황 4년(700년)의 도쇼(道昭)가 문헌상에서는 처음으로 보인다. 매장에서 화장으로 이행한 것은 불교 사상의 영향이라고 지적되고 있다.

환술사幻術師 제7권 「환술사」 첩에서 겐지가 부른 노래에 등장하는 환술사는 『백씨문집』의 「장한가」에서 현종 황제가 임공(臨邛)의 도사에게

양귀비의 혼백을 찾아오라고 한 장면을 내포하고 있다. 저 기러기가 자유로이 날 수 있듯/넓은 하늘을 자유자재로 다니는 환술사여/부디 꿈에도 나타나지 않는/그 사람의 혼백이 어디에 있는지를 알아내어/내게 가르쳐주게나

황금백량黃金百兩 황금은 사금을 뜻한다. 량은 무게의 단위. 1량은 약 37그램.

황녀란 신분은 어지간한 일 없이 이렇듯 결혼하는 것은 상서롭지 못한 일 황녀는 독신을 고수하는 것이 좋다는 사고방식. 제6권 「봄나물 상」 첩에서도 스자쿠 상황이 황녀는 독신을 고수하는 것이 통례라는 말을 한다.

후견後見 뒤를 보살피는 것. 또는 그 사람. 주종, 부부, 친자, 정치적 보좌 등 다양한 관계에 이용되었다.

후궁後宮 황후와 중궁 등이 살며, 궁녀들이 시중을 드는 곳. 천황의 처소인 인수전(仁壽殿) 뒤쪽에 있으며, 7전 5사로 구성된다. 또 그곳에 사는 황후, 중궁, 여어, 갱의를 이르는 총칭이기도 하다.

후야後夜**의 가지, 후야의 근행** 후야란 밤을 초야, 중야, 후야의 셋으로 나눈 것 가운데 마지막 시간대로 밤 11시에서 새벽 1시까지를 말한다.

후지富士 **산만큼이나 연기가 심하게 피어오르면** 후지 산은 헤이안 시대에는 활화산이었다. 또는 『다케토리 이야기』의 끝부분을 연상하는 것인가.

훈향薰香, **향기로운 냄새** 각종 가루 향을 꿀에 개어 굳힌 향.

작성자 : 다카기 가즈코(高木和子)

인용된 옛 노래

가을 들판에 누가 벗어놓은 것일까

주인을 알 수 없는 향기가 나는구나

가을 들판에 피는 등골나물은

누가 벗어놓은 바지일까

*『고금집』, 「가을상」· 소세이 법사(素性法師)

거품이 꺼져 버리듯

물거품이 꺼지지 않고 떠 있듯

겨우 살아 있는 괴로운 이내 몸이나

흐르는 물처럼 목숨을 부지하여

슬퍼하면서도 역시 그대를 믿지 않을 수 없으니

*『고금집』, 「사랑5」· 기노 도모노리(紀友則)

떠 있다가 꺼져버리는 거품처럼

괴로움 안고 사라지고 싶구나

거품이 떠내려가듯 목숨 부지할

생각조차 없는 나는

*『고금집』, 「사랑5」· 기노 도모노리

계를 받고 나면 단 하루 단 하룻밤 사이에도

만약 중생이 하루 낮과 밤 동안 팔재계를 지키거나

혹은 하루 낮과 밤 동안 사미계를 지키거나

혹은 하루 낮과 밤 동안 구족계를 지켜

거동과 예의가 부족함이 없으면

그 공덕을 회향하여 극락세계에 태어나고자 바라느니

*『관무량수경』(觀無量壽經), 「중품중생」(中品中生)

골짜기를 사이에 두고 따로 잔다는 산새 한 쌍

길게 늘어진 저 산새 꼬리처럼
긴긴 가을밤을 나 홀로 자야 하나
*『습유집』, 「사랑3」· 가키노모토노 히토마로(柿本人麿)

낮에 와서 밤이면
헤어져 잔다는 산새처럼
그 사람 보지 못하고
밤이 되어 잘 때면
소리내어 울었네
*『신고금집』, 「사랑5」· 작자 미상

골짜기에는 봄도

빛이 닿지 않는 골짜기에는
봄도 남의 일이고
꽃이 피고 지는 것에
마음을 쓰고 괴로워하는 일도 없으니
*『고금집』, 「잡하」· 기요하라노 후카야부(淸原深養父)

그 누구도 천 년의 수명을 다할 수는 없으나

안타까워라
남녀 사이란 뜻대로 되지 않는 것인가
그 누구도 천 년의 수명을 다할 수 없는데
*『고금화가육첩』권4

그 아가씨와 내가 헤치고 들어가는 이루사 산의

아가씨와 내가 헤치고 들어가는
이루사 산의 목련이여
그것에 손을 대지 말라
꽃이 아름다워지도록
빨리 아름다워지도록
*사이바라의 여「아가씨와 나」

그대 말고 누구에게 보이리

그대 말고 누구에게 보이리
이 매화꽃의 색이며 향은

알아보는 사람이 알아보니

＊『고금집』, 「봄상」·기노 도모노리(紀友則)

그대가 심은 억새풀

그대가 심은 억새풀

지금은 흐드러지게 자라

풀벌레 소리 요란한 들판이 되었네

＊『고금집』, 「애상」·미하루노 아리스케(御春有助)

그리운 님이 사는 집

혼자 듣기란 서글프구나 두견새여

그리운 님 사는 집 울타리에

보내어 울게 하고 싶구나

＊『자명초』(紫明抄)

극락정토가 이렇지 않을까

아미타불은 이 세계에서 그리 멀지 않는 곳에 계시니

그대여, 극락세계를 염원하고 분명하게 마음속에 그리도록 하여라

＊『관무량수경』(觀無量壽經)

깊은 연못에 몸을 던진 예

몸을 던져 깊은 연못 속으로 빠져들고 싶구나

그 사람의 깊은 마음속을 알고 싶어서

＊『후습유집』, 「사랑1」·미나모토노 미치나리(源道濟)

나무 주변에 휘장을 치면 바람이 불어도 끄덕없을 터인데

당나라 목종(穆宗)은 궁중에 꽃이 필 때마다 중정(重頂)의 장막으로 난

간을 덮고 석화어사(惜花御史)를 두어 이를 관리토록 하였으니 이름하

여 괄향(括香)이라 부른다

＊『운선잡기』(雲仙雜記)

날개를 섞으며 사이좋게 날아가는 기러기

흰 구름 높이 떠 있는 하늘에

날개를 섞어 줄지어 날아가는 기러기

몇 마리인지도 또렷이 보이는

가을밤의 밝은 달이여

＊『고금집』, 「가을상」·작자 미상

내 사랑의 행방은 알 길이 없으니

　내 사랑 텅 빈 하늘을 가득 채운 듯하네

　아무리 마음을 보내려 해도

　마음 갈 곳이 없으니

　　＊『고금집』,「사랑1」· 작자 미상

내게 목숨이 붙어 있어야 그 꽃을 볼 수 있지 않은가

　벚꽃이 한창 필 시절은 돌아오지만

　내게 목숨이 붙어 있어야

　그 꽃을 볼 수 있지 않은가

　　＊『고금집』,「봄하」· 작자 미상

눈물이 글자 위로 쏟아집니다

　백발의 나는 지금도 그대 그리는네

　죽은 이 그 어찌 나를 알리

　노년의 눈물로 고인의 시문을 적시네

　　＊『백씨문집』권51「고원소윤집」(故元少尹集) 뒤의 2수

달이 뜬 밤은 언제나 흥에 겹고 감명이 깊은데

　달을 보지 않는 가을은 없으나

　유난히 오늘밤의 달은 감명 깊구나

　　＊『후찬집』,「가을중」· 후지와라노 마사타다(藤原雅正)

대관절 어찌하면 좋을까

　대관절 어찌하면 좋을까

　오노 산 위에서 떨어지는

　소리 없는 폭포처럼

　아무런 답장도 주지 않는 그 사람을

　　＊출전 미상

　　＊『오쿠이리』,『하해초』(河海抄) 등의 고주석에서 지적되고 있다.

대체 언제 어느 누가

이 씨앗을 뿌렸느냐

묻는다면

바위에 돋은 소나무 같은

이 어린아이는 뭐라 대답할까

＊「떡갈나무」첩, 겐지의 노래

해변에 서 있는 저 소나무
대체 언제 어느 누가
만대의 장수를 바라며
씨앗을 뿌렸는가
＊『고금집』,「잡상」· 작자 미상

두견새 어찌 알고

옛이야기를 나누니
두견새 어찌 알고
옛날과 다름없는
목소리로 지저귀는구나
＊『고금화가육첩』제5

뜰 앞에 핀 패랭이꽃이 저녁노을 속에 빛나는 것을

나만 홀로 아름답다 여기고
그냥 시들게 놔둬야하나
귀뚜라미 우는 저녁노을 속
빛나는 패랭이꽃을
＊『고금집』,「가을상」· 소세이 법사

모든 사람이 노추를 잊는다는 국화

누구나 모두 노추를 잊는다는 국화는
백 년 나이를 털어내는 꽃이니
＊『고금화가육첩』권1

몸에 스밀 정도

가을바람은 대체
어떤 색깔 하고 있기에
이리 몸에 스밀 정도로
슬픈 것일까
＊『사화집』(詞花集),「가을」· 이즈미 시키부(和泉式部)

무라사키 부인이 이 세상을 떠난 후부터 지금까지의 세월을 용케도 살아남았으니

이내 몸을 아무리 괴로운 것이라 여겨도
목숨은 사라지지 않는 것이니

이리도 오래도록 살아남았으리라
❉『고금집』, 「사랑5」 · 작자 미상

무정한 그대의 소맷자락 속에
내 혼을 두고 왔으니
내 탓이기는 하나
텅 빈 이 몸
어째야 좋을지 몰라 이리저리 헤맬 뿐

❉「저녁 안개」 첩, 유기리의 노래

만나도 채워지지 않았던 마음이
그대 소맷자락 안에 들어간 것일까
내 혼이 빠져나간 듯하니
❉『고금집』, 「잡하」 · 미치노쿠(陸奧)

밤이 되었음을 알고
빛을 내는 반딧불을 보아도
슬퍼지는 것은
밤낮없이 타올라도
다하지 않는 내 그리움 탓이니

❉「환술사」 첩, 겐지의 노래

갈대 무성한 물위가 어두워지면
반딧불이 밤임을 알고 빛을 발하고
버들나무 가지가 바람에 흔들리면
기러기가 날아와 가을을 보내주네
❉『화한낭영집』(和漢朗詠集), 「반딧불 · 허혼(許渾)」

볼품없는 오이풀

무사시 들판에 서리 내려
풀 시든 계절에 본 오이풀이여
가을에 보았다면 볼품없었으리
❉『사고로모(狹衣) 이야기』 권3

봄날에 꽃이 만발하는 시기가 그리 오래지 않기에

벚꽃은 남김없이 지고
사라지기에 아름다운 것

오래 살아 말년이 괴로운 것

역시 세상의 이치이니

＊『고금집』, 「봄하」·작자 미상

봄날 밤의 어둠은 아무런 소용이 없으니

봄날 밤의 어둠은 아무런 소용이 없으니

매화꽃은 어둠 속에 보이지 않으나

향내만은 숨길 길 없어

＊『고금집』, 「봄상」·오시코치노 미쓰네(凡河內躬恒)

부인을 앞세우고 살아 있다 하나 얼마나 남아 있을지 알 수 없는 나의 목숨

나뭇잎 끝의 이슬과

나무 밑동의 물방울은

세상 사람이 먼저 죽고

나중에 죽는 것의 비유일런가

＊『고금화가육첩』 제1

사람의 몸에는 얼마나 많은 눈물이 있는 것일까

이제 탈상이거늘

슬픔은 더더욱 깊어만 가니

사람의 몸에는

얼마나 많은 눈물이 있는 것일까

＊『고금화가육첩』 제4

상념에 젖어

지나가는 세월도

모르는 동안

올해도 내 생애도

오늘로 끝나는 것일런가

＊『환술사』 첩, 겐지의 노래

상념에 젖어

지나가는 세월조차

모르는 동안

올해는 오늘로 끝이라 하네

＊『후찬집』, 「겨울」·후지와라노 아쓰타다(藤原敦忠)

상복의 옷자락도
눈물에 흠뻑 젖는
이슬 깊은 가을 산골에서
저 슬픈 사슴 울음소리에
나 역시 울음 소리로 화답하누나
　＊「저녁 안개」 첩, 소소장의 노래

　산골의 가을은
　유난히도 쓸쓸함이 더하니
　사슴 울음소리에
　눈을 뜨고 슬픔에 잠기네
　　＊『고금집』, 「가을상」· 미부노 다다미네(壬生忠岑)

생각대로 되지 않는 것이 마음
　내 마음 몸을 버리고 어디에 가버린 걸까
　생각대로 되지 않는 것이 마음이었네
　　＊『고금집』, 「잡하」· 오시코치노 미쓰네

석전에 반딧불 날고 마음은 초연하기 그지없도다
　석전에 반딧불 날고
　마음은 초연하기 그지없도다
　가을의 등불마저 꺼져
　잠을 이루 수 없네
　　＊『백씨문집』, 「장한가」
　　＊ 현종 황제가 죽은 양귀비를 그리워하는 한 구절.

석존이 입멸한 후에 제자인 아난이 빛을 발하였다 하지만
　석가불이 열반하신 뒤 아난이 높은 자리에 올라 여러 경전을 집결하셨
　을 때 그 모습이 부처와 같았으니, 모인 자들은 부처가 다시 돌아오셨
　나 하여 의심하였느니라
　　＊『대지도론』(大智度論) 권2
　　＊ 아난은 석가 십대 제자 중의 한 명.

속세를 버리고 들과 산을 방랑하는 불도 수행
　속세를 버리고
　어디로 출가를 해야 하나

몸은 한 곳에 붙잡아 두겠으나

마음만은 들과 산을 헤맬 터인데

＊『고금집』,「잡하」· 소세이 법사(素性法師)

이 세상 괴로움

보이지 않는 산속으로 들어가자니

차마 버리기 힘든 사람이

굴레가 되는구나

＊『고금집』,「잡하」· 모노노베노 요시나(物部吉名)

이 세상에 염증을 느껴 지겨운 속세와도 담을 쌓고 오로지 불도에 정진
하여 들이나 산으로 벗어나고 싶은데 부모가 자식 사랑이 남달라 조금
도 멀리가기를 허락지 않으니, 세상이 싫어 출가하고 싶어도 부모를 생
각하는 마음에 뜻을 이루지 못하였다.

＊『헤이추 이야기』 1단

수사슴이 아내로 삼는다는 싸리꽃의 이슬에는

가을 싸리꽃이 피어 있는데

어찌 사슴은 울고 있는가

우수수 지는 꽃이

변심한 자기 아내라 하는 것인지

＊『후습유집』,「가을상」· 오나카토미노 요시노부

우리 언덕에 수사슴이 와 울고 있네

첫 싸리꽃을 아내로 삼으려

수사슴이 와 울고 있네

＊『만엽집』, 권8 · 오토모노 다비토(大伴旅人)

수심에 여기까지란 한도가 있다면 몰라도

그리움에 여기까지라는 한도가 있어

언제가 사랑이 끝나는 것이라면

이리 몇 해를 수심에 잠겨있지는 않았으리니

＊『고금화가육첩』, 제5 · 사카노우에노 고레노리(坂上是則)

시든 마타리꽃처럼

온나니노미야는 시들어 있으니

이 들판의 산장을

그대는 대체 뭐라 여겼기에
하룻밤의 숙소로 삼았는지요
　*「저녁 안개」 첩, 일조 미야스도코로의 노래

　가을 들판에서 사냥하다
　날이 저물고 말았으니
　마타리꽃이여 오늘 하룻밤의
　숙소로 빌리고 싶구나
　*『고금화가육첩』 제2 · 기노 쓰라유키(紀貫之)

시월에는 언제 찬비가 내리나
　시월에는 언제 찬비가 내리나
　이렇듯 소맷자락 적신 일은 없으니
　*『겐지석』

신이 계시는 신사에 서 있는 여덟 소녀들이여
　여덟 소녀 우리의 여덟 소녀들이여
　서 있는 여덟 소녀
　서 있는 여덟 소녀는
　신이 계시는 신사에
　서 있는 여덟 소녀여
　서 있는 여덟 소녀여
　*풍속가「여덟 소녀」

아내를 그리워하는 마음은 사슴 못지않다
　가을이면 내 슬피 우는 소리가
　저 산 속 메아리치는
　사슴 우는 소리에 뒤지지 않을 터
　홀로 자는 외로운 밤에는
　*『고금집』, 「사랑2」· 작자 미상

아내의 죽음에 정해진 옷이라고 옅은 쥐색 상복을 입고 있으나
　아내의 죽음에 정해진 옷이라고
　옅은 쥐색 상복을 입고 있으나
　슬피 흐르는 눈물에 소맷자락 물들어
　깊은 절망의 색으로

변하고 말았구나
*「접시꽃 축제」 첩, 겐지의 노래

약이나 기도 등은 듣지 않는 사랑의 병

나야말로 볼 수 없는 사람을 그리워하는 병에 걸리고 말았는가

만나지 않는 한 사랑의 병을 고칠 약이 없으니
*『후찬집』, 「사랑1」·작자 미상

여자에게는 다섯 가지 장애

여인의 몸에는 또한 오장이 있으니

첫째는 범천왕이 될 수 없음이요

둘째는 제석 셋째는 마왕 넷째는 전륜성왕

다섯째는 부처가 될 수 없음이라

하물며 어찌 여인의 몸으로 신속히 성불할 수 있으랴
*『법화경』, 「제바달다품」(提婆達多品)

오늘 밤은 저 보름달을 보니 이 세상 밖의 일까지 두루

은으로 된 누각 금으로 된 전각에 밤은 조용히 깊어 가고

혼자 한림원에 숙직하며 그대를 생각하네

보름날 밤 갓 떠오른 달을 보며

이천 리 밖에 멀리 있는 친구를 생각하네

서궁 동쪽은 안개 낀 수면의 파도가 차갑고

욕전 서쪽에서는 깊은 종소리가 들리네

이 맑은 달빛을 함께 볼 수 없는 것이 안타깝네

강릉은 비가 잦고 가을에 흐린 날이 많을 것이니
*『백씨문집』, 권14, 칠언율시
'8월 보름날 밤 궁중에 혼자 숙직하며 달을 보고 원구를 생각함'에 따름.
* 백거이가 멀리 있는 친구 원진을 그리며 지은 시.

오직 하늘만 바라보며 돌아가신 무라사키 부인을 그리워하고 있을

하늘은 그리운 사람이 남겨놓고 간 물건인가

수심에 잠길 때면 올려다보며 한숨지으니
*『고금집』, 「사랑4」·사카이노 히토자네(酒井人真)

옥상자의 뚜껑을 연 우라시마 다로처럼 허망한 기분이 들겠지요

죽은 사람이 묶어둔 빗접이여

열리지 않는 유품이라 생각하니

슬프기 그지없네

＊『현현집』(玄玄集), 후지와라노 다메토키(藤原爲時)

＊ 우라시마 전설은 『일본서기』, 『단고(丹後)국 풍토기』, 『만엽집』 등에 이미 보인다.

온 세상이 마치 불이 꺼진 듯하고

부처님께서 이날 밤 멸도하시니

섶 다하여 불 꺼진듯하였노라

＊『법화경』, 「서품」

올해만큼은 잿빛으로 피어라

후카쿠사 들판에 핀 벚꽃이여

너에게 사람의 정리를 이해하는 마음 있다면

올해만큼은 잿빛으로 피어라

＊『고금집』, 「애상」 · 가미쓰케노 미네오(上野岑雄)

옷자락에 엮어서라도 돌아오게 해다오

그대를 그리워하는 나머지

혼이 내 몸을 떠나

헤매는 듯하니

밤이 깊어 또다시 꿈에 나타나면

옷자락에 엮어서라도 돌아오게 해다오

＊『이세 이야기』, 110단

우장군의 무덤에 처음으로 풀이 푸르니

하늘과 선인을 나는 믿지 않으니

우장군의 무덤에 처음 풀이 가을을 맞이하니

＊『본조수구』(本朝秀句)에 수록된 기노 아리마사(基在昌)의 시

＊『겐지 이야기』의 고주석 『하해초』에서는 이 시를 후지와라노 도키히라의 장남 야스타다(保忠)의 죽음을 애도한 것으로 지적하지만 현존하지 않는다. 야스타다는 936년 마흔일곱 살에 죽었는데, 현인의 이른 죽음이라 일컬어지고 있다.

울타리에 핀 패랭이꽃

아 그립고 지금도 보고 싶구나

그 나무꾼 집 울타리에 피어 있던 패랭이꽃을

＊『고금집』, 「사랑4」 · 작자 미상

원망을 늘어놓은 후라면 이 꽃을 받아도 그리 기쁘지 않겠으나

원망을 늘어놓은 후에도

그 사람 냉담함이 변함없다면

뭐라 말하며 소리내어 울어야 할까

*『습유집』, 「사랑5」· 작자 미상

으스스하고 어두운 밤

창을 때리는 빗소리

긴긴 가을 밤

잠 못 이루고 날도 밝지 않네

밝은 잔등이 벽에 비추는 그림자

으스스하고 어두운 밤

창을 때리는 빗소리

*『백씨문집』 권3 · 「상양백발인」(上陽白髮人)

이 세상에 염증을 느끼고

그저 내 신세 하나가 괴로운 탓에

모든 이 세상을 원망하고 마는구나

*『습유집』, 「사랑5」· 기노 쓰라유키

이대로 천년을 살 수는 없을까

벚꽃을 머리에 꽂으며

이렇게 천년의 봄을 살고 싶구나

*『습유집』, 「경하」· 구조 우대신

언젠가 사랑이 이루어지리라 믿어서 목숨이 늘어난다 하면

천년이고 이렇듯 나를 만나지 않으려 하시겠지요

*『후습유집』, 「사랑1」· 오노노미야(小野宮) 태정대신의 딸

이렇게 슬픈 가운데에서도 기쁘기 한량없습니다

기쁨도 슬픔도

같은 하나의 마음이니

눈물 흐르기란 구별이 없네

*『후찬집』, 「잡2」· 작자 미상

이렇게 좋은 달밤에 태평하게 잠을 자는 사람이 있다니

이렇듯 흐르는 시간이

아쉬운 밤이거늘
노래 하나 읊지 않고
하릴없이 지새우는 사람까지
원망스럽구나
＊『고금집』,「가을상」·오시코치노 미쓰네

인가에서 멀리 떨어진
오노의 들판을 훠이훠이 찾아와
띠가 무성한 오노의 들판은 아니나
내가 이리도 그리워하고 있음을
그 사람은 알고 있을까
아무도 내 마음 전할 이는 없으니
＊『고금집』,「사랑1」·작자 미상

띠가 무성한 오노의 들판은 아니나
아무리 참고 견디어도
어찌 이리 견딜 수 없이
그 사람 그리울까
＊『후찬집』,「사랑1」·미나모토노 히토시(源等)

자식을 생각하는 어두운 아비 마음
자식 둔 부모 마음은
어둠 속을 걷는 것도 아닌데
자식 생각에 어쩔 줄 모르고
길을 헤매이누나
＊『후찬집』권15·잡1·후지와라노 가네스케(藤原兼輔)

저 넓은 하늘을 덮을 수 있을만한 소매
드넓은 하늘에서 불어오는 바람
막아주는 큰 소맷자락이 있으면 좋겠구나
그리하면 봄에 피는 꽃
바람에 맡기지 않아도 될 터이니
＊『후찬집』,「봄중」·작자 미상

저 기러기 자유로이 날 수 있듯
넓은 하늘을 자유자재로 다니는 환술사여

부디 꿈에도 나타나지 않는

그 사람의 혼백이 어디 있는지를 알아내어

내게 가르쳐주게나

※「환술사」첩, 겐지의 노래

＊ 환술사는 『백씨문집』의 「장한가」에서 현종 황제가 임공(臨邛)의 도사에게 양귀비의
혼백을 찾아오라고 한 장면을 반영하고 있다.

저 어두운 명토의 길이나마 잘 안내해주십사

어둠에서 어둠으로 들어가

오래도록 부처님의 이름을 듣지 못했나이다

※『법화경』, 「화성유품」(化城喩品)

어두운 곳에서 더욱 어두운 곳으로 들어갈 듯 하니

멀리서 밝게 비춰다오 산등성이 달이여

※『습유집』, 「애상」·이즈미 시키부(和泉式部)

중장님의 좋은 향기만은 틀림없이 분별할 수 있지요

매화꽃이여

내리는 눈에 색을 알 수 없구나

허나 그 향만큼은 달리 닮은 것 없으니

※『습유집』, 「봄」·오시코치노 미쓰네

중장의 소맷자락이 살짝 스치기만 해도

색보다 향이 더욱 뛰어나구나

누가 소맷자락 스쳐

그 향을 우리 집

매화꽃에 배게 한 것일까

※『고금집』, 「봄상」·작자 미상

이 꽃향기에

그대가 생각하니

오늘 아침은

꽃가지 꺾으며 떨어지는 이슬에

흐르는 눈물에 젖고 말았네

※『고금화가육첩』제1·이세

지난밤 꽃에 씌운 솜

그 옛날에는 죽은 사람과 함께 일어나

바라보며 장수를 기원하였던

국화의 아침 이슬도 이 가을 홀로 남은 내 옷자락에 떨어지는 눈물의 이슬이 되니

✽「환술사」첩, 겐지의 노래

함께 일어나 지낸

그 가을 이슬 맺힐 무렵

그때는 이리 되리라고

생각지 못하였으니

✽『후찬집』,「애상」· 하루카미(호上) 조신의 딸

찢어버리기는 아까웠는지

찢어버리자니 아깝고

찢지 않자니 남이 볼 것 같아

슬프나 역시 되돌려주려 하네

✽『후찬집』,「잡2」· 모토요시(元良) 친왕

차분히 생각하고 눈물을 견디니

쉰여덟 살이 되어 처음 의붓자식이 생겼는데

곰곰 생각하니 기쁘기도 하고 슬프기도 하구나

아이가 작아 대합에게 창피할 정도이나

자식이 여덟 있는 까마귀가 부럽지 않구나

가을이 되어 늦게 열린 계수나무 열매나

봄바람에 새로 자란 대왕풀의 싹으로 비유할까

잔을 들어 축원할 만한 말은 없으니

부디 고집스럽고 어리석은 네 아비를 닮지 말거라

✽『백씨문집』권58 ·「자조」(自嘲)

천세를 울리는 소리

해다마 똑같은 색으로 피는

귤꽃 아래서 두견새

천세를 울리는 소리가 들리는구나

✽『후찬집』,「여름」· 작자 미상

풀잎에 맺힌 이슬이 덧없이 사라지듯

어느 한 분 때문에

슬픔에 젖어 있는 것은 아니니

풀잎에 맺힌 이슬이 덧없이 사라지듯

사람의 목숨 또한 허망하여

＊「저녁 안개」 첩, 유기리의 노래

필적은 천년의 유품이 되니

아무런 소용이 없다 체념하지 말라

필적은 천년의 유품이 되니

＊『고금화가육첩』 제5

한결같이 타오르는 사랑의 증거

여름 벌레

등불에 몸을 던져

태우는 것은

나와 마찬가지

사랑의 불길 때문이었음이니

＊『고금집』, 「사랑1」 · 작자 미상

해가 기울면서 산 그늘이 어둑어둑해지는데

쓰르라미 울어대자

날 저물고 말았다 생각하니

이곳은 산그늘이었네

＊『고금집』, 「가을상」 · 작자 미상

황후는 반드시 후지와라 가문에서 나와야 한다는 가스가 명신의 탁선

고스자쿠(後朱雀) 제의 치세, 장역 3년 4월 후지와라 씨 가문의 씨신인 가스가 명신이 태신관에게 말씀을 내리시기를 계속 바친 공물도 받지 아니함은 황후가 후지와라씨 가문이 아닌 탓이라 하였으니, 이에 따라 내대신 노리미치(敎通) 공의 장녀를 입궁시키라는 어명이 있으셨다. (이하 생략)

＊『화조여정』(花鳥余情)

후카쿠사 들판에 핀 벚꽃이여

너에게 사람의 정리를 이해하는 마음 있다면

올해만큼은 잿빛으로 피어라

＊『고금집』, 「애상」 · 가미쓰케노 미네오(上野岑雄)

지은이 **무라사키 시키부**(紫式部, 978년경~1014년경)는 헤이안(平安) 시대 중기에 활약한 여류작가로, 일본의 가장 위대한 문학작품이자 세계에서 가장 오래된 완전한 장편소설로 일컫는 『겐지 이야기』(源氏物語)의 저자다. 진짜 이름은 알려져 있지 않으며, '무라사키'라는 별명은 『겐지 이야기』의 여주인공 이름에서 딴 것으로 전해진다. 무라사키 시키부의 생애를 알려주는 주요 자료로는 1008~10년까지 쓴 일기가 있으며, 이것은 그녀가 모셨던 중궁 쇼시(彰子)의 궁정생활을 엿보게 해준다는 점에서도 상당히 흥미롭다. 일부에서는 『겐지 이야기』의 집필시기를 무라사키 시키부의 남편인 후지와라노 노부타카(藤原宣孝)가 죽은 1001년부터 그녀가 궁정에서 시녀로 일하기 시작한 1005년까지로 보고 있다. 그러나 이 길고 복잡한 작품을 쓰는 데는 훨씬 더 오랜 세월이 걸려 1010년 무렵에도 끝나지 않았을 가능성이 더 많다. 한편 히카루 겐지가 죽은 뒤의 이야기는 다른 작가가 썼다고 보는 견해도 있지만, 이 책을 현대어로 옮긴 세토우치 자쿠초는 무라사키 시키부가 오랜 세월을 두고 이 소설을 완성했을 것이란 설을 내세우고 있다.

현대일본어로 옮긴이 **세토우치 자쿠초**(瀬戸内寂聽, 1922~)는 일본 도쿠시마 현에서 태어나 도쿄 여자대학교를 졸업한 뒤 결혼한 남편과 중국으로 건너갔으나, 종전을 맞이해 일본으로 돌아온 뒤 작가의 길로 들어섰다. 1972년 불교에 귀의하고 종교활동과 집필활동을 병행하고 있다. 세토우치 자쿠초는 『겐지 이야기』에 대해 남다른 조예와 애정을 가진 작가로, 많은 글과 여러 활동을 통해 『겐지 이야기』의 매력을 널리 알리는 데 힘쓰고 있으며, 특히 『겐지 이야기』의 현대어역은 겐지 붐을 일으키는 계기가 되기도 했다. 2006년 문화·저술 부문에 이바지한 공로를 인정받아 문화훈장을 받았다. 저서로는 『석가모니』『다무라 준코』『여름의 끝』『꽃에게 물어봐』『백도』『사랑과 구원의 관음경』 등이 있으며, 무라사키 시키부의 『겐지 이야기』를 현대어로 옮겼다.

옮긴이 **김난주**(金蘭周)는 1958년 부산에서 태어나 경희대학교 국문과를 졸업하고 같은 학교 대학원에서 수학했다. 일본 쇼와 여자대학에서 일본 근대문학을 전공하여 석사학위를 받은 후, 오쓰마 여자대학교와 도쿄 대학에서 일본 근대문학을 연구했다. 옮긴 책으로는 한길사에서 펴낸 무라사키 시키부의 『겐지 이야기』(세토우치 자쿠초 현대일본어로 옮김), 시오노 나나미의 『로마에서 말하다』 『어부 마르코의 꿈』 『콘스탄티노플의 뱃사공』을 비롯해, 요시모토 바나나의 『키친』, 에쿠니 가오리의 『언젠가 기억에서 사라진다 해도』, 오가와 요코의 『박사가 사랑한 수식』, 마루야마 겐지의 『천년 동안에』, 시마다 마사히코의 『무한 카논 3부작』, 나라 요시토모의 『작은별 통신』, 나쓰메 소세키의 『나는 고양이로소이다』, 사쿠라바 가즈키의 『내 남자』, 가네시로 가즈키의 『연애소설』 등이 있다.

감수자 **김유천**(金裕千)은 한국외국어대학교 일본어과를 졸업하고, 일본 도쿄 대학교 인문과학연구과에서 석사학위, 인문사회계연구과 일본문화연구전공으로 박사학위를 받았다. 현재는 상명대학교 일본어문학과 조교수로 있다. 저서로는 『일본의 연애가』(공저) 등이 있으며, 주요 논문으로는 「일본문학과 일본인의 성의식 연구─『源氏物語』를 중심으로」 「『源氏物語』의 논리와 주제성」 「『源氏物語』의 불교」 등이 있다.